有一种力量，叫文学；

有一种美好，叫回忆；

有一种感动，叫青春；

有一种生命，在鲁院！

鲁迅文学院「百草园」书系

城市上空的麦田

班琳丽 ◎ 著

唯有有「魂」的文字，
才能洋溢着净化人心与人性的文学精神。

CHENGSHI SHANGKONG DE MAITIAN

江西高校出版社
JIANGXI UNIVERSITIES AND COLLEGES PRESS

图书在版编目（CIP）数据

城市上空的麦田 / 班琳丽著. —南昌：江西高校
出版社, 2017.5
（鲁迅文学院"百草园"书系）
ISBN 978-7-5493-5358-3

Ⅰ.①城… Ⅱ.①班… Ⅲ.①散文集—中国—当代
Ⅳ.①I267

中国版本图书馆CIP数据核字(2017)第100151号

出 版 发 行	江西高校出版社
社　　　址	江西省南昌市洪都北大道 96 号
总编室电话	（0791）88504319
销 售 电 话	（0791）88595089
网　　　址	www.juacp.com
印　　　刷	北京一鑫印务有限责任公司
经　　　销	全国新华书店
开　　　本	700mm×1000mm　1/16
印　　　张	17.5
字　　　数	217 千字
版　　　次	2017 年 5 月第 1 版 2020 年 7 月第 2 次印刷
书　　　号	ISBN 978-7-5493-5358-3
定　　　价	46.00元

赣版权登字-07-2017-454

C目 录
ontents

比远方更远

给他们时间，等他们成熟。

两天前接到一个来自拉萨的长途，一番迟疑后按下接听键，一个异常欣喜的女声即刻在耳根处响起："老木，还记得我吗？"

"左小然！"我脱口而出。

是的，是左小然，那个曾经赤子般纯得让我不敢触碰的女孩子。

"怎么到西藏了？"我竭力用父辈似的口吻问她。

"追梦啊。"左小然说得很轻松。

"还在支教？"我问。当初左小然从我这儿离开，说是去四川支教一年。

"是啊，我追梦的脚步依然抒情着呢。"左小然说。

我说："怎么，又跑去西藏支教了？"

左小然说："是啊，中安妮宝贝的毒了，来西藏的墨脱了。"

墨脱，我知道这个地方，西藏东南边陲极为偏僻的一个小县城，毗邻印度，藏语为"隐秘的莲花"，近年被传说为"中国最后一片净土"。年后圈里的几个朋友，尤其是素冯，一直撺掇我去那儿采风来着，但我怕身体吃不消高原反应，一直没能成行。

"追到你的梦了吗？"我问。

左小然说："因为梦想总比远方更远，所以还在追啊。"

我说："那可是个苦地方。"

左小然哈哈一笑，说："追梦不苦，只是见不上老木同志才苦得我涕泪横流啊。"

我也打哈哈，说："那就回来见呗。"

左小然声音嗲下来，说："人家还没有为梦想失足倒下呢。等那一天真的来了，老木你要记得来背我回北京哦。"

我说："好好，你梦想失足倒下一定要赶在我体力还行的时候，不然，晚了就背不动了。"这样说着，我的眼睛就湿润了。

我是2008年认识左小然的，她那时是北京奥运会志愿者。不过这丫头给我的初始印象并不那么让人舒服。

一切还要从我朋友大腕李的一个电话说起。

那是北京奥运会前不久的一个上午，十点左右的样子，当我眼睛盯紧窗前大团大团疑似迷雾的光芒努力醒来的时候，大腕李电话杀来，慷慨激昂地吆喝我赶紧起床，送他飞西安，说是一个叫什么《玫瑰猎头》的片子要开机，没他怕还真不行。听他包打天下的口吻，我随口揶揄道："确实，一个萝卜一个坑儿，剧务好歹都算得上一个萝卜，何况堂堂的一个副导演。"

一刻钟后，我在三元里北小街月山居酒屋接了大腕李，车轮滚滚，直奔首都机场。车里，我哈欠连天地责问大腕李。我说："我有阵子没做爱了，梦里一个可人的小画模找上门，刚要有动作，你老哥电话就杀了来，不地道啊。"

大腕李肆无忌惮地哈哈大笑，之后继续兴致勃勃地大嚼美国热狗，待一口吞咽下去，才又说："舟子，你'痞'到无极了。"

我"哈"的一乐说："得向你们这些'京转子''京油子'看齐，见贤思齐啊。"

"我这会儿爱已停牌，情也斩仓，缘分滑到跌停板了。赶紧补仓啊。"大腕李接得倒是挺顺溜。

我哂他一眼，说："怎么补？"大腕李睨视我，说："要不我在我们剧组给你物色个抢眼的？"我笑叹一声，说："谢了，兄弟眼下是媒婆迷路，说没得说，做没得做，当和尚了，撞钟，挨过一天是一天。"

大腕李再次哈哈笑着，说："我还是赶紧给你物色一个，你的灵与肉急切以及迫切需要救赎。"

说话间，焕然一新的首都机场豁然开朗地呈现在眼前。我瞧了瞧大腕李，说："你小子有没有感觉眼睛不够用?"

大腕李"哦"的一声说，然后说："你别玩湿的，我听不懂，你说个明白话。"

我放慢语速，说："你小子摇落车窗极目远眺，奥运会前夕的北京如养眼的美女，如今是不是让你大腕李也有了俩眼珠子都忙活不过来的抱憾。"

大腕李摇落车窗，环顾机场上被飞机或是大巴兴奋地吞来吐去的各色人群，道："还真是。"

我说："当然是，喜事不仅来了，而且已扑面而来了。"

道过别，大腕李肩扛手提直奔候机大厅。望着他状如跋涉的背影，我心头一紧，不觉挥起手。不料大腕李像长有后眼，突然回头冲我摆摆手道："别挥了，会让我有'挥之即去'的落寞感。"我笑着说："那就一路顺风。"大腕李大声说："得，回吧。"

我说"回了"，正要上车，一声"北京，我来了! 2008，我来了!"似开春的惊雷，破空而来。原本欢腾的机场顿时凝固了，往来穿梭的人群瞬间树一般呆立。我循着声找去，就在我和大碗李之间，一个梳着"马尾巴"的高挑女孩，双臂张开，头向上仰，"马尾"垂腰。那舒展的姿势，好像在哪儿见过? 哦，想起来了，电影《黄河绝恋》中女演员宁静在黄河壶口大瀑布前呈现出来的那个醉心模样，就是这样子。这丫头，不是80后就是90后，穿时下风靡世界的超短七彩热裤，着白色吊带露脐背心，蹬白色耐克网球鞋，身段窈窕，尤其那两条竭力张扬自由奔放的美腿，怕是真个能颠倒众生。也是啊，被称作"独一代""抱大的一代"或是"垮掉的一代"的她们，其本质，就是敢于颠覆，敢于冒天下之大不韪，敢于为某种所谓的美闹革命，革他人的命，被他人革命。譬如，这等令人崩溃的美腿革命，就已暴露到无可暴露了。

老实说，这丫头模仿的样子，我不齿。但很快，我亢奋起来，脑海里骤然闪出一道光芒令我亢奋无比。是，有了，连日来力求匠心独运的我的奥运产品，显"形"了。贪婪地阅读这个"2008，我来了！"的舒展姿势后，我火速在激扬的记忆里将它的每一段线条照猫画虎地塑进去了。

家门口开奥运，这机遇千载难逢。对于在北京的各路"漂"一族，尤其对于我这样一个似股市"绿"个没完没了的"漂哥"来说，更是如此。是啊，这半年来我跌股市里去了，在沪综指暴跌的时候，我很傻很天真地没了三百多万，眨眼之间啊。那阵儿，整宿整宿，我难受得睡不着觉。这阵儿，虽说我还没穷愁到潦倒，可窘迫的现状如同沙盘上的城堡，样子中看，就是不让人踏实。我迫切需要一次机遇，紧紧搂抱它，打一次咸鱼翻身仗，以证明我这个画坛"妖刀"还好好地在圈里"活"着。

的确，浮华的生活犹如沙里淘金。

"您好，先生。"革命女孩收起足以乱真的模仿动作，顺手扯起便携式行李箱，闪开四周睽睽的大眼小眼，扭着猫步，向我走来，一步之遥间，向我落落大方地伸出手，"请问是私家车吗？"

我没有马上回答"是"，那一刻我失望，好好一张清纯烂漫的脸儿，硬生生被烫出弯来的假睫毛给毁了。老实说，我欣赏的是这女孩子的线条，并非她这个人。我是个画家，这样拥有魔鬼身材的女孩子我见得多了，但很少能欣赏到她们的思想，因为她们的思想全都模糊得没有线条。还好，我要绘制的是她的背影，而非她的脸蛋。

我倚着车门，哂笑着答"是"。

女孩子"哇"地大叫，脸蛋一歪，跟有形的膀头呈现45°的黄金夹角，笑起来的嘴巴正是拍照时说"田七"的唯美样子，一如盯一件恰在她购买力极限的醉心玻璃挂饰的眼波，流转间，熠熠生辉。"先生，请问您是奥运会志愿者吗？"

我忽然来了兴致，很想看看接下来这个倨傲的女孩子还会有什么"囧"人的表演，于是斜着眼神撒谎说："还真让你给猜着了，我就是自驾车志愿服务者。"我扁腿坐进车里,开门,迎进,而后随手奉送一张名片。其间,我打起官腔,说以后随叫随到,坚决听从美女的召唤。

革命女孩爽快地朗声大笑,笑后说:"先生,您可知道自己最擅长于什么吗?"她不等我回答,便自问自答道:"情场上左右垂钓。"

这小妮子在挪揄我,还挺世故。我笑得更响,说:"你看走眼了,小同学,先生我并非情场上的老手、高手,而是个不折不扣的失意者,这会儿正待婚家中呢。"我边跟女孩子貌似别有用心地调侃,边关上车门。待要发动车子,就见大腕李伸着俩爪子奔过来,大步流星,目光凿凿。

"怎么了,李子,哦,这会儿知道脚印子落车上了,想起来取了?"我跟大腕李打起哈哈。谁知大腕李目标压根不在我这儿,他肥硕的身躯搭在车门上,俩爪子越过我一把攥住那女孩子的小手,连说:"就是你了!就是你了!"唾沫星子一时于车内肆意飞舞。

还别说,这丫头真的冰雪聪明,她瞬间读懂了大腕李的绿眼光,小身子一下弹上来,乐莫乐兮地嚷道:"哎,大哥,打住,别说,我猜猜。嗯?您要么是导演,要么是猎头,对不对?"

我牙根都酸了,一把扳开大腕李的糗爪子,说:"哎哎,注意自己的奥运东道主身份。"

大腕李不睬我,"蓦然回首,蓦然回首啊"的喟叹之后,继续忽悠说:"小妹妹,我告诉你只要你愿意,以后的所有事情,哥哥全包了,你只说要不要演电影吧?"

"我愿意吗?"女孩子眼波闪亮,望望我望望大腕李,而后摇摇头装傻,说:"不知道的啦,最起码接下来一个月的时间都会不知道的啦。"

这两个可都够"醋"的,我假装牙疼,吸两口凉气,再一次扳开大腕李,说:"你赶紧候着时间去,看晚了就赶不上八楼的二路飞机了。"

晚上,大腕李请我和左小然在离人大最近的一家汉城烤肉馆吃韩国烧烤。我从车里提上两瓶"杏花村"，大腕李摆摆手，说："喝啤的，冰镇的。我告诉你我这会儿急火攻心，巴不得整个人都搁冰窝子里镇着去。"我哂笑着扭脸看左小然。左小然眼睛一亮，双手一摊，说："随便啦，反正我什么酒都能喝。不过，二位哥哥别指望我跟你们血拼，历来男女平等，酒量不等哦。"

等待服务生上酒的间歇，大腕李轻"咳"一声，而后忧心忡忡将信将疑地盯住左小然，说："你这一路走来说的可都是真的？"左小然抿嘴一笑，说："我骗谁也不敢骗哥哥们啦，况且二位哥哥眼睛都雪一般亮，我一个还未曾出道的小女孩子哪敢在你们面前妄加行骗哪。"

左小然说她叫左小然，杭州人，人大外语系大四学生。作为北京奥运会志愿者中的一员，整个 8 月她要尽职尽责，全心全意为奥运会服好务。至于奥运会后的去向，她说她已做好两种准备，考研和找工作。找一份好的工作就无须考研，实在找不到工作考研就是一条洒满阳光的退路。出路、退路她都想好了，所以，她不害怕毕业。至于演电影，她说："我也做过当明星的梦啦，这会儿我床侧就贴着不少影视界的'腕儿'啦。像被认为完美结合了东西方美与气质的法国著名女影星苏菲·玛索，像新版007漂亮的女主角伊娃·格林，像演过《罗马假日》的奥黛丽·赫本啦、《乱世佳人》中的费雯丽啦，等等。自然啦，还有誉满全球的男影星，像《铁血战士》中很有型的施瓦辛格，像《世界末日》中硬汉加温情派的布鲁斯·威利，还有像布拉德·皮特啦、马休·福克斯啦，等等。"左小然歪着小脸掰着指头在那儿自顾自地如数家珍。我敦促服务生赶紧上菜。大腕李眼睛一眨一眨地盯左小然。此时左小然乖巧的小脸再一歪，小声音更甜地问道："萝卜青菜，各有所爱，请问哥哥们喜欢哪种类型的呢？"

左小然看我。我说："我一想到影视圈头都晕。"左小然就转脸看大腕李。大腕李倒是热情洋溢地申辩道："我们中国也有响当当的腕儿啦，像……"可没等大腕李"像"出一串振聋发聩的名字，左小然便摆摆手说："哥哥不用说啦，等他们拿了奥斯卡大奖，再说才有底气啦。"这小丫头，还真傲慢得可以哪。

左小然继续歪着脸蛋，说："现在的我不喜欢娱乐圈啦。演电影就务必溺进娱乐圈，要么娱乐死别人，要么被别人娱乐死。因为不想娱乐死，所以不想演电影啦。"看来她还有些思想。我心里却不敢不苟同，因为我清楚，想在北京潮一样涌动的人海中完成人生三级跳，不说登天，那也跟走钢丝差不了多少。

"小左妹妹，你看啊，是这样，要不，先试试当个电影明星？看你面相，挺有星运的！"大腕李神侃着，活活一娱乐圈里的和珅。我拿眼神取笑大腕李，我的意思是，你大腕李不导演吗？从来都是鱼咬钩，没有钩咬鱼的，这都不懂？不过也是啊，等他混到了冯导、张导那个"档"上，怕还真就是各路钩来咬他这条鱼了。

大腕李差不多已使出浑身解数，左小然仍说等奥运会以后。大腕李要的是准信，左小然却始终模棱两可。很快，小服务生送上六瓶冰镇的哈啤和几碟凉菜。大腕李提议用瓶喝。左小然说可以。我就首先打开一瓶笑着说"女士优先"递与左小然。左小然边接酒边说"谢谢"。待我跟大腕李人手一瓶后，她率先发话道："哥哥们，容我借花献佛，先干为敬啦。"看着缓缓举起酒瓶的左小然优雅灌酒的样子，我跟大腕李无不惊得一愣一愣的。待一瓶酒下肚，左小然气色不改，花容不乱，起身象征性地摸摸我和大腕李举在手里的酒瓶瓶底，说："请吧，二位哥哥！"

我晒着说："瞧瞧，准是未来谈判桌上一位攻城拔寨叱咤风云的玫瑰杀手！"左小然于次使出那个招牌动作，头一歪，说："哥哥讽刺的极是。"而后，她小巴掌一伸，再次做了个请的手势，动作训练有素。大腕李上来咬我耳朵，闷着声说："《玫瑰猎头》，女1号！"继之，黯然神伤的大腕李"嗨嗨"着频频催我道："美女敬酒，不晕不走，喝，喝吧。"焦虑之情溢于言表。

可待两瓶哈啤下肚，左小然却无论如何不愿再喝，任我和大腕李说破舌头，她愣是不喝了。"给个原因嘛。"大腕李的声音充满谄媚。

左小然顾盼间眉毛一挑，说："我来那个了，成吗？"这理由成，不成也得成，人家女孩子来那个了，你再逼人家，就太那个了。此后的局面有些闷，我示意大腕李说个段子。大腕李原就是个擅救场子的主儿，于是不遗余力地讲起段子来。起初不带色，左小然听得津津有味，后来大腕李说色的了，还越来越重，但看左小然，依然神情自若，一笑置之。我对她更加心生失望，金玉其外的一个女孩啊，怎么选上奥运会志愿者的？

时间将近十点，左小然突然站起来，一脸的俏笑说："谢谢二位哥哥肯花那么老长一段时间不厌其烦不惜破费地陪玩、陪酒、陪吃饭，我无限感激。可我不得不回学校了，过了十点，门卫不给开门。"说完，左小然顽皮地撇撇嘴，拎起行李箱，"拜拜"着走去了，窈窕的背影扭动着无与伦比的高傲和不屑。

现在的女孩子你搞不懂她，特别是漂亮女孩子，尤其是满肚子墨水的漂亮女孩子。是不是上赶着不是买卖？大腕李目送左小然消失在霓虹下的人流里，连连摇头喟叹，失魂落魄的样子像个突然迷失方向的哲人。

"那就不要搞。"我也站起身说："咋接你出来的还咋送你回去？"

大腕李像泄气的皮球似的，摊着没动。

我说："那我送你老哥回家去，你漂亮的老婆我那年轻的嫂子无比好搞，无比好懂。"

大腕李乜了我一眼，说："你不懂，有了左小然，我就能另拉山头。我告诉你副导我干够了。'副'字咋写？就是'福'字左边去一'示'旁右边加一'刀'旁。啥意思？'示'旁啥意思？古时候摆给天神吃的好东西！预示着好吃好玩好享受的金贵东西！所谓副的，就是一刀子把你跟那些金贵东西割开了！副导，说白了，你就一摇旗呐喊者，就一'千年老二'的应声虫、跟屁虫！"

我"嗤"的一笑，说："得，隔行如隔山，尤其是你们这个娱乐圈子，我怕到啥时候都弄不懂。但有一点我很容易懂，你要回家，我送你回家，要回西安，我送你去车站，坐火车还来得及。"

大腕李一跺脚，决然地说道："西安。"

我说："这就对了，欲速则不达，心急则吃不上热豆腐。"

"唉！"大腕李"唉"的一声叹过，说："绕道鸟巢吧，开幕式、赛事及闭幕式都无暇看，这会儿不如来个先睹为快。"

当时的鸟巢还没有开放，远观可以，进到里面零距离全景式地切身感受，只有等到8月8日8时。退而求其次，我只能载着大腕李远远地形而上地跑车观之。静默在视线尽头的鸟巢，恢宏、庄严，俨然一个怀抱无限神秘的猜想，掩映在炫彩流光的夜幕下。许久以来，国内国外，大报小报，纸媒网媒，竞相在翻搅人的胃口，不遗余力地把你搅到迷糊，搅到如饥似渴。其实，就是他们不搅，身为一个中国人，家门口的这一伟大时刻，谁个不充满期待，且心向往之？

而大腕李却感叹，就是一座冰冷宏大的建筑而已。我说真正的鸟巢时刻还没到来。大腕李却说："鸟巢时刻我不关心，我只关心左小然。导演选角，遇到个令自己怦然心动的主儿，挺不容易的。你想法帮我盯着点。"

我摸紧大腕李的手，笑着挖苦说："艺术应该无上欣慰啊，因为献身艺术的疯子越来越多，且越来越癫狂。"

1990年，我，木已舟，毕业于中央美院，后一直"漂"在北京，一漂快二十年了。新千年5月，我在北京注册了一家叫"霓裳羽衣"的画坊。有房子、车子，被套牢的票子。离婚潮起时，我弄了一回潮，妻子就投别人怀抱了。十四岁的漂亮妮子判给前妻，来看我的时候管继父叫"冒牌爸爸"，管我叫"正牌爸爸"，我从中好歹还能寻得些平衡。

记得朋友一起调侃来着，说长江后浪推前浪，前浪死在沙滩上。北京太大了，这片海各种名目的"潮"太多了，它们能有多容易浮起你，就能有多容易吞没你。我以前还敢自诩为"漂"到水面上呼吸到新鲜空气的那一族。现在，不敢了，追梦的人生已然沦为名利场上的奔命，我很自知。

"这里的世界很精彩，这里的挑战很无奈……"那天到家，已近午夜，我嘴里胡乱哼小曲，着停好车，直奔画室，将清晰塑进脑海里的左小然时刻，迅速以白描的形式复制到画布上，以待日后做成油画。说实在的，在北京像左小然一样将要"漂"或正在"漂"的漂亮女孩子，多得不计其数，光找到我的画室做人体模特的，就不下几十个。当然，这其中有不少先是像左小然一样不怕毕业，后来却迫于生计做了人体模特的女孩子。所以，很快，左小然除却那个动人时刻，于我的记忆里，俨然一颗流星，唯有一道瞬间光明的印痕，别的也就没别的了。或者说我记忆里只有左小然时刻，而没有左小然了。

8月12日，又近深夜子时，我跟耿火和耿火的朋友荒更两个举家来京看奥运的外地画友一道看完中美男篮对抗赛，便到朝阳区一家洗浴中心泡澡、修脚。脚修到一半，耿火连连竖拇指，说："舒服舒服，还是你们北京这地儿，连脚都修得这么充满皇家气息。"不料荒更叹了一口气，说："我在这儿大加享受，我那女儿说不定正抱着脚挑水泡呢。"

我忙问怎么这样说？荒更"唉"的一声叹道："双胞胎女儿中的老大是水立方中的志愿者，每晚睡觉的时候，都要亲手把自己脚上磨出的水泡挑破，简单处理一下，第二天照常上岗。没想到啊，我跟我老婆眼里的娇闺女，转眼像个执行任务的战士，让人刮目相看了。"继而，荒更话锋一转，慨叹道："我这心里烙下病了，信不信？这会儿再看到跟我女儿一样服务于各个场所的志愿者，第一时间，我总爱看他们的脚。"

我心头一震，那一刻，竟鬼使神差地想到左小然。

从足道城出来，驱车回家时，已是深夜两点。深夜两点的北京依然在流光溢彩的霓虹里狂欢，特别是那些老外，这个时分好像才是他们生活的开始，购物的，泡酒吧的，以各种形式庆祝胜利的……8月的北京，仿佛没了昼夜的更迭。

车过朝阳区建国门内大街建国门桥时，我猛然透过车窗，见路灯下马路牙子上坐着的一个女孩子疑似左小然，"马尾巴"懒懒地耷在胸前，疲倦的小脸枕在蜷缩的身子上，正左右张望。

"左小然？"我觉得我该叫一声，就试着叫道。没想女孩子"嗯"的一声腾起身。果然是左小然。这儿不能停车，我慢行，为她打开车门。她机灵地跑过来，见是我，快速闪进车里，那样子，像见了救星一般欣喜若狂。

我说："高尚的志愿者啊，在哪儿服务呢？"

"鸟巢。"左小然答。

我一边开车一边瞥左小然，说："还志愿者呢，怎么这么无精打采？"

睡意蒙眬的左小然解释道："我工作结束以后，遇上一巴西老太太，我可领略桑巴舞无限深远的魅力了。白发苍苍的老太太，竟有着少女一样的活力和脚力。我被邀请陪她购物，她兴致高涨极了，不厌其烦地挑啊选啊，不仅买给自己，还买了送给我。我们是礼仪之邦啦，有来无往非礼也，我也就再买了回赠给她，结果送来送去，我钱包就空了。我正在这儿等好心人呢，就等到了您。"

直到这一刻，我才看清左小然怀里满满堆着形形色色大大小小，各种各样精美的包装盒。"收获颇丰啊。"我嘴上调侃，心底里却潜生出些淡淡的温热，为这个为了要礼尚往来而掏空钱包的女孩子。

左小然努力笑笑，说："是啦，肚皮外颇丰，肚皮内还唱着空城计呢。"

我说："要我请客吗？"

左小然一咧嘴，说："看来您不仅要请客，还要光荣地收留我这个此时已无处可去的志愿者了。"

我哈哈大笑，说："你不怕我这个待婚在家的单身汉，一时失控会作恶多端吗？"

左小然一下精神了，说道："我不相信啦，这样的时候，全中国还有哪一个灵魂不被这届奥运会彰显出来的伟大精神所净化，更何况是哥哥您？别忘了，您还做过一次自驾车志愿服务呢？咱俩可志同过呢。"

我幡然醒悟，说："你这丫头那次也是在行骗？"

左小然顽皮地撇撇嘴，说："是啦，我兜里的钱帮一个小妹妹买车票了，卡上的钱没法取，就被迫那样了。"

我说："恕我直言，那时的你简直是一个疯癫丫头啊。"

左小然把小脸伸过来，笑着说是不是很惹人烦呢？

我说："是呀。"没想到左小然诡谲地一笑，说："那就对了。"

比远方更远

我说："怎么就对了？惹别人烦还高兴了？"

左小然乖张地吐了一下舌头，说："我的红粉兵法告诉我，在不了解的男人面前，尤其在有企图的男人面前，聪明的女孩子只有那样伪装，才能更好地保护自己。"

我颇有兴趣，就问："是不是装傻充愣就是最好的伪装？"

左小然笑笑，说："真聪明。"

"真有心眼啊。"我叹。

"都是善良的心眼呢。"左小然即刻接。

我望一眼左小然，说："那说说，你的红粉兵法有没有指出，女孩子在男人面前不再包装，是个什么情况？"

左小然迎着我的眼睛，道："爱上他喽。"

"哈哈。"我再也忍俊不禁，说："左小然，你的红粉兵法写没写出来？你遣词造句可要小心，一旦男人们看了，会学着将计就计啊。"

左小然讨乖地咧咧嘴，说："这个哥哥不用担心，女孩子都是百变娇娃呢。"此时应对自若的左小然，假睫毛没了，脸盘干干净净地纯着，身着蓝白色祥云志愿者队服的她，看上去如此顺眼、顺心。渐渐地，我感觉心上有某些顽固的东西在雾化，烟一样慢慢消散。

回到家里，左小然说她的志愿者队服无论如何要洗出来，她明天要清清爽爽站在岗位上。我有些犹豫，我说我女儿没你个高，她的衣服怕你穿身上睡觉别扭。左小然说："我穿你的好了。"话说得一点不勉强。我开玩笑地说："左小然，你的红粉兵法提示我，你现在不打算包装自个儿了。"左小然"嘻嘻"地望着我，说："小心，我怕已爱上你啦。"

帮左小然拿身衣服，由她冲凉换下，我则扎进厨房为她弄吃的。忙活一阵后，我端着一碗香气四溢的泡面和两个小菜出来，再看左小然，已歪在沙发上睡着了。洗手间里的滚筒洗衣机还在"嗡嗡"地滚动。

我没有叫醒左小然，我不忍叫醒她，我想她此时对睡眠的渴求会比一碗泡面来得更迫切。我轻轻放下面，到起居室拿来一条毛巾被，为左小然盖上，而后，坐对面沙发上，静静地凝视眼前这个或许已经累到无梦的女孩子。

明黄的灯光下，沙发一角，冲过澡的左小然圣女一样睡在那里，酣眠的小脸枕在藕瓜似的胳膊上，胳膊枕在橘红的沙发扶手上。那一刻，皮质的沙发俨然散发出淡淡的人性的光辉。岂止沙发，我抬头环顾一下整个客厅，视线探及的每一个角角落落，都是如此。中央空调不断置换出的空气里，阵阵久违了的生活气息和女人的淡淡体香，扑鼻而来。骤然间，我很冲动，身子膨胀成一张网，想要覆盖，想要彻底地席卷。

最终，我闭一闭眼睛，而后竭力张大，望望左小然，起身跑进画室，提来画板，飞速涂鸦。我试图将这一刻凝绘成永恒。

圣火一样燃烧。铁水一样沸腾。盛典一样狂欢。这就是 8 月的北京，时时，刻刻，处处，被点燃的梦想，仿佛鸟巢上空昼夜不息的圣火，在激情燃烧。

我也不例外，思想深处一个令自己亢奋的创作设想刹那间被左小然点燃了：即以左小然和像左小然一样服务于北京奥运会的志愿者为原型，创作一系列弘扬奥运会志愿者精神的油画，等奥运会过后开个画展。

努力的方向定下来，我开始有目的地奔波在北京的街巷胡同以及各大奥运比赛场馆，寻觅志愿者的身影，像当初阅读我的女人一样，如饥似渴地阅读他们的一举手，一投足，一个转身，一个微笑，甚至一个瞬间流逝的疲倦眼神……细节决定成败，我便竭力抓取他们的服务细节，更细节化地审视和描摹。

因为有了这样的契机，此后左小然来我这儿就有理由得多了。有时是她自己来，有时还带着三五个志愿者，有女孩子，也有男孩子。这其中有一个叫江海涛的小伙子，是武汉体育学院大三的学生，也在鸟巢服务，个子足有 2 米高，人很帅，笑起来"嗨嗨"的，往沙发上一坐，身子一打开，一张双人沙发他一个人坐，都还显得委屈了他。

我端上茶水招待他们。"累吗?"我说。

江海涛"嗨嗨"一笑,说:"累,能不累吗?一天天站着、跑着,我这样的体格都累得够呛,何况是她们这些柳条似的女孩子?"江海涛说起话来,口气里迸发出一种气度,不怎么老成,可真诚、豪迈。

"累了咋办?"

江海涛又是"嗨嗨"地笑过,之后淡定地说:"扛呗。志愿志愿,你既然选择了志愿,就是前面下刀子,你都得挺着胸脯去扛。"

这话竟然听得我心潮起伏。如果不是这样的一个情景,我想我这个60后或许二话不说就要嗤他矫情,嗤他作秀了。

后来聊起来,知道江海涛在"5·12"四川汶川大地震后,和几个同学第一时间就赶往那里。左小然们好奇地央求他谈谈那时的见闻和感受。江海涛"嗨嗨"着说那有啥好谈的,不过神色即刻黯然起来。"在汶川的十四天里,"他声音略显喑哑地说,"我瘦了整整二十斤。见了太多的眼泪,见了太多的生离死别,见了太多的血淋淋,太多触目惊心的废墟、伤残、无奈、呼唤……我们这些年轻的志愿者哪经历过那样的场面,几欲崩溃啊。"此刻,我看到这个大男孩眼睛里瞬间布满雾一样的水色。左小然们眼睛里也湿漉漉的。

我突然也感觉到眼睛里有点湿润。

沉浸在无限回想中的江海涛,手指轻轻磕着膝盖,许久才说:"但我们还是顶住了,扛住了。不过,从灾区回来,我一下子沉默了,睡不好觉,吃不好饭,一个人待在房间里,不愿去想,却一幕幕过电影似的无法不想。我老爸老妈吓坏了,天天守我门口,哭着求我去见心理医生。那天我打开门,望望我爸,望望我妈,声音沙哑地说你们放心,我心理没问题。恰恰相反,我觉得我长大了,更理解生活,更懂得活着是怎么一回事,更知道以后的路该怎么走下去了。我想我那时的眼神,或许出奇的成熟,镇定。"而当周围的眼睛还是那样哀伤时,江海涛又"嗨嗨"笑起来说:"我看到我老妈的眼泪'哗哗'就下来了,哭得那叫一个凶啊。"

我望着眼前这个谈笑风生的大男孩,颇有感怀。说他们是抱大的一代，对。说他们是垮掉的一代，我开始怀疑。送走左小然、江海涛他们，我独自在客厅待了一会儿，正要去作画，大腕李的电话突然地来了。

"舟子，又见过那个左小然没有？她真的就是一个奥运会志愿者，没骗人吧？"大腕李劈头就这话。

"我说你老哥也不来些铺垫，千里之外，你怎么就不问问全中国全世界都在关注的这届奥运会的进展情况呢？中国拿了多少枚奖牌？咱北京是怎样的城不眠、人欢笑？"

大腕李说："得，我没时间跟你扯皮，说正经的，左小然天生一明星坯子，好好打造，将来肯定是一个抢手的'香饽饽'。我告诉你，我有自信，我能将那女孩子固有的艺术潜质完完全全挖掘出来，还要让它大放异彩。"

我不屑地接道："人家女孩子身上做事业的特质或许远比当明星的潜质来得更纯粹、体面，少拿艺术的借口糟蹋人啦。"

大腕李说："别说得那么高，我听不懂。"

我说："说个好懂的，你们的《玫瑰猎头》拍得怎么样了？"

大腕李说："拍个述，这会儿只有玫瑰，没有猎头。"

我说："那你们就费心把玫瑰打造成猎头吧。"

大腕李说："得得，我自己想办法吧。"说完，把电话"啪"地挂了。

各大场馆中的奥运会赛事还在如火如荼地进行，而我越来越多的时间是扎在画室里，面对一屋子错落排列的画板，不同背景下神情、姿势各异的志愿者，冥思苦想。我总觉得，我画笔下的他们，还缺少些什么。

一个人有一个人的气质和人格魅力。一个民族有一个民族的气质和性格魅力。这就是所谓的人有人格、国有国格吧，即便彼此之间因为寻求到某些共同的目标而有所同，但拘泥于生存背景、地域差异、文化渗透，势必又会有所不同。

一代人一定也是这样。

一个群体。

我此时此刻冥思苦想的，正是眼前面对的这一代人，一个群体，他们共有的、独有的气质和精神魅力是什么？而这些东西才是这一幅幅油画或素描的"魂"。我深深明白，没有"魂"，这些画都不再是画，而只是练笔，是涂鸦。

我将这个困惑说给左小然听。左小然歪起脸蛋想了想，说她也不知道。但她提议，我该多去"鸟巢"看看。

阳光下的"鸟巢"我远远地眺望过不止一次，坚硬而恢宏的钢铁结构，让人产生距离感。初始的感觉的确像大腕李所感叹的那样，就一冰冷宏大的建筑而已。倒是8月8日8时的鸟巢时刻我见证了，老实说，夜晚的"鸟巢"，会因为灯光的照射，而变得柔软、温暖、富有人性。

但我还是依照左小然的提议，更经常地去看"鸟巢"。

其间，网上开始出现"鸟巢一代"的说法和热议。热议中，我很认可网友雪山雄鹰的帖子：

这个群体如此年轻，便在一个年度里经历了汶川地震和北京奥运会这两件被媒体称为"大悲大喜"的历史事件，还没来得及去探询他们在汶川地震后所表现出来的责任和担当的潜在促因，他们便又以在奥运会期间呈现出来的自信、乐观、稳重，让人为之赞叹。奥运会夺冠的中国选手如此年轻便超越了他们的前辈，奥运场馆内的志愿者如此辛劳却依然展示灿烂的微笑，面对镜头他们不再拘谨，而是勇于表达个性，尤为令人喜悦。以他们为代表的80后、90后们，就这样轻易地让之前人们对"独一代"的担忧，如晨雾一样不知不觉地散去。他们长大后是什么样子，未来的中国便会是什么样子。那一定是很值得期待的图景。

我很受触动，决定借助网络，在众网民中挑起一场"口水大战"，或者说一次思想地震。但我作罢了，不想挑起事端。只写了一个很温和的帖子，《60后、70后 PK 80后、90后》，随后以"盗火者"的网名在天涯论坛上发出。

翌日，在不时被刷新的网页上，我俨然一个勤劳温厚的茶妇，在时机恰到好处的采茶时节，左采右采，左右采之。

湖南网友"追风不再年少"留言："鸟巢一代"不再是对政治谈虎色变的一代。在60后、70后们时常把"不谈政治"挂在嘴边的时候，"鸟巢一代"已经表现出对国家和民族前途命运热切的关注。众所周知，某知名论坛对"什锦八宝饭"的构成进行的调查数字显示，80后网民以80%左右的压倒性优势成了主力。也许他们不懂得什么是政治，但他们的近似于莽撞的热情，却让他们的上一辈人感到羡慕和嫉妒。在这股热烈情绪的冲击下，中国几千年来如石狮般的政治威严，增添了许多春风化雨的和睦之气。

河北网友"商海沉浮客"留言："鸟巢一代"的崛起，无疑会让60后、70后们看到自身性格中阴暗的一面，得到一次真正的涤荡。我们一直说要做痛快的中国人，可翻翻历史，有几天中国人是活得痛快的？我们一直说要具备国际视野和国际胸怀，但直到"鸟巢一代"浮出水面，才大概了解一个真正拥有开放心态的国家应该是什么样子的。

广东网友"温柔一炮"留言：60后、70后一直想做大国民，但不得不承认，只有"鸟巢一代"，才是真正拥有了大国民气度的一代。"鸟巢一代"没有颠覆父辈遗留下来的传统，但更闪光的却是他们的宽容、冷静和自然。

天津网友"谁在唱歌"留言：在社会各个时期，人们总会对主流群体寄予厚望，这种依赖心理根深蒂固地一直存在。比如，有段时间舆论曾呼吁中国的中产阶级要担当起稳定社会和奉献社会的责任，但很快这种说法便消失了，因为中国的中产阶级是"面孔模糊的一群"，在出于某种需要去寻找他们的时候，却难以清晰地发现他们的存在。

上海网友"一个人的远征"留言：我们迫切需要这样一个群体的存在。他们观点鲜明、立场坚定、要求明确、表达清晰，这恰恰和"鸟巢一代"身上具备的特征吻合。更重要的是，他们就是生活在你身边的人，无须等待和期盼，只需要微笑着看他们走上舞台就好了。

......

有些帖子，我能读得潸然泪下。梁启超《少年中国说》中有对少年人的描述：如朝阳，如乳虎，如泼兰地酒，如春前之草。这不正是"鸟巢一代"或者说我那些画作应有的"魂"吗？坦荡真诚。热情投入、包容自然、锐意进取。

我忽然心血来潮，想看看这十六个字发给不同的人，会不会生出些戏剧性的冲突。果然。

左小然回复：你在界定整个"鸟巢一代"。谢谢！

江海涛回复：有多大的脚就穿多大码的鞋；有多大的口就吃多大碗的饭。自勉！

大腕李回复：你发痧呢？

校友张老板回复：我们老了，这是小的们要努力做到的了。

初中同学刘啸山回复：坦荡娶二八，热情泡酒吧，包容婆姨偷，锐意往上爬。

画友素冯：笔头秃了，生不出花了。

我忽然想作画，手端没有笔，就顺手牵出一张白纸，以烟头作笔，在上面烧呀烧啊，烧出一个圆如月盘的圈。

至于何意，问我？还不知道。

第二天，8月22日，当又一个山河同乐的灿烂日子在我的窗外溜走，当夕阳西下，当酒红的余晖将我画室里每一幅画均涂出一层温暖的思想的时候，我长长地舒出一口气。一步一步，我郑重地退到门口，张大挑剔的眼睛，如同细品一位人体模特的每一段线条一样，精细地阅读着我的画。渐渐地，我亢奋起来，这里是时下整个动感、狂热北京的浓缩啊，而热血、激情的阳光一代，正是张扬其中的最中国的活力元素。

热血沸腾时，我拨通了素冯的手机。我大着声音说："我这儿有一块创意的肥肉，你吃不吃？是的，我想把这一创意做得够大够轰动。"

那端，素冯含混不清地道："你独吞好了，我这会儿除了偷情，别的没兴趣。"他一准噙着他的大烟斗。你如果能记起伟大的无产阶级革命导师马克思啥样，素冯就啥样。只是素冯远不像马克思那样体面得像个绅士，他把烟斗叼起来的时候，你看着他就像看着一幅漫画。但这小子在画界自成一派的画风和地位，无人能望其项背。

我开始缜密地向素冯阐释我的创意，而且告诉他，这将是一次引发时下思想撞击的创意，要他想清楚要不要分一杯羹。我深知素冯的德行，更清楚他对我的感情。不等我说完，素冯就大喊一声"喳"。他接着却再次含混不清地道，"料豆咱俩吃，炸锅了你一个人担。"

石头落地。

时间伴着眼泪和欢笑呼啸着前行，转眼已是 8 月 24 日。是夜，北京告别了奥运会，依依难舍；是夜，奥运会大家庭共聚"鸟巢"，共同珍藏全世界最奢侈的狂欢记忆。然而就在这一夜，就在"鸟巢"内外，每一个需要的地方，依然可以见到志愿者忙碌的身影和温暖如饴的微笑。

奥运会闭幕式过后，我跟素冯分头在街巷里和志愿者站点搜寻志愿者的身影。大幕拉下来了，他们将回归到最真实的自我，从近似于神坛的舞台上回归到最真实的生活中。回归是一条无须殚精竭虑和深度考量就能完成艺术审美的捷径。有捷径，总是离目标更近。

在天安门人流滚滚的光影中，我最先看到了江海涛，他晃晃悠悠的大块头，显得如此突出、超拔。我默默地追随了他和他的队友好一阵儿，而后叫住他。

江海涛见是我，马上把大手伸过来，"嗨嗨"地笑着说："是老木啊？"

我说："是啊，打算去哪里？"

江海涛打着手势说："先跟朋友吃吃饭，然后找家网吧，读读博客留言，再更新一下博客，挺想一些博友的。"

"北京会常来吗？"

"不知道，但来了一定联系你。"

这时，远处一个女孩子在叫"涛子"。江海涛"喔"地应一声，说："那老木，再见。"而后，在茫茫的人潮中，转身，离去，惜别的背影，在广袤的夜幕下，显得如此落寞。我的手怅怅地挥着，许久，方转身离去。

此后，在贵宾楼饭店门口，我遇到了脸庞像阳光里的漓江一样清丽的云水清，一个四川籍志愿者，北京师范大学大三的学生。从7月20日至今，她就在饭店担任交通服务志愿者，为奥运大家庭贵宾们的出行提供帮助和服务。

"四川哪里的？"我问。

缤纷的霓虹灯光下，云水清闪亮的眼神瞬间一"惊"，低下头去。我即刻有所悟，触到这女孩子的疼了，于是，我轻轻地说："对不起，可以不说。"

"没关系。"久之，云水清抬起头，缓缓地说："我的家就在汶川大地震中损毁最为严重的北川县城，妈妈、外公、舅舅、伯伯……仅仅一次地震哦。"

"会梦到他们吗？"

"会，常常会。"

云水清微笑着说"会，常常会"，笑脸如花的小脸上，泪水已一泻汪洋。不过，云水清继续说："能亲身经历、并尽自己所能参与和服务奥运，是一件最美好的事情。我知道，这也是离我而去的亲人们的愿望。"

顿时，情不能已，我紧紧拥抱云水清。那一刻，我仿佛目睹到了这个少女急剧颤抖的黑色记忆，心潮翻涌。

就在这涕泗滂沱的时候，我接到了左小然的电话。嘈杂的电话中，左小然清清楚楚地说："哥哥，我要去你那里。"

我迟疑了一下，方说："为什么？"

左小然说："没有理由。"

24日北京奥运会结束，趁热打铁，26日，我们的画展便如期在北京国际展览中心展出。

展厅由我和素冯亲自布设。展览中心大门上方，猎猎飘扬的条幅上，是素冯极具视觉冲击力的美术字：一个城市最中国元素的奥运记忆·鸟巢一代暨木已舟、素冯画展。进入展厅，迎面是一幅"鸟巢"

300×200 的巨制油画，叫《"鸟巢"时刻》。画的是 8 月 8 日 8 时那个被世界聚焦的"鸟巢"，占满整个画面背景的，是霓虹灯光下稀薄剔透的夜幕，被夜幕紧紧拥裹着的巨大"鸟巢"。钢筋结构采用水灰色油彩，力求突出她的坚硬、错综和牢固。"鸟巢"内用火色油彩表达"鸟巢"时刻令人遐想的灯火辉煌、世界同欢，整个画面，竭力弘扬一种热情、包容、和平、向上且无距离、无国界的奥林匹克精神。

转过这幅巨制，便是四面墙上一百多幅"鸟巢一代"的素描或油画。最具代表性的作品，迎面墙上，最醒目的位置，是左小然的那个《2008，我来了》；左面墙上，是霓虹灯光下的闭幕之夜，茫茫人海中江海涛回过头挥手说"再见"时的身影，名字叫《奥运，再见》，旁边是云水清的《家在北川》；右面墙上，有素冯的《挑水泡的女孩》以及《让姐姐好好睡》《请再给我一个拥抱》等。

布展结束，于青春洋溢的展厅里，我跟素冯久久席地而坐。

"老木，我这颗心这会儿像荡秋千。"素冯说。

我拍拍他，说这就："对了，这叫忐忑，也叫期待。"

素冯又说："我昨天做了个梦，梦见咱俩成了'千夫指'。"

我"哈"的一乐说："这也不错，弗洛伊德说梦是愿望的达成。再说，'千夫指'也可以这样理解——嘿，看，就是这俩家伙让我们的思想发生了一次地震！"

"但愿如此！"素冯笑了，笑得很无力，而后与我大手紧摸。

而画展当天，我却没有出现在展厅，累倒了，那儿就全交由素冯和展览中心的赵哥里外打点。我把一条毛巾弄湿，躺在床上，而后将折叠的毛巾块儿放在额头上。我不敢想画展，就大睁着俩眼想我的女儿，顺便就想起了我的前妻，我还有一个给予她的承诺没兑现呢。那会儿花前月下卿卿我我的时候，我许诺画下她人生当中的 100 个难忘时刻，等金婚之年为她办一个轰动京城的画展。这承诺已转头成空了，因为她的人生已在别处，无法跟我慢慢变老。我前妻还是挺不错的一个女人，我们是校友，她人特有一种入画的美。三年之痒、七年之痒，我们都熬过来了，十二年不痒的那道坎儿，却将我们挡在了城里城外。但我无怨言，责任在我。

我眼睛湿了那么一会儿。恍惚间，我觉得自己跑起来了，在一处了无涯际的旷野上，沿着一个没有边际的圆形跑道。渐跑渐慢，我气喘吁吁，大汗淋漓，四肢乏力。我被迫坐了下来，无意间低头一瞧，自己正坐在当初用烟头烧出的那个圈圈上。我被吓得立即醒来，这才发现手机正响得迫不及待。

　　"我，左小然。"左小然兴致勃勃地说："怎么你没到现场？"

　　我一边说："我在光荣地病着"，一边想通过她手机的送话器，努力捕捉些来自展厅的信息。

　　那边左小然焦虑起来，问："重吗？"

　　"最起码接电话的力气还很充沛。"我问："场面如何？"

　　左小然说："很冷啊。"

　　我想不会啊，而人却一下沉默起来，接着重重地叹了口气。

　　听我叹气，左小然在那端扬声便笑，说："骗你呢，这儿要爆棚了，外面还排了好长好长等待看展的队伍。还有，一些可爱的老外连连竖拇指，说你们画活了'中国男孩''中国女孩'呢。"

　　直到这时，我才有些相信，绷紧的病体和神经，顷刻间舒展开来。

　　当晚，左小然执意留下来照顾我。她眼神努力坚定地说："老木，让我留下来照顾你吧！"我说："方便吗？"她神采一下飞扬起来，说："不是方便吗，而是没啥不方便啦。老木同志，你现在成了为我们这一代勇于代言的舞者，照顾你，我该义无反顾，是不是？"

　　我的病并不娇贵，到华灯初上时，身上已生出不少力量。我提议带左小然去吃馆子。左小然不肯，说要我给她一次展示厨艺的绝佳机会。我笑笑答应了。

　　展示的时刻到了，机会绝佳，可左小然的厨艺实在不怎么好。莲子羹有些糊了，西红柿炒鸡蛋咸了，油炸火腿花还像那么一回事儿，一个个整齐地码在盘里，周边疏朗地点缀些香菜梗，倒从"色"上洋溢出些许生涩的艺术风采。

　　无酒不成席，于是左小然提议喝些酒，没等我表态，她便去储藏柜拿来一瓶高度"杏花村"酒，而后动作利索地斟了两个半杯，一杯给我，一杯给她自己。"来，老木，我感谢您的帮助和厚爱，并祝您画展成功，身体康复。"

我说："谢谢你再一次借花献佛"，而后一饮而尽。待我放下杯子，左小然便夹起一块西红柿往我嘴里填，小脸伸过来，眼波那样急切，说："尝尝，好不好吃？"

我兴冲冲大嚼特嚼，却实在咸得难以下咽。但我还是一抻脖子咽了下去，随后神情夸张地叹道："丫头，不会做饭，以后可怎么嫁人啊？"

左小然冲我鼻子一嘟，说："嫁个厨师好了。"

我笑了，说："这容易，等着吧，一个才高八斗笑脸如花的大学生老婆，说不定厨师们争得打破头呢。不过，太便宜他们了。"

左小然头一歪，说："我嫁他的厨艺，他娶我的胃，谁也不便宜谁啦。"

我嚼着一段儿火腿花，望一眼左小然，打趣说："你的胃出嫁了，人和心可怎么安置？"

左小然一下趴过来，勾着头，俩眸子定定地盯着我。

我"哼"的一下，说："左小然，你要干吗？"

左小然哆着声说："叫我左左好不好？"

我迅速瞥左小然一眼，低头又夹起一段火腿花，然后"嗯"的一声说："这个菜特别不错，有创意，见刀功，恰到火候，越嚼越爽口啊。"我嘴上显得若无其事，内心里却浪涛翻卷地难以平静。

"叫我一声左左嘛。"左小然撒娇道。

我"呼噜"一口莲子羹，说："为啥？"

左小然嘴巴甜甜地说："我把你看成我的近人了啊，远比他人近的人，不行吗？"

我说："行。不过，嘴里叫着'左左'，咋跟'坐坐'地招呼人似的？"

左小然嘴巴一撇，气咻咻地嚷："老木，老木，四十多年的一截老木头！"

我哈哈大笑，说："你这丫头，小嘴怎么这么毒？"

晚饭后，左小然推我去卧室，说："爱看电视看电视，爱看书看书，厨房里由我拾掇。"

我是躺在了床上，可我既看不进书，也看不进电视，脑子里全是紧张的糨糊。许久后，我听到了左小然的脚步声，赶紧翻开一页书，入神地读起来。木拖鞋踏在橡木地板上，发出节拍似的"嗒嗒"声，由远而近，响到门口，略略停顿。虚掩的门开了。我下意识地抬起头，然而没待看清什么，眼睛即刻陷入一片黑暗中。

房间的顶灯灭了。我忙摸索着去开床头灯。

"别开灯！"黑暗里，传来左小然紧迫的喊声。我的心跳骤然加速，热血在逼仄的血管里顷刻间似要掀起滔天的巨浪。渐渐，房间里闪起点点的光亮，隐在黑暗中的一切渐次浮出应有的轮廓。此时，慌乱的脚步声越来越近，我突然听到了"吁吁"的呼吸，然后，我看到了身着我那条白色浴袍的左小然，离我仅半步之遥。

"是停电了吗？"我装得安之若素，若无其事。左小然什么也不说。但接下来，我的手被抓起。霎时，我触到了湿漉漉的发丝，以及湿漉漉发丝下左小然的身体，温软、馨香、滚烫、起伏。我心底里喃喃地呼唤着'左左'，'左左'，肝胆上闪电似的撕裂出的一道一道疼，几欲将我击倒、烧焦。

猛然，我抽出手，摸索着帮左小然束上浴袍的腰带。

"哈哈，哈哈。"黑暗中，左小然扬声大笑，说："老木同志，我在郑重地给你走一场表演秀，让你帮我严格审查，看我是不是一颗大腕李所谓的无限可塑的娱乐明星。"

我也哈哈大笑，说："太蹩脚，太蹩脚，还是去支教好。"听左小然说，她的去向已经定下来了，到汶川支教一年，还是做志愿者。言毕，我伸手去开灯。左小然再一次按住我。

我便催她去我女儿的房间睡。左小然说"不"，而且非要跟我躺在一张床上，零距离，面对面。还说，两人那么近地躺着，而彼此心间亦能没有杂尘，那么，她将看到一位仁厚洒脱的60后，而我也就更加深邃地了解了什么是80后、90后本色。

"老木，我想哭。"第二天早饭后，左小然回学校，我在客厅跟她道别。左小然说"哭"，眼睛还笑呢，大滴大滴的泪就下来了。我笑笑，竟不知道怎样阻止她哭，拿什么样的话来安慰她。尽管思绪里那么多的文字穿梭着着急，我却抓不住哪怕一两个字，组成只言片语，表达足以陪伴她一生的牵挂和祝福。我抬手拍拍她抽动的肩，捋捋她的长发。

我说："哭吧，谁哭都不是罪。"

左小然说："老木，我越来越喜欢你了。"

我顾左右而言他，说："我理解你的比远方更远的梦了，你还有你的路走。"

左小然脸蛋一歪，说："那我暂时把你装在心里，带走，好不好？我去走我的人生，你在我心里，咱们还同行。"

我装作毫不在乎的样子说："这个好啊。"

左小然眼睛亮亮地瞪着我，说："抱抱我。"我顺势抱住左小然。

"老木，我不想走，我多希望被你这样抱到地老天荒。"左小然说。

听左小然这样说，我眼睛再也忍不住潮了。我不敢凝视左小然的眼睛，唯有将她紧紧抱在怀里，好像松开手就会触到世界末日一般。但我始终没有轻言，允诺左小然，让她留下来。

"我走了。"楼下的出租一再鸣笛的时候，左小然离开我的怀抱，望我笑笑，随后"拜拜"着飞身下楼。等我回过神来的时候，发现一只手还伸着。是想送走什么？还是想拉住什么？许久，我竟然觉得找不到自己。

画展还在继续，素冯打来电话，说几家电视台要采访。我说："嗯啊，我还病着，你一个人招架吧。"然后，点起一根烟，坐下来，袅袅蒸腾的烟霞里，我思绪万千。

我在想左小然昨晚说的话。

我昨晚装了一回嫩，依着她跟她并肩躺在床上，牵着手，心底无私地说话。后来，左小然嘴下无情地谈到她们这一代眼里的 60 后、70 后。左小然说："我如实奉告，哥哥不许不高兴。"

我说好："说啥都高兴。"

左小然接着毫不客气地如实奉告，说："您知道80后、90后最不屑60后、70后什么吗？就是他们太喜欢总结，喜欢下定义。比如，一百分改成 A ＋，叫素质教育；给卖鸡蛋的一张票据，叫执法；有一个人的店铺，叫公司；有三个人的店铺，叫集团；'哇'声一片的人，叫新新人类；拆东墙补西墙，叫市政建设，等等。而且他们不仅要自己老老实实待在概念化的思想国度里，还要将我们也牢牢地关在里面。"

"你在挑衅我们。"我当时忍不住扭脸望望左小然，笑着说："关了空调吧，我会战战兢兢，汗不敢出。"

左小然冲我扮一个鬼脸，依旧侃侃而谈道："最顽固的，总是隐藏最深的。所以60后、70后才看不清自身的顽疾，反而说我们也像他们那样年轻过，浮躁、轻狂在所难免，总有一天，80后、90后会像他们一样安定下来。事实上完全不一样，60后、70后的浮躁、轻狂是一种狭小舞台上的彷徨，而80后、90后脚下的舞台更大更具挑战性，不仅有国内的，更有世界的。我们可以看到，80后、90后不再那么膜拜名利，而是更喜欢尝试着投入和努力。不过啦，"左小然稍微停顿一下，说："80后、90后是站在了父辈的肩膀上，看到了更大的世界。给我们时间吧，等我们成熟。"

左小然的话，让我油然想起我那个烟头烧出的环圈，如果说它就象征着一个民族的存在轨迹，那么它原本不是客观存在的，只是一代一代在上面奔跑的人多了，它才渐次清晰，而且越来越拥有牢不可破的向心力。80后、90后，这个以"鸟巢一代"为代表的群体，他们拥有足够宽广的眼界和眼光，足够蓬勃的力量和气度，足够包容的胸怀和胆识，足以从重重叠叠的固有中突围而出，在风云变幻的舞台上，担责，奉献。

接过左小然电话的第三天，我一个人闲坐客厅无所事事。当客厅一角的落地钟摆敲响无语的时间的时候，我一惊，仿佛听到了梦里的黄钟大吕。可我还是不想做什么。烟头上的烟灰花儿一样摇摇欲倾，我抬抬身子，将其轻轻弹进茶几上的烟缸里，而后深吸一口，鼻腔紧闭。刹那间，裹挟着尼古丁的雾白烟霞，亢奋地于我打开的脏腑上漫过。

　　就是这样的时候，我记起左小然说过的一句话："你们没有失足倒下，是因为你们从未到达过可以失足的高度。"我认真地想想，笑笑，摇摇头，像面前就站着貌似心无城府，其实是相当聪慧相当懂生活的左小然。

　　这丫头在墨脱生活得怎样？她追梦的脚步能一直抒情下去？不曾犹疑也不曾彷徨？我拿起电话，这次轮到我撺掇素冯他们尽早去墨脱采风了。

城市上空的麦田

都市女人追梦，有如在城市的上空耕种麦田，比起男人，那梦想更不容易落地

小乐死了，美女作家马小乐，我们有如两片叶子一同在这个都市里飘摇着的马小乐。

素素打来电话的时候，我在梦里。想想，正是一个关于马小乐的梦，记得我把她的手放到另一只手里来着，一只很大的手。电话就叫了，山呼海啸的。起初我没接，想再回到梦里，我很想知道小乐外那个人是谁。电话一直叫，一直叫，貌似骚扰有理。我烦透了，一伸手，把插头拔去，而后拥住自己，轻轻拍拍酸软的膀头。

我是个爬格子的女人，常把日子过得颠三倒四，又害失眠症，因为睡着不容易，我比尊重自己还理所当然地尊重我的觉。最怕这样被打扰，像难得的觉上硬生生地插进把切梦的刀。睡觉要紧，对于缺觉的我来说，睡觉要紧。

我努力想要回到梦里去，不行，回不去了，越努力越清醒，就一下坐起来，摸根烟点上。想静一静，静一静，静过之后，一切都可能被梳理得熨熨帖帖，连同张狂跋扈的坏心情、坏脾气。却咳起来，咳得五脏六腑疼。

黎明前的夜阑寂极了，我有些心慌，就一边咳一边拧亮床头灯，把电话插头怎样拔掉的再怎样插上。冷不丁地，吓我一跳，电话正响

着。我知道准不是一般的事了，知道我这毛病的多，知道我这电话的少；午夜打电话的多，这样执着的电话少。

"快来吧你，小北，向小北，你个该挨刀的向小北。我电话都打烫了。"是戚素素，泣不成声，语无伦次。

我害怕了，连说："对不起，对不起，素素，你说，慢慢说。"此时，一种不祥的预感耗子一样钻进我脑袋里，跑得我头当即就大了。

"你看，都是血，哪儿都是。求求你快来，我一个人怕死了。"

果然是它，那个让我心慌的事情来了，比狼来了还要让我措手不及。我胡乱安慰素素几句，放下电话。以往的夜里，放下一个电话，一切还是照着原来的样子往下铺叙。一成不变的日子像水，抽刀难断。这一个夜怕不能了。我闭闭眼，看到了血淋淋的小乐，正指着我吼：小北，你到底如愿以偿了你！我猛的一激灵，睁开眼睛。小乐，你要害死我呀！我傻了一分钟，抬头看表，凌晨三点一刻。事情一准是在三点发生的，那个时间是小乐的一块硬伤。小乐亲口说过的，脸庞差不多叫眼泪弄成个二花脸，"欧莱雅"的唇彩都哭没了，跟我和素素瞪着红肿的两俏眼睛一再强调："不是特指哪一个凌晨的三点，所有凌晨的三点，往后统统的凌晨三点！"

我将烟头按进烟缸里。烟缸里尽是横七竖八的烟头，端的如一钵放凉的情感菜肴。油然想到小乐的眼睛，想她在放手这个世界的时候是闭着，还是睁着。闭着好，说明她死得一无牵挂。可小乐会一无牵挂死而瞑目吗？一时胸闷、气短，感觉脖子麻花一样被人拧着，就尽可能地张嘴，张大了好呼吸，就呼到了从窗户的鳞隙间伺机侵入的冷。

我惶急忙乱站到地板上，套毛衣、毛裙，穿靴子，完了扯一条披肩披上就走。猛然觉着哪儿不对劲。站住想想，是脚，光脚在鞋子里又黏又涩，很腻歪人。我很怕光脚穿鞋子，就转回去重新套了袜裤。脚跟鞋子隔了一层丝袜，柔滑的，有种被保护的安定感，很体面，也很正常。

一直都怀念正常的东西跟感觉。

外面的夜，冷，冷风刺骨。

我抱紧自己站在路牙子上等车，一面想小乐的眼睛闭着还是睁着。若是睁着，没准就是睁着，谁来为小乐轻轻地抚上眼睛？这个城市里小乐没亲人，也不知道小乐还有没有亲人，我们从没见过，她总说得无从把摸。她很少朋友。她的朋友，除了我跟素素，还有一个他，寥寥几个而已。至于别的几个他，小乐说他们是她过了气的衣服。

　　"哈哈哈……"小乐、我跟素素三个死党那天一起谈论男人的时候，小乐总是这样先狂放地笑个不住，接着她会说，"我在人群里淘男人，就像在一家紧挨一家琳琅满目的服装屋里淘衣服，衣服随淘、随穿、随丢，男人随淘、随用、随换！哈哈哈……"小乐边说边打着随手丢弃毫不足惜的手势。小乐谈起男人来，总能这样放肆和骄傲。骄傲的小乐真的死不瞑目了，谁来为她抚上眼睛呢？他吗？我下意识地摸手机，才知道手机跟包都没带。我是想联系素素，问她通知他没有。待会打车都成问题了。

　　夜风袭来，凉得逼人。我忍不住打个冷战，才想起应该穿件风衣的，季节早走到了深秋。我将自己抱得更紧，一边跺着脚一边东张西望。不远的青年路上跑来一辆的士，"空车"的灯牌亮着，很打眼。我连忙向它拼命招手。那车即刻一个九十度漂亮的急转弯滑到我面前。我一伸手，迫切拉开后车门，坐进去，一抬头，见小司机正盯着我看，率真的眼神刀子一般。我闭了闭眼睛，恍惚间感觉刀子正一件件将我御寒的衣服挑落地上。

　　"东京路帝皇小区。"我打着牙战说。

　　小司机点点下巴，咕噜一句："我知道的，那是个富人区，我常去那儿。"

　　多没城府的话呀，听听，他常去那儿。多么朴素、直白而又深刻的暗示。因为他常去那儿，所以他一定常不在那儿，他一定不是那里某一栋豪华住宅的业主。很明显的，他常去的意思只能是常去那儿接送固定的或者不固定的客户，说不定这其中就有小乐或者小乐的某一个他。白天常去那儿，怎么说这都是一份毋庸置疑的体面生意。若是都跟今儿个晚上似的常夜深人静地去那儿，这话就言简意丰而且意味深长了。没准他认识小乐，常常拉过小乐，拉着小乐去见一个又一个

城市上空的麦田

小乐视为衣服的"他"，或是拉着小乐视为衣服的一个又一个的"他"去见小乐。我不知道该不该为小乐而对他感激涕零，笑脸如花。

这小司机又在后视镜里偷偷看我。我不生气，我愿沉默。我喜欢不花钱的阅读，各种各样的眼神是一部最有意思、最真、最难得的无字书。一个眼神可以让一个人物活起来，我笔下的人物需要活灵活现的眼神，比如这小司机用强装的世故包罗纷纷扬扬的寓意跟感情认知的眼神，我快被剥离得体无完肤了，却依然一伸脖子接过他的眼神，像伸手收起一条沐浴了灿烂阳光的床单。

无边的夜，深得如此寂静。在犯困的路灯光里，在飞速的车轮下，彰显着抑郁本色的街道，努力铺展、延伸，力图在滚滚的车流、人流与朦胧的夜色中，拓展生命的空间。刹那间，我在心底里对于城市的夜路潜生出温暖的情愫。小乐说过，她喜欢在路上的感觉，不喜欢缩进一个豪奢的角落里巴巴地目睹自己凋零。孤芳自赏，最让人痛。我想问一问她，那种在路上的感觉是不是就是活着的感觉。然而，我没法向小乐求证了。

车子很快到了帝皇小区。正想着如何说服小司机在楼下耐心等着，我会一分不少从一号楼1011房的窗户里，就是那个唯一亮灯的窗户，把钱抛给他，前方一辆小车的车前灯弄花了我的眼，等看清驾车的那人，我的心怦怦直跳，是他，没错。世上各种各样的事情有时候就能这样莫名其妙地巧合着。有付钱的了，我很庆幸。

车子在他的车旁停下来，他下车的时候我也下车。他看到是我，眼神一惊，又看了看我，忙过来付钱。

"不用找了。"这是对小司机说的。"走吧。"这是对我说的了。我习惯过他如此说话的口气，喜欢以这种口气说话的他。征询的唇形略略下压，原本祈使的口吻轻轻软化为舌间的命令，沉稳，自若，温热，曾经那样轻而易举就统治了我柔韧的意志。当仁不让的命令是男人给予女人的无上呵护，是男人敢作敢为敢于将他心仪的女人以及那女人的一切风雨一肩挑的气度。那会让女人多有安定感啊。采采苤苢，薄言采之、薄言捋之、薄言襭之。多好啊，女人左摘右采左捋右抱在男人那里撷取一点点就能醉倒的疼爱，甜蜜地叹息着缩进男人山一般的怀抱里千娇百媚，小鸟依人，直至丢了自我而幸幸福福做男人贴心贴肉的女奴。男人是塑刀，女人是软泥，再铁的女人一样甘愿被雕塑成幸福的女奴模样。我曾经就是这个男人坚定、自信的塑刀下一个幸福的女奴啊。他无语，大手放在我膀头上拥住我往电梯间走。我很真切地感觉到，他手下我身体的那个部位一阵战栗，接着，周身各道神经像排列有序的多米诺骨牌依次而迅速地倒下，前仆后继地呼告并传递着一条久违的信息，又见他了，最后指归心脏，"咚"得一声撞击，一下，我的心就整个软掉了，湿润了，还有一点点的痛。

在等电梯的时候，他将手移至我后脑勺处，用了用力，依然没说什么。他跟我一样是奔一件事一个人去的，我们心照不宣。但有一点是我知道他不知道，又或许是他知道而不知道该不该做的事情：我渴望他的拥抱，很渴望。

他拥我走进电梯，一个适合发生点什么，无论什么都方便发生的空间。可没有，他的深情没有再深入下去。我难受，做着三五种想要吸引他的样子，像个想要诱惑男人的傻女子那般。眼神却不知放哪儿好，窘着胡搁乱放，马上要与他相对的时候，又忽然逃离。像一个镜头的多次轮回，直至走出电梯。

我们刚刚按响小乐家的门铃，门就开了，素素扑到我身上狠命搂我。我也用力拥紧她。素素哭。我的泪也像落雨。我触到了素素的脸跟手，冰凉凉的。我看她的脸，没有一丁点儿的血色。我知道了，小乐的死一定很惨。小乐说过，死比活着难，有一口气都能活着，可要断掉一口气，比什么都难。我把素素的手摸在我的手里暖着，彼此揽着往小乐的卧室走。

"等做了处理再看。"他挡在门口，脸色阴沉，不容置辩。

我只管往里挤。我得看小乐一眼，再不忍目睹，她也首先是我的朋友小乐。我跟小乐，还有素素，我们好比一同飘摇的落叶，虽然没有生死同盟，但彼此依偎过，温暖过。他迅速把我和素素跟小乐之间的那道门掩上，死死地拉住我们往客厅去。我仍然看到了小乐。我努力透过他的肩头和门缝，看到了洁白的床单上小乐的轮廓，很安静，雪一样纯白的样子。

给人压迫的夜快要过去了，就快要过去了。光明已大团大团地来到了窗外，时刻准备着拥抱将要醒来的一切们。我们三个跟小乐贴得最近的人在客厅里默无声息地坐着，为小乐守灵。情境像梦般逼真。

梦跟现实有时候是没有太远的距离和太真的界限的，有时候竟只是一个转身。

小乐是 2003 年一本女性杂志评出的"美女作家"。

于是小乐很膨胀，扬言要做中国的米歇尔，只写而且只写一部小说，要它跟《飘》一样横空出世，惊世骇俗。就为这个，小乐把她做小公务员的丈夫一丢，神清气爽、踌躇满志地飞到我们现在栖身的这个城市中来了。我终究没弄清楚小乐是怎样在这座城市安下身的。唇是软的，话是转的，小乐说过的她的那些故事，仿佛有多种版本，哪一个都像最真。你不要把要惊怪写在脸上，她姑妄说之，你姑妄听之。她自然清楚哪个最真。你不清楚哪个最真也要听相自然。反正都是由她的唇吐出的关于她的事情，说者没罪，你听着也没毒。

我是在一个春天，一个春寒料峭的日子，于一家叫"女人花"的歌吧里认识她的。那时的她依然是个美女，但已经很难看到作家的样子了。同时认识的还有戚素素，我们碰巧都坐 7 号台。

其实我对小乐的第一印象并不舒服。她穿过膝的黑筒靴，着黑色灯芯绒裤，超短的黑皮裙，黑白条吊带坎肩儿，拥一条长过膝的白色羊毛披肩，黑亮的直发梳成"一帘幽梦"型，左耳垂上吊着个杯底大的黑耳环，脸上涂着浓重的黑白妆。样子有些邪恶，对，像个女巫。她跷着腿坐在那里，一手托腮，我也就看到了她够个性的指甲，黑白色，一个黑的间个白的。不说她该属于哪里，最起码不是这里。这是个忧伤的所在，一个疯狂追赶时尚的女子是不会放任自己溺进忧伤而不自拔的。但这并不意味着我对小乐没有兴趣，我还不能喜欢上她这个人，但已经喜欢上了她的这个形象。我喜欢一切有个性的形象跟事物，就像我喜欢搜集从事各种行业的人们五花八门的眼神一个样。

"陈姐。"小乐叫总台的老板娘，冲她勾勾手。老板娘会意，马上让服务生送了盒"555"过来。小乐装出优雅的样子，接过烟，在貌似谦卑的小服务生脸上猛掐一把，红唇"O"的一下，再抛去一个暧昧的眼波。小服务生红着脸受宠若惊地去了。再看小乐，缓缓舒动十指，而后款款举起"555"，娴熟地剥扯外包装，那动作，俨然在镜头里，为全天下的观众表演一场给情人宽衣解带的"秀"。

"两位姐姐，要不要来？"出乎意料，小乐最先将打开的"555"拿到我跟素素面前，嘴巴甜甜地说，样子似跟我们很熟悉。素素说"不会"，毫不掩饰她的反感。我说："感冒了，不想吸。"老实说，我也不怎么喜欢小乐这种过于张扬的表达。"我就喜欢这个，贼冲。"小乐倒是一点也不介意我跟素素怠慢她。那时，我一边拿眼角的余光审视小乐，一边盯着荧屏上妖娆多姿浅唱《女人花》的梅歌后，心生怀念。

这个城市不少的人很有创意，惊世骇俗的这"吧"那"吧"，有如雨后长势喜人的春笋，层层地，在林立的高楼间抑或热闹的居民区，挤出一张很抓人眼球的门脸儿。被小乐热情地称作"陈姐"的老板娘，毫无疑问，很懂女人。她一定是看到了，这个一切皆在急剧膨胀的大都市里，很有一些被红尘甩落尘埃的女人花，她们有太多太多的忧伤，难以启齿，或不愿启齿，她们需要一个空间，或者说一个角落，痛痛快快，将埋葬不掉的忧伤一股脑儿地释放掉。所以，她就率先开了这家"女人花"吧，将梅艳芳不同版本的《女人花》，还有歌后从影的写真以及生活的点点滴滴，刻成四盘叫《断魂坊》的光碟，不间断地轮回放映。当然，你喜欢了也可以在位子上对着麦克风跟着音乐唱，完完整整唱下来，加收一块钱，半途哭泣不能歌，老板娘很包涵，算是奉送，不收钱。

"'女人花'是个风洞，被吸进来的都是女人花。"小乐说着，优雅地往烟碟里弹着烟灰。小乐这句话，让我对她的认识一下子有了逆转：这是一朵很另类的女人花，她一定有着不同寻常的故事和感情体验。"堪折直须折，女人如花花似梦。"4号台那个枯瘦的女人正在声嘶力竭地跟着字幕喊唱这句经典。小乐的冲动，在那样一个时候强烈无比。身为女人，我关注女性，关注任何女性的任何一种生存状态，我努力让她们在我的笔端好好活着，求得自己心安，求得读到她们的有缘人思索、关注她们。我开始饶有兴趣地跟小乐说话。我看到小乐的眼睛慢慢潮湿了。突然，她潮湿的眼睛一亮，像浓重的云彩背后突然跳出的月亮，喜悦的神色，还有她整个的肢体，如解冻的春水般，涣涣地鲜活起来。忽然，她站起来，拉上我跟素素就要走。

"走，姐姐们，咱找个人迹罕至的地方晒晒灵魂！"怕我们不去，又紧跟一句，"妹妹请客，怎么样？"

我巴不得听她的故事，而素素不愿意。小乐恳求素素，说："一同去吧，姐姐，中国多大啊，人口多多啊，能聚在一起就是缘，有缘就要相识，擦肩而过后才后悔，多不好。再说咱都是女人，一样来到这里，没相同的经历，也一定有相似的心声，是不是？"小乐倒很会说贴己的话。素素到底盛情难却了。

所谓人迹罕至的地方，小乐说是她家。我们就去了她家。

"放心吧，不会有野男人打扰我们。咱们挤一张床，要不就猫狗一样摊地板上，肆无忌惮地聊个通宵。哇，多浪漫主义啊！"小乐似无比畅想的样子，眉飞色舞的。

"你老公呢？"素素赔着小心问。

"哈哈，我呀，没有老公，只有男过客。"小乐大笑着自嘲道。

小乐的家就是现在的这个家。那时我不惊讶她何以有这样的房子，现在单身女子拥有别墅的海了去了，不足为奇。我只是惊讶于她房间一应设计的主打色系，和她的衣着、配饰一样，极力张扬的是黑与白不可调和的对立统一。

记得有位艺术家说过，黑代表死亡，白代表光明，一颗瘦心同时钟情于黑跟白的人分两类，一类是走艺术极端的疯子，另一类是走生活极端的高危人，前者往往为人类奉献出艺术的极品，后者往往为我们送上惊心动魄的事故。想想倒也是，一个人玩跷跷板，上来下去，无论在哪一端，都会失去做一个人的平衡。我不知道是不是从那样的一个时刻起，我隐隐地为小乐担上一份心了。

半个篮球场大的客厅西墙上，小乐的大幅黑白照拥在玛莲·梦露跟奥黛丽·赫本的黑白照间，网球场上，大笑着挥拍击球的小乐，自自然然有着大牌明星的风范。楼梯口摆有两盆剑兰。东面墙两个房门之间钉有一精巧的壁挂，一位带着羞涩走的女孩着红色的肚兜。仅此一处，深深浅浅的暖色便仿佛努力插足了黑白主调的样子。我倒觉得，零星的暖色不能说是小乐意志的不坚定，只能说她跟这个时代有着不可调和而又必须对峙的软肋。人都是有软肋的。

此时，一只毛茸茸的纯白狮子狗在我跟素素不经意的时候来在我俩跟前，吓我们一跳。小家伙先是看看我们，再看看小乐，小尾巴摇着，小嘴巴喃喃着。"吓，挺可爱呀！哎，小乐，你叫它什么？"素素问。

"叫钱，然后叫小小乐。"小乐边说边为我们端上宵夜，"我这窝里的一切首先都叫钱，然后才各有名字。"

"你也明码标价吗？"素素调笑小乐。

"有啊。"小乐自我调侃，"面对我爱的，我将自己化作绕指柔；面对我不爱的，我要努力榨干他每一个毛孔里的油水，再一脚将他踢开。"

"潇洒啊。"

"是啊，有房子、有姿色、有才情的女人不想潇洒都不行呢。"小乐说着抱起她的"小小乐"，跟个孩子那样亲了又亲，然后指着我跟素素说，"儿子啊，看着，这是你向小北阿姨，这是你戚素素阿姨。她们以后来了，你要知道欢迎啊，听到没？好，现在就表个示：欢迎，欢迎，热烈欢迎！"小乐摸住她的狗儿子的两只前爪，拍爪欢迎。难怪人说，城里人都时尚得不行了，称宠物为"儿子"，称儿子为"小兔崽子"。小乐倒很赶趟儿。

素素不乐意了，说："小乐，你当狗妈妈就罢了，我们可不当狗阿姨。你想不伦，我们可不想不类。"

小乐马上接："听听，一开口就知道你一准没养过狗狗。他们可比人忠诚多了，尤其比男人忠诚。男人爱久了，一个转身，就会走掉。狗狗不会，它们最懂得忠贞不贰。跟你们说啊，我不仅要做他的妈妈，我还要教他叫妈妈呢。是不是，我的相依为命的小小乐？"小乐不顾我们的感受，怜惜无比地对她的狗儿子说，"乖，去睡吧，妈妈要跟阿姨们说话呢？"

素素嘴角再次掠过一丝嘲弄，那意思再明显不过，小乐太矫情。素素要是有个真儿子，用不着在宠物身上儿子长儿子短地寻寄托。

人不怕落单，就怕没寄托。

小乐把我跟素素安置下来，就又去为我们泡茶，一边殷勤有加地问："喝花茶吗？碧螺春吗？还是龙井？减肥的，排毒的，养颜的，都有，我这儿什么茶都有。还有咖啡，像浓缩的纯黑咖啡魔卡，加牛奶才好喝的不劳诺，加牛奶和巧克力更出风味的卡布齐诺，等等。要吗？要，我就去煮。跟你们说，让我的咖啡灌得俯首帖耳的男人还不少哪。"

我和素素异口同声说："别麻烦，要茶吧，晚上清淡些好。"

"悉听尊便。"小乐像个好客的主妇，跟好久没招待过客人了似的。这次客人来了，她热情勃发，要跟你贴心贴肉地亲。小乐一边为我和素素洗茶，一边还乐滋滋地说着她的茶经，"一个人喝什么都像白开水，我也就只喝白开水了。今晚会不一样的。鲁迅说，有好茶喝，会喝好茶，是一种清福，可他后面说要享这清福先得有工夫。我以为要享这清福首先不是要有工夫，而是得有朋友，朋友一起慢慢品茗。"小乐一副乐颠颠的样子，"喝茶可不要太陶醉哦。"

我们看着小乐忘我的表演。她的两腮激动得微微红着。终于，她坐下来了。我们品她的茶。她坐下来的第一句话就是："我是2003年XX杂志评出的美女作家。"话音刚落，像突然想起什么，起身去了。我跟素素对视一眼。那边小乐已经回来了，手里举着两本书："这是我那时出的书。"说着，从一本书里翻出一个红皮证书给我们看。

我跟素素各翻着一本。我翻着的一本叫《夜色》，素素翻着的那本叫《红床》。书名似曾相识，就是想不起来。我们慢慢地翻着，不时给个评价。

我说："马小乐，你真敢写。"

素素接："很大胆，很张扬。"听素素的口气不对，我就看她的眼睛。果然，她的眼神里有不愿掩饰的鄙夷不屑。

小乐缓缓呷口茶，眉毛一扬，接道："你们不觉得，文坛应该给情色留一片空间吗？男人渴望女人，女人渴望男人，归根结底不都是为了性？性是男人跟女人的双面胶，有性福的男女才幸福。我怀疑柏拉图没有性功能，或是性冷淡，才叫嚷'让肉体缺席'的精神恋。我坚信，他一旦爱上一个女人，如果他真的有他心心念念的女人，他一定会因为没有性福而痛苦不堪。我同样坚信，一个女人一旦爱上他，一定是因为他的智慧，而不会在乎他是否是一个男人。一个模糊了性的男人，何谈肉体缺席？"

素素又不乐意了，轻哼一声。但她什么也没说，只听见她猛地吞咽茶水的声音，很响，似乎很难下咽。

小乐继续说："做女作家难，做个名女作家更难。男作家似精囊里的精子，他们有的是力量在千军万马中脱颖而出，奋勇成人。女作家就似输卵管里的卵子，羞羞答答，只有等待被机会撞上。现在这世道，会说话的就能写作，出本书就能当作家。没听人调侃吗，长江后浪推前浪，前浪死在沙滩上。一拨一拨的作家好似一拨一拨的浪潮。作家太好当了，作家又太好被遗忘了。尤其是我们这些弱势的女作家们，再不懂得挖掘自身优势，创造强势，在挤挤挨挨的膀子中，何以脱颖而出？"

小乐如此感叹。

小乐姑妄叹之。我们姑且读她的书。

我一目十行浏览着小乐的文字，当翻到第 152 页的时候，一个醒目的标题一下就把我的记忆打开了。

——那一夜，我终于抓住了做爱的味道……

2003 年网络上跟这有关的很多帖子，我还记忆犹新。多半是斥责、谩骂，说这种文字是所谓的作家排出的文学垃圾，它只是生活，不是艺术。而文学是生活的提炼跟提升，是艺术，不是生活。这种人先擦净自己的屁股，认清楚什么是文学，再提笔。又一个帖子，说对性的白描有两种结果，一种让人看到猥琐，一种让人看到真爱。前者感性所以肤浅，后者理性所以精美。前者是文学垃圾，后者是艺术细节。还记得一个帖子，说文坛上、影视中一直在拿女人的乳房跟男女的偷情做文章，难道文学没有艺术的东西可言了吗？文坛的卫生谁来扫除？

素素碰碰我，跟我换书。小乐的文字确实很流畅，就像她正在表白的她的一个文学大梦。她很动情地说："我要做中国的米歇尔,她写《飘》,我写《殇》。"

素素不再沉默,言辞尖刻地问:"什么伤?"

小乐说:"情殇。"

"还是写你自己?"

"是啊,这么多年我从男人河里淌过来,很有话说。"

"身体写作族。"

"不行吗?"

"行,但你做不了中国的米歇尔。你用身体写作,她用心血写作。身体写作只会是一现的昙花,很短命,心血的写作才可能永恒。况且你是写你自己的故事,而她是写一个国家、一段历史、一次重大战争中一个女人的故事。"

素素是搞文艺评论的。钱锺书说过,评论家肩负着指导读者教训作者的使命,难怪她要跟小乐针尖对麦芒。争着争着,她们吵了起来,样子都凶巴巴的。我听任他们争,文人间的争辩是艺术的短兵相接,也会脸红脖子粗,绝不会夹枪夹棒地谩骂跟殴斗。

突然,小乐指着素素笑了,说:"我们这是干吗呀?"就此,一场舌战化干戈为玉帛。我装作幸灾乐祸地说:"文人吵架真好看,好听。文坛上就应该这样多吵吵。吵多了,文学反而越干净。"

"文人相轻呀,多半不屑吵。"素素叹。

"感同身受。"小乐说着已迈过桌角,将我跟素素三人拥在一起,"我就说嘛,没有相同的经历,也一定有相似的心声。知音啊!"

记得接下来小乐提议喝酒,我和素素赞同。我们三个女人一起下厨做菜,每人来两个拿手的。总共六个菜,外加一瓶五粮液,摆上了餐桌。小乐拿出三盒"万宝路",自己一盒,撂给我和素素每人一盒。素素说"不会",我跟小乐就唆使她点上。素素左手抽出一根烟,拿食指跟中指捏住送到红唇间。她是个左撇子,那架势看着挺别扭。

"看你这架势,行啊。"小乐一边蛊惑素素,一边帮她点火。

"先小吸一口,品品?"我说。

素素还是吸猛了,咳,狠咳,眼泪咳出了眼眶。她不干了,想把烟掐掉。小乐马上架住她拿烟的手，紧迫地说："别别，这会儿放弃你会后悔的。对男人烟是女人，对女人烟是男人，咱连男人都没了，这点脆弱的念想再不为自己留着，岂不是自己跟自己过不去？来，来，好素素，吸吧，吸吧。"素素就又将烟送到唇间，这回有些视死如归的样子了。

我大笑，说："小乐，我们这是干啥呢？这是唆使素素吸烟，要是唆使素素吸毒、打砸抢、坑蒙骗的呢？"

小乐笑疯了，忙接："还有教唆她卖淫。"

我看看认真学习抽烟的素素，白小乐一眼道："那咱俩就是不折不扣罪该万死的教唆犯了。"

这就是寂寞的女人吧，孤独到深处，就能找上烟和酒。感觉烟和酒，犹如感觉从她们生命中走开的男人。那以后，小乐、我跟素素，似流落在一起的三只豪猪，常在一起玩。小乐搞通俗，我搞严肃，素素搞评论，各有自卫、攻击的长技，离远了冷，离近了疼。我们试着找出一个和谐的距离，彼此依偎、取暖。

素素的手机响了，是她妈妈的电话，说她的小叮当病了，让她赶紧回去。

我起身推推他，让他去送素素。素素按下我说不，说我一个人守着小乐会害怕，外面有灯还有车，不用担心她。

"等天一亮让公安局来做个鉴定，没意外就送小乐去殡仪馆了。你好好在家照顾孩子，方便了直接去那里。"他对素素说。

"好。"素素应了一声，拉开门出去了。门被轻轻带上的那一刻，我心的最深处，瞬间触摸到对素素从没有过的依恋。

死亡能够教我们学会依恋跟珍惜。

这里只剩下我跟他。我看他，他也在看我，我们忧伤的眼睛都湿漉漉的。直到这一刻，他才伸出胳膊将我拥进他的怀抱里。我不再矜持，在他的怀中大哭，说的却是："小乐咋能这样呢？怎么说走就走了呢？"

他无语，用下巴在我的头顶轻轻摩挲。我哭完了，从他的怀里挣出来，接过他递来的纸巾擦泪，说："这样不好，小乐会看到的。"

他不再说什么，眼神越过我，望着不知哪里的远方。

我说："让我去看看小乐，好吗?"

他说："不行。"

我说："你陪着。"

他说："不行。"

见他如此坚持，我转而问："她死得瞑目吗?"

他轻轻拍拍我的肩头，声音低沉地说："你记忆里留着她美丽的样子，会好些。你就安些心吧。"

我不再执拗，让记忆里永远是小乐美丽的样子，也好。

"你们女人真傻，当了作家更傻。"他言近，意远。我懂他的意思，不单指小乐的死，还有那个只属于他、我和小乐三个人的故事。

他叫周达森，是本市一家大型文学刊物的小说责编。刚到这个城市的时候，我常去他们那儿送文稿，却一次也没遇到过他。他很喜欢我的中篇，见稿就发。一次我去送一个稿子，在他们社门口，他拦住我，语调欣喜地说："你是向小北!"我很讶异，说我不认识他。他爽快地笑了，说："我一直在想，我会认出你，一眼就能认出你。果然没错。"

我笑了。他马上说："看看，看看，连笑也是我想象中的样子，沉静中带点羞涩，还带点抓不住又挥不去的伤感。"此后，他就邀我一起吃饭。我想我没理由摆谱，人家是编辑，我是作者，有多少文学爱好者求着跟编辑热乎而不被理睬啊!我感激涕零吧，盛情不却吧。其实也还有另外的一点原因，落寞的女人好引诱，一点点的欣赏跟一点点的关爱，就能让她乖乖地跟着走。

像鱼儿，有些时候上钩，根本不是因为饥饿，仅仅是因为看到了一坨鱼饵。

我随周达森去了"塞纳左岸"，在二楼一张临窗的桌子前坐下来。等餐的时候，他试着问我："一个女人怎么会有那么深的孤独呢?"我就流泪了，为他看到了我身心最深处的疤。那时我就渴望他给我一个拥抱，让我在他的怀抱里哭个一塌糊涂，昏天黑地，然后擦干泪，重新走在自己的路上。他像懂我的渴望似的，坐过来拥住我，用下巴轻轻地在我的头顶摩挲。我没有拒绝，我偎进他的怀抱，像爱他多年也被他爱了多年的女人。

"女人都傻，傻得离不开男人的保护。"他低低地慨叹。

周达森是个很注意细节的男人，或者说是个生活精致的男人。着纯白的利郎商务 T 恤，体态略胖，依然伟岸，寸发梳理得一丝不苟，一张充满英气的脸，神情里略略带些沧桑和苦涩。他的眼神特迷人，是那种一看你，你就会觉着自己娇小的大男人的眼神。我跌进他的眼神里去了，不愿再找回自己。他摸住我的手，盯着我说："让我照顾你，好吗?"

我就望到了他眼睛里的认真，听到了他短促而坚定的呼吸。同时听到了自己热烈回应的心跳。

年初，他的女人遭遇车祸走了，他刚刚想再找个女人，我们就住到了一起。我觉得我又找到了居家女人的安定感，不再漂泊的安全感。我喜爱一首歌，它这样唱：只有住进你的心里，有心才有爱；只有住进你的爱里，有爱才有家。我住进了他的心里。我的心里也接纳了他。每天，他上班前都要吻我，然后殷殷地嘱咐：好好吃饭! 好好写作! 好好等我回来! 我咪咪地笑着送他，用力笑得开心、幸福。我很幸福，很知足，真的。却难免会有些酸酸的东西充满在心头、眉间。我不能不想起我的前夫，他那时对我，也是这样每天不厌其烦地嘱咐、吻别。

过去的总要过去，就像我们无力挽留童年和昨天那样。我知道，我，还有周达森，虽然各自心上还记挂着先前的爱人，但彼此心里一样试着为对方空出更大的空间，努力相爱。

同病相怜的我们，更懂得相亲相爱，贴心贴肉。

那段时间，是我创作的一个高峰期，一个月可以出产四个短篇，还有一些零零星星的随感。素素也为我高兴，为我写了不少添分量的评论。有关我的文字频频地出现在报端、电台。后来有一家影视工作室约我，想把我的中篇《女人突围》改编成电影。

那天，周达森为我开了个两人的烛光 Party。他为我斟满一杯红酒，温暖地笑着，认真地说："你文学的辉煌时期来到了，祝贺你!"

"祝贺我找到了你，才找到了这一切！"我红了眼睛说。

我们的酒杯愉快地撞在一起，红色的酒浆刹那间缤纷盛开。

小乐是个不甘落寞的人，她那样害怕被社会忘却，被读者冷落，她要自己炒作自己了。她在她的博客"我的相册"那块田地里贴上去的，多是她自拍的性感人体写真。张扬，放肆。

那天素素拉上我就找小乐去了。一见小乐，素素劈头就问："小乐，你还有没有一点点的廉耻心啊？这哪像个作家所为，分明在作秀，在搞肉体展览，俗——透——了！"

没想到小乐哈哈大笑，指着素素笑，笑过了，言辞激烈地说："素素，难怪你只能搞评论。你知道我小乐眼里的评论家是什么吗？风干的萝卜条！你知道风干的萝卜条缺什么吗？艺术元素！评论家是叮在作家肉体上的寄生虫，他们一边贪婪吮吸作家的热血，一边还要大骂作家太瘦、太贫。什么玩意儿！"

素素的脸通红，说不出话来，她气冲冲地对我一伸手。我知道她要烟，就从小乐的茶几上拿了给她。两人闷着头生气，只有我来和事了。我就笑，边笑边说："看到了吧，素素，你刚刚臭骂小乐一顿，骂得她狗血喷头，百口莫辩，可现在却又吸上她的烟了。这就是评论家跟作家的血肉关系啊。"

素素忍俊不禁，笑了。

小乐忍不住，也笑了。

"小乐。"我趁机认真起来说，"小乐，你有你的语言个性，视角个性，审美个性。"

"别正经，向小北，一正经就假，懂吗？"小乐拿话堵我。我不接她的茬儿，继续假正经说："商人靠资本经商，作家就靠文学个性写作。但文学的指归最终不是个体，而是社会。小乐，你有这个实力，从你的金丝笼走出去，你的《殇》不在这豪宅里，在社会中。"

素素弹弹烟灰，也正经八百地说："文学没有旁门左道，或者说旁门左道只会养出文学的畸形儿。就像80后的一些写手，他们最终要为他们狭窄的文学理念埋单。曾经的韩寒写不下去了，一味唱歌、赛车。

是的，他要先找回他自己，找回社会中的他，然后才能找回他的文学。"

"好好好，我试试。"小乐跟我们挥舞着手说，像要挥开桎梏着她的精神幽灵。

不知小乐是不是听从了我们。后来看看倒不是听从了我们，而是听从了她自己。那天小乐从她的象牙塔走了出来，在市文化广场上演了一出令人咋舌的行为艺术闹剧。那天一大早，广场中心的平台上扯出一条横幅：美女作家马小乐的彩绘秀。如此宣传，太吊人胃口了。好多好多的人犹如渔民赶潮聚集过来，人流、车流水一样地往那儿涌淌。

上午九点，红地毯上，小乐踏着古筝奏出的《彩云追月》的欢乐旋律，款款出场，她迈着模特高贵、优雅的猫步，眼神火辣、挑衅。她像个出访的傲慢公主，等待台下万民的欢呼、称颂。她赤裸、丰腴的胴体上彩绘一支姿态高扬的荷花箭，私密部位绘有翠绿欲滴的大小片的新荷，有些像我们祖先用树叶围在腰间的遮羞裙。等她风情万种地一个转身，你会看到她健美的背部绘有一朵开放的粉色千瓣莲。

小乐在众目睽睽下，落落大方地造型，蛇一般律动。

小乐在如刀、如剑、如霜、如火的眼神里，饱含深情地诵读她的《黑夜》《红床》。

台下吆喝起来，夹杂着尖锐的呼哨。

台下的骚乱，小乐置若罔闻，她完全像置身在一个真空的空间里。她读，深情、抑扬地读。音乐的声音，诱惑而又磁性。

"那一夜，我触着疼痛的振奋了，山崩般，海啸般，蹂躏，颠覆，引爆，喷涌……终于，我抓住做爱的味道，像抓住鸟儿翅膀的震颤，蠢蠢的震颤，在我烈焰般燃烧的肢体上，愉快地穿云裂石……"

小乐正读着，一个衣衫褴褛的傻子跑到台上，头上糟糕一团，脸上一团糟糕。他跑上台，一把搂住正沉醉在爱的味道中的小乐，"嘿嘿"傻笑着，对小乐又亲又咬。这突如其来的插曲将小乐吓呆了，她不知道该如何是好，她"啊啊"地尖叫，像在阒寂无人的夜路上突然遭遇劫徒的柔弱女子，恐惧，无助，撕心裂肺，歇斯底里。

我跟素素是直接去市红十字医院看望小乐的。我们后来听说，紧急时刻是闻讯赶去的民警帮小乐解了围。清醒过来的小乐，说她像做了一场梦，但不是噩梦。她说她的行为艺术没有失败，这下，很多人，会有很多人记住，美女作家马小乐！我跟素素无话可说。那几天，我们搬去小乐那儿住，好照顾她，好疼她。

　　小乐始终在努力写她的《殇》，很努力。她为自己制订一个严格的创作计划，每天的创作时间不低于十四个小时。她兴致勃勃地说："巧用时间的古人，把一个月过成四十天、四十五天。我要把一个月过成五十天，我也要创一项吉尼斯纪录给你们看看。"

　　事不遂愿，小乐努力创作的成果，总是只言片语的断章，难以连缀成篇。小乐显出以往少有的焦虑来。素素就对小乐说："小乐，你的心不够柔软了，你该再谈一次恋爱。愤怒出诗人，恋爱出作品。"

　　就这样，小乐锁定了周达森。

　　那天小乐死死地盯我，盯得我心里发慌。她突然说："小北，如果你跟周达森正一块走着，我冷不丁地上去拥住他，甚至敢当着你的面跟他做爱，你会怎么看我？"

　　"我怎么看你呢？"我哭笑不得，说，"我只能这样看你，要么你是在梦里，要么是你疯了。"

　　她难受地看着我，说："小北，我想疯。"

　　我揶揄她，说："我不让。"小乐却不笑，依旧难受地盯着我说："小北，我想彻彻底底拥有周达森，答应我，好吗？"

　　那一刻，我史无前例地感觉到了恐怖。我说这太荒唐，匪夷所思。为此，我一个月没理小乐。可小乐是那种不达目的不言弃的人，她经常打电话过来要人，甚至拿寻死上吊胁迫我。有一次她在电话里告知我她吃了二十片"安定"。我跟素素忙赶到她那里，发现事情真的像她在电话里所说的那样。在医院里折腾一天后，她才醒过来。醒过来后的第一句话就是："小北，把他让给我一段时间好吗？我的书写出来后我立马还你！"她诚恳的样子认真极了，像周达森只是一样物品，而不是一个有血有肉的男人。事实是，如果周达森只是一样物品，再贵重，我想我也会一拱手送给小乐。可周达森不是，他是我愿意用生命和灵魂交换的爱人。这年头，什么都可以花钱买到，唯有真爱买不到。我珍惜。

我有时候搞不明白小乐，她是糊涂，还是装傻。

时隔一周，天快正午，我煲好汤，将碗筷摆上餐桌，拧开音响，等周达森回来吃饭。周达森说过我变了，越来越像个爱操持的小媳妇，操持他吃，操持他穿。说这话时他正拥着我看电视。我往他怀中缩了缩，说："我愿意这样，为了你，我愿意放慢写作，兢兢业业做你的煮饭婆！"他突然一指四周，说："看到没有？看到没有？"我瞪大眼睛，问："看到什么啊？"他说，"幸福在荡漾！"

就那次，还没等周达森到家，小乐的电话就来了。她气息奄奄地说："小北，我要周达森，让给我好不好？"我愤懑。可小乐无力的声气又让我担心。我急忙追问："小乐，你怎么了？没什么事吧？"小乐哭了，告诉我她割腕了……

我无奈。

我试着劝自己，为了小乐，为了小乐伟大的《殇》，这段感情就……就忍痛从自己的生命中拿掉吧。

一番挣扎后，我选择放手。我开始找借口疏远周达森，让小乐好接近他。

有一段时间，周达森长久地在我的出租屋外徘徊。我拉严窗帘，灭掉灯，不给他任何的幻想。他沉重的脚步一下一下像踏在我绞痛的脏腑上。他在屋外徘徊，我的痛在我沉默的黑夜里摇曳。他烟头的火光在窗外忽明忽暗，我的心在我摇曳的伤痛里片片撕裂。清空一段感情，远没有拿鼠标轻轻一点，即刻清空一个垃圾邮件那么容易。

太难了……

那段时间，我经常会在梦里听周达森轻声诵诗，那是顾城的《回归》：

不要睡去，不要/亲爱的，路还很长/不要靠近森林的诱惑/不要失掉希望

请用凉凉的雪水/把地址写在手上/或是靠着我的肩膀/度过朦胧的晨光

撩开透明的暴风雨／我们就会到达家乡／一片圆形的绿地／铺在古塔近旁

我将在那儿／守护你疲倦的梦想／赶开一群群的黑夜／只留下铜鼓和太阳

在古塔的另一边／有许多细小的海浪／悄悄爬上沙岸／收集着颤动的音响

为什么？为什么啊？我许多次想不要矜持了，想不要朋友了，想挨骂就挨骂吧，我不要这样的折磨。我们可以远走高飞啊，可以割断这里的不快啊。

可我到底，怕看小乐心灰意冷的样子。

有一天，他们走到了一起……

这下小乐该好了吧，我不求她感激涕零，我祈求周达森能明白我。

小乐倒经常对我感激涕零的，要么在她的别墅里跟周达森一起邀请我跟素素，要么要周达森驱车十几里地带上我跟素素几人去看海。她总喜欢在我们面前做样子，幸福的小女人的样子：她坐在周达森的腿上，环住周达森的脖子，嗲声嗲气地说话，像全世界女人的幸福都让她一人享受了似的。

做出这样的事来，要么是她小乐没心没肺，要么是她以为我没心没肺。可我知道，自己的肺腑疼。那样的时候，我不敢看周达森的眼睛，这事毕竟我跟小乐是同谋，他稀里糊涂当了鼓中人。那样的时候，我觉着我的五脏六腑都错位了，肝肠已寸断了，一颗瘦心像被顽皮的孩子拽住荡秋千，一下一下摘心的疼。可我还得装作无所谓地笑。我不想看周达森勉为其难的样子。我对小乐仁义吗？我实在不敢恭维自己。我对周达森不义吗？我实在不能否定自己。

我有时候扪心自问：这算什么事？是不是只有作家才做得出这样不三不四、不伦不类、不荤不素的混账事？好在我还不想伤心地死掉，就试着思念我的前夫，着意地想，刻然而，一切的一切，来得亲切而又痛断肝肠。

我跟我丈夫（姑且让我还这样称他吧）的爱情是在我们上大学的

那个城市那个火车站的站台上，似乎没有铺垫没有预兆突然而又自然地开始了。

我的丈夫叫肖萧臻，我们同在中文系，只是不同班，他是我们那所大学里"八大鬼才"之首的"校园诗鬼"。他写的诗的确很鬼，我很喜欢。也有不鬼却很动人的，比如那首《等一等》：

不要/我将指头竖在想象的你的唇间/不要轻易说不爱，也不要轻易说爱/你离我还远/我却总被你的睫毛扎疼/无论醒着，还是梦着/你离我近了/我却又被你的纯真刺痛/无论设想，还是幻想/等等，等一等/不要轻易说爱，也不要轻易说不爱

他个子高高瘦瘦，长胳膊长腿，整天背一大电脑包，走起路来都像在某一首诗深远的意境中沉浸着，长发飘逸的头颅高贵地昂着，永永远远一副努力开拔的不屈样子。我那时喜欢没心没肺地跟他开玩笑。

"呀，诗鬼，你的鞋跟儿掉了！"我在他后面追上他，装腔作势。

"看看是不是掉地上了？"他头也不回。

"没错儿，在地上。"我镇定自若，继续演戏。

"那就好，掉地上，没掉到别的地方就好。"

见他不入套，我使劲笑起来。这次他沉不住气了，头扭回来说："笑什么啊，白戈答应你去爬山了？"白戈跟他一样是我的异性男友，体育系的，那时我还没有跟他们中的任何一个确定恋爱关系，只是白戈跟我走得近些，疑似我的男朋友罢了。

我做恍然大悟状，我说："原来是你的脚印掉了呀！"

这下他大笑起来，认认真真心甘情愿被涮。后来别人拿我开的玩笑取笑他，他一点不难为情不说，反而跟人辩解，说我小北的玩笑最像诗。后来他将自己的网名由"诗鬼"毫不犹豫地变更为"螳螂"，也是因为我的一个玩笑。那次我半真半假地对他说："诗鬼阴气多重啊，改叫螳螂算了。"没想到他连声说："好，好意象，还真别说，你的眼光挺贼！"他那次盯我的眼神直而温热，只是瞬间而逝。我心底顷刻间也有些异样的东西滑过，一样是瞬间而逝。

白戈开始告诫我了，他说："傻丫头，你要小心螳螂，他鬼着呢，他是在拿那副漫不经心、心不在焉的样子垂钓你呢。"

我坚定地向他保证，说："不会，我从没想过跟在螳螂的身后靠捕蝉过日子。"

如此宣誓后不久的一个周末，我要回家，不知肖萧臻从哪里一下跑了过来，他从白戈手中抢过我的大包小包，连说"同路，同路"，顺便送我去火车站。我跟白戈挥手道别。白戈的眼神有些悲怆，他一把拉住螳螂，忧心忡忡地说："哎，螳螂，我怎么觉得我有唱'风萧萧兮易水寒'的冲动？你是不是没安好心？你该不会横刀夺爱吧？"

肖萧臻笑得很鬼，说："横刀夺爱不行吗？只要小北还没有误入你的围城，我就有权利跟你拼死一夺！"

白戈向我举起手，失意地叮嘱我："小北，回来联系我，我去接你！"我笑着用力点头，仿佛努力在给白戈某些保证似的。我们乘上出租走出很远了，白戈依然站在原地儿，许久。

一路上肖萧臻侃啊聊啊，兴高采烈地，好像个等着上门的新姑爷。在售票大厅里，他将我撂在一边的连椅上看包，他挤上去跟人扛膀子买票。他的臂膊很长，伸出去可以越过前面的四个人直达售票口。可票还是没有买到。他先是劝我不要走，看我着急的样子，就叮嘱一声"好好等着"，跑开了。后来知道他是找黄牛党去了。等他大汗淋淋漓地举着一张票回来，车也快开了。他急急忙忙送我上车。车门口挤上不去，他就从窗口把我塞进去。我终于坐了下来，心中石头落定。我便愉快地对他说："好了，万事大吉了。"他的眼睛直直地望着我，依依难舍。

"水够你喝的，记得喝！"他赶紧交代。

"嗯。"我漫不经心。

"零嘴够你吃的，记得吃！"他还在交代。

"嗯。"我依然漫不经心。

火车叫嚷起来，要开了。他猛地朝我挥起手，说"再见"，笑着笑着，眼睛就红红的了。看他红了的眼睛，我心头一震。是他笑着笑着突然红红了的眼睛，令我怦然心动。我的心软软的，想要向他缴械投降。"就缴械吧，就投降吧"，我对着自己说，"就爱他了，就做他的媳妇好了。"那一刻我毫不犹豫地站起来，往车门处挤，在火车将要跑起来的时候，我跳了下去。

"螳螂，我爱你，我爱你！"我大喊着跑向他。他先是可爱地傻掉了，既而向我张开了他那独有的螳螂式的双臂。我们就在那个小站第一次拥抱，为爱狂欢。火车跑远了，火烫的我们才冷却下来。肖萧臻捧起我的脸，柔情似水地望着我，说："你的那些宝贝东西可随火车远去了呢。"我贴着他瘦弱的胸膛，幸福地呢喃："它们去了，你来了，值得！"

天地作证。明媚的阳光作证。我们相爱了！

一毕业，我们就手牵手步上婚姻的红地毯。好多好多个夜晚，他捉住我的手扣紧我，在我耳边喃喃着："我爱你！我爱你！永永远远爱你！"我亲爱的螳螂虽然瘦瘦的，却能如一个火炉，温着我，暖着我。我心满意足了。多好啊，多好的生活样子。好多朋友都羡慕我们，说我们是长长久久做恩爱夫妻的相。没想还不到五年，我就看到了他痛苦的转身。

小乐说她可以没有男人，但不能没有她的文学。素素说她可以没有丈夫，但不能没有她的评论。我老老实实地说我既要文学，也要丈夫，在一个天平的两端，他们是能够守住我生命跟梦想的平衡的重。很难说一个生活失重、失衡的人，能给予民众他们需要的五谷或药石一样的文字。文学不应该是血泪的控诉，怨愤的檄文。

还是说我的丈夫吧。小乐是丢下她的丈夫飞去的。素素是她的丈夫身边多了个女人把她给挤走的。我是被我亲爱的爱人好言相劝离的。他跟人很直白地说不要我的理由是，我连跟他做爱都像是在为某篇小说寻求素材，他受不了我。"对不起，爱人，对不起，让你有这样的感觉，真的真的不是我的故意。"我很内疚，很伤心，如果有来世，我愿做个让他满意让他疼爱的媳妇，那将是我一世的大梦。终于，那个最灰色的日子来了，我的爱人开诚布公地对我说："我爱你！但你走吧。"他的眼睛依然是曾经打动我的那个红红的潮湿的样子。不同的，那次是等着爱我，这次是等我离开。

离别的那个夜落着雨，执着而绵长，执着而绵长。我爱着的那人递给我一把伞，匆匆关上房门。我打一个寒战，匆匆离开，拎着那把伞。我知道他怕自己动摇。而我也怕他尴尬难耐，所以我们都很匆匆。等到拐过小区的墙角，我却走不动了，一个人在执着的雨中疼着。

天下了一夜的泪。我流了一夜的雨。

就在那样的日日夜夜里，我学会了抽烈烟、喝烈酒，总想着麻醉一会儿，会好些，兴许会好些。我无法不爱我的丈夫，爱他的真诚与忠诚。他的身边一年后才有了另外一个女人。我一直祈祷她能给我曾经的爱人他渴望的那份脚踏实地的纯情。

小乐跟周达森，表面上知冷知热地相爱，背地里却是争吵、冲突不断。在前不久一天深夜凌晨三点的时候，在几乎吵闹了一夜后，周达森忍无可忍，扬长而去。

我知道的周达森并非是一个不包容不负责任的男人。小乐后来给我打电话，哭哭啼啼地说凌晨三点是她的一块硬伤，偷情的男人、跟她爱着的男人，几乎都是这样一个时候离她而去。她还求我劝劝周达森，劝他回到她身边去。我知道问题不在周达森，在小乐，就去了小乐那儿。小乐的两只眼睛充了水，红肿得像俩樱桃。小乐见了我狠狠地哭，委屈得像个爹舍娘不要的孩子。我先由着她哭，我知道，女人的委屈是洪，只有她自己哭出来，没有谁能代替她宣泄出来。

她哭着哭着向我大声嚷："小北你卑鄙，你把周达森给了我，却还跟他藕断丝连。你愧不愧啊？"一句话差点没把我噎死。小乐到底没明白我对她的心啊。

"你有证据吗？"我平静地问小乐。

"没有。"许久她才说。

"周达森说过我跟他还藕断丝连的吗？"

"没有。"

"你自己说出的话，你信吗？"

女人在感情飘摇无依的时候，都喜欢猜疑。她问出的话兴许她自己也没把摸，你的回答兴许就是她反反复复的剖析。可她们喜欢借他人的口说出来，他人是旁观者，旁观者清，说出的话自然可信，她们就信了，或许就找到了慰藉。

小乐依然对我嚷："周达森的心还在你那儿，没在我这儿。我的感觉不会骗我。"

　　这话让我的心柔软地一沉。我忍着眼泪对小乐说："周达森的心在我这儿，是他的事不是我的事。周达森的心不在你这儿，是你的事不是周达森的事。"

　　小乐的心有些软了。她无助地说："我怎么就拴不住他的心呢？你比我有哪些好？小北，你有哪些好嘛？"

　　我忍着痛劝小乐："你尝试为他委屈一回？别苛刻，别强加，别征服，别强求他改变，试着理解和接受他。再试试？"

　　小乐依然不接我的话，哭着说："我怎么就不是个农家妇呢？我也想老老实实做谁的灶下妇，真的是这样。"小乐是说过，她羡慕人家庄稼汉子的老婆，大声笑像满世界咯咯叫的母鸡，大嘴打哈哈像无忧无虑的骡马，大胆放屁像战天斗地的男人。她们不喊着要爱情，男人一天到晚却影子似的伴着。男人像忽略日子一般忽略他们的女人，可女人一旦没了，男人仿佛叫人劈去半拉身子似的哭，惊天动地的。他们倒是真的比翼鸟，连理枝。说是这样说，可她小乐总是在前行的时候不知不觉地把梦想中一些本真的东西丢掉了。

　　"小北，我寂寞，我一直都寂寞啊。我想要一份真爱，哪怕用这一切的一切去交换，也一百二十个愿意啊。"小乐哭倒在我的怀抱里，我拥紧她，无话可说。

　　我听小乐的，给周达森打电话，劝他回到小乐身边去。周达森不接我的话，他问我："你过得好吗？"听上去像很疲惫。我在电话里对他笑，我无中生有，我说我的前夫刚刚和我通过话，他也这样问的我。虽然这么说着，我却到底管不住自己，眼泪落得稀里哗啦。我骂自己："向小北，何必这样虚伪？"

　　周达森在电话那端轻轻地说："小北，别哭啊。"我还在装腔作势，我说："我前夫的那个电话感动我了。"周达森叹口气，殷殷地嘱咐我："好好生活，小北！"我"嗯"一声，急忙挂断电话。那一刻，我的眼泪，我的心情，如三月漫天飞舞的飘絮，纷纷扬扬，杂沓汹涌。

　　他们又在一起了。有近半年的时日。半年后还是分开了。终究不再好劝。

　　小乐是说过她不想活了的话，说活着太难，太苦。我跟素素想办法让小乐笑，说满大街除了周达森，两条腿的好男人多的是。女人不能在一棵树上吊死，女人也要学会抛弃。还说走过周达森，你小乐的前面别有洞天。你小乐是谁，既是美女，又是作家，双料的男性杀手，还怕什么呢？

　　小乐也笑，很凄绝。她不再是以往谈论男人的样子了，她那时谈起男人，纯粹像一个满嘴霸气的女王谈论她的奴隶，她要谁匍匐在她的脚下，甚至是亲吻她的脚趾，那男子一准该受宠若惊，乐此不疲。这会儿不是了，她是真的对一个男人上心了。人世间的饮食男女，不可以像两坨黄泥，那样随便打破，着水重活过，再捏一个你，再捏一个我，更难轻易做到哥中有妹妹，妹中有哥哥。美好的故事只能活在书上，这话有些道理。那一刻，我竟有些怀疑我的文字的力量了。

　　小乐最终没有写成她想要惊天地泣鬼神的《殇》，她选择以这样的方式，从水深火热中解放了自己。

　　公安局派人来勘察了现场，鉴定为自杀。他们一走，我们就把小乐送到了殡仪馆。小乐在这儿没什么亲人，也没工作单位，很难为她开个像样的追悼会。我们决议不开。

　　我求整容师把小乐的脸整漂亮些。我跟素素还有周达森，去为小乐买临行的衣服。素素跟我意见一致，花 1888 元为小乐买了一套大红的婚纱，要让小乐像个幸福的新娘一样，从黑白中解脱出来，带着全新的人生离开。

　　我和素素给小乐洗净身子，帮她穿上婚纱。她前夫的照片（背面有文字说明），被我们紧紧粘贴在她的婚纱上。这或许正是小乐所希望的吧？

　　周达森说，要不要给小乐买套记事本和笔带上？我跟素素坚决反对，说小乐如果来世还做女人，一准做个农家妇，不做作家。

　　周达森起身把我们所在房间的窗户拉开。正午温暖的阳光，便从大开的窗户里"哗"地淌了进来，水一样漫过小乐白皙的脸，喜庆的婚纱，迅速填充了整个房间，以至我们忧伤的心房。我跟素素不时帮小乐这儿扯扯，那儿拉拉。穿着婚纱静静地躺在明媚阳光里的小乐，像个小憩一会儿的美丽新娘。

我们守着小乐让她安安静静地睡了一天。第二天下午送去火化。火化房外有一个空阔的院子，花带里的残花空空荡荡、凄凄惨惨地开着，高大的"鬼拍手"树叶、飘飘洒洒地当空飘摇……一切仿佛被死寂牢牢地攫住。却有《好人好梦》《好人一生平安》的旋律背景音乐似的响着，更迭、反复，很是空灵，仿佛从天外来，仿佛从地下来，就是不像从这院里来。送达你的耳，你的心，却让你没感觉，没心情。可它实实在在是一种情调，一种祈祷。这里确实是个可以供人无限伤心、怀想、哀悼的所在，为着越来越多的生命在此接受火的洗礼后，送达那个但愿美好如天国的地方。

很快，小乐永远地躺在周达森为她挑选的精美的盒子里了。我说我抱着，周达森不让，他抱着，一直到把小乐安置在东山公墓里。小乐应该欣慰，有个周达森这样的男人送她走完人生最后的路程。我终究不知道，我在那样一个梦里是不是将小乐的手就放进了他的手里。我们为小乐带了鲜花、水果，替她摆上。

公墓建在东山的阳坡，小乐的墓正在半山腰。身后是山，前面不足十公里的地方是海，头顶着开满洁白云朵的蓝天，依山傍水，绿树、花草、鸟鸣、大海，无意间，小乐住进诗人海子留在人世的那个犹如海市蜃楼般的大梦中了：面朝大海，春暖花开。

我们陪小乐坐到天黑。

出了公墓的大门，我们又站了许久，觉得把小乐一个人丢在这儿，不忍。近十月的夜来得早了，也凉得很。周达森对素素说："孩子还在医院，你赶紧回去。"说着为素素拦了辆的士。素素将我的手紧紧地摸了摸，然后说"好吧"，挥挥手坐进启动的车里。突然，我觉得身后有小乐走来，就朝后看，朝公墓大门很深处的地方看。这个不安分的小乐，她会在这么一个庄严肃穆的地方长眠吗？

"她会在这儿安息的。"周达森好像看懂了我的心思，安慰我说。随后，他把他的长外套披在我的身上，拥住我往前走。

我们谁都绝口不谈小乐，她是我跟周达森的伤，是我跟周达森的痛，也是我们之间隐隐竖着的一堵墙。

墓地离我住的房子有三十多里地远，我们就这样肩并肩走回去，走了大半个夜晚。先是一路上有风，后来就有了满天的星星跟月亮，后来就望到了默默守望着这个大都市的路灯，还有令这个充满诱惑的都市沉入梦乡的午夜。

我们的影子一直在路上。在月亮跟路灯无比热情的光晕里，影子被一再地拉长、缩短，缩短、拉长……

两天后，我们去收拾小乐的遗物，看到了小乐的遗书。她嘱我把别墅卖掉，把钱捐给贫困山区那些期待救助的苦命的女人花们。

我原以为小乐走后会有人来收她的房子，没有。我记起当时素素跟我问及她的房子及经济来源的时候，小乐诡谲地笑道："你们吃鸡蛋非要弄明白是哪样一只鸡下的吗？"

终于进入小乐的卧室，看到床上跟一面墙上全是血渍。我拿眼睛问素素跟周达森，才从周达森那里知道了小乐的死法。小乐一定怕自己死不掉，用一根长绳从顶灯上吊下个头套儿，绳的两端在床头的铁栏上又打出两个手腕套儿，右边的套儿里挤进一个刀片，同时还有一杯药酒。小乐为自己的死设想得万无一失。素素说小乐一定没想到她死后那个恐怖的样子，想到了她一准不会死，她最怕让人看到她不美的一面。

我们找到了房产证，证件上正是小乐的名字。一个月后，房子卖掉了，由周达森以小乐的名义办理了捐献手续。不久，有好几家新闻媒体报道了小乐捐献巨资的事情。我们一一搜集了起来。这才是小乐留给世间最干净、最艺术，也最具有穿越时空力量的作品：《殇》！

那天，我跟周达森特意为小乐买了一台小录放机，里面仅仅录了一首歌，那就是梅艳芳的《女人花》。刚刚下过一场秋雨，墓地清新而有尊严。小乐的墓碑也干干净净的，像她的梳妆台镜，照片上的她妩媚而又纯情地笑，样子依旧，似乎想要整个世界。

我们一边焚烧那些颂扬小乐的文字，一边将她喜欢的《女人花》

放给她听。火舌愉快地翻卷、舞动，哀怨、凄绝的歌声如幸福、祥和的炊烟，久久地在墓地上空袅袅着升腾、回旋。

从墓地回来，周达森提议去"塞纳左岸"坐坐。我答应了，我明白他的意思，那是我们爱情开始的地方。

还是那扇临街的窗子，还是那张桌子，还是我们两个，彼此的心路，却都绕了一个难以启齿的弯道。

周达森为我要了杯摩卡，为自己要了杯蓝山说："你该有新的作品拿出来了，不少读者耐不住期待，写信问你的近况呢。"

"还真是这样啊。"我望着他有些凄然地笑。真的好久好久没敲出完整的东西了，有的只是半半拉拉的愤怒与感伤。

"我好好等着，跟你的粉丝一样好好等着。"周达森说，声音低沉。

"有相上的好男人吗? 有就好好嫁掉吧。"许久，他试探着问。

"一年前我相上一个好男人，我却把他推给了别人……"我喉舌发紧，说不出话来，想说什么的时候，总感觉会有眼泪要汹涌而出，将自己淹没。

"一年前我也相上一个好女人，可我没能好好保护她……"周达森眼睛潮了，轻轻笑着盯住我。

这个男人依然深深爱着我，依然深深爱着。我再也控制不住，滚烫如沸的热泪，汹汹地流了一脸。我也还深深爱着这个男人啊。

爱就够了，发生的已经发生，它打破了我们的平静，伤害了我们的心灵，而我们能做的，就是将痛埋掉，裹紧生命，继续前行。

周达森盯着我，右手摊开，伸过来，眼神深切，充满期待。我不曾迟疑，将手伸过去，放进他宽厚的掌心里，感觉自己一同跟进去了，很踏实。

周达森释然地笑了，顺势绕过桌角，坐下来，拥住我，吻住我的额头。我整个人儿战栗起来，感觉到了一股力量。一股饱满的、振奋的力量，刹那间穿透了我的肉体跟灵魂。又一次，我在周达森坚实的怀抱里，失声痛哭。

"你们这群在城市上空耕种麦田的女子啊。"周达森下巴轻轻摩挲着我的额头，轻叹。

周达森慨叹过，说都市女人追梦，有如在城市的上空耕种麦田，比起男人来，梦想更不容易落地。自他慨叹过后，很长时间以来，我总重复做着同一个梦，总是梦到在这个纷纷扰扰的城市上空，悬浮着一块唯一属于我的恬静、安详的麦田，我在里面勤勉地耕种麦子，金色的麦浪起伏翻涌，风里弥散着麦子的清香，自己的梦想、信仰、爱恋、力量，甚至是如酒的乡愁，全在那儿静静孕育，成长……

　　"这次记得，你的麦田里还有我。"

　　我用力点头，拥紧周达森，像拥紧了我天长水阔的未来。

零落一身秋

安小雅步态轻盈地走在赶上班的人群中，一肩亚麻黄大波浪自由而浪漫地铺展开来，垂至腰际，摇曳生姿。

远处，整齐的鸽阵打着鸽哨在晨曦里翻飞，成群的麻雀落在草地上觅食，由红而白的太阳在城市高高低低的楼群间少女的眸光一样光芒四射。这个秋天的早晨像百合花一样地开了，空气里润湿的清甜和淡淡的清香，让人忍不住想深深呼吸。

很陶醉地深吸一口百合花一样的空气，安小雅一个人继续前行。

前行中的安小雅不直直地眺望远方，也不左顾右盼。顾盼生辉更不喜欢，也不敢喜欢了。一个人走路，生的哪门子辉？老公就警告过她，女人一个人走在街上，千万千万不要旁若无人地咧嘴一笑，那样会让人觉得她一准在想床上那些事，那就不叫失态了，叫女人的失误！在礼仪上，母亲没少教导她。她不记得自己小时候是不是走路常昂着头，反正不少听母亲叨唠她，说低头的汉子仰脸的婆，这样类型的男人女人多半不招人待见。低头的汉子城府太深，不好交往，仰脸的婆城府不深，却难伺候。女人走路不是不让抬头，而是要稍微低着头，视线开在二十米之内的扇面上，脚下不至于被绊着，前面不至于撞上树或电线杆，不至于撞上人或被人撞上，行了。安小雅很注意这一点，所以走起路来，既不风风火火，像前面有什么急事就等她去化小化了，也不慢慢悠悠，像什么事都不放在心上。她安静地走着她的路，"哒、哒、哒"地扭动着无与伦比的高傲和优雅。周遭明艳的方物于她是观望不尽的景致，她被它们滋润，但不贪婪。

这就是人们所谓的做人要有度吧。有度不是说明一个人做事谨慎过了头令人生厌，而是表明一个人待人接物懂得自律、内敛。安小雅凡事就喜欢有个度，这让她感觉很踏实，也很安全。至于在老公那里，于"度"上左一下，右一下，很可以啊。而且那不叫出格，叫情调。即便反过来叫调情，也未尝不可，夫妻嘛，一切皆被允许。

见过安小雅的人，都说安小雅很女人，很小女人。安小雅的确很女人。她很安静，周身自然散发出一种安静、可人的温婉，混合着目光中隐隐的冷艳，就能那样令人着迷。

安小雅很小女人，而且是个很自恋的幸福小女人。已嫁到香港去的安小雅的闺密罗惜惜对安小雅这种貌似蹈虚的自恋，老爱"啧啧"一番。她说："安小雅，你实在自恋得可以哦。不过倒也是，不苛求不奢望，再就是摊上个知冷知热的老公疼着宠着，你自恋得起哦。"

安小雅还是那样若有若无地笑笑，说："是吗？"安小雅爱这样对人若有若无地笑笑，之后问是吗。那意思是，是吗，我很自恋吗？或者说是吗，我怎么没觉得？又或者说对啊，喜欢了就喜欢得起啊。其实，喜欢跟喜欢得起是两码事。喜欢是心情，喜欢得起是拥有。像女人喜欢珠宝，男人喜欢车，喜欢是一回事，拥有就是另一回事了。

不过，安小雅的自恋跟一般意义上的自恋又有不同。大千世界百杂碎，在这个百般杂碎的世界里，安小雅式的自恋一贯表现为，随时随地她都能给自己一个世界，把自己装进去，谁也休想伤到她。在别人眼里，安小雅脚下踩的是云彩，而不是纷纷扰扰的凡尘和流俗。

这没办法，似乎女人能赶上的好事，都让安小雅赶上了。安小雅人长得好看，清清爽爽中透着一股子让人想多看几眼的优雅和贵气。安小雅还很会打扮，不少跟安小雅相熟的姐妹就常常羡慕她会淘衣服，能让自己只是自己，不是别人，有闲逛服装屋了，总想拉上安小雅，说要借她一双慧眼用用。只是这样的时候，安小雅仍旧会笑笑，借故推脱。女人如花，各有各的姿态和芬芳，怎能因为别人而是自己呢？安小雅之所以不愿意被拉去逛街，答案就在这里，不想被别人左右，不想左右别人。

零落一身秋

在冷艳外表下有着一副菩萨心肠的、温柔又善解人意的安小雅，还享有一份体面而闲适的工作，在市外事办帮人办签证。她很满足于这样一个位子和高度，工作是工作，生活是生活。工作时她是公务员，做好工作是天职。生活中她是女人，是母亲，经营好老公和儿子是本分。安小雅一向以为，女人工作不必像男人那样充满杀气，不必于名利场上跟男人寸土必争。女人家嘛，为的就是给自己在社会中找准一个位置，或是一个坐标，不至于让自己在茫茫人海中，像浮萍一样扎不下根儿，或像水草一样随波逐流，仅此而已。因此，安小雅姿态万千的生活不在工作上，而在八小时之外。在属于她的时空里，她有的是兴趣和爱好供她打发大把大把的时间。比如，看看书，听听歌，插插花，弹弹古筝，练练瑜伽，设计设计服装，等等。

安小雅什么都想喜欢，唯独不喜欢钱。女人结婚后，多半爱独掌家里的财权。安小雅不爱这些，凡事听她老公的，家里的财政也交给老公打理。她就想让老公施展，家里外头任老公铺排，这样老公反而对她呵护备至。打打哈欠，伸伸懒腰，乖乖缩进老公大男人般的胸膛里，过着纯粹的快乐的在别人看来甚至有些傻傻的小女人的生活，她很知足。

安小雅不喜欢钱，可她总有钱花。哪一天她觉得钱包里要空了，而在用钱的时候打开来看，里面总就又有钱了，而且足够她开销的。钱自然是老公放进去的，不是钱包自个偷偷怀胎一朝生产的。这样的时刻，安小雅有如品尝初吻时一样，在拘谨地耸起肩膀，在紧紧闭起眼睛的刹那，心潮翻滚，心旌摇荡。

安小雅眼下的生活很充实，她想要的疼爱，她不说，老公便做了，她不想插手的事情，她不说，老公也便做了。就像歌里唱的，工作不错，生活不错，心情也不错。常听身边的女人在抱怨，爱情不保鲜了，婚姻遭遇沉默征了，老公酗酒不着家就是着家了臭袜子臭鞋到处扔脚不洗就上床头一挨枕头就呼噜等等习惯坏得人无法容忍了……这些安小雅都没有遇到过，至今晚上睡觉的时候，老公还会像燕尔新婚那阵儿，与她十指紧扣着睡觉。即便半夜醒来，迷迷糊糊中，也要寻到她的手，仿佛十指紧紧扣住了，那觉才睡得踏实。

曾经，罗惜惜乜着眼神这样问过安小雅："安小雅，我就不信，你对你的婚姻就一丁点儿的不满都没有，想没想过离婚？哪怕就一次？哪怕就一个一闪而过的念头？"这问题一经问出来，还着实令安小雅一怔。是呀，她对她的婚姻就一丁点儿的不满都没有吗？就一次也没想过要离婚？就如今每年离婚率攀高比春藤还快的现状里，这样说谁信呀。

　　"让我说准了，嗯，是不是？"罗惜惜追问。

　　"你居心就那么叵测呀。"安小雅猛地点住罗惜惜日渐富贵张扬的额头，笑眼晒着，"不满，有过啊。至于离婚的念头，也动过啊。不过呢，我跟我老公就如同这一个巴掌上的指头，分不开了呀。"不过呢是不过呢，可是"不过呢"那之后安小雅还真把罗惜惜的问题当问题想了。一个巴掌上的指头是分不开，可就是这五个指头，伸出来却就有了三长两短。就是，再自恋的心胸，也难做到十足的平衡啊。何况她安小雅的婚姻，哪能就那么满月似的完美无缺呢。可她不满什么呢？又不满老公什么呢？倒是话又说回来，她又怎能一丁点儿的不满也没有呢？自己的牙还咬自己的腮呢，何况是从陌路走到知根知底的一对男女。婚姻如同鞋子，舒不舒服，只有脚知道。不过呢谁都知道，新鞋子穿上脚紧，穿穿不紧脚了，新意却日渐淡去，到最后脚在鞋子里几乎没啥不适的感觉了，鞋子却也旧了，旧就旧了呗，旧的不去新的不来，换吧。就这换了，还换得心安理得了。是的，她安小雅的婚姻美不美满，只有她安小雅知道，即便是婚姻另一端的她老公，也有摸不准她心思的时候。这样一说，就像愣往鸡蛋里头挑骨头，她安小雅瞬间还真就挑出点儿不满的意思来。她记得她曾跟老公说，老公，我饿。她老公说，走，长安街上新开的一家巴湘情傻儿焖锅，还没带你去吃过。她嗲着声说，不是肠胃。的确不是肠胃。她老公蒙了，问那是哪儿？她嗲着声再说，我也不知道。她老公"呵"地笑了，说等你知道哪儿饿，我再领你去吃。别说，她有时的确有这种感觉，偶尔会没来由地觉到饿，不是肠胃，而是藏匿在身心深处的某一个地方。她也不清楚那是个什么所在，只是觉得它绝对存在着，就像你不必看到空气的存在，而它无时无刻无处不存在着一样。

然而思量来思量去，到最后，安小雅又会问自己，这叫什么事？这又怎能叫作对婚姻或者说对老公的不满呢？

　　空气中月季花的清香淡淡洋溢，风里微微飘散着法国梧桐的味道。亭亭玉立的安小雅走在人群里，神态冷艳，目不旁视。直到与一位迎面走来的中年男人快要擦肩而过的时候，她才猛然触到一种感觉，男人在看她。她也下意识地回望男人，那一刹那的感觉，似曾相识。她不能肯定，却很强烈。

　　男人是在看她，从在熙攘的人群里一眼发现她的那一刻起。

　　男人梳着精神的板寸，体态挺拔，着装休闲，步履如军人般稳健、自信。男人脸上架一副宽边太阳镜，墨色镜片有如隐蔽而安全的军事掩体，这让男人于近在咫尺的距离内投向安小雅的目光，也能如此无上地从容，而且无所顾忌。

　　的确如此，从远远地看到安小雅起，男人就在细细地打量她。男人觉得，从眼睛到心灵，有突然被女人照亮的愉悦感。女人的样子真是唯美，似乎左右得了一条街的喜怒哀乐。男人很遗憾，他喜欢摄影，一切美的有个性的人物风景，他都喜欢收录到他的镜头里去。今天他却没带上相机。男人遗憾地摇摇头，自顾赶路，心间却开始晃动女人令人迷醉的样子，尤其是女人"波浪"如瀑的背影。"有这么个女人走在街上，一条街都仿佛黯然失色了呢。"男人想。

　　整整一个上午，除了一个学生模样的小伙子来拿去新加坡的签证，别的时间她都在闲着。墙壁上一抬头就能看到几框框的规定，其中一条，工作时间不准聊天。要说安小雅压根不喜欢扎堆聊天，她不喜欢热闹。这样说来，也并非安小雅不能跟人坐下来聊天，事实是，很多姐妹就愿意找安小雅聊天。安小雅是个好听众呢，你只管说，只管聊，说什么都行，聊什么都成。安小雅能够自始至终微笑着，胳膊肘支在桌沿上，左手攀着右手臂，右手托腮，眼神闪亮，样子专注地听。而且她还很会倾听。比如你话说到节骨眼上，说到需要调动情绪处，她就能来一句"哦，是吗"，或者"难怪啊""倒也是"等，轻易便做到了有力有序地激发你说的欲望。

安小雅似乎跟谁都谈得来，跟谁都做得朋友。可你想，好多人都跟你是朋友，那朋友还称得上朋友？所以好多人都把安小雅当朋友，安小雅却没几个称得上朋友的朋友。朋友是奢侈品，不在于多，而在于好。朋友其实就是一对一的组合，平白点说，如同家具中的组合柜，合适了肩并肩摆一块，不合适了就分开，不存在合不拢，也不存在掰不开。往郑重了说，朋友就如同"二人转"中男角跟女角搭的一副架，彼此不能交换的唯有肉体，此外什么都可以托付给彼此。朋友是相互的，光知根知底不行，是要交心交肝胆的。多半情况是，人家跟安小雅"相"，安小雅不跟人家"互"。并不是说安小雅不真诚，不坦荡，不善良，而是她不喜欢说人和被说。俗话说，谁人背后无人说，哪个人前不说人。聊天聊多了，极有可能聊到别人。别人聊天聊多了，就没有可能聊到自己？说别人，被人说，安小雅都不喜欢。人各有活法，谁是谁的判官？谁也不是谁的判官，因此安小雅即便听别人说别人，也只笑笑，不掺和。让自己成为别人的谈资——当然，这个难免——她更不喜欢。而事情往往是，别人嘴里的自己，都是自己无意间给泄露出去的。既然防人之口甚于防川，不妨自己防自己之口好了。做人低调的安小雅就能很成功地防紧自己的嘴巴，不说人，也不说己。她总是能将自己的心思捂在脏腑里，自己想自己的。像今天，她偶尔会想起，那个似曾相识的男人端的是谁呢？

　　话往回说，安小雅也有尽可以交付心思的朋友，像罗惜惜，再有就是老公。罗惜惜嫁到香港后，两人离得远了，想见个面再没有抬脚就到那么便捷，再没有一个电话煲一两个小时那么容易。她们的见面越来越少。好在安小雅有啥话，可以一股脑儿倒给老公。就是，那个似曾相识的男人端的是谁呢？当天晚上，安小雅就把那男人说道给老公了。当晚老公应酬完回到家，安小雅接好水，递上，聊上几句后，便跟老公描述起早上遇到的那个男人来。她说："真怪，那感觉，就那样似曾相识。"

　　朋友中有这样一个人吗，她老公认真想想，说没有。而后跟安小雅开起玩笑说："似曾相识极有可能是一见钟情，贾宝玉初见林黛玉那感觉不就是似曾相识。哈哈，傻老婆，说，是不是那男人让你一见钟情了？真是这样，小心我把你用铁链子拴在家里。"

安小雅冲她老公傻傻地笑着说："人家要真动心了，你纵然拴得住脚，拴得住心吗？"

她老公又说："傻老婆，你敢！"

她就再次傻傻地笑着冲她老公说："你的傻老婆不敢，是至今没有一个像你一样让她敢的男人。如果某一天真的遇到一个，她会一头撞进那人的怀抱里去，你信不信？"

此后很长一段时间，安小雅与男人几乎每天的那个时刻，都在第一次邂逅的那个地方，迎面走来，擦肩而过。明明似曾相识啊，怎么就想不起在哪儿见过呢？这感觉常常令安小雅不能释怀，就像内心里生生地多出一个角落，她掸啊，拂啊，努力清扫，却怎么也不见明朗。不明朗的感觉，不见得恼人，却总是伤神。

因为这种心情，安小雅在男人迎面走来的时候，会忍不住瞟男人，刻意地装出漫不经心，心有旁骛。而男人看安小雅就无须刻意，墨色的镜片像个能挺胸为他挡刀子的同谋，他安全着呢。有时男人也会不戴墨镜，或许是忘了，或许是别的原因。这样的时候，两人的目光就难免撞上。起初他们目光撞上了，会迅速闪开，装着被别处的风物吸引了，定定地看去，直到擦肩而过了，才将各自的心情放下，将向右转或向左转的目光收回，向前看，稍息。

两人的目光也有胶着不开的时候。四目相遇了，心思会迅速纷纷扰扰开来：看你了就看你了，我无意看的，真要忙着闪开，就是有意的了。有意而为，如同缺陷，越掩饰，越彰显。我不掩饰，我就是无意间看你一眼，别猜想，也不要心生波澜哦。事实上，彼此心间早波澜起伏了，心思全在心思上，因为无暇顾念，撞上的眼神压根就不曾分开，就胶着了。眼神胶着不开的时候，他们就相视笑笑。

后来的某一天，两人在温暖的晨曦里迎面走近，相视笑笑后，男人站下来，安小雅就也不由自主地站下来。

"您好。"

"您好。"

两人跟对方打着招呼。空气里结着丁香般的尴尬。两人再次笑笑。

"这么巧，总在这儿遇见你。"男人率先说。男人的声音很厚，低沉，富有磁性，听了让人感觉温暖，让人如同瞬间获得希望一样，安定、坦然。

"总在这儿遇见才叫巧啊。"安小雅笑笑答。

"家离单位不远吧，总步行上班?"男人笑着问。男人的笑跟他的声音一样温暖、自持。

"不远，三站地。"安小雅也笑着答，笑得很浅，很矜持。

那之后，安小雅与男人迎面走来，多半会站下来，聊上三五句，聊的多是些面子上的话，从不深入到里子里去，轻松、简单、纯粹。有如风的相遇，只为相遇过，从没想过拥有。他们渐渐像熟人似的热络起来，只是从不过问对方的名字，让对方或给对方留下电话号码。他们就这样交往着，像彼此严守一道法则，矜持，内敛，温暖，陌生的熟人一般。

直到一个月后的一天。

那天快下晚班的时候，安小雅的老公给她打电话，要她打扮漂亮些，带她去吃饭。饭局是老公安排的，在位于青藏路上的香格里拉酒店。老公最要好的同学孟闻达从美国回来了，老公电话召集了一大帮同学来市里聚会，理应他来安排。老公接了安小雅到达酒店三楼的布达拉厅时，厅里已坐满了人，吵吵嚷嚷，热闹得像误闯了某新人的洞房。老公给安小雅找了个空位子，她坐下来，一扭头，正看到男人惊讶的眼神。

"这么巧!"男人说。

"是呀，这么巧!"安小雅说，目光亮亮的。

"你们认识?"一旁的老公有些莫名其妙。

"认识。"这话安小雅脱口而出。

"他是谁?"老公紧着问。那意思是，我老婆认识的男人我都知道个一清二楚。这一个我不知道你认识，你咋就认识了? 况且还是我的熟人?

是的，他是谁呢? 安小雅难为情地笑了。相识这么久，还真不知道他是谁。她再次笑笑，摇摇头，老实作答："不知道。"此后，她压低声音告诉她老公："这个大哥就是那次我跟你提及的那个似曾相识的男人。"

"哦。"她老公"哦"的一声大笑道，"不是生人，是熟人，这下我可以高枕无忧了。"

等男人和一桌子的人弄明白事情的原委，全都放胆地大笑起来。笑声过后，老公隔着安小雅摸住男人的手，而后将男人指给安小雅，说："我同学陈克的大哥，陈述。上学那会儿我们都佩服他。写的画的，拉的弹的，还是唱的演的，没大哥不行的。用宋丹丹的话说，他太有才了。"

"嗨，嗨，别夸得无边无际，没那么神乎。"男人朗声笑过，转向安小雅，从名片夹里掏出一张印刷精美的名片递过来，说，"陈述，陈毅的陈，叙述的述，以后喊我大哥好了。这是我的名片，策划师，如有需要，请随时联系。"

"我说呢，大哥与陈克很像啊。"安小雅边说边接过名片，放进包里。

"那是，亲哥热弟，不仅像，而且像。"陈述笑着说，而后问安小雅是否有名片。

安小雅一指已与别人交头接耳的她老公，说："我老公，我的活名片。"

"哈哈，有趣。"陈述大笑。

席间，老公陪着孟闻达不时跟这个同学喝"哥俩好"，跟某个女同学喝"多年同学成兄妹"，满场儿串，忙得胜似孟闻达。安小雅端着水杯，落落地盯着老公和孟闻达他们一大帮子人闹。他们真能闹，真敢闹，特别是跟女同学，都闹得嘴上无德了。安小雅看着老公紧紧搂着一个女同学眉飞色舞地说，当初要不是猴子横插一腿，你铁定是我的了。而后指定另一个女同学，说这酒你喝不喝，不喝倒头上了，话还在舌尖上打转，酒已在那女同学长长的秀发上飞流直下。

一屋子的人都在闹，狂放、妄为、纵情，却是亲密无间。

见安小雅眼神落落的，陈述忙给她的杯子续些水，说："来来，弟妹，人家男同学、女同学，统统都同学，看来只咱俩是局外人。君子之交淡如水，看来酒不如水，这样吧，大哥陪你喝杯水，喝吧，都在水里了。"

安小雅回头冲陈述笑笑，说："谢谢大哥。"而后举起水杯。

"你老公是个人物啊，想当年也是个大才子。"

"他啊，嘴上花，心一本正经得很呢。"

"这就是男人本色吧，理解就好。"

就这样，两人很投缘地聊起天来，从安小雅的老公聊到孩子，聊到工作，聊到音乐，聊到影视，聊到安小雅的老公红着脸从后面扳住安小雅。老公满嘴喷着酒气说："我亲爱的老婆，你要小心，别看陈哥大我们几岁，他可依然是少女杀手啊。"

"是吗，可我不是少女了，是少妇，就是大哥有戏，怕也没我的份了。"安小雅盯老公的眼波，瞬间柔情荡漾。

"陈哥，杀手由少女版升级为少妇版了，对不对？"老公边说边冲陈述使眼色。

"对，这会儿啥都讲升级，不升级就落后，落后就遭淘汰。"陈述幽默地作出他的一番陈述。

此时，老公的一大帮同学也上来起哄。安小雅一时不知接什么好，脸登时红了，红透了。

这事过后，安小雅与陈述迎面相见，远远地就会相视笑笑，打起招呼。两人开始习惯与对方迎面相见，相视一笑后，站下来聊两句，而后挥手告别。

他们聊的话，已从大众话面子话深入到生活的里子里去了。

"今天天气不错，心情好吗？"

"昨晚酒喝多了？眼里的醉意还没全消呢？"

他们的语气不再因为要竭力委婉而变得生疏，而是亲和多了，兄妹般的亲和。安小雅发现陈述很健谈，睿智，有思想。陈述也发现，冷艳的安小雅，其实是一个很有情调、情趣的女人。

上班期间闲下来的时间依然很得多，姐妹们会在头头们眼力洞察不到的角落里穿针引线，大绣各种十字绣。这种绣活儿平民得很，只要拿得动针，都绣得。大人绣得，小孩绣得，女人绣得，男人绣得，怕三国时那个猛张飞都能像模像样地绣得。价格又不贵，从似乎是一夜间开满全城的任何一家十字绣品店拿来，你尽可以绣了，紧锣密鼓，或者随意而为，都由你，而后绣好了裱，裱好了往墙上一挂，哎，别说，还蛮像那么一回事，花小钱，换得赏心悦目，值得。只是要赔精力，赔时间。安小雅也喜欢，可她觉得把时间和精力赔给一件绣品，她赔不起，也不想赔。

上班期间大把大把的富裕时间，安小雅有时会拿来看书，而最近，她有时会拿来想陈述。陈述很男人，很有男人味道，如一坛老酒，陈酿的时日够了，味道也够了。陈述的一举手一投足，一个眼神一句话，都透着成功男人成熟、稳重、沧桑、憨直大气等等耐人寻味的味道。成功的男人不一定成熟，但成熟的男人一定稳重，稳重的男人一定历经沧桑，历经沧桑的男人一定憨直大气。男人的神情里尤其应该透着些沧桑，不能太多，太多了就老气横秋了，就无趣了。也不能少，沧桑感少了，就如同一杯水，会显得沉淀还不够。男人够不够男人，不在于长相，而在于气质、气度。而倜傥的气质和轩昂的气度，还要靠装扮才表达得出。成熟男人的装扮最讲细节，特别是衣服穿在身上的细节，休闲不能太过随意，正装不能太过花哨，色系、款型不能乱搭，裤腿踩在脚下不优雅，裤缝偏了裤腰外翻就显邋遢。

陈述似乎很懂这些，不是刻意而为，而是自然从容。只有被生活历练够了的男人，才会拥有这样的自然和从容，放松而不放纵，即便放纵，也不颓靡。

这样的陈述，安小雅很欣赏。所以回到家里，安小雅会时不时跟老公说起陈述来，言语间自然流露出对陈述的欣赏。陈述这，陈述那的，老公会冷不丁地问一声："你是不是已经中陈述的魔了，怎么整天叨唠的都是他？"

安小雅猛地一惊，说："是吗？怎么会？笑话吧？"

老公又问："是不是对他有意思了，抗拒从严。"

安小雅的脑子一下弯过来了。不过，她还是要跟老公装傻充愣。

她一下吊在老公脖子上，说："坦白更严是不是？嗯，老公，女人要喜欢谁，压根就把他藏心里了，哪还愿意到处说哦。尤其是跟最爱的老公说，是不是？"

可过后静下来想想，老公说的也是，自己怎么老是提陈述，是自己并不知情的时候，已经在心里接纳他了？这样一想，安小雅自己吓了自己一跳。随即，她宽解自己，爱上一个人，哪就那么容易？况且她跟老公，幸福得不知让多少人羡慕呢。不会不会，尤其是跟陈述，不会发生什么的。

可接下来的半个月，安小雅在那段路上再遇不到陈述了。陈述有些像她安小雅做过的一个梦，虽然不曾遗忘，不好遗忘，但却消失了，找不见了。

老公发现，安小雅不再提陈述，可也不再怎么爱说话，更爱抱着书读了，有时会一个人发呆。老公很担心她，就前来扳住她的膀头，眼睛盯住眼睛，问她怎么了，要不要去医院看医生。她轻轻舒口闷气，幽幽地说："工作上出差错了，挨领导批了。"

老公"哦"的一声将她拥进怀里，大声嚷道："亲爱的，告诉老公，哪个领导批你的，我明天就去狠狠批他。领导嘛，要讲批评和自我批评，我倒要问问，他先自我批评了吗？"

盯住老公疼爱的样子，安小雅会突然一惊，自己是不是太过了？而且莫名其妙？于是，她吊住老公的脖子，吻住老公嚷："还是老公疼我。老公，你赶紧做一把手吧，我跟着你上班！"

"那还用得着你上班，到时候我让你做全职太太。"

"老公，咱旅游去好不好？"

"暂时还不行，等忙完了手里这个项目再说。"

"老公，我想去。"

"不行，等下次。"

"老公，我饿。"

"走，一块接了儿子，去吃'廖排骨'。"

"老公，你真好！"

安小雅吊住老公的脖子说"老公，你真好"，使劲撒着娇，身体里却骤然攫住了那种"饿"，就是那次罗惜惜跟她对话起她的婚姻后，她反复思量出来的那种没来由的饥饿感，它依然在身心深处的某一个地方藏匿着，她依然不能清楚那是个什么所在。可她依然会清楚，她纵然吃到胃满肠满，也慰安不了它。

怎么了？自己怎么了？安小雅在老公的脖子上暗暗问自己。以往这样的时候，请求不见得有效果的时候，多半不知为何突然栓堵的心绪，会被自己近似于无理的取闹慢慢稀释掉。这次怎么有些异样了呢？

直到那个阳光如百合花般普照的早上，再次跟陈述迎面走来，安小雅犹如坠石的身心才突然觉得一爽，身轻如蝶。病来如山倒，病走如抽丝，连日来的感觉，就像一场病啊。

陈述望着她，温暖地笑笑，称自己到外地出差了，然后问她："一切都好吗？"

她笑脸如花，语调欣喜地说："好啊，一切都在好着。"

日子就这样平静如水地往前铺展，安小雅跟陈述之间没有发生什么，又好像有什么正在发生。犹如深深埋藏在地层下的滚烫的熔岩，你看不到它们，而它们一刻也没停止涌动。

两个月后的一天，老公突然告诉安小雅，他被领导临时抽调去摩洛哥，到那里去搞一项工程援助。

"出国吗？"安小雅有些难以相信自己的耳朵。

"是的，出国。"老公说得豪情满怀，"亲爱的，我很珍惜这个机会！我知道你和儿子离不开我，但这样的机会我或许一辈子就遇到这一回，放我去吧。"

"什么时候回来？"安小雅潮着眼神，未启程先问归期。

"三个月后就能回来。领导说了，回来后不仅给加薪，还给晋级，这好事梦都梦不到啊。"

看着老公喜出望外、喜不自禁还有差点就喜极而泣的样子，她还能说什么呢，放他走呗。贤内助贤内助，不就是不怕你闲在家里，只要你能于老公需要时默默站到他身边，为他振臂高呼，从而助他一臂之力的及时雨一样的内人吗？连日来，安小雅湿着眼睛给老公收拾起行囊来，什么都想给他带上，带双份。不是说非洲穷吗，到那儿再发觉东西短缺了，尤其是手底下常用的这些小东小西，可去哪里买？在家千般好，出门一时难，还是有备无患好。

还有三天，安小雅就要泪水涟涟地将老公送上远行的列车了。想想那样一个时刻，手一挥，从此就要天各一方，安小雅总忍不住兴奋得难受。老实说，她为老公高兴，周围的人听说她老公要出国，对她羡慕得不行呢。可另一方面，她却为即将到来的万里之别心生愁绪。第一次这样跟老公远别、久别，光相思之苦就能杀了她啊。她满心里赞成老公出国，又满心里舍不得老公走。这种矛盾心理，让安小雅的心情在老公给予的极度自豪中变得糟糕起来。

生活总是令人难捉摸，总是爱在好事临头的时候，节外生枝。这不，老公离别的前两天，安小雅在上班期间接到一个匿名电话，问她认不认识一个叫吴莉莉的女孩子。她听得莫名其妙，但她老实说不认识。那人说你不认识就对了，说完，电话就挂了。

自从接了那个莫名其妙的电话，一向冷静、理性的安小雅内心就难以平静了。那人话说得不甚明白。可越含糊其辞，越让人忍不住深思。这事如同一个箱子，你大敞着让人看，里面即便是金银珠宝，别人不一定稀罕。你若要紧紧地锁着包着，里面就是破铜烂铁，别人也难忍一窥究竟的好奇了。

不过一开始，她是想不信来着，她的老公是啥样一个人，她最清楚。可最终，她忍不住想打听，尽管想法很漂亮：整明白事情的真相，才更能还老公一个清白。谁知事情不打听还好，一打听就更云山雾罩的，这个吴莉莉，还是老公带过的实习生，不见得有啥突出成绩，这次竟获得跟着去的资格了。

凡事掰开来想，你的是你的，他的是他的，也没什么。可就怕把事情搅到一起想，思虑来思虑去，越要再掰开它们，它们就越发疑似事实了。事情令安小雅更难以释怀了，但她还是极力劝慰自己，要保持清醒，疑似事实，可并没有证实是事实。这样的事是啥事？可不是说着闹着就能好收场的。这事弄不好，毁的可不是吴莉莉，而是她的家庭，她和儿子的幸福。天大地大，其实对一个女人来说，家最大。

这会儿似乎什么都可以花钱买到，但唯有幸福的家庭花多少钱都买不到了。她要理智。

尽管这样想，这样劝，安小雅原本很明白事的心，还是被看不清的真相搅扰得六神无主了。当天中午午休的时候，安小雅做了个梦，那情景真的，就跟现实中正在发生的一样。她指着一个虚拟出的吴莉莉，像怒斥恶人似的义正词严："他爱你吗？你以为他会爱上你吗？不会！他爱的是我！是我们儿子！是家庭！你信吗，别说三个月，就是给你们一年，你也无法让他爱上你！"这样一个梦，在她醒来后，依然闭紧眼睛，想了好久。她骨子里爱着老公，她珍惜这个家。出国、加薪、晋级，不就是名利吗？家都没了，还要名利干吗呀？

可这事怎么跟老公开口呢，安小雅一时竟不得主意。她一向很维护老公人前人后的面子，她也很爱护自己的体面。她也想过私下里装着无意间撞见吴莉莉，看看她的反应。女孩子多半城府不深，不善掩饰，尤其是这事。但她压根不认识吴莉莉，需要通过别人指点。可让别人掺和到家事中来，这不是她处事的风格，她也没这么弱智。终觉得这方式不妥，就放弃了。可没有真凭实据，她更不能贸然指责老公什么，夫妻间最起码的信任出现裂痕，她怕看到，更怕是自己一手导致。但难免郁闷像冷风似的袭来，令她委屈、难受。

老公已经不上班了，在做着出国前的准备和培训。应酬也多起来，多半是去赴老乡或是同学摆给他的饯行宴。回来的时候多半已经烂醉如泥，想要他说明白话都难。你怎么了？怎么神经兮兮地乱猜疑？逮不住老公，安小雅就逮住自己问。而她也不知自己怎么了，就觉得烦躁，觉得委屈，觉得愤懑。后来还是逮住了一机会，她按捺不住，却竭力装着漫不经心冲正翻看摩洛哥地图的老公问："老公，听说跟你实习的吴莉莉也去？"

"是啊，她挺能干的，被选上了。"老公答得干脆。

"也得有女孩子去，要不有人想唱《蝶恋花》，就要找非洲黑女人了。语言不通，那该多麻烦。"安小雅跟老公开着玩笑，心里却刻意地警觉着老公的眼神和用语。

"怎么，听到啥风声了？"老公笑着扭头盯过来。

"是呀，不只是风声，还有风言风语。"安小雅笑着，故意让语调轻巧些，笑盈盈的眼神却充满挑衅。

老公哈哈大笑着快步走到安小雅面前，像以往那样紧紧拥住她说："亲爱的，没有的事，别信人家的话，坏自家的事。"

但看老公轻描淡写的态度，安小雅却有些恼了。这一切他明明知道啊，干吗要跟她隐瞒呢？先前她还想，或许是没争上的人从中作梗，想借此出一口恶气。可这会儿，她倒想，怕是真的被老公蒙在鼓里了。还有三天他就要远走高飞了，他跟她做醋的心情还是会有的。

安小雅突然之间就着了魔了。

老公似乎没时间顾及安小雅极端郁闷的情绪，天天奔波在推杯换盏的答酬中，直到离别当天。

要说安小雅的郁闷老公没发觉，那是假的，只是他错将老婆这种情绪理解为舍不得他了。他唯有拥抱安小雅，一再哄劝，一再讨好。可下药了，不能对症，就没用。最终，老公恼了，他大声喝道："安小雅，你还有完没完？"

第一次被老公大声呵斥，安小雅哭了，眼泪潸然而至，可她不吵，不闹。她闭着眼睛，在想老公当初跟她卿卿我我耳鬓厮磨的时候于她耳根处呢喃的话："老婆，我爱你！在我们今后执手偕老的日子里，我愿与你坦诚面对。如果有一天你厌倦了，不爱我了，只要你说一声，即便离不开你，我也会含泪看你离开。"头抵着头，眼睛盯着眼睛，语调温婉，弄得跟台词一样一样的。她那会儿多感动啊，唯有紧紧吊在老公的脖子上说："我只爱你！永远只爱你！"不想七年之痒刚过，那个"有一天"来了。不过不是她厌了倦了，而是当初信誓旦旦的老公变了。可他却还欺瞒她，用那么一个弥天大谎羞辱她。如果她想笑，他是不是还要一个响亮的耳光打在她的脸上，而后还要她笑容可掬地回答他，疼，还是不疼。

"你看，你怎么哭了？"见安小雅哭得那么痛，老公忙上来给她擦泪。她一挥手，给挡了回去。

"离婚，离婚还来得及！"安小雅闭起眼睛，声音歇斯底里起来，

"你们不就是这个意思吗，等这边一离，你们就好牵手远走高飞了。我成全你们好不好？即便同床，也是异梦，还坚持什么呢？"

"嗬，离婚？因为吴莉莉吗？多大的事，能严重到要你提离婚？安小雅，我明明白白告诉你，我跟你没过够呢！"老公话说得像逗趣。

"你个大骗子，你要骗我到什么时候？你以为离不离婚必须以你为转移吗？"安小雅喊。

"水落石头总会出来，你等着看好不好？"

老公的话让安小雅的心抖了一下。但没用，依然委屈，依然难受，依然痛。不痛吗？原本跟比翼鸟似的，双飞双宿，贴心贴肉，举案齐眉，恩爱有加。这会儿像被人生生地劈掉一半去……而且是被曾经跟她相亲相爱的爱人，似乎是不相干地轻轻一下，便从"他们"这个整体上，将属于他的部分生生地撕裂掉。她仿佛听得到身心分崩离析的痛苦呻吟，以及血淋淋的滴答声。原来，美好的一切，就能这么轻而易举地被撕得粉碎，彻彻底底。

突然看着安小雅一副撕破天都无所谓的样子，她老公脸都气紫了："你要干吗，安小雅？原本多好的事，你非要这样搅和得不欢而散吗？我这就要上火车了，你还这样不依不饶的吗？"

安小雅眼睛湿着，可样子依然不妥协。结果，她老公不是给她一个难舍难分的吻，而是愤愤然丢给她一句话："日久见人心！"言毕气呼呼拎起大包小包，甩门而去。如此响亮的甩门声惊得安小雅一震，脏腑猛然疼了一下，却居然没有软下来。

安小雅本是个很有涵养很内敛的女人，通常喜怒不形于色。可她这会儿真的魔怔了，那事竟搅得她不再会笑了，嘴巴冷漠地闭着，原本冷艳的一张脸更似冰冻一般了。就这，她还常常告诫自己，千万别在儿子面前带出样子来。事实是，她办不到。儿子不解她的这般变化，常仰起脸蛋小大人似的问她："妈妈，你不高兴吗？是想爸爸了，还是挨领导批评了？"她会冷不丁地被儿子的问话惊扰到。为了掩饰，她就笑，努力地笑，可那笑容僵硬得像个蜡人。

婆婆一向很疼她。那事婆婆不说信，也不说不信，只告诉安小雅：

"孩子，去外面散散心吧。"

"孩子咋办？"她不放心儿子。

"放心，我和你爸保证给你带好。"

"外面"，就是呼伦贝尔草原。五日游。那天登上旅游团的大巴车，寻到自己的位子，一抬眼，安小雅便望到了陈述，正跟几个女孩子玩牌。刹那间，两人的眼神都惊了一跳。可随即，安小雅的心又"咚"的一下沉到谷底。

"又那么巧。"陈述说。

"是巧。"她淡淡地说。

"怎么了，那么忧郁？"

不等她说话，几个女孩子摇着陈述的胳膊嚷："来来，哥哥，我们玩牌嘛，我们玩牌。"

安小雅冲陈述艰难地笑笑，没再说什么。他们是前后座。陈述赶紧站起来，接过她手里的包，帮她塞进座位上面的支架里。"谢谢。"她再次冲陈述笑笑，而后坐下来，身子深深缩进位子的腔膛内，闭起眼睛，任一腔芜杂的心情风起云涌。

自己到底端的究竟怎么了？她再一次追问自己。跟老公闹个不欢而散，没想见到陈述，又跟他使起性子来。当然都不是无缘无故，老公那里是一个吴莉莉闹的，陈述这里是什么？是这些无惧无畏、没大没小、没远没近的女孩子突然惹她嫉妒？她恨老公守不住底线，可她又恨陈述什么？又嫉妒女孩们什么？她跟老公依然是夫妻关系，可她跟陈述是什么关系？

她想平静下来。可无论如何难以平静。

呼伦贝尔草原位于内蒙古呼伦贝尔市，因境内的呼伦湖和贝尔湖而得名。是内蒙古主要的畜牧区，出产著名的三河马、三河牛。这儿没有黄土高原上的深沟、墚、峁等地貌，大部分是平缓的原野，绿波千里，一望无垠，微风抚过，羊群如流云飞絮，点缀其间，草原风光极为绮丽，令人心旷神怡。

安小雅他们所要到达的旅游点叫呼和诺尔，位于呼伦贝尔市陈巴尔上贡旗境内，距海拉尔区61公里。呼伦贝尔草原是世界著名的天然

75

零落一身秋

牧场，呼和诺尔可称作是呼伦贝尔草原风光的代表。坦荡无垠的草原环抱着波光潋滟的呼和诺尔湖。在零星散落的蒙古包映衬下，天空纯净明亮，草地辽阔壮丽，空气清新，牛羊成群，鲜花烂漫。对久居都市的人来说，这一切都是那么遥远而亲切。

旅游点上的活动项目丰富多彩。旅客可以穿着民族服装骑着骏马奔驰，也可以骑着双峰驼漫步，或乘坐原始的勒勒车漫游。游客还可以划着小舟在呼和诺尔湖中垂钓，或背着猎枪到附近的林中草地狩猎。旅游点为游客准备有整羊席、手扒肉、烤羊腿、涮羊肉、奶食等具有当地民族特点的风味食品，还设有旅游纪念品商店为游客服务。

到达呼和诺尔，已近午夜，十多个蒙古包沉浸在无边的夜色中，亮起的白炽灯光给人以宾至如归的归属感。这就是终点站了，呵欠连天的人们陆陆续续从豪华大巴上下来，拎着大包小包向各个包房散开去。草原上的夜色真美，扑面而来的夜风稍稍透着凉意，空气里散发出青草的味道，混合着淡淡的花香，沁人心脾，一切都像被银色的月光浸透了一样，安静而安详。

安小雅住7号包。她扯起行李箱往7号包走去的时候，陈述也拎着大号的旅游包往2号包走。

"累不累?"陈述问。

"还行。"安小雅懒懒地答。

"做个好梦!"

"谢谢。"

猛然，陈述站下来，冲着安小雅的背影，莫名地摇了摇头。

到了呼伦贝尔草原，骑马是少不了的，骑在马上，感受"天苍苍，野茫茫，风吹草低见牛羊"的诱人画面，那感觉，很令人陶醉。正好，旅游点第一天安排下的游览项目，就是让这些在大都市住惯了水泥房子的游客们，在一碧万顷无限坦荡的大草原上，骑马或骑上骆驼，尽情徜徉观光，然后享受野餐、野营的乐趣。

游客多半已换上颜色各异但都鲜艳无比的蒙古袍。导游小青快步穿梭在兴高采烈的人群中，不时给这个或那个指点一下，嘴上不忘讲解着蒙古袍中的穿文化："蒙古袍的穿着是一件正经、严肃的事情，整洁端正的穿戴无论对自己还是对别人都是一种尊重。穿袍子时，一定要穿靴子戴帽子。景点上无法为每一位游客准备一双合脚的靴子，所以咱们帽子一定要带，靴子可以不穿。但要知道，尤其到祭祀的时候，蒙古族朋友必须是袍子、靴子、帽子配套，这样才显得整体协调，严肃庄重。此外，蒙古族人家在礼节上特别有讲究。穿着蒙古袍，在端茶敬酒的时候，不能挽袖，不能袒胸露颈，袍子的下摆不能从锅碗瓢盆上扫过。收拾存放袍子时，前襟要朝上，死人的衣服才朝下。领子冲西北放置，不能冲门。在缝制袍子时，忌讳留下线头。还有，男子扎腰带时，要把袍子向上提，束得很短，这样骑乘方便，又显得精悍潇洒。女子则相反，扎腰带时要将袍子向下拉展，以显示出娇美的身段……"

安小雅到底没有换。

陈述倒是换上一件蓝色绣着金色团花的蒙古袍，腰里束一条鲜橙色绸缎腰带，腰带上还挂把蒙古腰刀。他个子高大、挺拔，又肥又大的蒙古袍穿在他身上，不仅没给人张冠李戴的生硬感，倒彰显出了不少蒙古族汉子的粗犷气度。

陈述是个很讨人喜欢——尤其讨女孩子喜欢的活跃分子，胸前吊着相机，不停地摆出各样舒服的拍摄姿势，试图在将草原永恒的东西，高远的天空，悠然的云朵，阔美的草场，反刍的牛羊，还有牧民家里的蒙古包，以及蒙古包前戏耍的孩童，孩童身边忠诚的大型犬，射进镜头，凝聚成瞬间的美丽。那些女孩子也不时围到他身边去，摆出这样那样的姿势，要他拍照。有短暂休息的时刻，她们也不让他闲着。

"哥哥，会看手相吧？"

"会啊。"他答得很爽快。所有围在他身边的女孩子就都齐刷刷地将手伸给他。

"这么多双可爱的小手，我都不知道先看哪个了。"陈述牵过这个看看，牵过那个看看。

"哥哥，帮我看看我的爱情什么时候开始好不好？"

"哥哥，我要你看看我一生有几个情人。"

"哥哥，看看我的这一个男朋友是不是我的真命天子。"

女孩们兴奋地吵吵嚷嚷，没个完了。

"好了，都看过了。"一番装模作样后，陈述稍稍坐正了说。

"哥哥，快说，快说。"

"啊，你们还让说?"陈述装着不明就里，而后无可奈何地摊摊手，"那我只会看，不会说。"说完哈哈大笑。

感觉被戏弄了，女孩们纷纷扑到陈述身上佯装捶打，边打边嚷："你真坏! 叫你坏!"

安小雅酸酸地看着这一切。当陈述问询的眼神飘过来的时候，她迅速地躲开了。

落日西沉的时候，驼队在一片相对平坦的地面上停了下来，这儿就是野营地了。"快快，搭帐篷了。"向导老王率先从马背上一跃而下，高声大嗓地吆喝。

陈述一看就像经常出游的，三下五除二，便把帐篷搭好了。这时导游小青和一群女孩子再次叽叽喳喳围住陈述，要他帮忙。陈述跨着大步，一会儿到这里，一会儿到那里，一脸的乐此不疲。

"哥哥，我们的帐篷跟你的搭在一起好不好嘛?"小青摇着陈述的胳膊央求。小青是个很会讨乖的女孩子，二十出头，梳着高高的马尾巴，笑起的样子恬美，笑声有如荡在风中的银铃一般脆响，说起话来很有感染力。

"怎样搭算在一起? 搭我帐篷上去? 还是搭我帐篷里面去?"

"能吗，能了就最好!"小青歪着头说。

"可惜不能啊。"陈述摊摊手表示遗憾。

"那就做我们的护花使者好不好，我们怕啊，怕狼来了。"一个画着彩妆的女孩子伸伸舌头装可怜。

"就不怕我这条大灰狼半夜三更钻你们帐篷里去使坏?"陈述坏坏地笑着。

"不怕啊，我们求之不得。"女孩子们"嘻嘻"地乐，说出话来一点不脸红，不气短。

安小雅的心就又莫名地有些酸。她忍不住想，自己年轻十岁，跟那些女孩子一般大小，是不是也能像她们一样，大庭广众之下，也能放肆地摇着陈述的胳膊求他这求他那？放肆地跟他说一些可以不着边际的没心没肺的话？在这样胡思乱想的时候，她眼睛依然盯着手上图解模糊的说明书。她什么也没看进心里去，她真的不会搭帐篷。过去出游，帐篷都是老公搭，她从没插过手，老公也不让她插手，怕蹭着她，或是弄脏她的衣服，总说一边去玩，她就乖乖地一边去玩了。她压根不曾搭过帐篷。她倒是想求陈述，想得迫不及待。以致别人的帐篷都快搭好了，她还在看说明书。

想陈述，陈述就大步流星地走了来。"要帮忙吗？"陈述说，语调兴奋。

她偷眼瞥过去，就瞥见陈述紧绷在牛仔裤下面的双腿，和一双自然错开站立的大脚，给人一种稳健和坚实的无限让人可依赖的踏实感。她忽然心慌得厉害，她感觉到了陈述跟她站得很近，她听到了他粗重的呼吸。"不要，谢谢。"她却是头也不抬，一副拒人千里的口吻。

"你压根没干过这活儿。去吧，先到我帐篷里去休息一下，大哥为你搭帐篷。"

她的脸瞬间滚烫如沸。她真的想就这样到陈述的帐篷里躺一会儿。原本单薄的身子，在驼背上颠了大半天，快颠散架了。老实说，她想依赖陈述，跟那群女孩子一样，将柔弱的一面表达给他，等他双臂张开，强行将她揽入怀抱，轻轻吻住她的额头，呵护备至。那份温情，足以融化掉她的伤，她的痛。她在突然而至的泪水中，会变得滋润、柔软。她却突然想忍了。那群目光如炬的女孩子此刻正往这边看呢，说不定她们已经对她说三道四。她眼睛依然盯住说明书，低声说道："谢谢，不用。"

"怎么，像变了个人似的，出什么事了吗？是家里的，还是你自己的？"陈述问得焦急。

"没怎么，我自己来。"她语调缓和些了。

"那好吧，要帮忙，叫一声。"陈述神情有些茫然，不过最终冲她一笑，而后挥挥手走开了。

零落一身秋

她眼睛还在说明书上。其实只有她自己清楚，她此刻的心情，犹如投进一粒石子的湖面，很不平静。

安小雅的帐篷是在野餐前搭好的。

野餐吃的是草原上有名的烤羊腿、手把肉、奶食等。空气里摇曳着浓郁的膻腥味道，这让她一点胃口也没有了。她倒很想吃些东西，比如一碟清淡的闪烁着绿意的小青菜，哪怕就是一块馒头也好。她饿了，空荡荡的肠胃早在跟她闹情绪，要她打发，要她抚慰，就是胡乱一些也好。最终，她胡乱也咽不下东西。

繁星已缀满无垠的天幕，月亮迟迟没能出来。夜色中，白天里广袤无际的呼伦贝尔大草原，此刻仿佛一位宽衣解带的男人，在游弋着青草混合龙胆花淡淡清香的大地上，卸下他的高傲和坦荡无羁，仰面躺下，用他的坚忍和温暖，成就一方温情的篝火台。强劲的沙风已将火堆吹得火光熊熊，四溅的火星也在亢奋的群情中恣意地纷纷扬扬。

野餐是围着一大堆篝火进行的。野餐后是篝火晚会，由导游小青主持。小青是谁？小青是个训练有素的导游，她的脑袋瓜里一准装着不少有趣的或是搞怪的活动项目，足以将联欢的气氛搅到火热。没有事先敲定好的节目单，没有敲定非得谁谁表演节目，你乐意了，歌一个，弹一曲，说一段，或正经八百，或幽默搞笑，想怎样就怎样，听凭心灵。虽然共同来自一个地区或城市，除了夫妻档，或三口之家，此外谁也不认得谁。有激情尽管释放，有才情尽管表达，即便表演得肆意妄为、狂放不羁，只要你敢，人家就敢看敢听。张大嘴巴笑出来，扯着嗓子喊出来，使劲拍响巴掌为人喝彩。在城市里，你还真不敢这样疯。

郁郁寡欢的安小雅突然觉得自己有些与将要进入狂欢的人群格格不入了，加上胃里不怎么舒服，就偷偷回到帐篷里，一个人裹紧自己，躺下来。

此时，外面响起了歌声，深情，舒缓，昂扬，音色纯正，音域宽广。歌是腾格尔的《天堂》。这样的时候，唱它正合适。如果是白天，头顶是蓝蓝的天空，就是牧人所膜拜的长生天，天上白云朵朵，身边是牛羊群自在地啃食青草，马背上是哼着长调的蒙古族汉子，样子剽悍豪迈，声音浑厚悠长，三两条牧羊犬在马前马后或更远的地方奔跑着守护牛羊，尽职尽责……那就更有意境了。安小雅一直竖起耳朵听，不用辨析，是陈述的声音。此刻，安小雅想起老公跟她介绍陈述时的那番话来。的确，他很有才啊。

歌声落下不久，安小雅的手机短信提示音响了。是儿子，她一阵激动。还真想儿子了，突然爸爸妈妈都不在身边，真不知道他是吵闹个没完，还是像个小大人似的乖乖听话。安小雅匆忙间摸出手机，打开来看，却不是，号码很陌生，她异常失望。不过片刻的工夫，安小雅惊怪地瞪大眼睛，发来的是条彩信，一张照片，分明是她的照片：背景是壮美的草原和蓝天，她骑在高大的神态安详的双峰驼上，身后亚麻黄的瀑布随风扬起。她仰望着一碧如洗的长生天上一片被风扯碎的云彩，眼神沉静，心神笃定，像个女神。

她马上想到了陈述，原本冷硬的心头，刹那间软软地震了一下。

此后是第二张、第三张。第二张是她托腮凝思的样子，她都不记得是在哪里的哪个瞬间了。第三张是她被燃烧的篝火映红了的抑郁样子。看到第三张，她不免吃了一惊，自己就那么那么抑郁吗？

陈述可真懂得抓拍的时机和角度，她喜欢。

接着是一条文字短信："还要看吗？"她断定是陈述，但没有回复。

陈述的又一条短信追来了："有什么不顺心的事，怎么那么忧郁？"

此后又一条："如果你愿意，大哥是个好听众！"

她依然没有回复。但眼泪已汹涌着来了。怕连她自己也说不清，这开闸的泪水是所谓老公给予她的巨大屈辱让她顷刻寻到的宣泄，还是陈述一句"怎么那么忧郁"让她感到了被关怀的幸福。

任眼泪静静地肆意流淌，她将拇指按在回复键上，这样几次后，她还是作罢了。她这会儿倒突然异常清醒了。她怕这样的时候，真的跟陈述发生点什么。她能明白自己此时的心，依恋上陈述了。但这份依恋，能说就是深到无法割舍的爱吗？再说，她虽恨可能已经背叛了她的老公，但两人毕竟没离婚。在法律上，她还是个有夫之妇。退一步说，老公真的伤害了她，伤得她痛彻脏腑，痛断肝肠，然而以牙还牙，一报还一报，就有意思吗？

　　第二天的旅游项目，上午是坐着原始的勒勒车在一望无际的呼伦贝尔草原上漫游，下午，观看牧人们为让游客一饱眼福而举行的那达慕大会。此那达慕大会，非彼那达慕大会，其实牧人们的那达慕大会八月份就举行过了，这是为配合旅游开发而搞的浓缩版，或者说海报版，说成旅游项目、旅游产品也成。游客可以尽情观赏，可以参与其中，也可以于散落在周围的摊点上，选购些有民族风情以及草原特色的纪念品。

　　一整天，安小雅都在躲避陈述。不回应他探询的注视，甚至不往有他的地方观望。可她的脏腑里，无时无刻不在思考陈述，寻觅陈述。

　　跟她一样，陈述的心也跟投了石子似的，难以平静。他很想知道安小雅怎么了。以前她不这样，一准是有事，令人不快的事。他很想问明白端的是啥事，然后好开导她。出来了，就是高兴来了，纵然有不愉快，丢掉"不"就是愉快了。大老远地跑这儿一趟，岂是容易的？再说，哪有过不去的火焰山？就是过不去，不还可以绕远吗？

　　"哥哥，那个很有女人味的姐姐是谁？"有女孩子问陈述。

　　"我表妹。"陈述答。

　　"她不高兴啊。"

　　"好像家里出了点儿事。"

　　下午，那达慕大会上，陈述和团里的另两名体格健壮些的男人，一同参与了一个节目，与一拨蒙古族汉子一起，飞马拾羊，就是一群人在飞奔的骏马上抢拾一只死羊。看着与那么威猛的蒙古族汉子一道打马飞奔的陈述，安小雅紧张得心都揪了起来。陈述倒是劲头很大，双脚蹬紧马镫，小腿夹紧马腹，左手抓紧马缰绳，身子侧俯在奔马的一侧，全力以赴，与那群训练有素的壮汉们拼抢在一起。但到底是久居城市，很难像牧人们那样，腿脚常常被紧迫的生活操练得异常强劲。陈述的速度渐渐慢了下来，脸上大汗淋漓。安小雅有些心疼了，可又不知道怎么去帮他。

　　很快，胜负决出，一位精瘦但模样特别干练的牧人小伙子拔得头筹，正接受欢呼。而此时，戏剧性的一幕出现了，于马上急速驰骋的陈述，在经过一个女孩子的时候，一个漂亮的侧翻，已身手敏捷地将那女孩抱到了马上。

欢呼的人群再次沸腾了。安小雅的心也在沸腾，她拼命拍起巴掌，为陈述喝彩。再看陈述他们，并没有停下，而是继续飞奔。大约奔出十步远的路，陈述在空中如同魔术师那样潇洒地挥了挥手。场面顿时一片寂静，人群屏住呼吸。安小雅也紧张地瞪大眼睛，眼神一刻不敢离开陈述，双手合十，竖在唇上。再看陈述，蓦然间，快速在女孩头上抓了一把。更戏剧性的一幕出现了。一个包袱"哗啦"抖开：原本花枝招展的女孩子，眨眼间变成了一个大小伙子。所有在场的人们再也忍俊不禁，一时"啊、喔"的欢呼声如同浊浪排空。

一向无比矜持的安小雅也"啊"地喊出来，忍不住笑啊，笑得一脸灿烂。

晚上，安小雅在蒙古包里躺下来。不久，她便接到陈述的一条彩信，打开来，是她的照片，正是她忍不住笑容灿烂的那个时刻。他可抓拍得真快！时机把握得真好！她笑了，心上有暖暖的东西荡漾开来，滋润得五脏六腑一塌糊涂。可他什么时间抓拍的，她竟一点儿也没觉察到。

安小雅将手机屏往心口处贴了贴，而后又举在眼前，心潮澎湃地盯着看了许久。

此后是陈述的一条文字信息："这样笑出来多好！"

安小雅悠悠地轻舒一口气，默默地笑了。稍一迟疑，她回复道："谢谢！"

陈述："不用谢，只要你高兴！"

"不用谢，只要你高兴"，安小雅静静地看着这条信息，一遍又一遍，脸上不觉洋溢出幸福的笑靥。而后她将存有该条信息的页面留在手机屏上，安静地闭上眼睛，任一腔的温暖在纷飞的泪光中，潮起潮涌，翻卷蒸腾……

在草原上逗留的最后一天，一部分人选择背着猎枪到附近的树林中草地上狩猎，一部分人选择划着小舟在呼和诺尔湖中垂钓。以导游小青为首的女孩子非要拉着陈述去小树林里抓狼。陈述冲女孩们眨眨眼睛，摊开手，耸耸肩说："不行啊，今天说啥我也得陪我表妹。就这三天的时间，我咋能对她不管不顾。嗨，我说你们这帮丫头，是不是真想让我回家就被我的老姨妈大骂一通？"

陈述管不了那么多了，这最后一天，他想陪安小雅。以后怕没这样的机会了，属于两个人的可以无所顾忌的机会。他想听安小雅笑，想看她开心的样子，像昨晚他梦到的她的那个样子，最好。

陈述很少做梦，可昨晚突然做起梦来，梦到安小雅了。在舒展着如丝绸般柔滑和坦荡的草甸子上，安小雅身着一袭洁白的曳地长裙，光着脚，迎着酒红的夕阳，双臂张开，如瀑的长发被风渐渐扯成舞动的水袖一般。她笑啊跑啊，那酣畅而罗曼蒂克的样子，如同一位正在享受热恋的少女。他的镜头紧紧追着她，不时按动快门。后来的后来，安小雅便湿漉漉地吊在他脖子上了，这令他想起海子的一首诗来着，《写给脖子上的菩萨》：

呼吸，呼吸/我们是装满热气的/两只小瓶/被菩萨放在一起

菩萨是一位很愿意/帮忙的/东方女人/一生只帮你一次

这也足够了/通过她/也通过我自己/双手碰到了你，你的/呼吸

两片抖动的小红帆/含在我的唇间/菩萨知道/菩萨住在竹林里/她什么都知道/知道今晚/知道一切恩情/知道海水是我/洗着你的眉/知道你就在我身上/呼吸，呼吸

菩萨愿意/菩萨心里非常愿意/就让我出生/让我长成的身体上/挂着潮湿的你

如此的一个梦境，把他吓了一跳，等眼睛张开，发觉是梦，才长长地舒了口气，心下稍稍释然。

日头在高远的长生天上滚滚升腾，云淡风轻。在明镜似的呼和诺尔湖里，陈述与安小雅并肩坐在一条撑着凉棚的小船上。陈述架着一根长长的钓竿在垂钓，安小雅在一旁安静地盯着看。此刻的呼和诺尔湖，安静得像个处子，湖面平静，波光潋滟，悠然的开着三五云朵的长生天静静地投影湖心，那样自然、安洋、那样神性。仰起头来，便

有混合着青草味以及野菊花淡淡芳香的和风扑面而来。

"多美的去处啊，直让人心胸开阔，胸怀坦荡！"陈述抬头望向远方，深沉的眼睛微微眯起，"这儿很美，可我们能带走什么？唯一能带走的，怕只有我们被陶冶后的好心情。你说呢？"言毕，陈述以征询的目光盯住安小雅。

"但愿吧。"安小雅冲陈述一笑，点点头。

"呵，但愿吧。那就是说你希望心情好，却还没有好心情。能告诉我为什么吗？"陈述趁机追问。

安小雅盯一眼远方，侧过身去将手伸进水里，轻轻划了两下。而后稳稳情绪，给陈述讲述起一直困扰在她心头的那件事。"我不能确定那是不是就是事实，可也无法否定那一定不是事实。"安小雅说。

"依我说，没什么嘛，或许真的是你多虑了。"陈述话说得那么一针见血，"人在离别的时候，尤其是大的离别，往往都会不知不觉地患上一种焦虑症。它让人郁闷，让人无缘无故发脾气，让人胡思乱想，严重时，甚至会出现歇斯底里等症状。但处在这个境况里的人多半这个时候意识不到这些。心境越是不平静，越爱挑起事端，激化矛盾。要不说时间是最高明的心理大师，它往往先由着事态发展，但最终，它会将事实的真相摆给你看。所以我说，你可能是患上这种焦虑症了。不过，话说回来，也没啥大不了的，闹过了，和好也就好了。听没听过那首诗，一坨黄泥，捏一个你，捏一个我，哭啼啼打破着水重和过，再捏一个你，再捏一个我，我中有你，你中有我。婚姻就是这样走过来的，吵也好闹也好，好也好歹也好，到后来你中有我，我中有你，掰都掰不开了。"

陈述一口气说了那么多，把个安小雅说乐了："大哥学过医吗？"

陈述也被安小雅感染得乐了，他哈哈一笑说："不学医，就不能看《本草纲目》了吗？学以致用，这不，有人病了，就派上用场了。"

安小雅脸微微红了。

"记住大哥的话，等你老公回来了，那边下车来，你这边扑上去，吊住他脖子，一声'老公'喊下来，保准一天的愁云都散了。"

"是吗？"安小雅说。

零落一身秋

"不是吗？"陈述说。

突然，浮漂在急速下沉。陈述伸手将指头竖在安小雅唇上。安小雅会意，随即屏住呼吸。

车不停转，从草原上一路奔回家，已是夜里十一点。曲终人散，很快，熙攘的人群便被浓郁的夜色消化到各条归途上去了，急速得犹如退潮一般。

不会有谁来接车，这一点安小雅很清楚。所以离开大巴车，她便牵着行李箱，来到马路牙子上，一个人立在转凉的夜风里，准备打出租回家。

"你一个人吗？"一辆私家车停在安小雅面前，车窗摇落，飘出男人的声音。是陈述。"上车吧，我送你。"说着，陈述已经走下车，接过安小雅的大包小包，塞进车后座里。

"谢谢，不用。"安小雅还在说着推辞的话。

"会不会说谢谢，就这吧。"陈述笑着揶揄她，而后扶住车门，让她上车。

安小雅顺从地上了车。

"住哪里？"陈述问。

"清华路，梅园新区。"安小雅说。

"顺路，不算送你，算你搭上了顺风车。"陈述笑声爽朗。

十五分钟后，车子到达了安小雅指定的小区门口。此刻，两扇镂空的大铁门威严地关闭着。

"进得去吗？"

"我有钥匙。"

陈述比安小雅先从车上下来，帮她提包。安小雅赶紧上前来接，接包的瞬间，指尖无意间触碰到陈述摸包的手，不觉肺腑一阵战栗，猛地抬头，正与陈述四目相遇。看陈述那眼神，是早已看穿了她心底里最真实的那点秘密。

"进去吧，多多珍重！"陈述声音低沉。

"你也多多珍重！"安小雅眼帘垂着，向陈述轻轻挥起手。

等载有陈述的车子渐渐驶进无边的暗夜，安小雅方抬起头，眼睛潮红。突然，她觉得，有一种情愫刹那间从脏腑的深处喷涌出来，让她难以自已。有一种情愫叫思念，此刻，安小雅心间云蒸霞蔚般蒸腾起来的，就是这种叫思念的情愫。而且从那样一个送别的时刻起，她就这样开始思念起陈述了。"陈述……陈述……"安小雅心底里轻轻呼唤着这个一时令她耳热心跳的名字来。

自此，进入安小雅视线的一切物事，她意识里的一切思绪，都开始融进了陈述的元素。她洗脸的时候，陈述温热的眼神在清水里。她装扮的时候，陈述俊朗的笑貌在衣镜里。她翻书的时候，陈述的名字在字里行间。她看电视的时候，陈述的声音切换在每一幅画面里。她叹息着，无奈而甜蜜。俨然，陈述的一切一切，已在渐渐盘踞她原本自以为专一而幸福的心灵。思念那么深，而且很痛，仿佛自己卡住自己的脖子，不让吃饭。

怎么办啊，她问自己。她不糊涂，她能明白自己为什么痛：没有资格去争，去表达。否则就不那么痛了。此时的家有些像一条搁浅的船，可搁浅了，并没有沉没。她还是一个妻子，一个母亲，一个有夫之妇。她很清楚，她与陈述之间横着一堵墙，她不害怕头破血流，而是不敢贸然撞上去。她似乎什么都明白，可她难受。前行的路让她一片茫然，跟陈述她不敢爱，害怕爱。可后退的路不知道还能否重走。

思念分秒俱增，一起俱增的，还有不知所以、不知所之的痛，纷纷扬扬，纷纷扰扰，如乱风中无力主宰自己命运的飘絮。这种错乱的心情让她无心上班，无心照顾儿子，安小雅只好又向单位续了半个月的假。其间表妹正好要出国陪读，她便一个人搬过去住了。等搬去了，才知道一个人住，没有儿子牵绊着，没有工作劳心劳力，更难耐。那种进退维谷的难耐，是能够杀人的啊。

安小雅开始成夜成夜地失眠，因胡思乱想而失眠。反过来，失眠更是让安小雅无时无刻不沦陷进无边的胡思乱想中。安小雅再不能优雅地生活。看书、听音乐、做瑜伽，服装设计，她原本用来装点人生的一切，似乎是突然之间便失掉了它们固有的色彩和意义。渐渐地，这让她感觉到，错乱的自己在崩溃，一切都在走向无意义的蛮荒。

一个星期后的一个午夜，在表妹家的客厅里，实在找不出生活最佳答案的安小雅，在失意、迷惘的错乱中，在交织着极大的痛苦和惆怅的思绪中，拿起水果刀，毫不犹豫，向自己日益纤细的手腕划去……

及至看着鲜血不可遏止地喷涌，安小雅才后悔起来，想：自己在干吗？父母只我一个女儿，儿子只我一个亲妈，我哪有资格先死？我哪能死得安然？不能，我还不能死！于是她忙抖抖索索给陈述发去信息："我割腕了！"

不知过了多久，安小雅醒来了，艰难地睁开眼睛，发觉自己躺在医院里，病床一侧，陈述双手摸紧她没扎针的那只手，眼神焦虑。见她醒来，一连声说："干吗傻？干吗傻？"

她不顾手上还扎着针，一下扑上来，两只胳膊用力扣紧陈述，眼泪奔流。

出院后，安小雅坚持还住表妹那儿。

几天后的一个傍晚，安小雅弱弱地缩在沙发上，看着陈述围着围裙在厨房内外像模像样地忙活，她忽然触到了一种汹涌而至的暖，如同滴水成冰的隆冬里哈着寒气乖乖缩进一个滚烫的怀抱般，暖暖地，不想自拔。

陈述将几样精致的小菜摆好，喊安小雅吃饭。

"说说你的故事好吗？"安小雅在桌前坐下来盯一眼陈述，轻声央求。

"我哪有什么故事可讲，平凡男人的故事，平平凡凡。"陈述说。

"歌里唱的，平平淡淡才是真嘛。"

"平平淡淡的也听？"

"嗯，想听。"

"那我就给你讲一个平淡无奇的。"

陈述一边给安小雅夹菜，一边说着他平淡无奇的故事。陈述是有家室的，有一对冰雪聪明的儿女，媳妇虽然不风韵不存了，可他们一路走来，激情虽不再，亲情还在。"她很理解我，从来只过问我的生

城市上空的麦田

活，不过问我的生活之外。我懂她的意思，可生活之外哪能那么随由自便。”

安小雅表面上很矜持，脏腑里却大浪滔天地翻腾。陈述不会觉察不到这些。安小雅表面上一副兴趣盎然的倾听样子，而事实上她的眼睛早湿润了。那是爱的泄密，是她不想泄露给他的秘密，可又不由自主地都和盘端了给他。其实，他也在控制着他的情感。他发觉，他越来越爱上这个小他十多岁的小女人了。可这一种全新的未知的开始，他不敢想，也不能想。

两人四目相遇，都想表现得心无杂念，自然而然。然而，眼神总是胶着在一起，似乎难以分开。

“你眼睛怎么了？那么红？疼吗？要不要滴些眼药水？”

“可能辣得吧，别管它，没关系了。”

“来，尝尝这个玫瑰鸡翅怎么样，这可是我的拿手好菜。”陈述不由自主就把夹起的鸡翅送往安小雅嘴里去了。轻轻捉住眼前这个男人送上来的体贴，安小雅哭了，她无论如何再也难以矜持。

陈述一时竟也有些无措了。他从纸巾盒里抽了一张纸巾递过去，一张一张地递过去，安小雅还是止不住哭。

这晚的月光真好。白白的月亮在幽远的天幕上静静地贴着，月光晶莹剔透，水一般，从夜空深处漫下来，漫下来，将一个怒放在霓虹中的不夜城，轻轻暖暖地笼在怀中。

夜在深去，城却了无睡意。远远近近的汽车鸣笛以及各种各样驳杂的混响，犹如梦境里怪怪的天籁之音。

陈述与安小雅面对面坐在阳台上的茶桌旁看月亮。陈述燃起一根烟，深深吸了一口，恍然看向安小雅。

“抽吧，我不介意。”安小雅笑笑。

陈述“哈哈”一乐，说：“我应该介意，你身体还没完全康复。”说着，把烟掐了。“给你讲个笑话。”陈述说着已讲起来。一所学校里有几个小男生吸烟被告密了，老师把他们一一叫来谈心。老师问男生A：“老实说，你吸烟吗？”男生A说：“不吸。”老师说：“不吸？嗯，吃根薯条吧。”男生A很自然地伸出两根手指夹着接过来……老师说：

零落一身秋

"真不吸？叫家长来！"此后男生 B 上场了。老师依然问："吸烟吗？"男生 B 答："不吸。"老师说："不吸？嗯，吃根薯条吧。"B 由于听了 A 的告诫，所以很小心的用手掌接过了薯条。老师问："不蘸点番茄酱吗？"B 盛情难违，不想一不小心蘸多了，于是马上用手指弹了弹。老师笑了说："弹烟灰的姿势很熟练嘛。叫家长来！"因为有了前面两个例子，所以男生 C 更加小心翼翼了。老辣的老师还是那老一套，问："吸烟吗？"男生 C 答不吸。老师说："不吸，好，吃根薯条吧。"C 很小心地流着汗吃完了薯条。老师问："不给同学带根回去吗？"这下 C 接过薯条，顺手就夹在了耳朵上。老师"哈哈"一乐，说："不吸？叫家长来！"

安小雅早笑得难以自持起来，连说："是吗，笑死人了，还会有 DEFG 的吗？"

浴一身银色月光的安小雅笑靥如花。陈述看得不免怔了。安小雅这回真乐了。陈述有些动情了。能让这个小女人这样笑起来，他也开心啊。他笑着说："有啊，男生 D 信心满满地来见老师，老师问吸烟吗？男生 D 说不吸。老师依旧说：'很好，吃根薯条吧。'D 就吃薯条。完了老师问：'不给同学带根回去吗？'D 这回小心地将薯条放到了上衣袋里。不想老师突然大喊一声：'校长来了！'就见 D 赶忙从口袋里取出薯条扔在地上，用脚使劲地踩。老师：'叫家长来！'最后男生 E 登场了。老师问：'你到底吸不吸烟？'男生 E 说：'向上帝保证，绝对不吸。'老师又问：'真的不吸？好，来吃根薯条吧。'E 非常自然接过薯条，吃个干净。老师说：'真是个好孩子，你一般喜欢什么牌子的薯条呢？'E 有点得意忘形了，脱口便说：'大中华……'"

"别讲了，我要笑死了。"安小雅一手抚着胸口，一手冲陈述轻摇。

陈述笑说："我也要口干死了，喝口水。"说完，端起茶桌上的水杯，一阵豪饮。

再抬起头时，陈述正与安小雅四目相对，一时的尴尬让两人很不自在。他们彼此很明白，他们之间那条微妙的沟坎，似乎一个火星，便能燃起一沟的烈火。所以各自在小心退避，再退避。

"今晚的月光真好。"安小雅忙说。

"是啊。"陈述说，"这份闲情真是久违了。"于是也盯住月光看起来。

"嫂子是个很懂浪漫的人吧?"安小雅说，语调急促，"信不信，女人是男人的镜子，女人身上读得出男人。"

陈述笑说:"是吗，那我回去从她那儿照照，看看我是不是老之将至了。"

回陈述一个笑，安小雅迅速侧转身去看月亮了。"今晚的月亮也好看。"安小雅大声说，眼睛竭力张得大大的，因为有水一样的东西正肆意地漫过心灵的矮篱笆，向眼角处冲决。

这一切全被陈述看在眼里，心下就有些酸。眼前这个柔弱得令人心疼的小女人，分明也在压抑自己。他懂她，而且一股源自身心深处的冲动，一再蛊惑他，想要他用力将她拥进怀里，亲着她，吻着她，给她她想要的温存和炽烈。可一个声音一再告诫他:"你不能!你不能!"他想他该找个理由赶紧离开了。

这一刻，不知从对面高楼上哪扇窗口里，飘来一阵阵沉郁的歌声。

"这歌是苏曼的《夜晚》。"安小雅说着，将目光收回来，盯在陈述脸上，"我唱给你，要不要听?"

陈述努力爽快地笑了，说:"唱吧，我洗耳恭听。"

听风儿正轻轻地拂过窗台/看月光正悄悄地挥洒下来/这静谧的夜，和这无眠的夜/不经意又思念满载/信你我的邂逅是上苍安排/在繁星下背对背时光太快/那温暖的夜，和那难忘的夜/是永恒当偎在你怀……

安小雅唱着唱着，乍然失声了。

"怎么不唱了?"陈述问。安小雅唱歌很好听，声音厚厚的，深情的，犹如心灵絮语。

"后半太过悲情。"安小雅说完，竭力想要对陈述莞尔一笑，不想眼泪已从眼角腮边处汹汹地滑落。月光下，安小雅一脸晶莹。

陈述轻说:"快别伤感了，你身体还没全好。"

"天晚了，你走吧。"安小雅催促陈述早些走，声音有些抖，身子也在微微发抖。

"好，外面凉，你回房睡下，我就走。"旁边一张椅子上正有安小雅的披肩，陈述伸手拿过来，递给安小雅。安小雅接披肩的一瞬间，陈述触到了她的手，冰凉凉的，像隆冬时节刚刚洗过冷水似的凉。

"你先走吧，带上门好了。路上小心！"安小雅一边切切叮嘱，一边将披肩披在肩上，这儿拉拉，那儿扯扯。

"早点睡。我走了。"陈述说，声音极轻。

"嗯，再见。"安小雅应，依旧低着头拉扯披肩的一角，似乎那儿让她很不舒服。

这晚，安小雅几乎一夜无眠，直到黎明时分，才迷迷糊糊睡着了。

她梦到自己在陈述怀里一缩再缩，陈述也将她拥得更紧。当外面纷扰、喧嚣的世界被遥远地挡在外面，一个只属于他们的世界，静静地在雷霆炸响的呼吸中，呼啸着怒放开来。她羞涩地仰躺在床上，身下如同波涛汹涌的深海。她内心里的那本情节充满神秘和诱惑的奇书被陈述打开，先是扉页，然后一页一页……

"啊！"安小雅梦中"啊"的一声，一下醒来，抚住"砰砰"的心跳，怔怔地许久。

这个梦吓到她了，她一身的冷汗。

突然电话响了，她拿过来看，是陈述。她手抖起来，似手机烫了她的手，赶忙又放回床头柜上。

电话第三次响起，还是陈述。她方稍稍整理一下纷乱的情绪，打开接听。

"怎么没接电话？没事吧？"那边，陈述话问得一句紧接一句，显然很焦急。

安小雅竭力装出若无其事的样子，说："没事，我睡得沉了，没听到。"

"哦。"陈述轻舒了口气，说，"没事就好。"又问，"想吃点什么吗？"

安小雅忙说："不饿，不饿，刚睡醒，什么也不想吃。"

"要不要我这会儿过去？"

"不要，不要，我想再睡会儿。"

"好，你休息吧，要我过去你打电话。"

放下陈述的电话，安小雅把条夏凉被紧紧地裹在身上，而后自己拥紧自己。

电话又响起来，是兰蔻女子会所的老板洪姐，邀她去做项目。虽然身子还虚弱，但她怕自己再胡思乱想，于是忙收拾好"兰蔻"的产品，去了会所。

"来了，美女。"洪姐看见安小雅，即刻热情地迎了上来。

"来了。"安小雅应。

"哦，安小雅，我第一次见你这样笑脸如花，说，是不是找情人了？"洪姐说着朝安小雅凑过来，"肤色这么水灵，笑得这么甜。老实说，是不是有情人了？"

这话让安小雅"啊"的一惊，心下一慌，即刻语无伦次起来："情人？没有啊，哪里……就找了。洪姐以为，找情人就像找饭吃呀。"

洪姐笑得很有内容，说："找没找，你脸上可都写着哪！"

安小雅心下又是"啊"的一惊。

客人多，由洪姐亲自给安小雅做全身 SPA。以往都是美容师小舒给她做。洪姐告诉她，临时来了个哭哭啼啼的客户，她最头疼的就是看女人哭，就安排小舒去接待她了。

"怎么了？"

"被情人甩了。"

"情人，这种感情不都很真吗？"

"傻妹妹，这种感情有真的吗？退一万步说就是有真的，跟捧着块火炭似的，你敢不扔吗？"

洪姐这话，让安小雅一下想起，刚刚陈述来电话，她拿着手机时那个烫手的感觉来，心下一个激灵。

"婚姻不是尝鲜，感情更不能尝鲜。无论男人有多不同，爱的感觉有多不同，走过的路没有不同，就是从爱如潮水，到爱如死水。聪明的女人，跟老公始终把一潭水过得春风荡漾、春水弯弯的，就是幸福。"

"姐姐的话说得真好。"

"姐姐是过来人啊。家是个啥？家就是个圆。爱情是个啥？爱情也是个圆。这个圆，男人一半，女人一半，或者说男人是个半圆，女人也是个半圆。幸福的家庭和爱情，就是男人和女人，各自把自己的那个半圆画圆了，再共同把整个圆画圆了，啥就都圆满了。"

洪姐的一番话，似兜头一盆洗尘的净水，浇到了安小雅的痛处，也浇明白了安小雅连日来一颗迷了路的心。

从"兰蔻"出来，安小雅给婆婆打了个电话，说中午回家吃饭。婆婆连声应："好，好，我这就叫上你爸，去菜市买几样你爱吃的菜。"

安小雅这边眼睛潮了。挂断婆婆的电话，稍稍迟疑，她还是拨通了陈述的手机。她抢先说："大哥，我中午回家吃饭了，婆婆那边改善伙食呢。"她声音很大，话也说得急促。

"好，好，回家吧，孩子说不定怎样想妈呢。"听得出，陈述话也说得急促，到底还是一副如释重负的口吻。

午后，安小雅来表妹家收拾东西，她决定搬回家住。

东西收拾好，安小雅在客厅沙发上坐下来，她想平复一下心情，就打开了电视。电视上正放着一档旅游节目，挤挤挨挨的游客蜂拥到香山，赏红叶。此时正是一路摇红的季节，漫山红透。一阵风过，有红叶飘然而落，游人兴高采烈地伸手去接，还有的俯身捡拾。拿到了，就又孩子似的摆出各样姿势，要家人拍照。

安小雅恍然置身其中，轻盈旋转，感觉头上、手上、身上落满了枫叶。猛然，安小雅记起一句不知在哪本书里读到过的一句诗：零落一身秋。

这连日来的一场纷纷扰扰、杂杂沓沓的情感，不也像这枫叶般零落吗？她庆幸，她没有将自己推到崖畔。

心里仍有隐隐的疼难以销声匿迹，那感觉，像死过一回似的。但一种最终坚守住了底线的释然感，让她身心整个浸透了重生的轻爽。

就这样吧，这场起于斯、止于斯的情感，就让它零落成一丝缤纷的秋意。然后，她要抖抖身，重拾一身优雅，赶往下一个人生小站。她坚信，那儿有幸福接站。

当晚，安小雅接到了老公打来的越洋电话，告诉她国内有个学术会要参加，他顺便回家看看，如果飞机不晚点，到家的时间应是第二天晚上十点。

"是吗？真的要回来了吗？老公，你给我捎什么礼物了，人家很期待嘛。"安小雅笑着哭了，跟老公狠狠撒着娇，当初的不愉快似一笔勾销了，有些像拿到糖块即能忘却前嫌的孩子。

"我要把我漂亮的老婆，打扮成一个最迷人的摩洛哥女人！"

"老公，拜托，我是中国女人。"

"最具摩洛哥风情的中国女人，这样说好了吧？"

"儿子呢？"停顿一会后，老公问。

"睡了。"

"好，明天等我回家。吻你，亲爱的！"

"嗯，吻你，老公！"

挂断电话，安小雅看一眼熟睡的儿子，一个人去了客厅，深深地猫进沙发一角，心里像扬起了漫天飞絮，纷纷乱乱的。这场不曾被展开的危险真情，倒让她看真了老公的心，老公一直是她幸福深处的那个人，无可替代。

心绪纷乱时，她拨打起罗惜惜的电话。电话接通，那边罗惜惜语气惊讶地问："安小雅，闹离婚了？怎么这个点儿打电话？"

安小雅忙看手机，夜里十点，是有点晚了。不过她强词夺理地说："这个点儿怎么了，是不是你们已经幸福到床上去了？"

那边罗惜惜酸笑一声，笑过说："我在床上，我老公在酒吧，天天应酬个没完。你老公呢？"

安小雅一副逗趣的口吻说："他去摩洛哥应酬了，已经几十个晚上夜不归宿。"

"寂寞了？"

"是呀，所以想你了。"

"听听，听听，一副幸福死了的口吻。记得不，安小雅，你可欠着我一个推心置腹的答案。说，你对你的婚姻就一丁点儿的不满都没有吗？"

"有啊，老公这次去非洲，带上了他的女实习生，我疑神疑鬼的，差点害了老公，害了我们这个家。还有以往我跟老公央求这央求那，就是都被他满足了，我依然有不被疼惜到骨头里去的饥饿感。可我现在觉得，那都是自寻烦恼。夫妻就是一只手上的指头，彼此贴紧了，水都不会漏下去的。这样说，够推心置腹吧？"

"好吧，好吧，蛮够的。不过，安小雅，婚姻长着呢，沟沟壑壑随时可能遇到。真有你婚姻亮红灯的那一天，记得电话我，我即刻就能给你找到一个香港好男人。"

"好你个罗惜惜，你依然这么居心叵测啊。"

"是吗，不识好歹的安小雅！我是怕你这太过浪漫的小女人，某一天跌进难堪的现世了，我好用大香港的金风玉露接住你。"

第二天，得到消息的婆婆很理解他们小两口久别重逢，早早便把孙子哄骗到他们老两口那儿去了，把久别后的时间和空间全都留给了她和老公。

晚间接站的时间是凌晨一点一刻。或许因为太晚了，接站的人很少。老公原本也不让安小雅来接，说只在家等他就好，安小雅还是坚持要接。夜的确是晚了，机场出站口的夜风袭在身上，很有些凉意。安小雅手捧一大束火玫瑰，想着陈述在呼和诺尔湖的那番叮嘱，立在稀稀落落的人群里，屏息以待。

终于，下飞机的人们陆续走出出站口。第一眼看到老公，安小雅高高举起手中的玫瑰，她使劲地摇啊摇。等老公出来，她似个刚刚恋爱的少女，扑上去吊住老公的脖子，一声"老公"喊出，眼泪已潸然滂沱。

此后，夫妻俩紧紧牵着手，快步走出站口，拦了辆出租。二十分钟后，安小雅拧开家门。刚一进门，老公东西一丢，一把便箍住她，嘴唇已捉住她的嘴唇："亲爱的，快想死我了！"

安小雅手里的东西也"哗啦"掉落一地，她僵硬了一下，即刻拥住老公："这话用摩洛哥语言怎么说？"

老公刹那间愣了一下，方说："忘了找个摩洛哥女人问问了。"

"吴莉莉不会说吗？"

"我没问。"

"她可能会。"

"你个傻瓜！我从来就只爱你一个傻瓜！"

暖　欲

这世间，最化育人心的沐浴，莫过于温暖的人性

麦子一早起来为她的那个他赶织毛衣。毛衣是麦苗绿的。麦子一向喜欢这种颜色，麦苗拔节的颜色，不浮不躁，沉得下来，又一副盎然的饱满样子，像极了她的那个他。

麦子一直想像城里人一样给她的那个他送样生日礼物，只是一直纠结于送什么。最先她想到送手表，问联络部的叶子，叶子也说送手表好，每时每刻思念，时刻在你身边，超浪漫哦。麦子也想浪漫啊，尚在青春的人，谁不喜欢浪漫？单单看一眼这个词，就够让人耳热心跳的。

麦子当真去丹尼斯了。看过表的价格，她沉默了。小店员笑靥如花地问她："美女，买男表还是女表？看好哪款合适？"其实哪款都合适，就是价格太不合适了。

麦子讪讪悻悻地回来，女宾部陈姐看她失神的样子，不乐意了，说："有吃的谁想饿着？有穿的谁想光着？要过风光的日子，那还要看自己是不是风光的人！"

言外之意，她麦子还不是风光的人。她只是清水洗浴中心女宾部的一个搓澡妹，虽被称"搓澡西施"，也仍只是一个搓澡妹而已。她的那个他还在求学，用娘的话说，他们家的日月还露水上挂着呢。两个这样家庭的这样两个小年轻，显然都还是小人物，小角色。虽然一起

时不少畅想未来，畅想得山高水远，花团锦簇，然而幸福的日子还没起航。

陈姐又说："小人物过小人物家的小日月，大人物过大人物家的大日月，锅碗瓢盆，这很配套。大人物过小日月，这是人家低调。小人物过大日月，这只能是你妄想。"

妄想！这个词一下击中麦子了，像粉面桃腮一下实实地接住了一个耳光。她的脸烫了，以往她是容许自己有些妄想的，有些事信马由缰地想想咋还能不中。脚下没宽道，手上没摸取，心上再不能有畅想，那生活该有多无趣？

不过这次还真不中了，在送她的那个他什么生日礼物上，麦子自己还就不容许自己妄想了，她最终明白，她要听凭于一清二楚的现实，那就是，她送不起手表。想来想去，她最终决定给她的那个他送件毛衣，不是买，是亲手织。这个想法很滚烫。她一针一线织她滚烫的心意，她的那个他穿上一针一线都织着她滚烫心意的毛衣，那是贴心贴肉的暖，知冷知热的烫啊。

这会儿毛衣已织到有模有样了。麦苗绿，V字领，到时搭上挺括的白衬衫，那是多惊喜人的一个样子哦。她的那个他这么惊喜人的样子站她面前，会说怎样好听的话呢？会做怎样暖人的举动呢？

哎呀，这样想着，麦子心下忍不住羞赧起来，偷眼觑陈姐她们，都还睡得正香，于是自己跟自己扮了个吐舌鬼脸，指尖更愉快地编织起她的滚烫来。

"搓背的，搓背。"搓背间那个一大早就来洗澡的女人高声喊过来。

听到喊"搓背的"，麦子一惊，专心于织毛衣，差点忘了还有个一大早就来洗澡了姐姐了，忙压着声音脆生生地应一声"来啦"。

麦子一边将怀抱里织着的毛衣小心收针，双手一掬，往床头柜一放，拉张报纸一盖，眼神热乎得似跟她的那个他告别，一边说："嗯，人家一会儿就来哦"，一边迅速起身，双肩张开、后抖。脱去桃红短袄的她，此刻身上只剩下由白蕾丝镶边的火色文胸跟小短裤，鲜艳的三点使她看上去像养在鱼缸里的红"珍珠"，通体泛亮。

麦子在洗澡的人那里叫"搓背的"，在陈姐们嘴里叫"美人鱼"，到了男宾部那些人嘴里，就叫"搓澡西施"了。

"一大早就来洗澡。"秀嫂在被窝里嘟囔一句。双休日把她累坏了，礼拜一相当于她们的礼拜日，她想补补觉。

"赶紧去吧。"陈姐说，话语温婉地似促麦子相亲去。麦子就抻上鞋拖赶紧去了搓背间。

洗澡的人少，热水就放得少，热水放得少，搓背间的热气就笼不起来，热气笼不起来，即便有暖气，这儿还是冷了。感觉有点冷的时候，麦子抱起膀子"啊"地打了一个喷嚏，而后讪讪地问："等急了吧，姐姐，冷不冷？"

"身子冲透了，还流汗了呢。"那女人跟麦子客气。

"不冷就……阿嚏！"麦子说着又打了个喷嚏，而后对女人歉意地笑笑。麦子笑得很甜，男宾部里都传她的笑像韩国巨星李英爱的笑，甜中带些媚，让人看了，不吃饭也管饱。

"刚打被窝里出来，难怪。对不起啊，打扰你睡觉了。"女人说。

麦子忙说："有您打扰才好呀。觉不够，可以补。要是姐姐不来打扰，俺们反而惨了。所以，俺们只能等姐姐指使，哪有让姐姐等俺们的道理？"麦子一边跟女人唠着，边快速冲洗搓背床，铺上一次性搓背床单，舀盆热水一冲，笑着示意"您"躺上去。这个一大早就来洗澡的"您"对麦子笑笑躺上去了。

麦子的一番话把女人说乐了："你这妹妹，嘴还真够巧的。"

"可俺的那个他总笑话俺口拙腮笨。他说乡下人来城里讨生活，光有一双手哪能够，嘴巴也要会说才行。他还说嘴巴也是经济，市场经济要不靠嘴巴说，它就是死经济。"

"你的这个他怪深刻的，他在哪儿上班啊？"

"不上班，上学呢。"

"哦。"女人长长地吟出一个"哦"，没再说话。麦子走去将大木桶里的水温调到不烫，舀水给女人冲洗。女人偷眼瞟麦子，瞟了又瞟，眼里不觉流露些怜惜："你男朋友很帅吧？"

"一般吧，他自己说他还不至于影响市容。"

"他一定很爱你，你这么漂亮。"

“是呀，课少的时候就知道坐在话吧里煲电话粥，烦死了。”说“烦”的时候，麦子的眼波亮亮的，跟华灯下的珠光似的。

女人一直有一个疑问，这么漂亮的女孩子，怎么找了这样一份工作。终没有问，只说：“你好幸福。”

“幸福！”

“你叫什么？”

“麦子。”

“有意思，麦子，幸福的麦子！”

常来清水洗浴中心洗浴的女人，一般都喜欢叫麦子搓背，或者说她们让麦子搓了一次背，就甘愿做“清水”的回头客了。

麦子的手虽说纤纤细细的，可摸在手里那么一感觉，不硌人，软乎乎，滑溜溜。秀嫂说：“天生一双搓背的手。”

麦子就反驳：“我们音乐老师说它是弹钢琴的手。”

麦子的手弹不上钢琴，那理想于她很奢侈，奢侈到她把自己想象成灰姑娘，她的生活从此就童话了一样。有资质弹钢琴的手也就沦落到澡堂给人搓背了，像皇帝的女儿沦落民间做了粗野男人的灶下妇，有些屈就的寒碜。可麦子不觉寒碜，也不为它叫屈，自己又不是流落在民间的格格，就一村姑，而已。

麦子的手看似柔软无骨，却很有劲儿。给人搓背前她爱轻声问：“姐姐，您要轻些还是重些？”“您”若说“轻些”——这儿“您”有个典故呢。“搓背的”与“让搓背的”，这种露水关系似乎不需要名字，只需要个符号，让对方明白被称呼的是自己，行了。寒暄过，热络过，许迈出这道门，谁也不认识谁。那次，陈姐从外面回来仰头便笑，笑得前仰后合，像风摆的荷叶一般。问她，她说在大门口遇到一个“您”，“您”给她说话，她一副茫然的样儿。“您”急了，说：“我让你搓过背。”陈姐就“噢、噢”地应，似恍然大悟的样子，然后客套一番。其实还是不认识。秀嫂听了，笑出了泪，说：“我的娘哎，可笑死俺了，这光了身子认得，穿上衣服谁还认得谁呀！”看啊，澡堂中你叫她“搓背的”，她叫你“您”，就这样，不必自报家门。

还说"您"若说轻些，麦子套着搓澡巾的手就会轻轻地擦过"您"的每一寸肌肤，像落花抚过水湄，像春风滑过琴弦。"您"若说"重些吧"，她的手就暗暗使上劲儿，让"您"的骨头肉都得到一种酸酸疼疼的快感。

其实就不问，麦子对手下的轻重也是有把摸的，对分寸的把摸恰如其分。女人身上敏感的部位，乳房、胳膊跟大腿的腋下——大腿的内侧，麦子坚持说是大腿的腋下——这儿皮层薄，仿佛少女的容颜，一个眼神就会令它立刻红透，麦子下手就极轻。膝盖、脚跟、脊背处，她下手就重，好像这儿的皮肤是男人般的，不娇贵，经得住任何力度的劲儿跟它切磋柔韧的性能。

"姐姐，您的皮肤真好，又细又亮，透明得像婴儿嫩。您还没结婚吧？"

女人说："咋没结呢，孩子都几岁了。唉，老了呢。""您"言不由衷地说，话里透着万般自信。

麦子懂，"您"肚皮上的妊娠纹似岁月盖上去的印章，证明"您"生产过的印章，像结婚证上证明"您"已婚的公章一样，像大树的年轮，像被耕作的土地，铁证如山。

"真看不出哦。姐姐的宝贝一定很可爱，男孩儿女孩儿啊？"

"男孩儿。"

"姐姐您真有福气，都说爹的闺女娘的儿，儿子都疼妈呢。"可要是碰上个"您"说女孩儿的时候，麦子又会接："姐姐您真有福呀，生男孩好听，生女孩好命啊。"

麦子的嘴真的很甜，苦的都能给你说甜，虚的都能给你说实。可麦子不觉得有什么不好，萍水相逢，让人快乐比让人不自信好。

麦子也是双休日累了两天，骨头肉都想摊床上歇着。但无论在床上有多乏，面对"您"时，麦子像突然哪儿都醒了，手啊、嘴啊、脑袋瓜啊，整个人特别热情、活络，让人快乐。麦子一贯如此。

"好了，姐姐。"

"下次来了还找你搓背。"

"姐姐下次来说说找麦子的，就行了。"

"好的，就这样说定了。你兴许还能补个觉，去睡吧，我走了。"

搓背在一场愉快的对话中圆满落幕。

到哪山唱哪山的歌，见啥人说啥人听的话。麦子乐意这样，她不是见风使舵，谄媚讨乖。她出来的时候她老实巴交的爹巴巴地交代过她，话要说得有分寸，良言一句三春暖，恶语伤人六月寒，有良言，咱干吗说恶语哪？麦子就总以为说暖人心的话就是尊重人家。所以，如果遇上个爱沉默的"您"，"您"原本就不乐意听人叨唠，麦子就尊重"您"的沉默，一起沉默。但活儿绝不敷衍塞责。所以，爱说话的"您"跟爱沉默的"您"，都夸麦子做的活儿好，善解人意。

被人夸的感觉，就像当初看作业本上老师批给的一个个"优"字，麦子很喜欢。麦子的娘也交代过麦子："干啥活儿都要图个好儿，人家夸咱比啥都顶用。花儿怪好看，可哪有果子中用？"

麦子是花儿一样美的姑娘，却努力让人感受她是一颗中用而有分量的果子。

麦子初来乍到的时候可没这么称职，手笨心笨，穿着也笨，像个漂亮的石妮子。秀嫂没少将她往搓背间拖。秀嫂她们都只穿戴裤头文胸，她一身严严实实地裹着。秀嫂拖起她来像绑架，急了恼了就扒她衣服。

"俺是暂时来这儿，不想长干下去。"她起初爱这样辩白，生怕人家想，一个大闺女家怎么来这儿了？

"长干下去又怎么了，难道给人搓背是贱活儿？"陈姐不乐意了，拿话砸她。

"不不，俺不是这意思。"麦子不知怎样说才好，就哭了。

麦子的那个他在这个城市里上的是职业院校，他坚决反对麦子去外地打工。他说她在他的身边，安全就多了一道保障。所以，麦子进澡堂的目的，是为她的那个他将自己先寄存在这里。

"知道你不是这个意思。干一行爱一行，既然来了，只管干就是了。"陈姐话硬，口气却软了。

麦子不笨，心不笨，手也不笨，她慢慢地就只管学着干了。搁穿着上还是笨，放不开呗。麦子穿着紧身的线衣线裤，给人用力地搓背。搓背间的水汽很重，她常常干完一个活儿，脸上身上，哪儿都感觉水湿，衣服潮乎乎地粘在身上，像糊了一层皮，要多难受有多难受。

"不难受吗，脱了吧。在别的地儿脱光衣服有人笑话，就在这儿没谁笑话。"一连好多天，秀嫂都是这样激她。

就是，反正女部只来女人，人家比她狠，一丝不挂，将该她看的不该她看的都让看，还横陈在她的眼皮子底下让她看，任她的手在上面"踏肉"——麦子觉得她的手在柔软的散发着体香的肌肤上动作，该叫"踏肉"，就像春天里人们去野外踏青，去海边的人玩童真踏浪。"踏肉"比"搓背"显出点艺术味，"搓背"像给人动粗，"踏肉"就有些糊涂的高雅。在工作中寻出些艺术的味道，就会自觉地投入了。就这，麦子开始脱去拧巴她让她难受得要死的线衣线裤，只穿文胸和短裤去给人"踏肉"了。就是从这样一个时候起，麦子就对各色各款的内衣开始着迷起来。也是从这样的时候开始，麦子像突然换了一个人，变得爱说爱笑，活儿也得心应手起来。比如，她能给人边"踏肉"边愉快地聊天，能聊服装、美容、健美、家庭、孩子，凡是女性喜欢的话题。她就像个快乐精灵，给人快乐。

毕竟还是一个"妮子"，麦子还会羞，尤其是躺在搓背床上的女子先害羞的时候。有些女子很害羞，皮肉绷得很紧张，很紧张，一面要在你面前打开，一面却竭力要把女人的"小故事"遮了——是哦，麦子爱把女人的乳房、秘处称作"小故事"，真的很有意思——当然无可遮，所以暴露得很是无奈。女人的身子要羞起来，比脸蛋羞起来还美，还诱惑。麦子想，自己要是个男人，说不定就也想坏了。她不是，但身子也会受感染，一块羞了。特别是两腿，总想紧紧地闭起来，害怕被侵略似的。就像跟她的他在一起，她想舒展，又总自觉不自觉地想把自己闭起来，像河蚌，像含羞草，把最薄弱最需要呵护的闭起，把危险拒在"保护"外。

麦子美起来了，破土的夜明珠一般，璨然的光芒掩都掩不住，连总部的头儿都拿眼狠狠地扫她了。不久，麦子得到一个征求，问她愿不愿意做秘书工作。秘书的工作当然好，干净又体面，就像高档的服装，听着就有品位。她兴冲冲去征求她的那个他的意见。

"有些人多半不是在选秘书，而是在选小蜜。"她的他很精辟地说。他还说："秘书就是在官员身边绕来绕去的人。弄不好，有些女孩子就被拎瓶酒一样给拎家去了。"她的他还怪幽默的呢。他是她的那个他，她也就是他的那个她了，相互的。就为这，她麦子要信他的，就听他的了，不干。后来，牛阿姨提议她进她儿子的单位做秘书，她犹豫也没犹豫，一推六二五。

总部的头儿似乎不甘心一个美人窝在女部里，资源浪费。再指令麦子去男部做个"按摩妹"。麦子当即就拒绝了。

陈姐说："那儿工资高啊，不后悔？"

秀嫂说："只当他们是一堆肉，也没啥。"

麦子留意到两个姐姐眼神里溢出来的轻蔑了。她也常听到从那里传出的耳食，知道它到底是个有潜性危险的工作。反正她无法把血肉之躯当成一堆又一堆有如屠宰场还没来得及上架的肉肉，就拒绝了。

麦子想自己成长起来，自己学着成长、成熟。

说麦子十七了，其实她才十六，刚到十六的沿儿上。若只看她的身材跟发育，还真不会有人信。信她是十八九岁的大姑娘，也差不哪去。她周身该凸起的凸起，该凹落的凹落，凸起或凹落的线条紧绷而有力，平滑而饱满，像粉白的皮肤包裹的不是骨肉，而是兴冲冲想要外逃的青春，跟情怀，跟切切的热望。

"看麦子，饱饱得像五月的麦穗喽。麦子，你是赶早开的花哟。"秀嫂们爱在空闲的时候打趣麦子，像拿萝卜片儿、豆腐块儿、羊肉串儿之类的在麻辣烫里开涮，荤的素的，全端上来了。

嫂子们那是过来人了，"过来"的意思就是，脸皮厚了。麦子心说，你们当初做闺女的时候，不也跟我一样让人说吗？俗谚有说啊，大闺女说媒，你不说人，就有人说你。可没办法，人家这会儿不是闺女了，是女人。什么是女人？像蝉变知了，像蛹化蝶，蜕了皮或是脱了茧，就能"懂了、懂了"地"叫"了，就能满世界不受非议地"飞"了。其实说白了，不就是拿女婿呀、男女之事开说吗？

吓！麦子脸儿烧了。这心下只一想，皮肉、脏腑就起火了，火就将脸皮给烧了、烫了。麦子赶紧低了头，恨不能将脸皮置到后心上去，省得她们看见。

"怎么了麦子，我们可没说啥，你脸咋红了啊？"陈姐羞她。

"赶早开的花儿好啊，早一天开就能早一天说女婿想女婿，早一天当新娘子，是不，麦子？"秀嫂的嘴也闲不住。

"看呗，小脸自个儿红了，我猜啊，一准是昨晚梦到他了。说说，有没有那个呢，啊？"陈姐的嘴最不饶人。

王姐倒中肯，说："别害羞了，做女人早晚要有那一回。"

一个女人等于五百只鸭子在聒噪。麦子被围在可爱的鸭阵里了，往哪儿冲都有堵截。她没奈何，低了头，口里嚷嚷着"不听、不听"，拼命地拿指头堵耳朵。

是啊，她们那个罢了，脸皮哪儿都磨得起茧子了，啥事都能拿出说了，毫不脸红。可她麦子满身正是害着姑娘病的时候。麦子羞红的脸似太阳花，快要照到胸口处她"嘭嘭、咚咚"的心跳了。

"嗯，看你们……人家……咋能这样儿呢。"麦子的话有些语无伦次了。害羞的麦子就显得口拙腮笨起来，什么都不再好使，除了耳热心跳。

事实上，麦子才不想让人生的花期赶早儿呢。你说她想女婿了，她还真想她的那个他了。可她绝不想让一个女人的日月海潮一般赶早了来，来了无法推挡，让她整个人连头顶都没了，入海的泥菩萨似的，再找不见。她倒是想跟同龄的女孩子一样坐在教室里，往头脑里头装知识，往心灵里面装快乐。就是装进去的是烦恼，是挫折，她也不惧不恼，可以借它们磨磨自己的韧性跟耐力。她们老师常说，宝刀、利剑不也要常在磨刀石上砥砺吗？梅花不是耐得寒苦才香吗？坏事不见得坏，坏事是有心人的磨刀石。

麦子不怕坏事情，可她的娘用眼泪把她想在坏事情上磨砺自己的权利给哭没了。

"死丫头，嘴噘得能拴几头叫驴了。"

她不问，她就要噘着嘴闹。

"死妮子，眼泪能哭一缸了。"

噘嘴不行，就哭。

"祖宗哎，我生了你们五个容易吗？再把你们屎一把尿一把地拉扯大，啊，容易吗？你爹又没本事，咱一家活人都难啊。你老大你就不能泛泛想儿，体谅老的一回？"

娘一流泪，麦子没辙了。可要不让娘流泪，她就要流泪。娘不流泪意味着娘胜利了，娘胜利了就意味着她读不成书了。她成绩那么好，她那么爱读书，突然不能读书了，不能继续升高中考大学了，这跟杀了她有啥不同？她的泪流得更痛了，哗哗地，却只能偷着流了。

可她家真的不好过，一摊的好日月都给折腾光了。她娘为给丈夫生个儿子，为给她们生个弟弟，东躲西藏，南征北战，今儿被惩明儿叫罚，地荒了，孩子的成长也荒了，也就只有破船一样的一个家要他们同舟共济。她是老大呢。可谁让她是老大呢？她不先牺牲谁牺牲呢？她流泪，可没咒念了，她就把自个给牺牲了。

谁让自己是娘生的呢，她生了你，就有权利使唤你，吆喝你，麦子这样宽解自己。那段时间，麦子莫名地恨起娘怀里还在吃奶的胖嘟嘟的小弟弟了："都是你，都是因着你我们四个成了铺叙，将来还要成为你的铺垫吧？要真给你当了垫脚石，看你敢不敢踩！看你能不能踩得成路！你个喝姐的血吃姐的肉的小浑蛋！"

可她总会哭，眼泪"轰"得一下就泻满一脸。她的小弟弟在看着她笑，看着她"呀呀"大叫，看着她小眼巴巴地伸手要她抱。她跟所有的妹妹一样，早把这小子当眼珠子爱了。

"坏小子！臭小子！大姐为你就牺牲一回。你小子长大要不出息，我第一个不依你，第一个站出来狠狠揍你！"

就这样麦子辍学了。心痛，怎能不痛呢？老师说过，他们班有一个能上大学的，那就是她麦子呀。麦子的大学梦像秋天走到生命尽头的落叶，飘飘悠悠地零落了。麦子含着泪将它捡起，书签一样夹在她没学完的语文书本里，带在身边，枕在头下。枕着一个梦的人生也不会苍白吧？

既辍了学，就要说婆家。在农村，说不说婆家，像不是自己的事，是媒人的事。十里八庄谁家有成人或快成人的小伙、姑娘，谁家有打眼的小伙、姑娘，媒人比派出所户籍警都拎得清。所以到了某个时候，连你的父母还当你是小孩子不急不躁的呢，媒人已经急火火地登门了，说不定将你配给谁，人家心里都有了谱。媒人能耐啊，直让你觉得他（她）的心里有本姑娘、小伙的明细账，月老似的，掌着你的婚姻。

　　怕那段时间麦子家的门槛都让媒人给踩秃了，媒人似排着队上门。麦子光看的照片就能编成一个加强连。横竖麦子听不中条件的不见，看不中照片的不见，相不出未来的不见。自己不是牲灵，不能任人挑；人家也不是骡马，不能任由自己见。怎么是好，麦子有办法。一次又一次，她躲在里间听媒人说一个又一个他的内容简介，筛掉一批，再用心地相看一张又一张的照片，再筛掉一批，末了剩下三个人。这三个人她要见一见了，差额选举似的。是哪一个呢，麦子想见了再说。

　　麦子的娘看看麦子挑中的三个人，整个人一下蹲在青石牙子上，摸住脚脖子哭开了。她爹也往牛屋门旁一蹲，"吧嗒吧嗒"抽起闷烟来。

　　"你就想跟人受穷，啊？你恁贱，啊？"她娘鼻涕一把泪两行地号啕，"三个穷光蛋啊！"

　　麦子的娘就指望她嫁个好人家，有些实质性的油水捞呢。怕要落空了，能不恨？

　　"不跟人受苦，就想过人家的甜日子啊？"麦子还嘴。

　　"多少好人家急了眼想跟咱攀亲啊，你个死妮子，脑子不开窍啊你？你个没人疼的，你脑瓜叫驴撅了？叫露水雾了？该死的你一根筋啊，你？"麦子的娘对麦子一番带着眼泪、鼻涕的控诉过后，又摸了脚跟哭，"亲娘哎，俺咋养这样一个闺女，辛辛苦苦养大白搭工夫了啊。俺的娘哎，俺的命咋恁苦啊。"

　　这回麦子不理睬娘的眼泪了，娘的眼泪太没道理。你只想着给闺女挑个好人家，可闺女是在挑执手偕老一辈子的那个他呀。麦子跟她的娘赌气，暗暗发狠："俺们将来一定要过出个样子让你看。"

　　端的谁能跟麦子成"我们"呢？

三个小伙子都在上学，一个上高三，两个上技校。麦子喜欢知识分子呀。麦子觉着有文化的人心肠细，心胸亮，像一片明镜似的湖，没风时平静，有风时荡漾，雨落了听雨声，阳光撒下来看色彩。还有啊，看水面平静得镜子一般，水底可丰富了，鱼呀，虾呀，水草呀，沙里的金子呀，多了去了。水是皮囊，皮囊强些差些不关键，关键在它肚里的货色。有文化的人就是好，自己不寂寞，还能让人不寂寞。文化人还有一个好，脑子活。草木一秋，活得是季节，人生一世，活得就是脑子。有个好脑子生活就不会永远穷。麦子一百一地信。

三个年轻人她相上了上技校的赵小山。赵小山，家庭，麦子给他打四十分，相貌八十五分，人品九十五分，能力八十五分。麦子的娘直撇嘴。

"放心吧娘，你闺女嫁给人家不吃亏。凭这点姿色赚一个大学生，不赔本。"

"嗤，大学生？不分配，跟人家出外打工，是一个槽头争嘴的驴！"

"俺稀罕！"麦子的嘴很硬。

"麦子在吧，我让她给搓搓背。"牛阿姨在叫。这是一天里的下午，清闲的日子里最清闲的时辰。"清水"的常客怕只有牛阿姨不爱凑热闹，专赶清闲。

"牛阿姨，我来了。"麦子应得很甜。

秀嫂几个撇撇嘴，翻翻白眼。麦子将指头放在唇上，做个"嘘"的动作。麦子知道秀嫂们是可怜她，为她叫屈呢。她用眼神回答没关系，然后抻上鞋拖、拉展短裤向搓背间一路小跑了去。

"牛阿姨，我来了，咱们开始。"麦子欢快得像只小鸟。

"麦子呀，不急，咱慢慢来。"牛阿姨笑容可掬，但话说得有些上气不接下气。

你如果能看牛阿姨一眼，哪怕就是她的背影，你也就理解秀嫂们撇嘴跟白眼的全部内涵了。

这一天里，麦子第二次在搓背床铺好一次性搓背床单，拿热水冲了，扶牛阿姨坐了上去，像个贴心贴肉的孙女。

牛阿姨气喘吁吁地往搓背床上一坐，活似一尊大佛。她自己说，她体重二百三十多斤。一个重量级的阿姨。当初牛阿姨的脾气也不轻，前面几个给她搓背的，没有一个得过她的好气。一次因为不满意，她闹到大堂经理那里，嘴里骂骂咧咧，连经理都捎带上了。她儿子是某局的局长不说，单看她六十多岁的人了，你就只能装小。

　　麦子这样想，谁没有老人？谁没有老的时候？给人搓背，拿人家的钱，就要为人服好务。

　　刚一开始，麦子也让牛阿姨那一身的肉袋袋吓住了，以致很长时间说不出话来。人的皮肉到老了怎么可以这样吓人呢？

　　那会儿，麦子边给牛阿姨搓背边恐慌，总觉着自个的身上皮松肉散开来，要掉了，就不时地提短裤。也总是跑神呢，想她老了会是这个样吗？要是这个样儿可怎么要她的那个他看啊？一个被窝里睡哦。哎呀，不好，让他触摸到了这样的肉袋袋她该多难为情。她麦子可是想让她的他永永远远都看到她最美的身子。她没他有学问，但她想让他为她骄傲，哪怕就是为她的身子。

　　她清楚地知道他喜欢她的身子，就像知道自己饿了要吃饭、冷了要添衣服一样清楚。那次他拥抱她，紧紧地抱她啊，将硬邦邦的身子往她身上贴，气喘得像一头犁了一大早地的牛，呼哧呼哧地直喘气。还有呢，他火烧火燎地吻她，一开始像咬，咬得她舌头都疼了："麦子，我爱你，爱死你了。麦子，你真好，哪儿都好。麦子，我要你，要你一辈子。"

　　麦子那会儿都来不及脸红了，她那会儿只一个感觉：晕，晕得天旋地转、昏天暗地。她呻吟起来，她喃喃不清，她也许就不停地叫了："你咬我吧，你要我吧。"或许真就这样叫了，不然他怎么就敢剥自己的衣服了呢？她没让他剥，她不能让他剥，要不在他面前不就显得不矜持了吗？她是个自重自持的姑娘，别人怎么看她她不管，她的他她就得让他知道这一点，她一辈子都得让他尊重。

　　他没有要到，有些失望，跟个没有得到满足的孩子一样，巴巴地就只落了烧心烧肺的渴望。

　　"傻样儿。"她贴进他怀里仰着甜蜜的眸子望他。

"我不好吗?"他笨笨地问,样子很认真。

"不好。"她拿话激他。

他果然急了:"不好还贴我呀?"

"以后不贴了。"她再激他。

"什么意思啊?"他真的像被水煮了一样急。

"你太性急了呀。"她揭锅了,满眼的幸福的水汽。

他回过味来,又拥紧了她:"你太让我着迷了嘛,小心肝。"

她的他居然称她一句"小心肝",这在她心里平地里添了风情。她扳过他的头,咬住他的耳朵说:"到洞房花烛那夜。"

他幸福得像个孩子,撇着嘴说:"我想明天就结婚!"

麦子喜欢她给他的那种感觉,让他巴巴地想她,盼她,想要她,猴急猴急地想,火烧火燎地想。让他对自己有那种感觉,她很幸福。他也让她对他巴巴地想啊,盼啊,想让他占有她,统治她,一辈子想要她。他们这就是爱情吧?一定是爱情!跟人家城里人一样,他们也拥有同样美丽的爱情!她底气十足地回答自己。多好啊,爱情是阳光,是空气,是清风,谁都配拥有,包括她跟她的那个他,很是平平凡凡的人们。

麦子想得眼泪下来了,她让她的他把自己给想感动了,她把自己想感动了。

"你叫什么名字?"没想那会儿的牛阿姨并不生气麦子发呆,她居然亲热地问。

麦子先"啊"了一声,忙把跑远的心神儿拉回来,似惊慌失措地答:"麦子。"

"多好听的名字,跟人儿一样美。阿姨我年轻的时候也美,有多美,花儿也没有我美。反正男人看我一眼,就能惦记上,就央媒人到我们家提亲。我要到戏院子里去听戏,人家就不往台上看了,都看我了,我那会儿多能乱男人的心啊。后来我就像一只鸟儿一样叫我的老头子给网网里去了。没想老头子艳福浅,给我撇下个儿子就走了。"牛阿姨不仅不生气,还一口气跟麦子说了那么多掏心窝子的过去。

"阿姨,您这会看上去也美啊。"麦子的心情平复下来,她分明看

111
暖
欲

到牛阿姨的眼圈红了。

"可不是，我这会儿到哪儿都少不了挺帅的老头子偷眼瞅我，眼珠儿都不转哟。"牛阿姨叫赘肉围堵的眼神里掠过一道亮光。

从那以后，牛阿姨只让麦子搓背，从没不满意过。牛阿姨搓背，一个人要占两个人的工夫，麦子也从不抱怨。就这样，麦子成了牛阿姨追忆幸福的由头。回忆好呀，回忆能美化一切，所以牛阿姨的追忆是一种幸福。麦子能给她这种幸福，她要抓住麦子。麦子也乐意让她抓住，快被生活埋没的老人，她能给她一种叫幸福的感觉，利人不损己，何乐而不为呢？

那会儿，麦子的恐老心情也早让她自个给烫熨平展了。她就这样想，自己会老，她的那个他也会老，人老了都一个样儿，哪怕就像牛阿姨一样。说不定还要彼此像照顾婴儿似的照顾对方呢。她忽然就记起"相濡以沫"这个词来，就像原本藏在脑子里某个地方，这会儿一下子蹦出来了似的。记得小时候学它的那会儿，她多感动啊，鱼儿都知道艰难处境中更要相亲相爱，人是不是要做得更好呢？她偷眼四顾，看看没同学在意她，就一下趴在了位子上，暗暗畅想——到时候，她要嫁个穷丈夫，不怕，再难的生活，她跟他都要"相濡以沫"地过日月。像上天考验她呢，她要嫁的，跟个穷人差不多。

是呀，谁还不满意谁呢？说不定两个小老人同一个被窝，还要你掐我一下，我扯你一下，拿这些无力反弹的肉袋袋打趣呢。这样想着，麦子的心就有了温温柔柔的感动，就有些憧憬，有些向往，脸红心也狠狠地跳了。

牛阿姨的肉袋袋跟大腿的腋下淹得红了。麦子给她搓好澡，就又帮她在这些地方扑些紫罗兰粉，像照顾自己那个胖乎乎的小弟弟一样周到。

"阿姨，您这儿得经常扑些粉，要不会烂，会疼。"

"唉，老了，筋短了，手够不到那儿了。"

"阿姨，您常来这儿吧，我为您做。"

"好，好，乖麦子，阿姨能有你这样个孙女，该多福气啊。"

能博得牛阿姨喜欢，麦子很快乐。牛阿姨单单喜欢上她，说明她有好儿，她不清楚是什么，但相信有，才被喜欢。被喜欢跟被夸赞一个样，让你有成就的感觉。这种感觉，像长时间没在水底，终于浮出水面，呼吸到清新的空气一样，很好。

牛阿姨把一套包装精美的内衣丢下就走，快步走，怕麦子追上来似的。

"要吧，她给你就要，不要白不要。"秀嫂一边宽解麦子，一边低头自顾钩帽子。

麦子看看外包上的价码，288元！眼神吓一跳，"啊"地叫出声来。

"怎么了？"陈姐的眼神一惊，忙问。

秀嫂也把头伸过来看："288？我的娘呀，一头小猪钱！"秀嫂咋舌。

陈姐表示她见过世面，平静地说："城里人不像咱乡下人，咱乡下女人在面上讲究，里面凑合。人家是面上讲究，里面更讲究。三个巴掌大的布片就卖288，你说她穿啥？人家是穿健康，穿心情，穿美体。人家这叫穿文化！"

"嘻，穿文化？明明是穿衣服，叫穿文化？还不就是穷讲究？让她们做个乡下女人试试，跟泥土打交道，跟牲口打交道，跟倒头就睡的男人打交道，天长日久，管保她不再讲究。"

陈姐撇嘴。秀嫂也撇嘴，为城里女人穷讲究撇嘴。

麦子不掺和她们扯不清的嘴官司，她在想心事呢。要说牛阿姨，没少送她礼物，几乎每次来都带。牛阿姨的礼物就像天上落的雨跟雪，你跟土地一样只管接住，不能拒绝。牛阿姨不容麦子拒绝，这是她表达心生喜欢的方式，就像麦子表达尊重她的方式一样。她一个人等于让麦子做两份活儿，麦子一无怨言不说，还跟她亲亲热热地聊天，像对待自己的祖母一样给她体贴入微的照顾。这不是礼物，不是物质，是谢意。麦子只能这样想，否则，她不能心安理得地收下。麦子有时自嘲，你要是个官员，是不是就这样不忍心拒绝而成了一个收受贿赂的贪官了呢？这会儿看，学会拒绝也是一件难事呢。

麦子小心翼翼地打开外包，又"啊"地叫了一声。不过没出声，她怕再引秀嫂、陈姐说她，心里"啊"的。她的眼球被塑料包内设计大胆而精美迷人的文胸磁石一样给定定地吸住了。文胸不是背扣的，全部用带子将两个简单而小巧的乳托连为一体，边线流畅、精心，乳托挺括、优雅，像里面有小小的富有弹性的乳房撑着。乳沟位置，缀有一片精工的梅花型白玉片。小裤头她看不到，但模特的广告图片上有。哎，哎，也太露了，前面一小片，后面一大片，还是细带带作个牵桥儿。麦子赶紧将它们盖了，装进手提袋里去。她把小指头放进嘴里了，咬得尖尖的指甲"咯吧咯吧"响。

麦子的脸红了。麦子的心又飞远了，飞到她跟她的那个他的婚礼上去了。那时，她将穿上这套满是醉心的细带带的精美内衣。在洞房里，在人都走光以后，她的他就跟个可爱的饿狼一样扑上来。她不管，不配合他的急，他的狠，他的疯。她只管害羞，她一定还会害羞，她努力不让他那个，他就也一直没得成那个。她终于呵护住了一朵花儿，只让它在这一夜开了，艳艳地开。他急。她羞。害羞的她要让急赤白脸的他像剥一颗鲜果一样地将她剥开，就要他急，直到他按捺不住了，才让他鲜鲜甜甜地吃掉。

奶白色的灯光很柔和，正衬这火红色，多喜庆。这小玉片多招摇。这细带带多野性、多娇弱、多诱惑。哦，他会是什么样的表情呢，那眼神是不是跟拉了离子烫一样直直的了呢？还会说"你个小妖精"，然后就一把搂住她，搂得她喘不出气来吗？

"麦子，怎么了，把自个抱得紧紧的，脸通红，该不是感冒发烧了吧？"秀嫂关切地问。

麦子猛地睁开眼，眼神慌乱没处放，胡乱地说："有点冷。"

"去桑拿房蒸蒸吧，出透汗就好了。"

"哎……"麦子将羽绒袄一掀，趿上鞋拖，快步跑向桑拿房。

麦子来桑拿房不是来蒸，是躲秀嫂、陈姐们的眼神。她就只想一个人安静地坐铺板上，承接了原先的心思想，想她跟她的他"我们"在一起的情景。想啊想啊，麦子突然觉着口干舌燥的，特别是喉头干得冒火。她不知怎么了，就觉得"心情"发起怪来，跟个任性的孩子一样要她满足。她却满足不了它，它就更怪。麦子也生气了，生"心情"的气，猛地起身，跑到淋浴间打开一个喷头，将自己连同"心情"一股脑儿推进水柱里，让凶猛的水流狠狠地冲，狠狠地沐，狠狠地浴。文胸、裤头都湿了，麦子就将它们解了，脱了，扔一边去。她从没有像今天这样大胆地裸着身子在一群赤裸裸毫不羞涩的女人们中间走过，即便是文胸、裤头，她也想被它们包裹起来，哪怕就只是那三个"小故事"。被包裹的感觉很安全，很大胆，很坦然。她现在不要这种感觉了，她想要赤身裸体的大胆、坦然，像所有来洗澡的女人一样，像所有横陈在她眼皮子底下完全打开了的女人一样。

此时生气的麦子狠狠地揉搓自己颤巍巍似掐得出水来的小乳房，使劲撕扯两个小乳头，巧克力糖豆一般的小乳头，扯得很长，都疼了，她咧咧嘴。她的手想坏了，想深入下去扇那个"小故事"两耳光。她闭起眼睛，小嘴微微张开，粉白的脸儿静静地上仰，屁股稍稍下沉，膝盖略略弯曲。沉浸在遐想中的麦子，宛如一尊洋溢着美丽欲望的汉白玉浮雕。

浮雕生动起来，纤纤细细的指丫从乳沟处往下探，一点一点地探下去，有如探针伸向雷区。在肚脐那儿，敏感的探针停下来，在肚脐眼的眼眉上轻轻回环。

你这只小眼睛，你为什么要长在这儿？你看什么呢？你看到了什么呀？你？你？

猛地，一个"你"似把自己问醒了，羞不自持的麦子张开眼，抬起手，在醉似桃花的腮颊上假意地扇了一下，吵骂道："嗨，麦子呀，你看你这点出息！"

等麦子的"心情"似一锅开水，终于放凉了的时候，她眯着眼笑了，一个梦，痛痛甜甜的，好长。麦子心下软软乎乎走去，将文胸、裤头拾了，洗了，晾暖气片上，而后走到橱柜那里，扯出一条白如初雪的浴巾裹在身上。

麦子把皮门帘一撩，先透过窗户看窗外。外面院里有霓虹灯照着。夜多彩地亮透，看不出时间走到了几时几刻。但今晚怕不会有来洗澡的了。等会儿陈姐感叹"又是一天"的时候，这疼煞煞美煞煞的一天就要过去了吧。

她的那个亲爱的他，此时会不会像她想他一样地想她呢？或许他还在灯下努力学习呢，为了给予她的那个承诺。他一定会感应到她的心思的，因为他们就要成为最最亲爱的人儿了。不说最最亲爱的人儿之间都会拥有心灵感应的吗？他一定感应得到她如此在想他，他会做个好梦吧？一定会的。

啊，生活多美呀！

麦子幸福地咏叹。继而，她坏坏地笑了，一长身，铆足劲儿，对着外面大声喊："搓背的，搓背!"

"死妮子，你就逗吧你。"秀嫂听了，在外面往里大喊。

"哈哈，哈哈"。这边麦子哈哈大笑，身心轻爽，宛如一只破茧的新蝶儿，正愉快地飞升。

山雨欲来

官场有如天气，随时可能林风怒号，山雨欲来。

1

党益民一觉醒来，抬腕看表，深夜两点。感觉喉头冒火，顺手摸到昨晚喝剩的半瓶纯水，拧开盖，豪饮两口。

窗外，远处夜幕如絮，一处亮着三两点灯火的村庄飞掠而过，黛黑的轮廓形同飞速穿行在夜色海面上的冰山一角。

"党主任，时间还早，您再休息会儿。到市区前我叫您。"司机小张提醒。

"路上还有几个小时？"

"两三个吧，回到市里大概七点左右。"

"好。"

昨晚八点半左右接到电话，酒未散席，一杯酒还端在手上，他就坐不住了。

"事情再急，你老兄手上这杯平安酒也得喝了再走。"上海博大董事会的老周热情劝让。

"好好。"党益民说着一扬头，一吃喝完，然后杯底朝下。此后在一片珍重、路上小心的相送声中，拱手作别。出了酒店，上了车，就直奔高速，算下来，他们已在高速上跑了近九个小时。

"怎么样，要不要在前面的服务区休息一下？"考虑到跑的时间不短了，党益民问小张。

"党主任，您放心，部队上练出来了，没问题。"

"好，你把摸。"

说完，党益民裹紧大衣，调整一下酸楚的坐姿，缩进车座一角。

倦怠山一样威压过来，可睡意就是笼不起来。算算，到上海的这三天里，他睡眠还不足七个小时。满指望这边的事一路绿灯，回去后，好多事就可以进入正轨，打开状态了。不想这节骨眼上，这枝枝节节的霉事就不约而至了。

"睡不着。"党益民又辗转坐回原样。空气里山雨欲来的微腥味道，让人很不快。

感觉口舌干苦，党益民跟小张要了块口香糖，填进嘴里。顺势划拉两把下巴，胡茬长势真好，已相当扎手了。

党益民再次醒来的时候，天已大亮，七点十分，距离八点上班还有一段时间。

车子还没下高速。早晨被笼罩在一片稀薄缭绕的雾霭中，样子混沌，貌似没有醒透。

"前面就下高速了。党主任，是先回家，还是直接去工地？"小张问。

"去工地。"

考虑到工地上可以洗漱，回家还要耽搁时间，党主任决定直接去工地。事情发生于他已经不是第一时间，但他想尽可能多地目睹到真相。再说，上班前这段时间，他正可以用来多了解些详情，待会儿跟上边汇报时不至于抓瞎。一定还要面对媒体，怎么说，他也要有所准备。

工地就在一望之外了，突然，小张谨慎起来，压低声音说："党主任，您看，是不是遇到记者了？"

前面十米之遥，一辆"五菱之光"横在路口。车门打开，一女子哈着手走下车来。看到他们的车子过来，女子扭头向车里说了句什么，径直走来。

"怕鬼有鬼。"党益民悻然感叹。

"果然是记者,市快报的。"

"他们可真够快,真够狗仔的哈。"小张小声揶揄,而后小心地问,"党主任,要不要绕回去?"

"不好。"党益民说,"把车靠边停。"

党益民没少跟媒体打交道,事情还好躲,媒体不好躲。党报还好说,晚报、早报、快报这类都市生活类报纸不好说。他们那支笔歪一歪,你就是钢齿铜牙,也不见得好使。况且报纸现在都有电子版,消息一旦上网,你面对的就不止是一名记者、一张报纸、一家媒体了,你的对面,将会是全国亿万热血时刻等待沸腾的网民。怕到时候容不得你申诉,那么多人,每人一小口唾沫,也足以让你淹没其中。唾沫星子淹死人,舌头根子压死人。常言说的,就是常有道理啊。跟媒体玩,你要学会"乖"。"乖"就是主动,打主动仗很有必要。

党益民打开车门,看着女子快步走来。

"您好,党主任,我是市快报深度报道组的房东方。"说着,这位自称房东方的女子将记者证递了上来,"原谅我们这个时候打扰您。事情昨晚七时发生的,您作为当事人之一,一定被电话告知了。能请您就所了解的情况跟我们聊聊吗?"这个房东方,看似个绵绵软软的女子,说出的话,却绵里藏针。

"您好,房东方同志,外面冷,请赶紧上车。再说,咱们一个外面一个里面,也太显招摇。上来聊吧。"还回记者证,党益民没有找借口推脱,而是眼神温热地挪出一个空间,虚席以待。

房东方犹豫了一下,还是坐上车来。落座后,她一边脱去手套,一边摊开采访本。不等她说话,党益民已伸出手去。房东方浅浅地笑了一下,四只手摸在一起。

"见微知著噢,摸着东方同志这双冰凉的小手,就知道外面有多冷了。你们记者同志很辛苦啊。"党益民语意充满关怀。

"谢谢。"

"我以前没少去你们快报,我们没见过面吧?"党益民见房记者神情有点过于严肃，他想借机调和一下气氛，也是给自己一个整理头绪的时间。

"我认识您就够了。"

"看来您不止认识我，还认识我的车牌。"

"这是职业需要。我们报纸只是想要事情的真相，仅此而已。党主任，请您就所了解的情况聊一聊吧。"房东方依然说着不坚硬却也不柔软的话。

党益民苦涩地笑了，而后试着轻松地说："东方同志，说起来咱们是一个战壕里的同志，你们要真相，我也正想要真相。不过你看我现在的样子，胡子拉碴，头发一团糟糕。我刚从外地连夜赶回来，正说去工地上洗漱，就荣幸地遇到你了。电话上听到的，不会比你在现场了解到的多。你看，是不是先让我过去洗把脸，看看现场，听听案情分析。待会还要上报情况。等我一有时间，第一个联系你，保证你的独家新闻，怎么样？"

"党主任，请您理解，报纸都在抢独家新闻，可不代表我一大早等在这儿，只为跟您要您所谓的独家新闻。"

"噢，嗬，你这个同志，你一大早等在这儿，你却不是代表你们报纸，你代表谁？"

"我代表一个记者，一个想要真相的读者群体。"

"好，好好，小房同志，咱在这个问题上有点纠结了对不对？你代表一个记者，与我无关。你代表一个想要真相的群体，就与我有关了，我就是被你代表的一个啊。而我所知道的仅仅是，事情是昨晚八点左右发生的，人已送医院救治，可能没有生命危险。小房同志，真相不在我这里，在公安那里是不是？"

党益民自始至终眼神温热，遣词恳切。房东方盯了他一眼，紧跟着又盯了他一眼。面前这个男人神情中难掩的倦色，忽然让她有些不安。她先自下了车，而后从包里抽出一张名片，递给党益民，眼神冷着，告辞道："好吧，到时候再打扰党主任。再见。"

"需不需要我留下联系方式？"

"我会知道。"

房东方挥手离去，高筒靴在冰冻的水泥路上踩踏出"哒、哒"的清傲。党益民看着她摇摇头，催小张开车。

2

昨晚酒桌上的那个电话是丁超打来的。

丁超是一号首长秘书，跟党益民是大学同学，同班还同室，同室又上下铺。一次，党益民在市府路杭味居盛情接待从美国远道而来的范小惠，电话叫上了丁超。左等不来，右等不来，范小惠问他："丁超是谁呀，架子那么大，端什么端？我在美这几年，也没见人家奥巴马这么端过。"

党益民笑着预先介绍，说："我未婚同居的大学同学，大学那会伦敦英语说得特地道。待会儿你见了，试着用美式英语好好奚落奚落他。"

一听未婚同居，范小惠眼睛张得好大："女的？党益民，你不木头啊。"

高中时怕不止一个范小惠暗恋党益民，可那时的党益民抱定要读南开，对身边有意无意掠过的柔媚身姿，一律目不旁落。心无旁骛的他，的确像根不解风情的木头。

党益民也不多解释，哈哈一笑说："木头开花了。"

丁超是六年前随首长交流到开原市的，两人在市府大院故交重逢，一张桌，两杯酒，就在党益民办公室里，把酒叙旧，通宵达旦。

昨天事出来后，丁超第一时间给党益民电话，说得很言简，但意丰。丁超把事大概一说，而后说："你回来就是，不着急，这边有我呢"，而后叮嘱，安全要紧。

用凉水洗漱后，党益民才感觉脑袋清醒些了。他拿起办公电话，拨打丁超手机。电话那端，丁超："回来了？"语调显然有些惊讶。

党益民说："嗯，刚到。"

丁超说："事说大不大，就怕有人借事炒作。你这个项目原本就是个热栗子。"

党益民说："首长怎么说？"

丁超说："首长一直沉默，还没表态。你尽早去医院一趟，当事人和家属都需要安抚。也是表个姿态。顺便再详细了解些情况。"

党益民说："好。"

丁超迟疑一下，又问："傅传雄这人怎么样？你跟你这位搭档搭不搭得来？"

市招商办，党益民是一号位，傅传雄二号位，在上边眼里是黄金搭档。党益民老实作答："啥搭不搭得来，捆绑的夫妻，撂一个屋檐下了，就得一个炕头上睡。至于爱情嘛，慢慢培养呗，不说日久生情吗。"

丁超也实话实说："外头傅说跟你尿不到一个壶里。"

党益民酸笑着说："慢慢地，屋檐就一个，壶就一个，真憋急了，还不往一个壶里尿吗？"

丁超哈哈一笑，说："傅传雄这泡尿憋得够长了，你好自为之。"

党益民说："好，知道了，老哥放心。"

放下电话，党益民想先整理整理思绪，就点上烟，来在窗前。窗扇推开，一股冷风裹挟着细碎的雪霰扑面而来。他忍不住打了个寒噤，始觉头重，身上冷。看样子，山雨没来，一场重感冒先自找上门了。

3

开原的早晨，早早地便已沉浸在四起的喧嚣中。一块铅色的浮云后，冬日的晨光想奋力冲破云层。亟待果腹的麻雀，毫无畏惧地落在地上紧张觅食。

市炎黄大道上排起神龙似的车流，车轮全都飞快转动，大道两旁甬道上行人也都脚步匆匆，像全被远方的某种东西扯紧着。这就是生活快节奏了吧，不要看那飞转的车轮和匆匆的脚步，这紧张觅食的麻雀就已是答案。

这是去市第一人民医院的路上。头有些疼了，身上依然冷，党益民感觉这会儿有块火炭让他抱着，就是很烫手，他也不忍扔掉。

车上的党益民将羽绒服拉严实，还是感觉冷。他让小张把空调调到最高档。掏出手机，准备跟媳妇刘淑敏先通个电话，报个平安。想想，又作罢了。

不想这边作罢的念头刚一放下，那边媳妇的电话就打过来了。电话接通，他放轻声音说："我回来了，让我先安静一会儿，待会儿给你电话。"

"为啥要待会儿?"那端媳妇一下火了："在外面，安静什么呀? 这个家里没你倒是很安静，安静到没你的人影，没你的声音，连电话也没一个。"说着说着，媳妇哭了。

党益民好言安慰，说："好好，上午下班我回家一趟。"

刘淑敏仍不罢休，说："今天上午你要不回家来，就不要想在家看到我们了。"

党益民本想跟媳妇开个玩笑，说："家里看不到，让我去八戒那儿看看"，可玩笑卡在喉头，如鲠卡在喉咙，终没毫无顾忌地吐个痛快。

他理解媳妇一大早跟他发飙。自从当上这个市招商办主任，他感觉自己就像上了一条别人的船，船票不要，但想随时下来，似乎谁说的都算，唯独自己说的不算了。老话就是老有道理，当差不自由，身不由己啊。

医院里一派忙乱，无序，而焦虑。党益民来到住院部外 2305 室，室门半开。他轻轻推开虚掩的那扇门，抬头正与一个回头观望的女人四目相遇。房东方! 他脑海中迅速跳出这个名字，那个"代表一个记者，一个想要真相的读者群体"，高筒靴踩踏出无比清傲的女记者。

的确是房东方。听到门响，正与葛海军聊着什么的她，回头时正看到党益民惊讶的眼神。党益民心下打趣，市快报有这样身手快捷的记者，才不枉一个"快"字了。"你好，房记者。"党益民率先招呼，而后上去摸手。

"你好，党主任。"房东方礼貌地回应。而后站起身，跟葛海军道别。

党益民马上表态，说"房记者，我说句话就走，不打扰你采访。"

房东方说："我的采访就到这儿，与您的到来无关。"

党益民说："那好，再见。"房东方走出病房，楼道内即刻响起压抑的无比清傲的高跟鞋声。

葛海军是这次事故的当事人，躺在最里边的一张床上。断的是右胳膊，已打上石膏。脸部有两块擦伤，只涂些紫药水，看来无大碍。

党益民来到葛海军床前，摸住葛海军的手，安慰他静下心养着，不愁钱，有事尽管打他党益民的电话。说着从兜里掏出一个信封，内装一千元钱，放在葛海军枕头旁，说："不多，吃好点，补补身子。"

葛海军愤然说："党主任，这不是单纯的事故，是有人想让我死。"

党益民安慰说："你卷进事中，有自己的怀疑可以理解。但别乱说话，公安局会调查清楚的。我还有事。谁在这儿照顾你呢？"

葛海军说："我媳妇。"正说着，葛海军的媳妇董小翠打早饭回来了，左手拎包子稀粥，右手拎几袋杂货。"这就是嫂子吧？"党益民说着忙迎上去，替董小翠接过右手里的东西，好让她空出手来分发早饭。

"嗯。"身段瘦削的董小翠"嗯"的一声后，闷头给丈夫盛饭去了。葛海军赶忙解释："下大田的女人，没见过世面，不懂礼节，不会热情，党主任您多担待。"

党益民笑着说："实在是美德，嫂子是实在人，看多疼惜你。这样吧，你们吃饭，我回去了。嫂子，老葛大哥就交给你了，你费心照顾，缺什么尽管打电话。我走了。"

"哎，哎，知道了，你慢走。"两口子同声应道。

党益民从一楼电梯口出来，他隐约感觉有一双眼睛正盯着他。果然，余光瞟过门口的一排连椅，坐在那里的房东方已站起身。分明是在等他。

党益民眼神温热地跟房东方打招呼。房东方不买党益民的账，她直视着党益民的眼睛，言语不无挑衅地说："党主任，您不觉得有些阴魂不散吗？"

党益民讪笑着回："哪有，哪有，我求佛还来不及呢，想见你，你就在这儿等着了。"

房东方不理会党益民的玩笑话，只说："您会很棘手。"

党益民问："怎么说？"

房东方说："您自会知道。"

党益民又问："为什么告诉我？"

房东方说："这个您想知道，也自会知道。"说完，转身走了。

看着房东方躲闪着行人和车辆远去，党益民笑叹："这个女人。"

4

从医院出来，党益民径直去了市公安局。

负责"11·14"案件的是刑侦一队。党益民找到队长张仁丰办公室，他刚刚跟局长汇报完这个案件回来。

"我说外面大冬天咋刮香风了呢，原来贵客到了。"张仁丰摇着党益民热情地客气。他是丁超的表弟，跟党益民酒桌上见过几面。借了丁超的关系，两人也成了开得起各种玩笑的兄弟。

"怎么样，案子到哪一步了？"党益民直奔主题。事情压头，他这会儿没时间跟谁客气。

张仁丰压低声音说："案子并不复杂，牵扯到的关系怕很复杂。"

"怎么说？"

"或者说这个案子差一步就复杂了。是葛海军命不该绝，将一个原本天衣无缝的陷阱化险为夷了。"

"你说！"

"我们昨晚勘验现场，主体楼七层楼梯拐角有一根断了的电线耷拉在地上。整个工地突然断电的一瞬，葛海军原本该走到七楼楼梯拐角那儿。事实是，葛海军早一步在拐上七楼第二阶台阶时脚下踩到石子，滑倒后右胳膊着地，骨折。"

"你说是预谋？"

"电线不是受强力自然断裂，明显带有被铁钳或某种工具铰断的断痕。"

"好，这我知道了。你说牵扯到的关系怕很复杂，怎么说？"

"你们工地上不还有一块地一直没能协调下来？那块地怕不只是那几家农民所有。"

"案子跟他们有牵扯吗？"

"目前还没发现。"

"你们下一步怎么打算？"

"案件继续侦查。不过……"张仁丰欲言又止。

党益民直视张仁丰，那是一种期待，望他知无不言，言无不尽。

"如果说这是一场预谋，带有硬度的锋利，怕不是指向葛海军，而是你，或者说是你们这个惊世的项目。"

"好，哥哥记下了，再接再厉。"说着党益民起身跟张仁丰握手道别。

折回工地，照张仁丰所说，党益民细细查看了现场，然后回办公室。

路上，党益民打通丁超的电话。

"老哥，晚上我想见见首长，你安排一下呗。"

"心里有谱了？"

"是。"

"中午我这边要没啥事咱到 29 号吃个便饭，老哥给你压压惊？"

"怕不能了，你弟妹下了最后通牒，说今天上午我胆敢不回家，就休想在家看到她们娘俩了。"

"哈哈，弟妹催兄弟回家交公粮了，说不定这会儿正心花怒放地制造情调呢。"

"哈哈，老哥还挺有经验。不过兄弟交代交代行程还行，这几天没累趴下已是万幸，哪还交得起公粮。"

"好好，祝兄弟养精蓄锐，改天再战。不过，老哥有温馨提示给你，怕有人要出来表演了。"

"谢谢老哥的温馨，舞台很大，兄弟坚信，表演过了，会露尾巴的。"

"有兄弟这句话，老哥很心安。"

"有老哥罩着，兄弟也很心安。"

"哈哈，好了，好了，咱哥俩就别互相鼓吹了。"

"好，晚上见首长前，我想先跟老哥聊十块钱的。"

"好，那就先聊十块钱的，到时老哥给你电话，挂了。"

丁超电话挂断，市信访局局长王立言的电话就打了来。王立言请党益民到市委大门口一趟，有几十个农民扯横幅跪地上访。

"原因？"

"不满你们在建的项目征地。"

通话时，车已拐上府前路，透过车窗，党益民看到市委门口黑压压跪着的一片人。

"闪吗？"小张神色紧张地问。

"闪哪是办法。"党益民说着让小张车开慢些，他先看看情势。

上访者有老人孩子，也有青壮男女，大概有二十来个人，全都跪在地上。他们举着白底黑字的横幅，上面歪歪扭扭地写着："土地是农民的命，休要动农民的命。"后面是三个触目惊心的"！"。已有治安警来此维护治安，党益民放心多了。

不觉上午十点已过，党益民吩咐小张去就近超市，买了水、面包和火腿肠，然后折回人群。

车开到近前，党益民抱箱纯水走下车，径直走向几位下跪的老人。此刻所有的目光齐刷刷聚焦到他一个人身上。

到老人跟前，党益民一边给老人们分发纯水，一边拉老人们起身。

小张也已抱着面包、火腿肠走下车，依照党益民吩咐，先分发给孩子、老人和妇女。

被缠磨到焦头烂额的王立言看到解围的来了，忙跟几个手下一起帮忙。

几位老人哪肯起来，他们偷眼看看几位青壮男人，任党益民怎样拉，就是不动。

党益民愤怒了，一边吩咐小张将纸箱撕开给老人、孩子垫到膝盖下，一边走到四位青壮男人面前，厉声喝问，说："你们谁是代表？他们都是咱的爹娘吧？亲爹亲娘吧？天这么冷，地这么硬，你们有力气这样跪着，他们有力气吗？你们自己去看看，老人们的手都冻得冰凉，脸冻得发紫，咱们做儿子的就只知道下跪这一条解决问题的办法？男儿膝下有黄金，咱们跪天跪地跪父母，跪在这儿是跪谁？咱们爹娘都一大把年纪了，有啥解决不了的问题还拉上他们跟着下跪？他们还是跪谁的年纪吗？"

党益民说着说着眼圈红了，声音几度哽咽。

说完，党益民不给四位青壮男人申辩的机会，再次走到几位老人跟前，拉他们起身。

这次，老人们不再固执，可因为下跪久了，都已站不稳，需要人扶着才行。

四位青壮男人也不再好意思坚持，全都从水泥地上站起身，各自扶住自己的爹娘。孩子们早就起身了，都在兴奋地分吃面包和火腿。

"这样吧，几位兄弟，事情是咱们的，咱们以男人的方式，坐下来，快刀斩乱麻地解决问题，好不好？为了老人孩子，咱都到信访大厅去，那里有暖气，咱都先暖暖身子，好不好？"

四位青壮男人中的"刀疤脸"点点头，而后示意收起横幅，一起向不远处的市信访大厅走去。

"慢着。"党益民忙喊小张开车过来，让几位青壮年扶老人上车。天冷地硬，老人们腿脚早麻得走不了路。

而后，党益民叮嘱几位妇女各自带好自家的孩子，又吩咐王立言的几个手下处理满地食品袋、碎纸箱，然后他和王立言一起领着人群向信访大厅走去。

手机响起来，来电显示是"两个代表"。房东方！当时她给他名片，为防丢失，他及时输下了她的号码，想想她伶牙俐齿地说自己"代表一个记者，代表一个想要真相的读者群体"，便心怀揶揄之意地在联系人一栏输下了"两个代表"。

党益民独自笑了笑，离开人群。突然意识到，房东方可能就在现场。回头看，果然，房东方就在人群后面。

四目相对，党益民电话里笑问："不一直在追踪'11·14'吗？"

"是呀。"

"你觉得他们上访跟'11·14'有关？"

"难道党主任不觉得吗？"

"这也是你这次新闻追踪的一部分？"

"难道不是吗？"

"谈吐好犀利啊。这会是你说的棘手吗？"

"干戈玉帛，党主任如此善于披荆斩棘，棘手又算得了什么？"

"哈哈，继续追踪下去吗，比如这次上访事件化解的始末？"

"正求之不得。"说完，房东方率先挂断电话，紧走几步，跟上前行的人群。

5

送走上访人群，党益民看表，差一刻十二点。

他打通丁超手机，那边迅速挂断了，信息回复："会上。"

党益民回复："老地方。"

丁超："好。"

党益民所言的老地方，就是 29 号 B 区云水厅。

29 号位于开原市城东区，对外是写字楼，对"内"是一处隐于闹市的奢华会所，私密又低调。

所有者，是开原市闻名于官场、商界及文化圈人称"双碧"的姊妹花。姐姐赵碧华，绰号"凤辣子"，地产商；妹妹赵碧玉，绰号"玉无尘"，国内知名画家。两姐妹都已离异，都是富贵单身。

她们各有自己的圈子，29 号理所当然地分出 A、B 两个区，A 区由姐姐打理，来往的多是官和商。B 区由妹妹打理，来往的多是书画和文艺界名流。貌似井水、河水，因了两姐妹的关系，也常常界线模糊，互通有无。

来此消费或被邀来此消费的人，非富即贵。不过，他们全能在 29 号放下身段，放低姿态。因为两姐妹物质的、精神的，都富裕到无争无求了。

丁超跟赵碧玉是高中同学，虽是官场中人，却常来 B 区消费。云水厅几乎固定给丁超了，外看一个厅，实则两个厅。内厅不大，又分两个单间，一个供休息，一个供三两人闲来消遣，喝喝茶，聊聊天，打打牌，下下棋，生活之烦不觉就在唇间指尖消遣散去。外厅要大得多，餐桌却只是八人台，书柜、沙发、茶台、摆件占去大部分空间。

赵碧玉喜欢安静，小规模、私密和低调始终是她热衷的风格，所有的家具都是实木的，所有的设计都是古典的，精致，典雅，温婉，静好，像她的画，也像她的人。

在云水厅坐下，党益民给市快报总编庄青山打电话。

"哥哥挖了哪家社会主义的墙角，挖得来一位笑靥如花却笔如刀、唇如枪、舌如剑的新闻快手？"

"哈哈。"没说话，庄青山那边先笑了，而后说"益民弟，你与我心有戚戚焉了。说一个如雷贯耳的名字不会惊到你吧？"

"说说看。"

"南方周末。"

"噢？来头这般不小！"

"低我几届的大学校友。她这会儿可是个处在战斗状态的刺猬，摸不得，惹不得。"

"怎么了？怎么屈就到咱这儿了？"

"工作上咱盛情关心，生活上咱关心不起啊。"

"哈哈，酸葡萄的味道已从话线上扑面而来了。好吧，兄弟待会儿替你关心一下，我想请她吃个便饭，你过来吗？"

"不了。'11·14'新闻追踪我已全权交她一个人做了，这也是她来快报的第一仗，她憋着一口气呢。至于益民弟的想法或要求，我一向支持。你们谈吧，多理解好了，多理解。"

收了电话，党益民摇摇头笑了。庄青山绰号"泥鳅"，滑呗，这个业界都知道。他常挂嘴边的一句话就是，多理解好了，多理解。也难怪，这会儿办报难了，日报是党报，早报、快报、晚报等都市生活类报纸非党报，却也不能一味地只有生活，罔顾政治。

都市生活类报纸怎能只关心生活而不关心政治？一些大的社会事

城市上空的麦田

件怎能只反映生活而不关乎政治？政治说小，就是一个官场；说大，率土之滨无一不在这样一个"场"子里，无非是台上台下，中心边缘。所以，都市生活类报纸更考量决策者把摸政治分寸的能力。一味地曝光、揭黑、鞭挞，如此真相是读者需要的，不见得是社会安定需要的，不见得利于全社会、全局、大局发展的需要。

在这一点上，庄青山就能不左不右，拿捏有度。他滑得实在智慧。

党益民打通房东方电话，语意极尽温暖地说："到吃饭的时候了，出来吃个便饭？"

"吃饭可以，吃当事人的饭怕不可以。"

"房东方同志，咱能不能说话不这样风刀霜剑的？没别的，我想接受你的采访，跟你聊聊更接近真相的一些东西，可以吧？"

"等下午工作时间吧。"

"我的工作时间还有千头万绪的工作，怕很难安排出时间给你。"

"那好吧，只限于吃便饭。"

"你在哪，我让司机接你。"

"报社。"

"好，十分钟左右司机会到达报社门口。"

就在党益民与赵碧玉喝普洱、聊凡·高的时候，丁超与房东方两人一道推门而入。党益民深感意外地望望丁超，望望房东方。

丁超指指党益民笑说："这世间还有你党益民意料之外的事吗？我是遇见小张了，晓得小房是你的贵客，就一起来了。"

党益民迎前一步拉好椅子招呼房东方坐下，说："今天房记者的确是贵客，你老哥只是陪客。"

三人一番客气后落座，赵碧玉温婉地笑笑说："你们有重要事情谈，我就不作陪了，一切我会安排好，你们聊。"

房东方脱去羽绒大衣，弱水似的一个人，让党益民心间不免一惊。她穿着一套富含民族风情的棉衣棉裙，长发挂面似的垂着，精致的眉目间有一种软，若有若无，是绵绵软软地冷着，不容进犯。她是如此让人心疼，让人忍不住想伸手揽她入怀，亲吻她的额头，涩着声音说，你怎么能这样弱水似的软，又寒冰似的冷！

再想想她笔如刀、唇如枪、舌如剑的狠样子，哪敢想就是同一个人。面具下，哪一个是真实的她？

"说吧，什么事？既然房记者是贵客，这事一定很郑重。即便荒唐，也一定是认真郑重的荒唐。"丁超说。

党益民边往房东方的杯子里续些热茶，边说："对于从南方周末来的房东方同志，我没有无端的荒唐，只有推心置腹的郑重。"

房东方软软地笑了，说："党主任这两天怕没时间也没心情荒唐，尤其这样西装革履、倜傥不群的时候。"

"哈哈。"党益民忍不住笑了，轻指房东方，说："笔如刀、唇如枪、舌如剑的美女记者，却原来也会说这般好听的话啊。"

"不可以吗？"

"很可以啊。"

6

党益民的郑重，的确是推心置腹。

他没先跟房东方要求什么，而是将在建工地的项目企划书推给她。

房东方依旧拿软软的眼神望他一眼，而后认真翻看起来。

在建项目全名为开原市高新技术暨文化艺术创意产业园区，位于开原市东城区经济开发区，依托一处经济开发区、两所大学、两处文化遗址、两座空心村、两个废弃的厂区——棉纺厂和化肥厂，占地约10万亩，投资30个亿，投资方为上海博大传媒集团公司，先期10个亿已到位。

园区分五个区。

依托两所大学城的高新技术产业园区。主打信息产业，如动漫、电子、数码产业等；

依托两个废弃厂区的艺术设计产业园区。如建筑、广告、时尚、文化、服装等艺术设计产业；

依托两座空心村的传统特色文化产业区与艺术家村。开原多特色文化，如木雕、刺绣、泥塑、制陶、刻瓷、书画、古玩等。开原多赵碧玉一样的国内知名艺术家，仅全国书协、美协会员就多达200人；

依托经济开发区的物流商贸区。开原位于中国中部，在交通上，高铁、高速几纵几横，在此交汇，四通八达，水陆空几近成中国交通心脏城市，发展物流商贸，条件得天独厚；

依托两处文化遗址的休闲娱乐区。这个园区主要满足当地居民及外来游客的文化消费需求。一处是一座官窑，当初不知为何烧制好的瓷器没能出窑，现在被以博物馆的形式开发成景点了。另一处是一座高台，礼贤台，台上元时建筑不知何时改为佛寺，地方志有载，孔子被困陈蔡时，在此高台上忍饥挨饿，思考过炎黄人的理想国，奠基了"和"的思想。此后历史上不少文人墨客慕名游历到此，瞻仰凭吊，留诗留墨。这一区域被规划为圣人文化苑了，中华民族有必要重启圣人思想。

开原是历史文化名城，青山白水，景色宜人。这儿底蕴丰厚的历史文化，很多彰显国家意志，为国家唯一。五朝古都，古城还完好保存。五步一遗存，十步一名胜，本土及外来文化名人更是多如繁星，真可谓脚踩的是文化，耳听的是文化，茶余饭后说的是文化。当初上海博大传媒董事会一行来此考察，当即拍板，就这儿了。

合上企划书，房东方眼神软着，心想：党主任想让我明白什么？

党益民端起房东方面前的茶水，递给她，眼神温着说："午间不能饮酒，以茶代酒，我先敬你一个。"

房东方端着杯子，软软浅浅地一笑，说："答案在茶里吗？嘴上虽是吴侬软语，却软得见力道。"

党益民哈哈一笑，说："茶水里唯有敬意，答案嘛，还在我一腔焦急的脏腑里。"

"是吗？"

"你看，我多坦白，向你暴露这一腔焦急，够推心置腹吧？"

房东方张着精致的眉眼冲党益民点下头。

"如同一个男人，一座城，魅力不在于财富，而在于精神深度。这精神深度就源自于文化。开原是国家历史文化名城，发展文化是无比正确的方向吧?"

房东方依旧点头。

"当前网络这个东西,一不小心,能让很多真相变质变味。"

党益民这话让房东方一下瞪大眼睛,眼神犹疑。

"我是说有些判断力还不够成熟的网民,容易跟风,容易跟转不负责任的帖子,一旦有人借机炒作,真相只会变质变味。"

"太敏感了吧?"

"不是敏感,未雨绸缪,防患未然,这个必须有。"

"新闻是有规律的,网络与网民的成长也不能罔顾规律。况且,清者自清。"

"哈哈。"党益民笑了,说:"这就是南方周末的尖锐和犀利吧?"

"再尖锐、犀利,记者都有不可打破的底线,良知与正义。"

"好了好了。"丁超忙笑着打圆场,"一个推心置腹,一个讲良知正义,说来说去,你们是一个战壕里的同道中人。来来来,端起杯,咱碰个茶。"

三个人忍不住一起笑了。党益民与丁超两人不会知道,房东方的笑里另有一层意思。当初党益民对她说:"东方同志,说起来咱们是一个战壕里的同志,你们要真相",我也正想要真相,她同样不无揶揄地就也将手机中联系人"党益民"删改为"一个战壕里的"。

"我明白党主任的意思,顾虑到另有一个战壕,对方极有可能借机炒作,扭曲真相,迫使在建项目无限期地停工。"房东方说。

党益民边为房东方搛菜,边说:"我就说嘛,东方同志冰雪聪明。"

"可'新闻追踪'的调子和选题已经定下,也已经见报一期,不能虎头蛇尾吧。想要真相的读者也不答应。"

"我说说我的想法好吗?突然的想法,也是突然想见见二位的原因。是推心置腹,也是郑重。不是请求,是诚恳地征求。"

党益民望望丁超,再望望房东方。二人冲他点点头。

"工地不能停工。我上午先去了医院,葛海军不算重伤,赔偿到位,好了让他继续留在工地。我想他不会妄加猜测不满赔付上告上访。他也不傻。刑警队,我见过负责案件的张仁丰了,咱推心置腹地说,他认为犯罪现场已布下，这个东方同志也一定采访到了。葛海军有个习惯，工人们全撤下来后，他习惯楼上楼下到处看看。'11·14'当天的那个点，原本该走到七楼楼梯拐角那儿的葛海军在拐上七楼第二阶台阶时脚下踩到石子，滑倒后右胳膊骨折倒地，而七层楼梯拐角恰有一根断了的电线耷拉在地上，断处明显带有被铁钳或某种工具铰断的新痕，而非受强力导致的自然断裂。就是说有犯罪实施，但犯罪未遂。犯罪未遂定罪轻，有可能做不到打击犯罪，却无端地激化了隐在暗处的矛盾，从而导致在建项目受到不必要的影响。"

"你的意思？"丁超问。

党益民看看房东方，她专注的眼神里也是这样的疑问。

他语意于是更加认真地说："案件继续侦查，只是不再大张旗鼓。东方这儿也该写写，能不能这两天压着不发？"

"压着不发？"房东方差点就要站起身。党益民忙伸手按在她膀头上。

"小房，别激动，等益民说完。"丁超向房东方打个要冷静一下的手势。

党益民继续说："我上午走了一圈，揣度那几个上访农民的意思，感觉'11·14'这个事件里，的确另有一个战壕，或许就像仁丰说的，这件事锋利的硬度，要么指向我，要么指向这个项目。我也在想，能指向我的，只有傅传雄。这家伙不懂我的心，这个项目我一直让他汇报，让他负责，他就不明白，我是在为他拓展仕途。如果不是他，那就极有可能出在那片没征下来的土地上。可我上午跟那几个农民兄弟沟通时，直觉告诉我，那片土地的所有权应该已不在他们手里。他们出面闹，一定有隐衷，有隐情。我想让仁丰他们把侦查范围缩小到只盯两个点：一是谁在作案，找出幕后指使；二是那片地的所有权已归谁所有。老哥，到真相水落石出时，你兄弟无能为力时，你得出面，甚至要首长出面，你得安排。"

"这就是你的全部意思？"丁超问。

"是的。"

"晚上见首长也是这个意思？"

"是的。"

"明白了。晚上我安排,你等我电话。"

"东方,你怎么看?"

党益民眼神恳切地望着房东方。

在南方周末这几年,这样的事她房东方还从没遇到过。被采访者要将他的意志和想法强加给一个以良知和正义为底线的记者,她这是第一次遇到。

房东方以那种软软的带些力度的眼神回望党益民,说:"我保留我的意见。但我会思考你的想法。"

"我又已嗅到山雨欲来的血腥味。东方,你提醒我我会很棘手,能告诉我是什么吗?"

"有些事提醒者的提醒是要有限度的,自己小心,自己发现。"

7

下午,党益民一到办公室,就打电话给傅传雄,要他到他办公室来一趟。

傅传雄那边支支吾吾,久了,支吾出一句"你知道"。

"噢,那就挂吧。"党益民说。

"你知道",在傅传雄是一个典故。别看傅传雄在外人五人六的,在家他连只熊也算不上,顶多算只猫,还是只永远不敢发威的病猫。他老婆是只花斑大老虎,对他发起威来,常挠得他脸上、脖子上爪痕昭昭。偏偏这爪痕掩又掩不住,常整得傅传雄人前抬不起头,说不起话。又能怎么的,谁叫他娶了人大常委会主任的亲闺女?他或许不是斗不过他老婆,是斗不过他老婆头顶的那一道光环。

渐渐地,傅传雄两口子一干架,傅传雄就要请几天假。后来只要傅传雄张口请假,或几天不见他上班,相熟的人就知道他们两口子又干架了。不知道是傅传雄搪塞人时爱说"你知道",还是别人拿"你知道"揶揄他,假以时日,"你知道"成了他脸被抓伤无法外出的代

136
城市上空的麦田

名词。

事情似乎往往以悖论的方式让人捉摸不定，傅传雄在家里是病猫，在外面却是个狠主。

他话难听，比如党益民处处维护他的面子，呵护他们的关系，他却跟人说他跟党益民尿不一个壶里。不止一个人拿这话问党益民怎么回事。党益民心存疑窦，脸上却哈哈一笑，说他这里跟他共用一把壶来着，他那里不尿，除非他一直憋着。党益民常把一二把手比作夫妻，工作上，两人同心同力，你补我短，我用你长，没有凝不在一条战线上的心，也没有聚不到一个方向上的力。他不知道傅传雄怎么就不能懂他。

再就是傅传雄脸难看，像前世都欠了他的，他这世跟谁都一副追债的冷面。他唯独欠了他老婆似的，常被他老婆抓挠得上不了班。想想，这世间的事真是有意思透了。

党益民双手插进打理有型的头发里，用力向脑后推进，一张线条简洁、刚毅的脸上，神情略显焦虑。这事情或许真如房东方说的，会很棘手。

无论何种事情，他一向不喜欢坐以待毙。没事他不找事，有事他不怕事。事真出来了，他喜欢寻找事的入口，像武陵人无意间缘溪行，复前行，初极狭，豁然开朗，等事情的眉目让他豁然开朗时，他便会认准这个破的靶子，直捣黄龙。

他这会儿的焦虑，在"11·14"上，他不是不知所之，而是他还把摸不了首长是否给予他无条件的信任和支持。

党益民给自己泡了杯"大红袍"，拿过记事本，将"11·14"前前后后梳理一遍，扼要整出向上汇报的几层要点。然后将自己的想法也认认真真罗列成条。

有理有据有序，他从不打无准备之仗。

临下班前一刻，丁超给他信息，一个字："等。"

他知道，只有等。

思前想后，感觉没有纰漏了，他拿过手机，键下房东方的电话："怎么样，东方同志？"

他清楚，自己是在问房东方稿子写得怎么样了。他挡不住她写，她一定已写好或还在写。他自然不想让她发出来，可实在又不好颐指气使地命令她不发。再说，他还拿不准她追踪"11·14"这个案件的态度，能否被他那个强人所难的想法所左右。她那里讲新闻没错，他这里讲政治也没错。可一个被南方周末历练过的新闻人，她凭什么要以他的意志为转移？

他的意思，实在包含了太多的意思。这太多的意思，也实在不清楚哪一个就是房东方愿意接受的意思。倒是房东方，此时心里一定只一个意思了，发，或不发。

所以，党益民只模棱两可地问了一句"怎么样"。他相信，冰雪聪明的房东方会明白他的意思，她无论怎样回答，那一定就是她明明白白的意思了。他就想听她明明白白的意思，他好做出反应，称好，或者说服。

"我知道党主任的意思。房东方那边说，稿子已写好，我也正在斗争。不过，党主任放心，一个记者的客观公正，这个底线，我守得住。"

"我信，万分相信。不过，东方，你能不能再等等，等我见过首长后，给你电话，你再定夺？我知道我这样的恳请太过冒昧了，让你难为，理解一下好吗？"

党益民口气尽量谦卑，温热，他知道，这不是送人玫瑰，而是直言不讳地向人发难。

房东方那边沉默了许久，才说："好吧。"

"谢谢你了！"党益民说，两个"谢"字说得倾心露胆。

"不客气。"房东方语调一贯波澜不惊。

党益民这边电话收线，丁超的信息到了，仍是一个字："来。"

党益民拿好记事本和笔，正准备走人，媳妇刘淑敏也发来一条信息："我和果果回娘家了！家里的红旗我替你拔掉了！！外面你彩旗飘飘地过吧！！！"

党益民苦涩地笑了，同床共枕七八年的媳妇，咋就不能比外人更深层、更贴切、更到位地理解他呢？

猛然记起,媳妇提醒过他,他们结婚七周年纪念日近了。当时媳妇说,别的年份纪念日可以忘,第七年的不能,七年之痒嘛,偏要好好过一次,把这个"痒"扼杀在萌芽状态。

是他忙忘了?还是真有个七年之"痒"挠到了他们的婚姻?

"也是啊,自从当上这个招商办主任,说走就走的出差隔三岔五就会有一次。就说这次去上海,他连个招呼也没来得及跟媳妇打。这回媳妇是真生气了。可就是自己的媳妇,竟也不明白,他一天到晚这个忙啊,哪来的时间跟心情在外面扯彩旗拈野花?"

没时间给媳妇电话了,他只好回个信息:"好老婆,等我去接你和闺女。"而后跟上一个百般讨好的表情。

8

首长王维华,空降干部。一说是某常委的得意门生,来头不小,开原就是他仕途上的一块跳板,不定哪一天,金身镀得足够亮了,一个漂亮的起跳,就华丽转身了。一说就四川大凉山下一个穷苦的山里娃,天赋异禀,18 岁升入中国人民大学,28 岁步入仕途,之后一路云帆直挂。

这就是空降干部头顶的神秘盖头。一次,党益民也忍不住叩问丁超。丁超神秘一笑,说他对咱们神秘,咱们于他也一样神秘。神秘不重要,重要的是人家在明明白白干工作,实实在在搞建设,这就够了。

党益民释怀一笑说:"的确是这样,这就好比你老婆我嫂子之于我是神秘的,我之于她也是神秘的,但这丝毫不影响你们是亲亲的两口子,咱们是亲密的两兄弟。"

这话让丁超忍俊不禁。他哈哈笑过,指了指党益民说:"话糙理不糙,还就是这个理儿。"

算下来,王维华书记也大不了丁超、党益民他们几岁,履历年龄46 岁,也就是大七八岁的样子。喜欢西装革履,一表人才。或许是不喜言谈的缘故吧,神情过于严肃了。但做事雷厉风行,敢说话,敢担当。

党益民先见过丁超，丁超示意他，首长就在休息间。而后低声问他："成熟了?"

党益民明白丁超的意思。所谓"成熟了?"就是问他午间说过的那个想法是否已考虑成熟，是否已做好充分的准备。他冲丁超郑重地点点头。

丁超便走过去轻敲三下门，听到里面说"进来"，推门跟党益民前后脚进去。

王维华书记在写字，整个房间弥散着淡淡的翰墨清香。

王书记写的是草书。党益民偷闲也写写字，对书法也略懂一二。不少人说草书好写，那是不懂草书。写草书好比驾惊马，信马由缰地跑，还得能收放自如地收。一味地草，就成了满纸荒草。一味地收，就是过于拘谨，就失掉草的"真"味了，也就不是草书了。

一张斗方完成，王书记用行楷分行落款。最后一笔落定，党益民帮丁超将此斗方钉在一方立着的木案上。王书记每天时间允许，都会抽空练练字，不送人，也就少盖章。

王书记的草书，那用墨、线条、浓密疏淡的布局，明眼人一看，就知道是经过名家指点的，讲究的是有章法，而不是随心所欲。王书记的书法究竟受谁指点过，这一点怕也和他的空降身份一样神秘着，不是谁轻易揭得开的。

党益民知道，现在在位上的领导，像王书记这样喜欢写字的多了，不是上行下效，也不是附庸风雅，而是借此减减压。书法的确养人心性。工作压力，生活压力，人际关系的压力，方方面面的压力，还真要给自己找一个减压的出口，书法正合适。关起门来，一个人沉浸其中，一撇，一捺，一点，一横，强压慢慢在这黑白线条里消解遁形了，说不定电光石火，某个一直困惑人的问题，刹那间也茅塞顿开了。

字如其人，人品即书品。党益民一向以为，能驾驭得了草书的人，做事一定都喜欢大开大合，开合有度。开合见胆识，有度见智慧。

王书记就是这样一个大开大合、开合有度的人。如此，党益民才敢将自己不按常理的牌局拿来请示，求得支持。

三人坐下来，王书记示意党益民喝茶，而后开门见山地说："刚才丁秘书给我透了个大概，说你在'11·14'上有一个大胆想法，我也正想听听你的汇报，你谈谈吧。"

"好。"党益民简短回答后，打开记事本。依照下午的整理，他先汇报了"11·14"案件的调查情况。

王书记不时点点头，一直没有插话。案情汇报完毕，王书记示意他说说他的想法。他没有迟疑，ABCD讲过后，他着重提及市快报记者房东方所做的"11·14"新闻追踪。

王书记一直在听，一直在点头，也一直在沉思。等党益民汇报完毕，他端起茶杯，小呷了几口，放下，望定党益民，说下午公安局赵天明局长也来汇报了，就是这么个情况。"益民大胆的想法，我支持。这个项目一旦停工，损失的不只是双方的利益，怕还有咱开原的信誉。好，就这样，由丁秘书给赵天明局长打个电话，传达这层意思。媒体这一块，丁秘书给宣传部安排一下，不报道为好，已报道的，做好正面舆论引导。益民你盯紧项目，确保顺利进行。"

从王维华书记那里出来，党益民没回办公室，直接到停车场，他让小张回了，自己开车去接媳妇和闺女。

刚坐进车里，丁超的电话跟了来："走吧，到29号坐坐去。"

"不行啊，你弟妹和侄女这会儿正组团要罢免我，我得去安抚安抚。"

"唉。"没想丁超轻叹一声，"这会儿当官难啊，前院要灭火，后院也要灭火，一天到晚，只落了要打起精神雄赳赳气昂昂地灭火了。"

"怎么，嫂子也有火啊?"

"是呀，儿子天天有补习，拴住了她的手脚，盯我的眼睛都火冒三丈了。好吧，老哥也回家灭火去。给你说，一切安排妥当，只等更大的石头露出水面。"

"兄弟知道了。"

挂断丁超的电话，党益民忙拨打房东方的手机，看到机屏上显示去电"两个代表"的名字，党益民笑了，不过这次不是揶揄之笑，而是笑里多了些内疚和理解。

"你好，东方，吃饭了吗？"

党益民极尽客气，这次毕竟要委屈人家，逼人家第一次打破自己的底线，跟着党益民们，顾全党益民们的所谓大局。

"工作再怎样不易，饭还是要吃的。工作是大家的，身体是自己的。"

听房东方这样说，党益民知道，她剑拔弩张的心是松动了的。

"好，就好，能照顾好自己的人，才能工作好，学习好。"

"上边的意思就是您的意思是吗？"

"你怎么知道？"

"您漫不经心的口气自我暴露的。"

"果然，冰雪聪明。"

"按这层意思，这次新闻追踪就没必要继续下去了，整个'11·14'只是葛海军的一次意外跌伤。您以为民众的眼睛就这么好蒙蔽吗？"

"为啥要蒙蔽民众的眼睛？事实是，整个'11·14'结果只出现了葛海军意外跌伤。事实也是，'11·14'并没有停止侦查，就像你提醒我的，我会很棘手，警报并没有解除。或者咱换一句话说，这一场雷声隆隆的山雨稀稀地落了几点雨滴后，拨云见日了，而一场雨腥味更浓的雷暴就又已腥风满楼。"

"会有腐败和黑幕吗？"

"这是你的目的吗？"

"不，这是新闻的目的。"

"你不是新闻工作者吗？"

"我是新闻写作者，我始终要为读者追踪新闻真相。"

"新闻不代表只有真相，读者也不全在期待新闻真相。新闻也需要表达，需要新闻本身精彩呈现。"

"是您所要讲的政治吗？"

"不是政治，是大局，是社会安定。"

"社会安定需要新闻牺牲吗？"

"不是需要新闻牺牲，而是需要政治智慧。所以，东方。"不等房东方再申辩，党益民赶紧抛出他的请求。"所以，东方，我党益民能不能向你提出一个不情之请？"

"您说。"

"开原高新技术暨文化艺术创意产业园区，对开原人民来说，还只是一个大而化之的概念，一个拉开架势的在建项目。我的意思是，你凭借你新闻写作的功力，结合开原深厚的文化资源，做个重磅系列解读怎么样？一来，'11·14'巧妙转身；二来，这对开原上上下下都将是一次及时雨似的新闻贡献。"

"党主任，您不做新闻可惜了。"

"怎么说？"

"您不一直在说？"

两人的电话打了近四十分钟，手机都烫了。党益民等房东方挂断电话，自己才收了线。他清楚，房东方需要时间。他能做的，就是给她时间，等她决断。

事实上，在一场雨腥味更浓的雷暴骤降后，受左右的，怕已不是真相，而是人。

9

两天后的一天下午，张仁丰电话党益民，更大的石头露出水面了。

"谁？"党益民问。

张仁丰突然压低声音问："你那边说话方便吗？"

党益民一下意识到事情的严重来，于是也放低声音说："说吧，就我自己。"

"那几位农民兄弟还是交了实底，那片没有征下来的地，所有权在人大常委会主任杨继东手里。"

这边党益民喉头像遽然被冷风呛住了一样，说不出话来。果然，是更大的石头。但他无论如何不会想到，这块更大的石头会是杨继东，这样一场雨腥味更浓的雷暴雨幕拉开，居然也见腐败，也见黑幕。

说来杨继东还是他党益民的一课之师，当时在市委党校学习，杨继东给他们上过党课，他还记得那堂党课，课题的名字就叫《加强党性修养"三讲"：讲党性，走好阳光之道；讲原则，摒弃庸俗之道；讲正气，反对阴邪之道》。作为一位资深的人前腰杆笔挺的老党员，他就是这样讲党性的，就是这样走好他的阳光之道的。

　　此刻，党益民心上泛起一种莫名的痛，让他难以释怀。

　　"这事傅传雄知道多少？"

　　"'刀疤脸'供出，鼓动他们上访的就是傅传雄。"

　　"这厮！"这边党益民一拳擂在桌面上，桌子上的茶杯晃了几晃。"'11·14'他参与了吗？"

　　"他是幕后主使之一。"

　　"确凿吗？"

　　"确凿！我们已控制杨继东的司机，犯罪现场就是他以找傅传雄为由布设下的，他已交代。"

　　这就合乎情理了，杨继东只傅传雄老婆杨笑梅一个女儿，一个女婿半个儿，这么多年，傅传雄从一个县一般城管职员，到市公路局、组织部，再到城建局，最后坐上市招商办副主任之位，一直是杨继东在不遗余力给他铺路，给他铺一条阳光之道。

　　杨继东的司机，外传是他认下的干儿子，杨继东任清源县副县长时跟的他，至今算下来已十四个年头。外传他司机的老婆、弟弟、内弟、私交等一大帮远亲近邻的工作都是杨继东给安排的。

　　如果真是这样，这匹伏枥的老骥，最后的千里之志，全用来为他的私信、私心、私利搭桥铺路了。他自以为天衣无缝，都是他能呼来喝去、使唤顺手的人。他咋就没想到呢，天网恢恢！

　　"你们下一步作何打算？"

　　"我已跟赵天明局长汇报过。两位哥哥的托付我谨记心里了，所以，'11·14'眉目一出来，我想更应该先给两位哥哥汇报一下。"

　　"给丁超电话没？"

　　"还没有。"

　　"好，你这就打给他，他会安排你们见王书记。下一步怎么走，听听王书记的意思。"

"好，电话我这就打。"

电话挂断，党益民看到有未接来电，房东方的。他忙打过去。

"系列解读这个选题怎么样？"

房东方顾自说："更大的石头露出水面了，更腥风的雷暴就要倾盆而下，是这样吗？"这个房东方，还真是消息灵通得可以。

"哪儿有你安插的电子耳吗？"

"否则，会有负于南方周末来的，不是吗？这样的黑幕，作为一位有良知和正义的记者，我的新闻追踪理应跟进。"

"啊呀，我的好妹妹，你能不能为哥哥再耐心等上一次？我的意思是，你能不能一切等王书记安排？一切听从大局？这样好吧，好妹妹，等我电话！"

那边，房东方勉强应："好吧。"

放下房东方电话，党益民感觉胸口有一口闷气，坠石似的堵在那里，难以平复。

直觉告诉党益民，傅传雄并非又跟老婆干架，脸被抓伤，上不了班。听傅传雄那意思，"11·14"前面两天他已歇在家里，所以出事当天，是丁超好事，给他打了电话。他傅传雄，项目不是他引进的，工地上他不是第一责任人，因不上班，因是二把手，因不清楚事因，因多一事不如少一事，就也没有主动向他汇报什么。真的是这样吗？

看来不是，他傅传雄明里是在装聋作哑，实则是在暗度陈仓。

这次，他拿"你知道"这典故，不是用来遮羞，而是用来挡箭了。

稍停，党益民打丁超电话。电话接通，丁超迅速挂断，信息回复："等我电话。"

党益民不清楚，"刀疤脸"那边是否已给傅传雄通风。以党益民对傅传雄的了解，"刀疤脸"不给傅传雄通风，他也会忍不住时时打探。他傅传雄是那种心里沉不住气的人。

坐着无事，党益民牵挂着工程进展，电话叫过小张，去工地看看。因没出现太大伤亡事故，工地第二天下午就复工了。

他突然想叫上房东方，一个记者，如果不真正了解一个地方，融入一座城市，很难让其文字带有情感和温度。而没有情感和温度的文字，即便不失良知和公允，也难以成为人心大同、社会安定的五谷和药石。

叫上房东方，是很强烈的私心使然，这个党益民知道。不在于让房东方多么透彻地了解他，而在于让房东方透彻些了解开原这座城市，了解他们这个在建项目。不为扭转她的新闻理念，只为要她爱上开原，表达一个盛放中的开原。

他打通房东方电话，没有过度的客气，直接点题："走吧，我领你去踏思。"

"踏思？"

"春天叫踏青，海边叫踏浪，我们去领受、凭吊开原的思想，你说叫不叫踏思？"

"是吗？"

"我想，等你真正了解开原的历史，开原的文化，开原的思想，当一个血肉、情感、思想皆饱满的开原在你面前站立起来的时候，我不说你会爱上开原，至少你会更深刻地理解我的想法和做法。"

"这个有必要吗？"

"真的，或许这座城市更需要你表达，而不只是要你揭黑和挞伐。"

10

一刻钟后，党益民领房东方走上坐落在开原高新产业园东南角的礼贤台。

登上礼贤台的九十九级台阶全由古老的大青石砌成，高台周围，松柏苍翠庄严，松柏高处，虬枝参天入云，俨然历史启示录一般。

刚刚登上一半的台阶，房东方已两颊潮红，娇喘微微。她站下来，斜倚身后的石栏，饱满的胸部迅速起起伏伏。她眉眼生香地四外顾盼，眼神中先前那种不容侵犯的冷，已隐匿不见，只留下绵绵软软的虔诚，温热得让人动容。

"怎么，娇小姐的身子啊？也是，只需要舞得动笔，又不需要荷锄南山。"党益民打趣房东方。

房东方盯一眼党益民，绵绵软软的眼神中极快地掠过一丝的嗔怒。她没说什么，些微的力气只用来娇喘了。

"你不觉得吗，单单是站在这儿，还没登顶，你呼吸的已不是空气，而是打历史深处远远氤氲而来的气息？"

房东方软软浅浅地一笑，算是回答党益民了。此刻日头西沉，橘红的斜阳将房东方渲染成了一个玲珑的暖人。

"要不要我搀扶你一程？"党益民眼神略带挑衅地问。

房东方轻轻摇了摇头，而后一鼓作气，往台顶攀登。

礼贤台上的佛寺叫开元寺，只住着一位住持，法号了悟。党益民与房东方并肩踏入山门，了悟师傅已合掌迎出门外。

"打扰，打扰。"党益民忙合掌还礼。房东方忙也跟着合掌顿首。

了悟师傅相邀到禅房喝茶。党益民诚恳地推辞了，只说改日再来叨扰，这次时间紧，只是走走看看。

转过佛寺，在一块平整的空阔地上，静卧着一大三小四块方石。房东方看看石面斑驳的方石，又看看党益民。

党益民指指近旁的一块碑刻。房东方走过去，石碑上字迹已漫漶，但仍能辨认出是汉光武六年所立，言孔子与子路、颜回被困陈、蔡时曾在此避祸。

孔子他老人家曾在此巨石上展卷冥思，柏拉图在古希腊爱琴海边思考他的理想国时，我们的圣人也在此忍饥挨饿地思考着他的理想国，创造着启迪千古的"和"思想。"来来，东方。"说着，党益民拉房东方坐下来，说："你闭目凝神，心间有没有时光穿梭、一越千年的恍惚感？"

房东方听从党益民，闭目凝神。金黄的晚风里，依旧微闭双目的她冲党益民笑笑，由衷地说了声"谢谢"。

党益民没问她谢他什么，也不去追究她要谢他什么。他很欣慰，至少他已明白，他没白领她走这一遭。

两人此后去了不远处的开原官窑博物馆。地方志记载，开原历史上盛产瓷器，尤其是明朝时，官窑遍地。

官窑是一个相对广义的概念。历代由朝廷专设的瓷窑均称官窑，所产瓷器称为官窑瓷。官窑瓷则又分为两大类。狭义的指朝廷垄断，专窑专烧的；广义的则是由朝廷设定标准，用窑不限，民窑也可烧造，最后由朝廷派专人按统一标准验收，合格的统一采办。

开原官窑博物馆，内辖一处瓷器已烧制好却没来得及出窑的官窑遗址。专家依照窑址规模、瓷器的正黄色彩、龙凤纹样等，断定这是一处由朝廷垄断、专窑专烧的官窑。

房东方不时惊讶于映入她眼帘的一切。她此时以为，明艳不可方物，与其用来形容摇曳在红尘中的明艳女子，倒不如用在这些姿态万方、静若处子的瓷器上，出神入神，更为贴切。

她为采访不止一次去过景德镇。景德镇瓷器更为细腻、通透，白如玉，明如镜，薄如纸，声如磬。而面前的这些北方的瓷器，则在细腻中张扬一种粗犷和威严。

房东方顾自笑了，她没来由地以为，南方瓷器是说吴侬软语、摇橹采莲的女子，北方瓷器就是手执铁板、唱大江东去的男子。

党益民捕捉到房东方这难得的莫名一笑了，他没问她笑什么，只觉心下也被她传染了，先前坠石般的郁闷之气稍稍冰释了些。

在制陶体验区，房东方在拉坯机前欣然坐下来，袖口高高挽起，纤细的双手挖起一坨揉好的瓷泥，放入大转盘内。转盘旋转起来，愈旋愈快。她借助拉坯工具，十指娴熟地将瓷泥拉成一个细颈长腰的瓶状瓷坯。而后拿修坯刀投入地修坯，将厚薄不均的地方修刮整齐匀称……物我两忘的她，像个有着天使之心的孩子。

党益民看呆了，直到手机响起。

是信息，丁超的："来29号。"

房东方也在党益民手机铃声响起的一瞬，停下手来。

"哦，对不起，忘乎所以了。"房东方跟党益民软软一笑。

"是有些晚了，没尽兴，咱们改天再来。"党益民指指旁边的水盆，说："水是我刚才新换的，赶紧洗洗手。"房东方说："谢谢"，并感激地冲他一笑。

党益民与房东方两人到达 29 号云水厅，丁超与赵碧玉忙站起来相迎。

党益民没先跟赵碧玉客气，而是望定丁超的眼睛。

赵碧玉明眸皓齿地笑着，打趣党益民，说两个英姿勃发的纯爷们，怎么整得跟一日不见如隔三秋的小女子那般了。

丁超哈哈一笑说："他在俺眼睛里寻宝呢。"

有几桌书画圈里的散客赵碧玉要招待，临出门时，她倒佯装拿糖作醋似的说一句："贵客的事，不便打扰。"轻轻带上门，出去了。

三人坐下来，丁超也不再卖关子，他告诉两人，首长的意思，一切以开原高新产业园区顺利赶在明年"十一"国庆前完工期为大局，"11·14"以葛海军意外跌伤结案，被征土地暂时以统一赔偿标准支付给杨继东。

两人不无惊讶地望定丁超。

丁超继续说："首长已跟杨继东谈过话，让他称病长期到北京住院，由傅传雄陪护。"

这样就能神不知鬼不觉？那块地说不定就有交易黑幕，还要正常赔付他？房东方软软的眼神中明显带有不可思议的冷。

从开原官窑博物馆出来，党益民将那块惹起纷争的土地指给她看了。那块地就在博物馆左前方，是未来休闲娱乐广场的中心地带，近50亩。她以为，杨继东绝不会脑残地留下这块地，建他的私人山庄。这是开原市委市政府的上马项目，他整个私人山庄在里面，既招摇，又格格不入，这一点他清楚得很，更比常人晓得厉害深浅，即便晚节不保，他也绝不会顶风而为。那他一准就是在以此为筹码，跟政府讨价还价。他真敢！他也真贪！而一个敢跟政府叫板的人，怎能听之任之？

党益民沉思之后，神情不无凝重说："让一个称病住院，让一个陪护在侧，权宜之计我理解。我更关心首长下一步棋咋走。"

丁超说："我也一样，更关心首长下一步棋的走法。"

"丑恶的一定要让他显形。"房东方说："好比老虎，一定要把它关进笼子里，不然，它会咬到人。"

党益民没有预期的畅快，而是在胸口那里再添一口愤懑之气。他说："不惩罚罪恶，我们谁都有一口恶气堵在心头，不宣不快。我相信，首长跟我们一样，甚至比我们更疾恶如仇。一个有智慧的官员，他的最高智慧，是让官场风平浪静。而在风平浪静下，他将更致力于让丑恶遁形。否则，这风平浪静的一派大好，就太不堪一击了。"

丁超目光郑重地点点头说："我想首长正有此意吧，外围张网对杨继东全面查摆。越是险棋越要慎重，首长也需要时间思前想后，拿捏轻重啊。"

此刻的空气似乎也凝重起来，仿佛有火星一点就着。"来来。"党益民到底先笑了，说："咱们三个终于为了一个最终的目标坐在了一起，况且首长这步临杀勿急的妙棋，也真可谓智谋万丈深了，理应庆贺。开酒吧，咱开一瓶茅台怎么样？"

丁超说："好。"

房东方说："我只喝红酒。"

于是，丁超、党益民各自端起一杯茅台，房东方端起一杯香格里拉，三人轻轻碰杯，一饮而尽。

"又一场戏，幕布拉开了，谁哭谁笑，我们作壁上观吧。"丁超说。

"杨继东哭啊，不是吗？"房东方眼神又动人地绵软起来。女人嘛，心思绵密，到底单纯。党益民倒为一向笔如刀、唇如枪、舌如剑的房东方，此刻不经意间显露的这一点单纯，心生怜惜。女人哪有不需要男人指点，不需要男人怜惜呵护的呢。

党益民接此话说："事情哪会有这么简单，官场上动一个人，往往就是在动一张交错如织的网啊。"

11

是夜，半瓶红酒让房东方睡意全无。

她躺在公寓床上，孤枕难眠。公寓中，只有她一个人，寂静得可怕。

市快报庄青山总编顾念她这个小校友，给她在"喜来登"租了个带双气的小套，一室一厅一厨一卫。她一个人住，绰绰有余了。

再说，她不喜欢无用的空阔，无用的空间会无端生出太多的寂寞，挥之不去。就好比一个人耕作，地块太大，难免抛荒，抛荒的地块难免空长荒草，无谓无用，徒增荒凉。到头来，荒草会盘踞沃野，寂寞会吞噬生活的勇气。

这个小套，小得刚刚好，所有家什信手可触，仿佛全都紧紧地跟她依偎在一起，知冷知热，贴心贴肉。

在前夫的大房子里，她跟那些首先有价然后才有名字的一应摆件们，从来就不曾有过这样无间的亲密感，依偎感，和冷暖相随的相伴感。

就说墙角花架上这盆细瘦的文竹，她近来睡不着时，就总看它，就总觉得它跟她如此同病相怜，细细瘦瘦的臂指努力向着窗口的阳光生长。

其实，她是个很容易满足的小女人，没有太大的理想，没有高不可及的追求，只想跟着前夫一世相濡以沫、不离不弃。他们计划好五年内不要孩子，一起打拼有房有车的幸福生活。不想，五年不到，前夫就跟一个风韵尚存的富婆姘在一起。他们是有房了，也有车了，直到那一天他们跟她迎面走来，她才恍悟，有房有车的幸福，原来都是她前夫奉献自己的身体和人格换来的。

她怎么还能若无其事地住在那样的房子里？不羞不臊地坐进那样的车里？她的前夫百般挽留她，甚至跟她下跪，反复说他只爱她一个，永远只爱她一个。并起誓说，他每次做爱都把富婆想成她，否则做不下去。他要她相信，他不为富婆的人，只为富婆的钱，有了这些钱，他才能给她有房有车的幸福生活。她苦涩地笑了，嘲弄地笑了，憎恨地笑了，可笑着笑着她哭了，痛哭失声。她跟前夫喊："为什么不早告诉我，早知道会这样，我不要房不要车，只要你。"

欢唱散场，很多时候竟就是一场来不及思量的悲情转身。她知道，明明白白地知道自己的心，无论如何再不能跟一个与别的女人日夜欢愉的男人同床共枕。婚一离，她跑出来了，四季的衣服，一只拉杆箱，一颗伤痕泪痕深沟浅壑似的瘦心。她从没想过她的婚姻会走到这一步，世事真是难料，人生真是无常。

她逃到开原这个城市中来了。她的导师也曾是庄青山的导师，他们的导师给庄青山引荐了她。得到好这个南方周末的首席记者，对庄青山来说，算是将遇良才。他不仅安排她进快报深度报道组，还超常规地给她租到了这个小套，容她在此安身立命。

她的确是憋着一口气呢，原本绵绵软软的一个人，她要重拾一个人的坚强，一个人生活的勇气，精彩工作，不负庄青山，漂亮生活，活给她的前夫看。

生活可真能百转千回啊。她接下"11·14"新闻追踪，一路剥茧抽丝地采访，不想却为一个斜路杀出的党益民，将其搁浅在他所谓的大局里了。

是对？是错？这样的问题，她第一次给不出自己想要的答案。

这个党益民，他居然这样举重若轻地就把他的意志强加给了她。在他面前，在他貌似有理有据有节的想法面前，在他霸道地领她去礼贤台、去官窑博物馆踏思面前，她居然感觉头脑中，那座固有理念的大厦里，有东西在齑粉飞扬。

他有办法让她信服他，让她听从于他的大局。

可以说，多数女人在政治上都是滞后的。尽管她当了南方周末的首席记者，似乎常在政治的格局里顾盼前行，而事实是，她从没有像男人那样真正透彻地了解过政治，像母亲贴切关心孩子似的关心过政治。

几天之间，党益民向她灌输的政治理念、政治智慧等，竟让她像个晚归的孩子突然撞见一路寻来的母亲一样，忍不住想流泪，瞬间满面挂泪。

从官窑博物馆出来，折回29号的路上，她曾问党益民这么劳心劳力、不计名利为的什么。

党益民一番思索后，认真地回答她，在修一条渠，源头在开原历史文化的深处，入海口在开原子孙的未来。这句话引她琢磨了许久。

黑暗中，她另想起党益民说领她踏思时的一句话来，眼神熠熠闪亮。

他说:"等你真正了解开原的历史,开原的文化,开原的思想,当一个血肉、情感、思想皆饱满的开原在你面前站立起来的时候,我不说你会爱上开原,至少你会更深刻地理解我的想法和做法。"

她的确更深刻地理解了他的想法和做法。她一向不屈从于谁,一向有自己的观点和主张。这次她却屈从于党益民了。不,是屈从于他跟丁超言谈话语行间字里渐渐铺展明朗的一个和合大局。她从不自己委屈自己,也从不任由他人委屈自己,这次,她却任由这样一个和合大局否决了自己。不想,否决,竟不自怨自艾。

夜波涛一样起伏起来,房东方一个人面对黑夜和内心,思绪纷纷扰扰,不觉已是深夜两点。怎么就了无睡意呢?这就是传说中的失眠吗?她还从没失眠过,但无论如何就是睡不着。手边没有安定药,她只好拿过床头桌上的一本《译文丛刊·在大海边》,翻读起来。

房东方不知道,此时的党益民也没睡,他跟傅传雄一起坐在傅传雄的保姆车里,陪傅传雄喝闷酒。

已是午夜时分,黑暗中,党益民骤然醒来,他的手机在响。他一惊,会是谁,这个时候还打电话?

媳妇抱怨他没关手机,气恼地翻个身,又睡去了。

他拿过手机一看,是傅传雄,他又惊了一下。傅传雄这时要跟他说什么?

他忙去了洗手间,将电话回过去。就听傅传雄那边说:"益民,出来一趟吧,我想跟你说说话。"

"哪里?"

"你们小区门口。"

傅传雄的保姆车里,傅传雄开了一瓶五粮液,支起的小桌几上,有一袋撕开的花生米。

党益民知道他那里发生了什么。但他认定,他傅传雄不一定就会说起那些已经发生了的。果然,傅传雄跟他抹了一把泪,说:"益民,我可能很长时间不能来上班了,我岳丈查出绝症,要去北京住院了。"

"什么?绝症?这么突然?"

心知肚明的党益民跟着傅传雄一惊一乍。不是虚伪，不是没原则，而是顾及傅传雄最后的尊严。毕竟同事一场，毕竟为着高新产业园区同心戮力过。

"是突然。你知道，老头子就我老婆一个女儿，也只有我去照顾他了。"

"假请了吗?"

"请了。"

"好，哥你放心，有啥需要，钱或车，只要你说一声，我即刻派人过去。"

"有兄弟这句话，哥就知足了。我这次这么晚还约你出来，一是给你说一声，二是这两年咱哥俩搭班子，哥有做得不对的地方，你多担待，一笑而过。"

"哥，你看你今天尽客气了。两人搭班子，锅碗相碰，哪有不出声的时候? 兄弟年轻两岁，不懂事体的地方多，还请哥多担待。来，咱兄弟俩今晚喝的是交心酒，所有的磕磕绊绊、叮叮当当，全付笑谈。"

党益民知道傅传雄在喝闷酒，或者也不为喝酒，就是有话想说说。他一方面听傅传雄违心地说东道西，一方面暗中把摸着这个特别场面的节奏，不至于让傅传雄醉倒。

喝完一瓶五粮液后，傅传雄晕晕乎乎睡着了。党益民深知他内心极力掩盖难以说出的苦痛，尽管清楚他犯了错，错不可赦，却仍不忍心叫醒他，揭穿他，就也将就着陪他睡上一觉。

凌晨五点时，傅传雄惊醒过来。党益民被碰到了，就也被惊醒。

一脸倦色的傅传雄有些尴尬，他探寻的目光在党益民脸上小心逡巡，最终问道："哥出丑了吧? 没乱说什么吧?"

"哥压根酒没喝多，能出啥丑?"睡眠同样不足的党益民冲傅传雄一笑，而后放低声音说："外人不知道的，还以为咱们在此搞车震呢。"

这玩笑，让各怀心情的两人忍不住哈哈大笑。

12

日子开始如春水一样平静。这个冬天，少雪，日头暖暖地打在脸上，仿佛一个转身，眼前已是一片青枝碧叶的新绿。

这就是一切入轨的节奏吧。

房东方开始采写开原高新技术产业园系列解读，开篇《项目落地：上海传媒巨头挺进开原》。稿件刊发后，市快报一天之间提升 10 个卖点，开原上下也反响强烈。

这个开篇，党益民读着读着，触绪纷至沓来，三百多个曾经被他见证过的日日夜夜，那些交织的甘苦，杂陈的五味，突然一股脑儿填满了他的心头眉间，令他心潮翻腾，眼睛潮红。

他拿过电话，打通庄青山的手机，说："果然，不愧是南方周末来的。"

庄青山明白党益民的意思，于是说："能被益民弟夸赞，我替东方高兴。我们市快报不敢说挖人家南方周末的墙角，只能说捡漏捡到南方周末了。"

"老哥理应给予人家表彰啊，口头的或书面的。"

"益民弟这个提醒及时，我们考虑。"

"这么优秀，你老哥要多多关照。"

"益民弟忘了，先前你不是说要替老哥关心一下她的吗？"

"这个可以有吗？"

"这个可以有。"

一问一答，惹两人在电话中貌似心怀不轨地大笑。

党益民以为，由他给庄青山一个婉转的提醒是应该的，他至今不清楚房东方为何屈就于开原快报，这样至少能在背后给她一点支持，也不枉她为了他的所谓大局做了一次"委曲的成全"。

放下庄青山电话，党益民发信息给房东方："第二篇写什么？"

房东方："《五大园区：开原借新老文化试水国内传媒》。"

党益民："好，拭目以待。"

接着跟进一条："需要材料，欢迎打扰。"

房东方："谢谢那次踏思，不然不会有这电光石火的灵感。"

党益民："就不谢谢我？"

房东方："不该你谢谢我的吗？"

党益民："哦，是吗？那今天晚上 29 号见，怎么样？"

房东方："先记一笔账好了，这也是一种让人受用的富有呢。"

最后，党益民想表示一下关心，刚编写好"这日子好静"，不想一个不留心点到了"发送"，原本还想说"忙时井然、静时自然"来着。

房东方那边已回复："让嫂子投一粒石子进去。"

党益民笑了，轻叹："这小女子，怕她要误会什么了。"他自嘲地一笑，放下手机，没有解释。

晚些时候，赵碧玉给房东方打电话，邀她到 29 号聚聚。见上三五面，赵碧玉倒与房东方成了朋友。赵碧玉欣赏房东方绵软、温婉、典雅，像从古典画里走出来的一样。她委婉地邀请过房东方，做她古典系列画《惜》的画模。

房东方嘴上客气，说："我不入画的"，心下一点余地不留地拒绝。她实在不喜欢抛头露面，更别说赵碧玉以画的方式，将她置于大庭广众之下了。

房东方不知道，赵碧玉成为全国知名画家后，无论是作画，还是待人接物，就没再求过人。这次她却想求求房东方。画家为着心中的某一次灵感作画，如同导演为自己看中的某一部戏寻角，心里是先有一个模样的，也许模糊不清，也许伸手可触。但很多时候，竟是踏破铁鞋也不一定就觅得到。倒是不经意间，迎面走来或刚刚擦肩的某个人，让他们眼前一亮，心上一惊，不就是他（她）吗？心中原有的模糊不清，或伸手可触，瞬时全在"这一个"的脸上或身上，惊鸿一瞥般的乍然显现。如一首曾风靡网络的百字令《见》：见，惊艳，就那感觉。

如此难觅的"这一个"，赵碧玉怎愿意不做做努力就错过呢？

房东方倒也体味到赵碧玉的盛情了，拒绝做画模，可她不想拒绝做朋友。到一个新的地方，她也需要有个朋友。她觉得，她跟赵碧玉，只是模样的差别，胖瘦的差别，她瘦些，赵碧玉丰腴些，别的地方倒有很多相同相似相通的。比如，都爱安静，再闹的场合中也愿守住一份安静。还有眼神和性情中都有一种绵软，只是她的绵软中带些冷，赵碧玉的绵软中带些硬。或许是身为记者的缘故，许多新闻事件需要她冷眼观望，辨识善恶美丑。赵碧玉或许离异久了，一个人生活，一个人撑着她的事业、她的生意，这个世界难免有深沟高垒要她对峙，她需要坚硬。

其实，朋友不就是需要声气相投吗？

房东方进入 29 号 B 区，依照赵碧玉提示，直接去了赵碧玉在此布设的一处闺房，推门而入，一股清淡的茶香袅袅绕绕而来。赵碧玉已泡好一壶茉莉花茶等她。

"听说妹妹喜欢茉莉花茶，姐姐特意泡了一壶，来，品品是不是你喜欢的味道。"赵碧玉起身迎房东方坐下，而后给房东方斟了一小杯，放在精巧的茶盘上递过来，手腕上的玉镯滑出来，轻轻触碰茶台，清脆有声。

"姐姐真是个可人的细腻人。"房东方说，而后接过茶盘，缓缓放在茶台上，素手端起青花小杯，小小地呷了一口，问道："是龙井茉莉对吧？"

"妹妹好懂茶哦，正是龙井茉莉。能问妹妹为什么特别喜欢茉莉花茶吗？"

"或许就是一种要命的小资情结吧，读过宋代诗人江奎的《茉莉》诗：他年我若修花史，列做人间第一香。怕是中了他的毒了，喜欢得紧呢。"

"姐姐也看过一句，说是茉莉花茶有一个美誉，'在中国的花茶里，可闻春天的气味'。姐姐以为，妹妹身上多的是古典、温婉的气息，软软亮亮的眼神，却似点亮春天的新绿，一下把妹妹也点亮了。妹妹总说自己不入画，这是一个女子身上最入画的景致了。"

说着，赵碧玉先自笑了，说："你看看姐姐，这才三两句话，就又不知不觉地做起说客来了。喝茶，喝茶。"

157

山雨欲来

房东方也软软地陪着笑了，说："妹妹哪有这样好，是姐姐高看了。"

"妹妹是没发现自己的好哦。"赵碧玉说着从身旁拿过一个封面精美的软皮本递给房东方，说："妹妹看看，给姐姐提提意见。"

这正是赵碧玉邀房东方做画模的那个古典系列《惜》的速写素材。房东方小心翼翼翻开，第一幅图映入眼帘，她一下就怔了，感觉有东西霎时钻进心里了，掠获了她孤傲的意志，要她心悦诚服地投诚。

赵碧玉的《惜》，古典而静美的画境，借自余秋雨那段美得令人窒息的情话：炊烟起了，我在门口等你。夕阳下了，我在山边等你。叶子黄了，我在树下等你。月儿弯了，我在十五等你。细雨来了，我在伞下等你。流水冻了，我在河畔等你。生命累了，我在天堂等你。我们老了，我在来生等你。

第一幅：炊烟起了，我在门口等你。一窈窕轻盈的女子，着一袭窄条盘扣高领旗袍，齐刘海，两条麻花辫光滑地垂在胸前，轻倚竹篱柴门，略带一丝惆怅的眼神绵绵软软地远望，画面一角柴房上炊烟轻轻袅袅地随风飘散。因为是速写，更多的是线条式的意象、意境，浅浅淡淡的铅粉色，更增加了画面的安静、淡远，和女子等待爱人晚归的切切深情。

赵碧玉为何将她这个系列叫作《惜》，不用相问，这画面便让房东方懂了。等与被等，爱与被爱，那种一爱就是一生的守望，一遇便一生不弃的珍惜，跃然画中，破画而出。

赵碧玉看到房东方眼睛微微红了，忙递纸巾给她。房东方想起她不久前刚刚结束的婚姻了，原先也是不离不弃的样子，五年不到，就劳燕分飞了。不知道是爱不够坚忍，还是现实太过残酷。

房东方不说，赵碧玉也不便问。几乎每一个女子灵肉深处都有一方小小的心冢，主人不打开，不问就是最大的尊重。

感觉有些失态了，房东方对赵碧玉软软浅浅地笑笑。这时，赵碧玉的手机响起来，她拿过来接起，是丁超。电话中丁超问："在哪儿呢，我们在云水这儿。"

"没预先说一声啊。"赵碧玉说。

丁超说："预先没时间啊，刚刚跟益民才决定的。妹妹这边是不是不便打扰啊？"

赵碧玉嗔怨地笑了，说："妹妹哪有不便的时候，只怕哥哥们眼高，不睬这儿了。"

就听电话中党益民使坏地嚷："别担心，大哥不睬，二哥睬。"

13

赵碧玉与房东方一起走进云水厅，丁超与党益民同时瞪大吃惊的眼睛。

赵碧玉微微一笑，说："怎么，我俩成姐妹，你们就这么不可思议了？益民，我待会儿要好好灌你几杯，谢你将东方这么个温婉玲珑的妹妹带给我。"

"不用谢他，我们该遇见的，早晚会遇见，只怕不会是这样逼宫的方式而已。"房东方话冷，眼神却温热地软着。

党益民心照不宣地笑了，说："看看，看看，我就说嘛，这里会有人不承我的情，果然是这样啊。"

丁超也心照不宣地笑着说："要我说，人家确实不该承你的情，别倒打一耙啊。"

赵碧玉有些云里雾里了，她好奇起来，说："有故事啊，说来听听，别唯独让我做局外人？"

房东方就将事情的前前后后简而言之地说了。赵碧玉听了，向着房东方说："妹妹，今晚咱俩同盟了，这个党益民一向霸道得很呢，咱灌醉他得了。"

房东方拿吴侬软语应："好，灌醉他，听听他的醉话是不是还一样霸道。"

"好好，我待会儿醉给你看，醉话说给你们听，做好记录，立此存照，别到时候空口无凭。"党益民陪着两位闹。

四人说说笑笑，酒菜上来，党益民率先拿过酒瓶，说："今晚这个酒就我安排吧。"说完先自斟一个满杯。

丁超说："这就是要喝醉的节奏啊。"

党益民说："我也想在你们面前醉一次，看看我醉后会倾吐什么样的真言。"而后给丁超满上，说："我先郑重声明，下面所说都是肺腑之言。这第一杯酒，我要先谢谢我的老哥，就这几天就帮我顶了很多事。"

丁超痛快，一饮而尽。

房东方与赵碧玉两人坚持喝红酒。党益民给房东方满上说："第二杯酒，我谢谢东方，在'11·14'新闻追踪上我委屈你了，在高新产业园这个系列上，你又帮我大忙了，千言万语都在酒里了。"

房东方委婉地推脱，说："红酒要品，不要喝，真这样大杯地喝了，就红酒不是红酒，女子不是女子了。所以党主任这么倒酒，我是听话地喝了它呢，还是你怜香惜玉地一任我和姐姐品酒呢？"

党益民忍不住笑了说："这般说，我要让你全喝了它，我就既不懂红酒，又不懂怜香惜玉了。好好，我一向是怜香惜玉的，这个酒，你品下半杯就好。"

房东方轻浅一笑，缓缓喝下半杯，将杯放下。她不愿多喝酒，以往这样频繁地在酒桌上应酬，很少有过。她想少喝酒，少说话，自设一个角落，静静观望就好。

"第三杯酒，我谢谢碧玉，我们的叨扰不分时间，你的招待却一样周到。"

赵碧玉佯装幽怨地望一眼丁超，说："益民他偏心，只说我招待周到，不知道我为他一句话做了多少努力。"

丁超忙说："这个我证明，碧玉为你那个产业园艺术家村的迁入，已跟不少书画家沟通过。为扩大影响，明年艺术家村整饬一新，她还准备在那儿办一次全国范围的书画展，她自己的选题计划也已明朗。"

"噢？"党益民吃了一惊，说："我党益民该罚，你们都在对我唱爱的奉献，我一声'谢谢'也太讨巧了。这样吧，我自罚一杯。"说完自斟一杯，一饮而尽。

三人为党益民鼓起掌来。在酒场上，丁超与党益民都是酒中的君子，不挑肥拣瘦，也不推三阻四。迫不得已的场儿，就是喝坏肠胃，也不退缩。工作上，生活上，都是痛快人，都是关键时刻能冲上去的人，紧要关头敢顶事的人，首长能特别赏识他们，原因就在这里。

当初市里人事调整，党益民任市委组织部党建办副主任一职，他原本没太高的期许，想着组织部内部来一次官场例行的推磨式的新老更替，晋升或平推，他只听凭安排。首长让丁超通知他去他办公室一趟，他也没敢想就是人事变动的事。

他问丁超何事。丁超说不知道。他有些忐忑了，再问："首长有啥特别安排，会是你老哥不知道的？"丁超认真说："这个我还真不知道。"他跟丁超开玩笑，说："首长该不是提我做他秘书吧？"丁超依然认真地说："这样咱哥俩并肩作战，我求之不得。"

党益民第一次心上七上八下起来，他不让丁超放电话。他说："老哥，我这心上，咋跟小媳妇初上花轿似的，扑腾得紧呢。我搞过外遇没？"

丁超说："这个你知道。"

党益民说："我没有。"又说："我贪污过没？"

丁超说："这个你也知道。"

党益民说："我没有。"完了说："我一没搞过外遇，二没贪污过，我还怕首长找我谈话吗？"

丁超在电话中笑了，说："你赶紧过来，别小娘们儿似的磨叨了。"

王维华书记在休息间等党益民，等他坐下来，没有铺垫，直接问他这次市里人事调整他有没有啥想法。

原来是这事，党益民心下反而坦然起来。他不能说想，那样王书记会让他谈想法。他也不能说不想，显得他不求进步。他老老实实说，一切听从领导安排。

王书记就问党益民，在开原招商这一块，他一向有没有特别的想法。党益民就有些明白了，王书记主抓经济，找他谈话，目标特指市招商，又在市里人事调整非常时期，这正是派任务给他的兆头，只是不清楚是一个什么样的岗位。

赶在中国中部产业带隆起这样的历史节点，沿海产业"双转移"

这样的难得机遇，近年市里的招商动作一直很大，重大项目落地频传捷报，产业集聚区建设一直风生水起。王书记在这一块锐意进取，大刀阔斧，魄力大，力度大，成就也大。两年间，开原市、县都建起了产业集聚区，在品牌落地上，在对外贸易上，在人员就业上，在城市GDP提升上，开原市在全省竖起标杆，备受瞩目，来此观摩学习的，一拨一拨，络绎不绝。

这些党益民都看着呢。酒桌上也都在谈，他就也谈过。要说特别的想法，他还真有过，那就是借文化招商。

党益民一向以为，文化是一笔藏富于开原的最雄厚的不动资产。文化产业是朝阳产业，也是未来产业发展方向。文化是思想软黄金，也是经济软实力，是一方百姓的精神凝聚，也是一个城市经济的新增长点。开原借文化招商，是文化强市富民的一种突破，也是这个即将跻身为二线城市的中部文化名城生态发展、绿色发展的一个方向。

党益民一番沉思后，没跟王书记谈起这些大道理，他很谨慎地说："我想谈谈文化招商的想法。"

王书记似很感兴趣地望了他一眼，示意他好好谈。

他谈了两点，第一点谈开原底蕴深厚的传统文化，从古都文化谈到礼贤台圣人文化，谈到明代官窑瓷器文化，而后谈到新时期开原书画文化、艺术设计、动漫设计以及木雕、泥塑、刻瓷等民间文化。第二点谈了近年异军突起的国内文化创意产业现状。

"有目标吗？"王书记问。

党益民明白王书记的意思，说："我有一个校友，章莘生，也是丁超秘书的校友，在上海博大传媒董事会。校庆时我们聊过，他们一直有进军内地的打算。"

"好，尽快做一份方案给我。"

两天后，党益民将一份操作性很强的方案递交王维华书记。

五天后，市里公布人事变动，他被免去市委组织部党建办副主任职务，被任命为市招商办主任。

他也曾经疑惑过，一份方案就换得一个市招商办主任？他问丁超，丁超说："去谢谢你们部长吧，你们部长给首长汇报工作，能拿出来的就是一些书，而那些书常常是你们党建办的工作汇编。"

党益民就明白了，王维华书记一直在关注着他的每一位属下的成长。他很庆幸，他的努力进取更近距离地进入了首长的视野。

开原高新技术产业暨文化创意产业园区的招商，始终在王维华书记的支持和领导下，三百多个日日夜夜，虽困难重重，却也有条不紊。项目签约当晚，王书记喝高了，第一次在属下面前把自己喝高了。他手上加些力道，拍拍党益民，拍拍丁超。党益民和丁超都明白，那是赞许，是激励，也是嘱托。无声胜有声，何须言语。

这晚的这场酒，是场闲酒，无事一身轻，四人就这样边喝边聊，聊到很晚，最后，就都有些高了。

醉了的党益民抱紧赵碧玉《惜》的速写素描本，目光专注地盯在房东方脸上。

微醉的房东方不无挑衅地问："我脸上有画吗？"

党益民说"有，你在《惜》里。"说着，党益民给房方东举举赵碧玉的速写素描本。而后，他喊丁超，喊赵碧玉。

丁超醉眼惺忪地问："什么事？"

党益民坚定而郑重地说："我要抱抱《惜》里的房东方。"

丁超说："抱吧，人前抱是友情。"

"好。"党益民说着站起身，脚下约略跟跄着走向房东方。他伸手拉起惊怔中望着他的房东方，轻轻拦她入怀，嘴唇轻轻点过她的额头，说："你分明弱水似的一个人，怎么能这样软，又这样冷。"

房东方幽幽咽咽地哭了，泪水滑过抽动的腮颊，滑过党益民纯白的棉衬衫，仿佛一场疾风骤来的山雨。

14

两处空心村随最后一批居民搬离，妥善入住安置区，艺术家村的改造和艺术家们的认租被提上日程。

这天下午，党益民约上丁超、赵碧玉、房东方四人驱车到两处空心村转转。透过车窗，远望被搬空的村子，颓败，破落，疑似失心的人群，了无生气。

村子深处，沿街堆满草垛、柴垛、渣土堆、砖瓦堆，一些早已成为历史的拴牛桩、拴马桩、石碾、石磨仍这里那里地沉默在原地。淡淡的朽腐霉烂之气在空气里四处弥散。

赵碧玉拿袖头轻掩鼻息。

"怎么，大失所望？"党益民笑问。

赵碧玉实话实说："有点儿。"

"老哥，你呢？"党益民转向丁超。

"空心村嘛。不过，还是有点出乎意料的破落。"丁超说。

"东方，你以为呢？"

"是破落。"房东方点点头，转而她说，"世界上有许多艺术之都都是在废墟上建立起来的，如德国的艺术之城卡塞尔，新西兰的世界装饰艺术之都内皮尔等。国内目前有影响的北京宋庄艺术家村，某种意义上说，就是在空心村上崛起的。"

党益民眼神一亮，笑着摸一摸房东方的手说："知我者，东方也。"又说："当初对这两处空心村改造，构想正来自于北京小宋庄的崛起。"

北京小宋庄，指北京郊区通州宋庄镇小堡村，是20世纪90年代初一批"北漂"中的美术工作者的一大发现。那时的这里是北京郊区的郊区，民宅院落价格比现在便宜许多，陆陆续续便有很多美术工作者漂泊到此，立业安家，久而久之，艺术家们越聚越多。

如今这儿的美术艺术已从农家小院经济发展成为艺术品工业园区经济，生活在这里的艺术家已超过5000人，大大小小的美术馆、画廊有上百家，艺术工作室4500多个，每年举办艺术展览活动上千场。现在的中国宋庄已驰名中外，成为国内外具有影响力的艺术群落。

党益民转向赵碧玉，问："怎么样，碧玉，有没有信心将这两处空心村打造成开原的'小宋庄'？"

"我是不是要先泼泼冷水？赵碧玉说得有些迟疑。"

"可以。党益民鼓励她说。"

"对这个艺术家村，一些书画家们很认可，他们是想借助某种影响力或噱头提升自己的一批。另有一些，圈里已有了个人影响力的，好像对这一块不是太感兴趣。"赵碧玉说。

"有理由吗?"党益民问。

"一些理由是，这个艺术家村属政府行为，可能或多或少导致艺术功利起来，让艺术不再是为艺术而艺术。真正的艺术家，他们把艺术看得很纯粹，艺术就是艺术行为，纯粹属于个人，属于精神，属于艺术，理应是自由的，不被左右的。"

党益民肯定地说："这个这很正常。发展中，尤其是视艺术为生命的艺术家，持怀疑、观望态度，很正常。"

党益民一向以为，发展不是赌气，而是一团和气地前行。任何一项事业的发展，无一例外，都是靠的团队，而不是个人，都需要举团队之力，而不是靠个人逞英雄。一个团队，难免各有观点，各有态度，发展之初，就是要给人怀疑、观望的时间和权利。而那些怀疑和观望的理由，恰恰是发展要补足的短板。

发展的车轮是靠众人推的，但方向的把摸是属于决策者的。车轮的前行只要力量，找准前行的方向却要智慧。这是因为车轮的前行已有了方向，而方向指向哪里，常常需要在迷茫中探求和发现。实践终会证明，理解和包容正是决策者的领导智慧，发展的杂音终会淹没在主流的强音里，直至销声匿迹。

"做给他们看，怎么样?"党益民看似征询赵碧玉，实则是在给她建议。

这就是党益民的智慧，化不可能为可能的智慧。他提议，由赵碧玉对从两座空心村到艺术家村的构想先作画，鼓励别的艺术家也投入构想。

"我试试吧。"赵碧玉说。

党益民笑说："把"吧"字去掉，说"我试试"，是不是自信多了?"

赵碧玉朗朗地笑了，说："这就是你党益民吧，说话从来就像加压打气，从来就没有不可能的时候。"

丁超接电话说市委有事，得回去。赵碧玉说一起吧。党益民让小张送丁超、赵碧玉他们回去。这边房东方以不解的目光望定他。

党益民跟车里的丁超和赵碧玉挥挥手，说："我和东方还要继续转转，她的第三篇系列解读我已替她想好了，就写《艺术家村："小宋庄"的异地构想与呈现》。"

夕阳衔山时分，党益民跟房东方在阴阳山上的望贤亭中坐下来。

阴阳山是一座海拔 400 米的小山，一条公路劈开两座空心村，尽头便是。这座山开原人私下里称它阴阳山，一半土山，一半石头山。土山向阳，叫阳山，石头山背阴，叫阴山。土山植被茂盛，常年绿意葱茏，石头山则像被人剃了光头，光头濯濯的。

党益民告诉房东方，地方志载，阴阳山实则叫太极山。古人以为，万物负阴而抱阳，冲气以为和。这种在正道上的有序运动导致了太极的诞生。太极就是"一"，它诞生于混沌从无序运动转向有序运动的那一时刻。太极一诞生，随后而来的就是天地的出现。天地就是"二"。天气下降、地气蒸腾，二气相合，其结果就是人的诞生。人就是"三"。"三"也包含万物生灵，人是万物生灵中最灵者，是它们的总代表。随后世界万物在阴阳交互作用中世代交替，保持种群和数量的平衡。"负阴而抱阳"表示出了"阴"为"阳"的基础或前提的意思。

想想真有意思，看看这小山的样子，叫"阴阳"真贴切，叫"太极"又多辩证。党益民感叹先祖们的智慧。

"开原真文化。"房东方由衷地说。

"是呀，包括我们现在所处的这个望贤亭。"党益民随手拍拍望贤亭斑驳沧桑的亭柱。

房东方孩子似的称快起来，说："我知道，望贤亭就是站在这儿，可以望见礼贤台，是这样吗？"说着起身瞭望。

"望到了吗？"

"望到了，台上的开元寺，和周围的苍松翠柏。"

"可以走进赵碧玉《惜》里了吗？"党益民不失时机地问。赵碧玉把说服房东方做《惜》画模的任务交给了党益民。

房东方缓缓坐下来，低下头，陷入沉默。

"勾起伤心事了？能跟我说说吗？"党益民言语温热。

似乎是许久，房东方抬起头，眼神怅惘地望着远方的远方，轻说"对不起，我不是拒绝碧玉姐，怕负了她。"

"怎么这样说？"党益民语意极尽真诚。

"我这会儿的心是空的，没有了那个让我想拼尽一生痴痴守望到老的人……我怕心中太多的沉痛忧伤外化在脸上……这样，周身散发出来的气息，不是《惜》里的女子应该有的。而这些，是对《惜》的亵渎。艺术需要献身，但不是凭热情就能够的。"

房东方的担忧不无道理，这个党益民理解。赵碧玉的这个系列，是个多重创作。余秋雨创设的唯美意境，赵碧玉作画的独特视角，房东方对《惜》里的女子为爱不改痴守的精准演绎，这是三者在情与境上美到极致的呈现，任何欠缺，都会让《惜》失之毫厘。

一幅画，相较于别的艺术作品，或许更取决于一秒钟之间的那惊鸿一瞥。在艺术上，一秒钟效应，就这么残酷。

"能说出来吗？这些东西总是要丢掉的。要不，怎能好好生活？"

房东方依旧低头不语。党益民陪着她沉默。

许久，房东方低低诉说起来。她说："我从没想过，某一天我会离开他……从没想过，我自己追求来的婚姻，会如一碗掺杂沙粒的米饭，让我如此难以下咽……"

她诉说着自己，时过境迁，那些不曾远去的痛，让她边诉说边无声地幽咽，直到后来，她再也说不下去。她无声地哭着，仿佛有一条悲伤的河流在她的身体里决堤。

党益民感觉到自己无心的残酷，他轻轻揽过她，借她一副肩膀，由得她哭。这个世界，不可能有另一个人代替她哭出来，一个人的悲伤不可能被另一个人代替。他能做的，就是借她一副踏实可靠的肩膀，任她被自己的泪水一点一点淹没。

夜色浓重起来，阴阳山整个被如絮的夜幕笼罩其中，凉气袭人。山下的开原市，在不远处，华灯绽放，一派安静祥和。

15

这年元旦小长假，七八个自称中央美院的学生来到开原，辗转联系到房东方，要一起看看开原高新产业区的艺术家村。

房东方打通党益民的电话，说明情况。

党益民爽快地说："好，我这就过去。"

党益民邀上丁超、赵碧玉，三人到达村中，正碰上这拨二十来岁胸前挂着相机的青年学生迎面走来。他们正拥着房东方谈笑着什么，被青春簇拥着的房东方，此刻也笑靥如花起来。

"这么高兴，你们在谈什么？"党益民笑问。

"想不到，他们要租住咱们的艺术家村，作为他们的创作基地。"房东方笑意轻快地说。

而后，房东方跟党益民、丁超、赵碧玉一一介绍这些中央美院来的学生。双方摸手，而后继续在村子里边走边看边说。

"怎么知道这个艺术村的？"丁超问走在这拨大学生前面的年长女孩子。

女孩子再次跟丁超自我介绍，她叫谭维维，在网上看了房东方老师的文章《艺术家村："小宋庄"的异地构想与呈现》，就一路慕名而来了。

"这两处空心村的环境，我们还有待改造升级。目前这个现状，让你们失望了吧？"党益民试探着问。未雨绸缪的这段时间，党益民已敦促园区建设指挥部对两处空心村进行环境治理，主要是清除垃圾，清洁路面，清理空下来的每处院子、屋子。

谭维维爽快地答："没有啊，我们看了房东方老师文章中提及的礼贤台、官窑博物馆、阴阳山、望贤亭，还看了开原市的其他古迹以及城市面貌、交通，很多新发现出乎我们意料。村子里的环境的确有待改造，而这些草垛、拴牛桩、石磨等，这些最原始的乡风乡貌，正是我们看重的。"

签约是一个星期后的事，谭维维陪同她的导师一行五人来到开原。出外考察的王维华书记让党益民代他转达了谢意和敬意，并代他在签约仪式上郑重签约。

就这样，两座空心村中的一座，作为中央美院的一处创作基地，整个被认租了去，租期十年。

王维华书记特意嘱咐，来的多是学生，讲原则，也要讲人道，租金压到最低。"理应看到，他们身上具有无限的潜力和可能，他们未来的影响力，将成为开原难以估量的财富和力量。"

"我愿意。"房东方给党益民信息。

党益民明白她的意思，说："好。"

"我被你和《惜》鼓舞到了。"

"好！又及：好好快乐！"

房东方一手抚在心口那儿，那儿在砰砰跳荡。

其间，房东方一边跟赵碧玉共同创作《惜》，一边采写开原高新产业区系列解读。第四篇文章为《艺术家村：开原"小宋庄"的梦想与未来》。上网文章配发了中央美院学生们的摄影作品，及开原高新产业园五大园区 3D 规划图片。受益于网络铺天盖地的传播和影响，此后，不断有外地艺术家慕名来到开原艺术家村，洽谈租住事宜。

元旦过后，原本沉默的艺术家村，景象异常地繁盛活跃。开原的艺术家们坐不住了，纷纷认租余下的院落。这块手边的蛋糕，他们缺位的话，缺的怕不仅仅只是口福了。

党益民打电话给丁超，说路越走越明朗了。

丁超说："也越走越宽了。"

"艺术家村的兴起，无疑可作为其他园区的发展借鉴。应该好好总结一下，递个发展报告上去。"

"首长一定希望看到。"

"好，我这两天就赶出来，递上去。"

"这就是发展的魅力吧，总能于无声时听惊雷。"

"是吧，总在行到水穷处，峰回路转，柳暗花明。"

跟丁超通话期间，党益民听到有电话打进来。放下丁超的电话，看到未接来电，党益民一惊，是傅传雄的老婆。

他忙打过去，就听傅传雄的老婆着急地向他求援，说："益民兄弟，你快来吧，传雄的母亲犯了急性阑尾炎，这就要手术。传雄到晚上才能到家，我一个人已六神无主了。"

"好，好，嫂子暂且安心等一会儿，哪家医院，我这就过去。"

傅传雄跟他老婆都是独生子女，此时的杨继东在北京"住院"，守寡多年的傅传雄母亲在市医院急等阑尾手术。他们两口子还真是分身乏术。

司机小张临时有事，党益民一个人驱车赶往医院。见到被剧痛折磨到几乎脱形的傅传雄母亲，他眼圈红了，一面安抚老人，一面去药房划价拿药。

送傅传雄母亲去手术室的路上，党益民攥紧老人的手，像个儿子似的安抚她。老人眼角流泪，眼神感激地盯紧党益民，嘴唇剧烈抽动，说不出话来。

傅传雄从北京赶回开原，到达医院，已过午夜十二点。家里有上学的孩子要照顾，党益民让傅传雄的老婆先回家了。这事也不好麻烦小张，他便一个人留在医院，守护老人。

傅传雄推门进入病房，看到党益民攥紧他母亲的手，睁大眼睛，强打精神，盯紧输液瓶。他什么也没说，走到党益民身后，一把拥紧党益民，竭力压抑着痛哭流涕。

党益民疲倦地笑笑说："兄弟嘛，都是应该的。这样，你坐车也很辛苦，先休息一会儿。待会儿我撑不住了，叫醒你。"

傅传雄坚决不肯，说自己在车上睡过了，让党益民赶紧回家休息。

党益民也坚持说，自己得留下来，老人手术输液，怕这一夜要输到天明，一个人还真盯不住。"就这样吧。"党益民说得不容置疑，"嫂子也忙，你一个人怕顶不住，明天找一个陪护过来。"

"这样，你先休息，我盯着，盯不住就叫你。"傅传雄也说得不容置疑。

党益民就不再坚持。他起身，将傅传雄母亲的手交到傅传雄手里，嘱咐他别撒开，说医生反复叮咛，病人还是半昏迷状态，要防止她的手乱抓，以免抓掉某根保命的管子。

傅传雄点着头应，眼泪无声地流了一脸。

党益民囫囵着将自己放倒在另一张床上，想到手机要调到震动，打开来看，不知何时已调到静音了，他忙改为震动。手机有几个未接来电，他键开看看都是谁，没有丁超和媳妇的电话，他放心多了。当初决定让傅传雄老婆回家去，他跟媳妇通了电话，媳妇虽不乐意，倒也没百般阻拦。

信息有一条，是条彩信，房东方的。他键开来看，刹那间，身体一震，眼睛一喜，似有某种异样的气息，霎时穿透机屏，强烈地攫住了自己。

那是赵碧玉古典系列画《惜》的第一幅《炊烟起了，我在门口等你》。

画中的"房东方"，轻倚竹篱柴门，一袭白绿窄条的盘扣高领旗袍，包裹有致地裹紧她窈窕轻盈的身段，两条麻花辫光滑地垂在胸前，齐整的齐刘海遮挡着她白皙光洁的额头，略带一丝惆怅的眼神绵绵软软地望住眼前伸向远方的小路，玫红的夕阳将她涂抹成一个心中只有远方的暖人。柴房上炊烟轻轻袅袅地在画面一角随风飘散。整幅画，弥漫而来的气息静谧、幽远，却让人感觉到，画面背后似有海在日夜起伏。

党益民不知道是佩服赵碧玉作画时独特的捕捉能力，还是动容于房东方弱水似的温婉静美。此刻心上，像有一种柔软，水一般在他的身体里破闸而出。

许久，他想给房东方一个回复："被守望的那人该多幸福。"看收到信息的时间，在六个小时之前，他闭上眼睛笑笑，作罢了。

16

翌日，党益民拖着倦乏的身体从医院出来。傅传雄先是送他到电梯口，接着又送下楼，直至送他到车上。

他说不出傅传雄哪儿有点怪，但就是感觉怪怪的。他没问他发生了什么事，而是问："杨继东主任身体怎么样。"

傅传雄说："还好。"

他歉疚地说："一直忙，没能去看看。等闲了吧，闲了一定去。"

傅传雄说："不用惦记他，没大事。"

党益民又说："回吧，老娘身边不能没有你。这样，等晚上，或哪天，咱哥俩坐坐。"

傅传雄说："好，你工作忙，多珍重。"

党益民向傅传雄挥挥手。傅传雄上来一把摸紧党益民挥动着的手。

出了医院，党益民直接回单位，一路上他总觉得哪儿不对劲。傅传雄不在家，他能帮着照顾一会儿老人，同事嘛，称兄道弟的嘛，于理，这是应该的。傅传雄心存感激，表达谢意，于情，这也是人之常情。傅传雄这次怎么就这么显愧怍呢？就这么像有话要说呢？

回到办公室，他给自己泡了杯茶，坐下来，想冷静些想想这事。思前想后，仍想不透。他便拿起电话，拨打丁超的手机。

丁超听过党益民的分析，说："这样，你打电话问问仁丰，看外围对杨继东的查摆进行到哪一步了。"

放下丁超的电话，党益民即刻给张仁丰打过去。张仁丰很肯定地说："就要收网了。"

"杨继东那儿有没有异常反应？"

"我想应该有，网口越来越紧，他会感到呼吸困难。"

"严重到哪一步？"

"双规是必需的。"

"好，你忙吧，保持联系。"

事情不便问得太多，党益民及时挂了电话。他稳稳情绪，再给丁超打过去。

丁超问："怎么样？"

党益民说："要收网了。"

丁超说："也要防备他咬人。"

不想两天后，丁超给党益民电话，说首长要见他。他心上突然有一丝不祥的预感，让他异常紧迫起来。

"节外生枝了。"丁超说。

"杨要咬人了？"党益民问。

"是啊，他这会儿牙齿怕是最锋利的时候，否则没机会了。"丁超说。

"艺术家村发展报告今天递交还合适吗？"

"合适。"

王维华书记在他的休息室里等着党益民。等党益民坐下，王维华书记将一杯茶水推给他，直接问："丁秘书都给你说了吧？"

党益民点点头，说是。

"省纪委调查组明天进驻开原，调查开原高新产业园项目。你那里没事吧？"

党益民很肯定地说："我明白您的意思，请您放心，在这个项目上，我绝对没有过出格的动作。就是在这个项目之外，也没有过。"

"好，我信你们。做官就应该做这样的官，经得起风浪，经得起查摆。清廉，自然长久。贪腐，只会昙花一现。"

"是，我谨记在心了。"

"还有事吗？"

"有。"说着党益民把艺术家村发展报告郑重呈给王书记。

"鼓是鼓，锣是锣，我这边招待他们调查，工程建设不能停。"

从王维华书记那儿回来，党益民感觉脚步还是沉重。他没想到，都到这步田地了，杨继东还要做这样的挣扎，鱼死，还要拼得网破。

手机信息提示音响起来，党益民键开看看，是范小惠。

范小惠："敬爱的木头，听说你这次真的是木头开花了。"信息末尾还跟了个顽皮的笑脸。

党益民不接她的话茬，只说："枯木逢春还发芽呢，何况壮心不已的木头。"

范小惠："快快报上来，是何样一个女子惊艳到了你。"

党益民："您老真美国得可以啊，他们搞全球监听，您老搞越洋过海的监视。"

范小惠："呵呵，人家目光长远啊。"

党益民也跟她呵呵，回：穿过地球的你的眼。

第二天，省纪委调查组进驻开原，第一个谈话的对象，竟是王维华。

丁超给党益民信息："怪!"

党益民："怎么说?"

丁超："剑锋直指首长。"

党益民："杨玩极限了。"

丁超："是呀，这次够狠。原本首长想宽大一次，给他一条退路。"

党益民："或许东方说得对，老虎不关进笼子里，他就要吃人。"

项庄舞剑，意在沛公。显然，这次杨继东是借开原高新产业园项目，剑指王维华。

省纪委调查组跟王维华书记谈了一上午的话，同时专人审计了开原高新产业园项目。下午传出消息，产业园在用地上暗藏"粗放用地"现象，已越出用地指标，所以暂停项目工程进程。

这消息，在党益民听来，不啻平地惊雷。最大的一场山雨来了，林风怒号，响声大作。

党益民清楚得很，开原高新产业园区项目用地已足够谨慎。王维华书记常说，规划的节约，就是最大的节约。所以规划之初，本着节约集约用地宗旨，开原多次对高新产业园区用地规划进行科学论证，为此出台文件，做出刚性约束。推进标准厂房建设，向"空中"要地。充分利用废弃厂房和空心村改造，拓展土地。发挥市场配置作用，高效用地。鼓励二次开发利用，盘活用地。

开原打造这样一个战略性新兴产业园，目的就是为全市人民打造一处用地少、附加值高、规模大、链条长、拉动力强的朝阳产业基地，引得来外地人，还能留得住本地人。

要说产业园在用地上暗藏"粗放用地"现象，老实说，这么大的盘子，很难规避。事实是，目前在建的五大园区，均依托已有单位用地，最大可能地拓展了产业用地的区位空间，确已做到了地尽其利，地尽其用。

百密一疏啊。

党益民心里堵，跟丁超通电话，问："首长怎么样？"

丁超说："清者自清。"

党益民略作迟疑，还是又问："首长的动作只限于咱开原方面对杨继东的外围查摆吗？"

丁超也显犹疑，终说："不见有别的动作呢。"

党益民心情沉重地说："老哥，我还真难受。"

丁超说："静观其变吧。"

17

这边刚宣布工地停建，上海方闻到风声，董事会的章洛生，就是丁超与党益民的校友，便给党益民打来电话。

"怎么回事？"章洛生问，显然很焦心。不等党益民解释，便又说，"这边高层很震惊。"

党益民原本还想说"一言难尽"。这种事，像家丑，不便外扬不说，也确实不是三言两语就冬瓜葫芦说得清的。可这事，真不让上海方明明白白，人家也不干。怎么说，还真让他进退维谷。

依他的意思，坦诚相待，没必要遮掩。可毕竟牵连到王维华书记，他觉得有必要请示一下，便压低声音说："我在会上，会后给哥哥打回去。"

章洛生痛快，直接说："我打给维华书记好了。"

章洛生那边挂断电话，党益民即刻拨打丁超的手机，把这事讲给他。

"有必要请示。"丁超说。

"那我等老哥电话。"党益民说。

"好。"丁超应。

党益民牵挂着停建的工程，一个人驱车去了工地。远远望见林立的塔吊停转，心里不是个滋味。

葛海军已回到工地，吊着个膀子这儿走走，那儿看看。见到他的车，忙过来搭讪。

"越是这样的时候，责任越大，要看管的也越多，勤走动点。"党益民殷殷叮嘱。

"党主任请放心，我葛海军在，工地就在。"葛海军"啪啪"拍着胸脯，跟党益民保证。

党益民想笑，葛海军整得跟电影镜头似的，类似一个侉子国军跟头头保证，说"有我在，阵地就在"。

葛海军不侉，他是憨厚。他出院后，党益民安排他的老婆也来工地了，说是照顾他方便，实则安抚这对老实本分的夫妻。

其间，葛海军找过党益民，反复申辩是有人要害他，要毁工地。党益民严厉告诉他，只是意外。要他别多想，也别乱说，养好身体，安心工作。

这一停建，或许三五天，或许就十天半月，只好放工人的假了。工人一走，整个工地，塔吊停转，各种机器停转，原本的繁忙，原本的熙攘喧闹，几个小时不到，声迹销匿，一片狼藉，一派萧条。

党益民不觉眼睛潮了。

他一个人走着去了两座空心村。空心村的环境治理也停了下来，没及清除出去的垃圾堆，让人身心不爽。

这是开原未来的艺术家村啊。"唉！"党益民长长的一声喟叹。

手机信息提示音响起来，他键开来看，是房东方。房东方问他："你还好吗？"

房东方在担心他，他的心暖暖地一震。"不好啊"。他回复，"男人也有需要安抚的时候。"

房东方回复："来吧，来体验制陶，飞转的泥坯总有一刻，会让你物我两忘。"

他没想到，房东方正在官窑博物馆，就在咫尺之外。

两分钟后，党益民到达博物馆制陶体验区。看到他，房东方一惊。

"心有灵犀吗？"党益民笑问，笑里难掩苦涩。

"还开得玩笑，证明你心情还好。"房东方边说边示意党益民坐她对面。

党益民坐下来，袖子高挽，笑说："老师，学生初次体验，要手把手教啊。"

房东方带着围裙，正在专注地修理一只壶形泥坯。她忍不住一笑，说："做不好，是不是还要打手背？"

房东方双手是泥，一缕头发垂下来，遮了她的脸，她甩甩头，似不舒服。党益民伸手帮她捋到耳后，自然而然。

"没想你还是个暖男。"房东方跟他相视一笑。

"你知道吗，上高中时，女同学喊我木头。"

房东方似被惊到了，抬头望他，问："是吗？为什么？"

"我不解风情啊。"

"可你很解风情啊。哦，我知道了，你那时不想解风情。"

"是呀，解风情是要资本的。"

"现在资本足了，不仅解风情，还很懂怜香惜玉了。"

党益民不由得哈哈大笑了，说："东方，你是很懂男人呢？还是很懂我？"

房东方也笑，说："我不是更懂男人，也不是更懂你，而是更懂你做的事，你做事的心怀。"

"我们知己，是不是？"党益民由衷相问。

房东方一手将修坯刀放进党益民的右手，一手拉过党益民的左手，轻插进泥坯口，说："好好学，不然打手背。"

虽认识不久，党益民在房东方心里，却似个久别重逢的人，温暖，亲近。她常会无缘无故地觉得，她曾经跟党益民熟人似的告别过，或者因为她任性，或者因为已太熟悉。她作别了他眼里的山明水秀，作别了他杯中的日月与星光。如今，他们在陌生的路上遇见，在转山转水后重逢，她好想向前拥抱，对他说，哦，好久不见。

她眼里的党益民，是一个海一般的男人，心怀情怀，海一般的浩瀚。

其实，也不止房东方一个人这么以为。党益民一向是一个有能量的人，较一般人拥有超然的自信和倔强的韧性。他使命感很强，一旦有承担，就不容易改变。他睿智，再山重水复，他也能找准出口，给人柳暗花明的转机和愿景。他坚忍，困境从不会让他轻言放弃，他总能凭借超常的毅力，举重若轻。他大度，有时大度得没边没界，那时他表现出的那种潇洒，那种飘逸，那种自由奔放，常让人自叹弗如。他身居要职却不倨傲，更不把自己独立于社会之外、人群之外，因此他多朋友，不乏君子之交。他常说人都是有私心的，抛开私心，谁都不是十恶不赦。所以就连傅传雄，一个常说跟他尿不到一个壶里的对手，他仍能兄弟一样出心相助。

赵碧玉说他霸道，实则是他会照顾人，照顾场面。他会照顾场面，有他在的场面，酒多了，话多了，难免铁马干戈，最终会由他调适到一团和气。他会照顾人，照顾男人的面子，照顾女人的情绪。他外表不折不扣的刚毅，内心也可以如女人一般纤细。

"工程停工，你心里一定不好受。"

"是呀，我都想脆弱一会儿了。"

"那就脆弱一会儿吧。"

党益民没有脆弱，也没再要笑，而是很认真地向房东方倾吐起他此刻纷杂的心情。他说："这个产业园区，从一个念头，到一个落地的项目，整整三百个日夜，吃过苦，受过罪，看过白眼，听过热讽。最终，我们还是把它争取到开原来了。还真像恋一个女子，竞争者那么多，各有资本，各有关系，到最后赢得美人归时，再看自己，真的是已拼尽全力。它从上海远嫁到开原，就是这样涉山涉水，涉险涉难，老实说，我早把它视作亲人了，工作中有，生活中有，时间中有，生命中有。它突然搁浅在这儿了，鲨鱼搁浅了似的，那么庞然大物的一个家伙，要怎么救？因为不是我一个人的事，枝枝节节那么复杂的牵连，我一时还真迷茫，真困惑。我还从没自问过怎么办，可这会儿，我想这样自问一次，怎么办呀？"

党益民眼睛潮了，继而有泪滑过他刚毅俊朗的脸。

房东方心上一软，什么也没说，揩干手，给党益民擦泪。党益民一把摸紧她伸过来的手，轻遮脸上，隐忍着啜泣。

丁超打来电话的时候，党益民与房东方再次登上阴阳山，坐在望贤台上，瞭望不远处被笼罩在万家灯火中的开原市。

"在哪儿呢？"丁超问。

"在望贤台上望贤呢。"党益民说。

"有雅致。"丁超说。

"好见贤思齐啊。"党益民说。

紧接着，党益民问："首长怎么说？"

"首长坦诚相告，双方求得共识。"

"共识是什么？"

"首长只这样说，我们只能这样等。"

"工程何时能复工？"

"也要等。"

"有对策吗？"

"首长跟杨通电话，要给他最后的尊严。杨要死磕。这边材料已呈纪委。收网就在这两天。"

鱼会越窒息越挣扎。

18

从阴阳山回来，党益民将房东方安全送回住处，在车上给张仁丰打电话。他问："严重到什么程度？"

张仁丰答："近两千万。"

党益民重重地舒口气，不是轻松，是沉重。他又问："傅传雄陷没陷进去？有多深？"

张仁丰很肯定地说："陷进来了，不过不深，只查出了他鼓动群众上访一事。"

党益民一喜："问怎么说？"

张仁丰说："在这一点上，老家伙还算明智，很护亲人，几乎没让老婆和女儿女婿参与过什么。倒是把司机害惨了。"

"材料已呈递中纪委？"

"是。当初看首长不想这样做，像怕家丑外扬，查摆的步子一直放得很慢。"

"首长仁慈，顾念他耕田拉套了一辈子，想尽可能地让他软着陆。"

"他跳得太急了。"

"不自救，谁也救不了他。"

挂断张仁丰的电话，党益民即刻拨打傅传雄的手机。他问："老娘恢复得怎么样？"

傅传雄答："还好，等拆了线就可以回家了。"

"陪护在吗？"

"在。"

"好，你出来一下，咱俩见个面。我的车就在医院门口。"

十分钟后，傅传雄上了党益民的车，两人去了阿庆嫂茶楼。在二楼清雅阁，党益民点了一壶傅传雄爱喝的祁门红茶，要了几样小茶点。

看党益民一脸平静，傅传雄反而有些不安了。他警谨地问："兄弟一定有事，说吧，哥能做的，一定不含糊。"

党益民将一杯温暖的"祁门红"推给傅传雄，说："兄弟也不绕弯子了，跟哥直说吧，杨继东主任涉嫌严重违纪，材料已呈递中纪委，可能这两天就要接受组织审查。"

傅传雄惊得睁大眼睛，目瞪口呆地望定党益民。"怎么会这样？不是吧？"傅传雄说话的声音都抖了。手抖得去摸杯子，却摸不住。

党益民简而化之把事情说给傅传雄，说："哥，今天兄弟想跟哥推心置腹地谈谈这事。杨主任的事，哥幸好只参与了鼓动群众上访。想多争取些赔偿，这点私心可以理解。甚至为哥这一点私心，兄弟替哥庆幸过，不说咱保全了党性，最起码咱没有触犯法律的行为。跟哥搭班子这两年，兄弟看到了，哥也是个享乐型的人。能够享乐，钱啦，权啦，哥根本不放在眼里。哥说话难听点，对人漠然点，不就是哥想功和利咱都可以油盐不进吗？"

傅传雄趴在桌上，呜呜大哭起来。党益民碰碰他的胳膊肘，递纸巾给他。

此刻傅传雄说不出话来，党益民继续贴心贴肉地说："哥，我知道

城市上空的麦田

你震惊，也难受。可以让咱欣慰的是，老头子还有这样一条底线，不让咱陷进去，他倒是还护家，护嫂子和你。人都是有感情的，当初王维华书记也没想置他于死地，一直想给他留有最后的尊严。他不罢手啊。"

傅传雄不再哭了，他擦干泪，不可思议地说道："我说怎么突然这样怪，他要去北京住院，得由我陪着。我当时就感觉有些别扭，可就说不出来是哪儿。我以为事关征地那事，在那事上我的确犯错了，现在才知道是这样。早两天我影影绰绰听老头子跟司机商量事，我听到他们提及省纪委。那几天，他们俩神神秘秘地说事，总想避开我。老母亲手术，我赶回来看你跟个儿子似的照顾在身边，我就想把征地的事、他们神秘说事的事，都告诉你，也顺便问问明白。唉，兄弟，都怨哥没活明白啊。"

傅传雄说完又压抑着痛哭起来。党益民拍拍他的肩膀，说："哥，咱还有挽救的办法，要不哥听听？"

傅传雄哑着声说："兄弟是为哥好，你说，哥一定听。"

党益民神情郑重地说："哥劝老头子投案。"

傅传雄难为起来，说："哥怕老头子，怕了一辈子。"

党益民坦诚相告："这是老头子最后的救赎了。况且哥是帮他自救。"略作停顿，党益民又说："我也不想让哥先站出来检举他。那样，哥不仅要失去老头、老太太的信任和疼爱，更严重的是嫂子和孩子会抱怨你一辈子。哥，你就试试规劝一下老头子吧，别把什么都搭上。"

傅传雄迟疑一下说："好，我试试。"

党益民将傅传雄送回医院，回到家已是午夜。媳妇和闺女早睡下了，他放轻了脚步，去了趟卫生间，然后折回客厅，在沙发上躺下来。家里早供暖了，房间温度高达22℃，他拉条羽绒被盖在身上。

媳妇有轻度失眠症，这个点儿惊了她的困，她就无法再睡着了。每次这样晚回来，他都自觉地睡沙发。可今晚，他躺下来，无论躺得怎样舒服，就是睡不着。

等音讯的时间，是最煎熬人的。党益民等傅传雄的电话，他不问结果如何，只想赶快等来结果。

等了近一上午，电话接了不少，就是没傅传雄的。感觉很久没去29号了似的，也快下班了，党益民便先自去了29号。打电话给赵碧玉，她说在阴阳山下找灵感。打电话给房东方，她说跟赵碧玉一起在阴阳山下找灵感。党益民马上想到，她们在忙着赶作品，该是《惜》的第二篇《夕阳下了，我在山边等你》。这还没夕阳西下呢。这会儿的灵感，岂不是日之将午，我在山边等你了？他还真想跑去看看房东方在山边等人的样子，等傅传雄的电话太让他焦心，所以作罢了。

他独自在云水厅坐下来，唤服务员给泡了壶"熟普洱"。他喝下半杯的浓酽茶，而后打电话给丁超。丁超说："午饭聚聚？"

党益民说："好，我就在29号。"

二十分钟后，党益民听到门响，抬起头，丁超信步而入。

不见赵碧玉和房东方，丁超赶紧打电话。赵碧玉说："不回来了，跟东方在阴阳山下静等夕阳西下。家里有服务员伺候着，就请两位哥哥愉快用膳吧。"

两人就在小间里坐下来，要了两个菜，两份面，边吃边说话。

党益民就把跟张仁丰打电话和跟傅传雄见面的事说与丁超。

丁超说："至少咱做到了仁至义尽。"

党益民问："中纪委有消息吗？"

"最迟晚间。"丁超轻叹一声后又说："老头子孤注一掷了。"

"玩火自焚。"党益民说，随之一声重叹，又说，"如果傅传雄的规劝有效了呢？我问过，他也后悔，因为明摆着，中纪委参与，等于杨继东没了退路。"

丁超稍稍沉默后，方说："这好比狼为吃了羊自首，早已劣迹斑斑，这一动作于事何补？意义又有多大？"

"会不会简化省纪委撤销查办高新产业园的程序？"

"这有可能。既然高新产业园被查出暗藏'粗放用地'现象，这个或许要给省纪委一个合理的解释才行。"

"这个是自然。我相信，首长比咱着急。"

"网络这一块要盯紧，避免扯起葫芦带出藤。项目不怕查，停工咱耗不起。"

两人简简单单吃好饭，略作休息，各自上班。党益民刚进办公室，傅传雄的电话来了。"情况怎样？"他急迫地问。

"老头子说他已做好准备。"傅传雄说。

党益民问："什么准备？"

傅传雄说："老头子不说。"

"唉。"电话中，党益民叹出声来，"知天命的人了，却还精明一世，糊涂一时。"

19

当晚，为等丁超所谓的消息，党益民睡不着，坐在床头，翻阅卡耐基《人性的光辉》。

媳妇睡着不容易，就着灯光给闺女织毛衣。媳妇婚前也是饱满多汁的花儿一样的一个人，是时间残酷，还是自己让她太过操劳，此时眉蹙深处，失去了昔日的光彩。

党益民轻轻揽过媳妇，亲了亲她的腮颊，心上涌起些暖意和愧疚。

时间走过 22 点，仍不见丁超的信息。媳妇先睡了，怕惊到了她的觉，党益民轻手轻脚下了床，一个人去了书房。

丁超的信息在 23 点后发过来，简单三个字："落马了。"

党益民还是忍不住问："双规了？"

丁超："是。听说最后一刻，他还在托中纪委的关系。这边带他的人到了，他一个电话刚放下。"

党益民："他说他准备好了，这就是他的准备，伸手被捉。"

丁超："准备好了？"

党益民："傅传雄劝他投案，他说他准备好了。问他什么准备，他闭口不谈。"

丁超："政治需要智慧，这一点我毫不怀疑。但政治智慧，显然是建立在沧桑正道上的阳谋，而非假公济私、以权谋私、中饱私囊的阴谋。"

党益民："正义正道为阳，丑恶罪恶为阴。谋正义正道为阳谋，弄权擅权为阴谋。"

丁超："如同太阳与阴暗，太阳下，任何的阴暗都藏不住。"

党益民："这是一定的。"

丁超："颠扑不破。"

党益民："政治也需要韧性。"

丁超："政治韧性，这个说法好。"

党益民："政治韧性，绝不是杨继东们那样的执迷不悟，而是政治舞台上谋正义正道者的愈挫愈勇。王维华书记算一个。"

丁超："同为舞台，政治舞台和戏剧舞台有所同，同为七情六欲的人，上演的戏善恶美丑难说没有雷同。可政治舞台和戏剧舞台又有所不同。戏剧因是'虚'，难免多些游戏性的放任和浮夸；政治因是'实'，务必多些刚性的不容撼动的约束和管制。"

党益民："政治舞台上，一个官员，心怀党性和使命，风浪面前就能愈挫愈勇；亵渎党性和使命，滑到歧路，越陷越深，最终会自掘坟墓。"

这晚，尽管做了心理准备，丁超和党益民两人还是被杨继东双规的消息惊到了。说不出那是怎样一种心情，同事多年，又是前辈，难免为他心情沉重，心口郁闷。他们睡不着，通电话怕惊扰到家人，便信息交流到深夜。

第二天上午，党益民刚到办公室，就接到了丁超的信息："我和首长去省城了，向省纪委说明'粗放用地'情况。"

党益民："等你们的消息。"

丁超："可能是好消息，也可能是坏消息。"

党益民："总归是在努力。行至水穷处，坐看云起时。"

虽然还不知道是怎样一个结果，此刻党益民的心间，还是感觉有东西被点燃了似的，令他振奋起来。他放下手机，"哗"地拉开窗帘，灿然的阳光透过玻璃窗照进来，房间里顿时一片明亮的暖。

昨晚天气预报说有雨夹雪，天还这么晴朗，一点不像有雨雪的样子。然而，党益民还是不敢疏忽，觉得有必要去工地看看。

刚要走，接到了傅传雄的电话。"益民，哥想见见你。"傅传雄声音喑哑地说。

党益民赶忙说："哥在哪儿，我这就过去。"

傅传雄在市上海路养心茶楼的致远间等着党益民。党益民刚推门而入，傅传雄便迎上来，抱住他，失声痛哭，说："兄弟，我傅传雄无地自容啊。"

党益民拍拍傅传雄的肩，说："哥，咱坐下说话。"

一天不见，傅传雄消瘦许多，头发凌乱，胡须没刮，眼睛通红。傅传雄坐下来，愧疚地对党益民说："你救了哥，兄弟，以前哥得罪你的地方，你多原谅。"

党益民摇摇头，说："哥，你尽客气了。兄弟一直以为，要工作，还要能得一帮兄弟，到老了能一起玩的兄弟。陶朱之富，哪胜兄弟一场？我一直感觉，自己是个有福的人，现在就有一帮这样的兄弟，相扶相持，掏心掏肺。哥，你一直是我这样的一个兄弟。都是凡人，谁能无过？坦诚相待，都能一笑泯恩仇。哥，兄弟既然认你这个哥了，你说吧，我能出面帮的，一定帮。"

傅传雄眼睛又红了，说："兄弟，哥求你在王维华书记面前替哥求求情，老头子倒了，两个妈，老婆孩子，我都得照顾，也只有我照顾着了。王书记宽大为怀，我不求保全职位，至少保留公职，可以吗？"

党益民说："好，哥放心，结果如何我不敢说，这样的提请我一定说到。"

送走几欲崩溃的傅传雄，党益民心如坠石，腿如灌铅。不知什么时候天已开始转阴，黛黑的浓云铺满天，远处，天低下来，紧压着光秃秃的树梢。怕真要有一场酣畅的雨夹雪，骤然袭城。

党益民一个人驱车去了工地。拉开那么大的一个摊子，雨雪骤降，怕葛海军两口子还真忙不过来。

党益民赶到工地，找到葛海军，这两口子正在扯展雨布，遮盖上千袋砂灰。党益民忙加入进来，搬砖头，压实周边。

干着干着，起风了，风狂乱地掀起刚刚盖好的雨布。党益民朝葛海军两口嗳大喊："先压实雨布的北边和西边！"等雨布北边和西边压实了，雨也下来了，先是雨点，接着雨点越下越密。葛海军对着党益民喊，快去工棚躲雨，快去工棚躲雨。党益民不肯听，坚持把雨布的东边和南边也紧紧地压实。等三人躲进工棚，雨下得更大了。

党益民在工棚门口站下来，看着密密的雨幕，庆幸这上千袋沙灰盖得及时。此刻，手机响起来，键开看，是赵碧玉。

赵碧玉那边很急："益民，在哪儿？"

党益民心上一紧："说，别急，慢慢说，我在工地。"

赵碧玉说："正好，东方被雨隔在阴阳山望贤亭，我走不开，你去接她。"

党益民说："好，好，我就去。"说完挂断电话，跟葛海军要了两件雨衣，向他的车跑去。

在车上，党益民打房东方电话："现在在哪儿？"

房东方声音一喜，轻说："在望贤亭。"

党益民说："等着我，去接你。"

上午房东方与赵碧玉一起登阴阳山，在望贤亭上小坐休息。午间回去，房东方想拿出 U 盘赶稿子，发现 U 盘不见了，想想是落在望贤亭了。一路找来，果然在。随后想下山来着，雨就大起来。

党益民来到山脚，把车在山下停好，穿好雨衣，拿好给房东方准备的雨衣，一步一滑地上山去。望贤亭建在阳山上，阳山是土山，但下山的台阶，全是来自背靠背的阴山的石头。下雨后，台阶很滑，幸好路两边扎有铁索做扶手。这还只是雨，若飘起雪，天这么冷，上了冻，更是难走。

党益民登到半山腰，雨中开始飘雪了。他迫使自己加快步伐，等艰难地站到望贤亭，盯着冻得缩在一角的房东方，他大口嘘气，说不出话来。

党益民猛然出现的那一刻，房东方惊得起身，眼神惊喜而又抱歉地望着党益民。

"这是不是《惜》的又一个版本，雪初落了，你在山上等我？"党益民终于说得出话来，他不忘跟房东方开着玩笑。

房东方望着党益民笑，山上冷，原本过于白皙的脸冻得发白，唇

城市上空的麦田

发紫，不时打着牙战。

"冷？"党益民边问边走过去。

"不冷。"房东方打着牙战说。

党益民笑了，说："东方同志，你是坚强呢，还是跟我善意地说谎？"

房东方也笑，身子也有些发抖。

今天的房东方穿了件裸色裹到脚踝的长款羽绒服，搭条酒红色手工编织的羊绒长围巾。

"傻瓜，围巾要裹在头上才保暖。"党益民说着霸道地将房东方的围巾解开，帮她裹在头上，系在脖颈下，说："这样，有没有系住温暖？或许还有感动和幸福？"

房东方楚楚可怜地笑。党益民笑着戏说："告诉赵碧玉，她的《惜》一定要加上这一篇：雪初落了，你在山上等我。一定要用作最末一篇，因为终于等到了嘛。对，你就是现在这个样子，软软亮亮的眼神，楚楚可怜地笑，任我这样将温暖、幸福都给你紧紧地系住。"

房东方眼睛红了，大滴大滴的眼泪滚落腮边，挂在唇边。

党益民笑说："天真冷，看把你的眼泪都逼出来了。好，咱这就下山。"说着，快速帮房东方把雨衣穿好，将雨衣的帽子戴上，帽带系紧。

此刻，雨小起来，雪大起来。"风雪交加了。"党益民说。

下山的路果然滑了，石阶上已有存雪。"小心点，抓紧我。"党益民一手揽紧房东方，一手抓紧护栏上冰冷的铁索。他反复叮咛房东方，每一步都要这样，脚下感觉踩实了，再迈下一步。

态　度

无论事情如何开始，重要的是用什么样的态度迎接结束

　　刘大禾喝多了，这才三个酒，"一高一低一稳定"，他舌头就大了，嘴上打着诳语"靠，咱这里面……"他苦着脸，拿手划拉着微微隆起的啤酒肚道，"咱这里面，像爆玉米花，翻江倒海，铁水奔流。"

　　难怪他翻江倒海铁水奔流，好好的，一丁点的征兆没有，他"10·12"专案组组长的官帽被摘了，"正科"说免也给免了。他这会儿是高台上跳水，栽深了。这不，在主妇酒家二楼的聚义厅，他的几个贴己在拿56度的"金六福"给他排毒。"这好比足……球场上，你玩命地跑铲传带，弄得腰子疼，连喘气都疼了，'嘟'，哨儿响了，红牌，你领了红牌！黄牌警告，红牌罚下。春水一江……啊，皆白流。"

　　"哥哥，罚下不怕。"跟刘大禾坐挨边的耗子神情严肃地摆话，"咱等他再把……把你罚上场！"他也有些高了。

　　"少忽悠我，倒酒，倒酒。"刘大禾瞪着兔子似的眼珠子示意耗子。

　　刘大禾，外号"刘大喝"，往常斤把白酒不带醉的。他老婆侯红红常跟人叨他，说就是把她老公装酒缸里，泡上三五天，缸都把不住醉了，她老公都还清醒得跟佛似的。但看今天这架势，她老公还真不行了，酒量提前触底。刘大禾又抖抖索索地端起一杯酒，嘴巴哩哩啦啦地唱道："美酒飘香……不言愁……"

　　"来来，老刘，喝，老哥陪你一起喝。"跟刘大禾坐对脸的老黄端

起酒杯，在转桌上亲热地磕两下，话刚落地，一个仰头，一杯酒已经下肚。

"痛快!"看啥都已在摇曳的刘大禾连说"痛快"，而后也来干了一杯。

刘大禾把朋友分为四等。第一等，能为你办事而不坏你事的。第二等，能为你办事也能坏你事的。第三等，不能为你办事也不坏你事的。第四等，不能为你办事却坏你事的。耗子跟老黄绝对是他刘大禾一等一的朋友，关系近到只差换老婆睡了。

刘大禾刚把酒杯搁转桌上，"吱呀"，门响了，长得跟嫩藕瓜似的女服务生推门而入。女孩子礼貌有加地把菜放在转盘桌上，正要走，被刘大禾一把拽住，"报……报上菜名来。"女孩子吓坏了，她新来的，做起事来还涩得很。"大叔。"她怯怯地叫了一声，刚要报菜名，就见刘大禾眼神立起，冲她厉色嚷道："我有这么……老之将至吗？去，叫你们老板娘来，问问她咋调教的服务生。"女孩子开始抹眼泪了。刘大禾更恼了，大手一划拉，三五个无辜的盘子、杯子随即在坚硬的地板上，碎成花瓣。

响声很快招来了老板娘。刘大禾刚一瞧见老板娘，便满嘴喷着酒气嚷："报个菜名还能难……死？""哥哥，您多原谅，怪我调教不周。"说着，老板娘打后面推了女孩子一把，示意她报上菜名。那女孩子便强颜欢笑报上来，"您好，这道菜叫'干煸鸡杂'。"刘大禾眼神又一竖，不依不饶了"为么不是'干煸牛鞭'？"这边，老黄私底下碰碰老板娘，说："我兄弟今天心里不畅快，你多担待。"老板娘听了点点头，随后嘴角可爱地咧着冲刘大禾道："没奈何，哥哥，今天屠宰场杀的全是母牛。""哈哈，哈哈，"即刻，一屋子的笑声此起彼伏地荡漾开来，连刘大禾也跟着笑起来，笑得眼圈都湿了。他大手搁脸上一划拉，说："靠，我哭了？"

一波平息后，刘大禾湿着眼睛将又一杯"金六福"一饮而尽，此后杯底儿朝下，嘟囔一句葛优的广告词："这叫杯空了，福满了。"众人被逗得流出眼泪，而他那里严肃地盯住众人道："可我怎么就被义无反顾地拿……下了？"说完放下酒杯，跟穆大叔似的摇着手指，嘴里继续嘟囔，"可没啥……大不了的，就像个乖学生，那会儿铃声一响，我'上科'了；这会儿铃声又一响，我'下科'了，上上下下的感觉……"

"我亲亲的哥哎。"耗子此时冲刘大禾叫起来，叫完朝老黄吐出的一串烟圈指去，说："看，那像什么？"大鸭……蛋！刘大禾答。答完他眼睛突然一亮，脑门一拍，说："高，你耗子高，老头子都滚了，老头子的遗臣岂不也得土豆下山，跟着滚……蛋？"哈哈。老黄他们再次差点笑喷。再看刘大禾，依旧大手一挥，说道："好比小媳妇走道……嗯，直走到这一步，我容易吗我？何况咱早不靠他了，咱早已一步……一步靠近我党我军……我中华人民共和国！"

"别憋屈了，哥哥。"耗子涎水拉拉地应承，"弟弟帮你查他个水落……石头出。到时候作祟者，哥哥你剐了他，食肉寝皮。"

旁边的老黄却说："兄弟，快别说了，你睡觉靠的不是枕头！"他是心里清楚，他差一点也就跟刘大禾一样被不明不白给"潜规则"了。

自从刘大禾被"拿下"以来，他老婆侯红红麻友不约了，街不逛了，下班就回家，还颠颠地像个使唤丫头，烧他爱吃的东坡肉，煲他爱喝的带鱼紫菜汤，而且那边餐桌上摆齐备了，这边才喊他上桌。北方数九寒天的，冷，晚饭桌上她还给他煮两盅儿小酒，变着法儿地哄他胃口开开，多下饭菜。也是，夫妻本是比翼鸟，老公仕途上正遭遇"官灾"，日子不同往常平和了，她这半拉翅膀再柔弱，也得帮他撑着平衡。

当初接到刘大禾被"拿下"的信息时，侯红红正在市倾城街上的兰蔻美容馆跟几个好姐妹一块做精油卵巢护理。当天上午，同事周姐跟姐妹们一再推荐，说这是时下女性护理的新主张、新革命。"人家美容馆苏老板说的就是在理，别看时下不少女人为了美在搞这样那样的革命，革人的命，被人革命，可革来革去，还是黄脸婆。为什么？没革到命的根儿！左右女人美丽的命根儿在哪儿？卵巢！为什么那么多女明星40岁、50岁了还美得像少女？她们除了用对了化妆品，还懂得卵巢保养。"周姐挺神秘地说，"人家苏老板还说了，男人为啥敢撕破脸地找情人？不就是在家里守着老婆还性饥渴？不错，女人既要顾工作，还要顾家庭、孩子等等杂七杂八的事，整天被弄得丢三落四、五迷三道，可怪谁？怪工作？可不工作行吗？怪老公？男人就是个外头人，外头那么多的事不应酬行吗？怪孩子？可你生下来的，你掉的肉你不疼？怪来怪去，怪自己没把自己放在心上，没顾得心疼自己，没顾得打理好自己的生活。想想也是，咱女人干吗不心疼自己？男人挣工资，咱也挣工资，他们吃喝、足疗、玩保龄、高尔夫，咱干吗不舍得吃穿？不懂得享受人生？可话又说回来，不就是因为不舍得不懂得，咱女人才比男人老得快吗？男人越来越像枝花儿，咱们早已是豆腐渣，他们能不对外面漂亮的小妮子春心荡漾吗？偷腥的猫儿似的，你越管他，他越来劲儿。要保鲜爱情，保全家庭，咱们女人得自己懂得努力。咋努力？人家成功女人的经验就是：会做饭，留住老公的胃；会做爱，留住老公的心。尤其后一条，多半女人过了三十，就疏于做了。其实这不是咱女人的错，是卵巢干瘪了，让咱身体的感觉钝了。那有啥法？保养呗。与其到老公找了情人时哭，不如咱也激情澎湃地美丽着，让他离都离不开咱。"

这话早听得侯红红心痒了，她情况就是这么的，美容馆换了一家又一家，产品试了一种又一种，钱没少砸，时间没少赔，可肤色依然顽固得毛包。别看白天里花容月貌，可晚上卸了妆，就是找不到跟老公脸对脸的自信。"试试去！"侯红红嚷道，一副急不可耐的样子。"不就是花钱吗？同样都是花，护肤只留住一份假美丽，而护卵巢能留住老公的心，干吗不花？只是周姐，真那么管用吗？你别是苏老板的托儿吧？"

周姐一拍胸脯说："我傻啊，不知道一拃近还是四指近？你们信我的，没错儿。给你们说，我们家老肖不止一次说过，他都找回新婚之夜的感觉了！"

"卵巢在肚子里，咋保养呢？"

"咋保养啊？"周姐"哈哈"放肆地大笑一通后，压低声音说，"谁做谁知道。"

果然，做了就知道了。下午在"兰蔻"二楼莲花间，脱得只剩裤头、文胸的侯红红，一阵羞涩作态的扭捏过后，在一张铺着粉色床单的榻榻米上，将自己慢慢慢慢打开了，千盏菊一样地打开。确是一种享受。美容师柔软的十指像施了魔法，刚一按上侯红红丰如膏腴的肚皮，她全身便一个激灵。

"姐姐好敏感啊。"漂亮的小美容师意味深长地赞。

侯红红偷眼望望别处，周姐那里已经响起均匀的鼾声，李姐、梅姐正跟各自的美容师聊得起劲，于是故作镇静地说："不是敏感，是你的手凉。"而后，她便闭上眼睛，任那种久违了的新奇感觉，在被骤然受了惊扰的脏腑上，肆意蔓延。

而刘大禾那个被"拿下"的信息，就是在侯红红享受得几欲酣睡的时候，悻悻然地赶到了。"我可怎么办哪！"看完老公的信息，侯红红眼睛登时湿了。几个姐妹"惊"地醒来，等明白过来咋回事，周姐就大着声劝："红红，听周姐的，非常时期越要贴紧老公的心，要他感觉老婆才是与他同舟共济的人。男人四十一枝花，你们家老刘快四十了吧？仕途不顺，可正要含苞怒放，如今气质里再糅进点儿苦涩啊沧桑啊，整个人还不果子似的光鲜了？你可不能在这个节骨眼上冷落他。三十多岁的女人，什么都可以输掉，唯有老公输不得。记住，啊？"

侯红红"嗯嗯"着点点头。那时养护还差最后一道工，可侯红红已等不得，让为她服务的美容师小田帮她揩净肚皮，她便一件一件地穿起衣服来。

"红红，记住，他这会儿最需要安抚，你要是对他连讽刺带挖苦，就是把他往外推，往别的女人那儿推。男人遇到坎儿了，女人和家就是他的大后方……"周姐还在殷殷劝导，侯红红已拎起包"嗯嗯"着跑出了门。她老公的确还真是个有女人缘的男人，家里有个放心的，单位有个知心的，远方还有个挂心的。她多多少少放心他科室里的小小刘，可从来也没放心过远方的那个苏晓晓。不过，在这突如其来的节骨眼上，她更担心他过度酗酒，伤身体。

果然，当晚，刘大禾醉得烂泥似的回来了，吐了一床一地后，倒头睡去，她洗啊擦啊，忙了大半夜。翌日一早，刘大禾悠悠醒来，她赶早熬制的大枣莲子粥已端了放在床头。她不敢跟老公提"拿下"那事。"拿下"就像个痛，她将它撇得越远越好。她谨慎地劝老公："请个假吧，不去上班了。"刘大禾眼一瞪："不上班？为么？我没犯法，没舞弊，他'拿下'我，为么？我不仅要上班，还要不卑不亢地去。我倒要看看，是谁在玩权术！"刘大禾张着布满血丝的眼睛去上班了。倒是侯红红，心里没着没落，只好托病，让周姐帮着请了两天假。

这晚，侯红红又及早地烧好刘大禾爱吃的东坡肉，煲好他爱喝的带鱼紫菜汤，餐桌上摆齐备了，"金六福"也烫好了，才喊刘大禾上桌。

"不对吧，老婆，这待遇咋让我觉摸着自个不是降，反而升了呢？"刘大禾说出这等拿糖作醋的话时，侯红红正夹了一块肥滑的东坡肉往他嘴里送。"少臭美，我哪是伺候你，我是伺候你这头让我和闺女可力使唤的老黄牛。"他们两口子好掐，这话要搁平常，也就是逗个嘴快活，可今儿个刘大禾就听得鼻根儿发酸。看来还真是时位移人。

刘大禾特爱吃肥肉，尤其是肘子烧成的东坡肉，肥而不腻，酱般的紫，情人似的摇他的魂魄。可他吃是爱吃，有一点，光吃不长肉。以前，侯红红常晒他，说："这就像你跟政治，你上赶子亲它，可它就不怎么亲你。野地里烤火，你一面子热吧你。"他大不以为然，却有点儿讪讪地道："这年头，当官的不一定工作干得好，工作干得好的不一定当得上官。不过，傻娘们儿，关系是越吃越近的，官是越当越大的，这就是老话说的久等必有禅，懂不懂？懂不懂你？"

"我不懂。"侯红红说着将那块东坡肉填鸭似的强行塞进刘大禾嘴里。再看刘大禾，趁机夹住筷子，眼泡子讨乖地盯住他老婆，嘴巴有如嚼着肉骨头的宠物狗，跟主子发出快乐的示好声："嗯，老婆，我不要吃肉，只想吃你。"

刘大禾的一副酸样子，令侯红红忍俊不禁，她"嗬"地笑了，而后正经八百地道："你可有一个月零三天没贪嘴了。"

"是吗？"刘大禾忙吐掉筷子，装出一副被话击中的惊呆样子。转而，他讪笑着，跟老婆急赤白咧地讨饶说："那会儿不是忙'10·12'来着……现在好了，被光荣地扫地出门后，就今天晚上，我就要吃你，吃你个大浪滔天，死去活来！"

侯红红一张脸"唰"得红了，她睨了刘大禾一眼，柔软地骂道："熊样儿。"

饭后，侯红红催刘大禾回卧室看《新闻联播》，她那里洗洗刷刷，完了，到洗手间调好洗脚水，端过来，盆儿一放，打被窝里扒出刘大禾的一双臭脚，就要给他捋袜子。

刘大禾一副讨好的样子望着侯红红道："老婆，我这是从正科的位子上'滚'下来，要是从我们单位上'滚'回来，你还会这样跟伺候老爷似的伺候我吗？"

"要真那样，放心，我比这还要掂着心地伺候。"

"嗬，为什么？"

他老婆抬头剜他一眼道："因为你越'滚'离我们娘俩儿越近啊。"

就这话，听得刘大禾心弦儿猛的一紧。忽然，他心血来潮，抬起水淋淋的大脚板去拧他老婆的耳朵，说："要真到了那般田地，说不定我还一脚蹬了你，你信不信？"

"好，好。"他老婆一把将他的脚按回热水里，说，"被拿下你还气概了，你还气壮山河了，你还气冲霄汉了，是不是？是不是？"

他哈哈一乐，顺势将老婆逮进怀里。顿时，眼睛感觉潮了，胀胀的，涩着。

被拿下来了，他还烧啥？过去在位上，上班下班离不了车，恨不能起如厕，三步远的路，也想亲自驾车过去。小车喝油，怕啥？单位有燃油补贴，不够的，那不还有别的手段供他使弄吗？不怕，烧得起，油烧得起，人也烧得起。

可这会儿，不烧了。不想烧了。他决意步行上班，以步代车。

可话又说回来，步行上班又怕啥？他静下心来扒拉一下自己在位子上的那些过去，跟人比比，不见得黑不可睹，脏不可触。再说，自个不还有光辉灿烂的业绩吗？那次五天五夜跟冯"贪腐"大眼对小眼地飙着。五天五夜，几乎没合过眼，眼泡子都熬烂了，但最终将院里生生挂了一年多的一个积案一举击破。那时候，被院里称作"老头子"的王为民院长一高兴，给他记了个二等功，提了"正科"，还一块"直捣黄龙，诸君痛饮"。要说全院里，正科倒也不少，可跟自己一样记过个人二等功的，也就自己一个。

自己不作奸犯科，不男盗女娼，自己清清白白被拿下。可这样的人都被拿下了，院里的同事也许都会这样想，都曾这样想，都在这样想，这能怪人家老刘吗？到底谁有见不得人的事？谁屁股不干净？谁在捂着眼睛塞上耳朵盗铃铛？

要相信群众。这样一个年代更要相信群众。

然而，当刘大禾走出家门，走到街上，原本松动的心情仿佛又患上了重伤寒，呼吸不畅，堵得他难受。事实是，拿下容易，要放下，到底不易。

刚拐出小区大门，刘大禾突然站下来，腰一探，打了个响亮的喷嚏。他这才意识到，天还真是冷。刚才出门的时候，他老婆还嚷他来着，要他穿上羽绒袄，说外面冷着呢。他"哼"了一声，梗着脖子，说："能冷到哪儿去？"

他是不知道天冷。以往从家里到车里，从车里到单位，然后又是相同的折返，这期间都有暖气焙茶似的给焙着。今天不同了，他得走路。不过，他以为他穿着温暖全世界的"鄂尔多斯"，外面罩着"新郎"，不会太冷。但看这一个喷嚏打的，才让他晓得，这天的确早已冷到姥姥家了。

外面真是自然了啊。见微知著，这城内的自然已这么冷，城外的自然岂不更冷？这令刘大禾一下子想起青丝成雪的老母亲来，这天寒地冻的，她咋熬哪？这老人家，总贪着跟村里的老姐妹说话，不愿来城里住。自己是该抽个空儿，回去看看了。常回家看看，还真是好唱不好做。此时的"鄂尔多斯"已难温暖他了。但刘大禾懒得折回家去，只好裹紧"新郎"，迎着霜寒，勇往直前。

老话说人生不如意事常八九。八九就八九，谁的日月真能过得顺风顺水？不能。都不能的事，他刘大禾偏能？他也没有偏能。

他刘大禾常跟老婆自嘲，说要称称他刘大禾几斤几两："也就一凡人的斤两，偶尔犯拧，偶尔也跟人玩点花花肠子，但绝对是个夸夸其谈的好凡人。"自然，他喜欢哼的歌是李宗盛的《凡人歌》：你我皆凡人，生在人世间；终日奔波苦，一刻不得闲；既然不是仙，难免有杂念……

自以为凡人好啊，凡人更容易把心态摆正了看问题，更容易将问题看淡了看开了，即便是不如意事，也能一句"大不了怎样怎样"而把丑事、愁事从肺腑上卸载掉。没"下科"那会儿，他因了这样的心态气傲着呢，潇洒着呢。他这人懂生活、仁义、仗义，有幽默感，事业上勤勤恳恳，卓有成效，凡事不削尖了脑袋钻营，不跟人装傻冲愣，也不居功自傲，身边的人都乐意跟他交往，人缘好，不乏掏心掏肺的朋友。他们办公室的小小刘就表示过，他是一个可以担当精神领袖的不二人选。可他在仕途上总就不那么顺当，他虽然有一定的主义感，对"坏"的东西敏感有加，有一套出奇制胜的审讯真经，但常常因为不愿意舍脸面而屈于环境的压迫，使得自己总在仕途上处于尴尬的境地。

"我总是心太软，心太软，把所有问题都自己扛。"他常常这样自我揶揄。他老婆侯红红眼一哂，那意思是，你性格也硬不到哪儿去。可她就是爱他，越来越爱他。周姐劝的是，此外太多同学和同事的情感危机也让她跟参禅一样地悟透，她的家庭比她老公的政治前途重要得多。

话往回说，他刘大禾人就这么一堆儿，往常所遇的人生无常，无外乎一些鸡毛蒜皮陈谷子烂芝麻的散事、破事，他能"哈哈"着一笑泯之。而像这样犹如"万一"的不如意事，他还是第一次遇到。而说实在话，他倒不怕八九，他怕这"万一"。这"万一"一样的不如意事，仿佛突然之间让他智障了。事情刚一临头的时候，你反应不过来它是咋回事儿，所以，能表现得一无所谓，一无所畏。其实，这都是假象，是不知道咋个好了。真等脑子回过神儿来，你甩不脱剪不断理反乱去吧你。扪扪肺腑，这味道真不好消受。不好消受，他刘大禾也会冲自己嚷："不好消受，谁让你消受了？喊着你的名字冲着你的脸面要你消受了吗？"他不记得是在哪个名人的博客上读到过：人生不如意事就像垃圾，对垃圾，只管丢掉，决不消受。

想想倒也是，垃圾堆发出的馊味，你不必停下脚步细细品尝嘛。

可不行，憋屈全在自个脏腑里装着哪。要不也行，除非你不是你自己。可自己不是自己，能是谁？即便跟孟德儿那样绕：我是我，你是你，如果因为你而我是我，因为我而你是你，那么，我不是我，你不是你。可就这样绕八百圈儿，绕成花儿，最终，他刘大禾也不能成为侯红红，或是成为耗子跟老黄。"唉！"刘大禾抱紧膀头，长长重重的一声叹息。

刘大禾双手抄裤兜里，身子略微探着，朝前走。不觉已拐上合欢路。合欢路因路两旁站列的全是合欢树而得名。嗬，刘大禾酸酸地笑了，这路如其名啊，天早已大亮了，这条街上依然暧昧地安静着。

刘大禾继续走着，等走到温馨花苑小区门口，一抬头，见门内一位装扮入时的年轻母亲正怒冲冲撮住一个大男孩的衣领。看那架势，一准是对母子，剑拔弩张的。

"你说，你愿不愿意去上学？爸爸妈妈拼死拼活地工作挣钱，为了谁，啊，都是为了谁？"

刘大禾收回目光，苦涩地笑了笑，为了谁？为了秋的收获，为了春回大雁归。他那里正打心里跟女人调笑，就听女人再次声嘶力竭地嚷道："你以为是为了我们自己吗？是为了满大街走着的乞丐吗？你才多大，啊？你泡网吧，谈恋爱，抽烟，逃学……你对得起谁？你想过吗，你不上学你现在能干啥？小小年纪你能干啥？也等着'啃老'吗？爸妈能让你啃一辈子吗？"

刘大禾的脚步不觉慢下来，他拿眼角的余光瞟瞟那男孩，就见那小子胎毛还没脱干净的小脸昂着，眼神强硬地看向一边，一副不屈不挠"风萧萧兮易水寒"的凛然样子。

"你个坏种，你倒是有句话呀？"女人的口气有些软了。

"不上！就是不上！听明白了吗？够了吗？"那男孩不止一句话，是四句，嗬，那嘴巴冲得，跟连发了数十颗子弹的枪口一般火烫。

"你呀，你就不能给妈妈争口气，让妈妈也省省心啊！"女人哭起来，但双手依然死死撮着儿子，那个狠，让你觉着她哪是撮的儿子，分明是在撮母子间的那层关系，俨然松开了，链条就断掉了。

打，这孩子真该打！刘大禾不知不觉听得怒火中烧。眼下的孩子啥也不欠，就是欠饿、欠冻、欠扁。猛然感觉，他跟女人有点同病相怜了。他也有这么大一闺女，他们两口子省吃俭用送她上了一所贵族中学。路是远了点儿，也是怕她来回路上折腾，骑车子受冻，又不安全，就安排她住校。这妮子恼了，每一次来家都跟大人使脸子，满腹的牢骚话甩到你脸上，那小小的心灵不带"咯噔"一下的。他们两口子也上火，就也这样跟闺女讲道理。你猜那丫头咋说？"我让你们生我了吗？我给你们生我的权利了吗？你们生了我，却按你们自己的意愿摆布我的人生，说，你们到底怀有什么不可告人的目的？"

听听，父母安排孩子的现在和将来，还有什么不可告人的目的了！他刘大禾只知道那些"贪腐"的目的常常不可告人，还从不知道父母养孩子有什么目的不可告人的。当时他们两口子被闺女的话噎得目瞪口呆，他巴掌都高高举起来了，可看着闺女眼睛瞪得跟虎女似的，就也没落下去。

现在养孩子，就好比那些东窗案发的经济要犯，案子你做下了，你就得兜着，哪怕是一坨臭狗屎，你都得有种兜着。唉，或许晦气脑满肠满的自己就不是个个案，真的是人人有愁事家家经难念。那母子俩还在那儿僵持着，刘大禾摇摇头，继续大踏步前行了。

"怎么，不腐败了？"

这声音很熟，刘大禾脸一扭，是老同学，被他们称为"赖子"的赵浩。果然，不是生人，是熟人。他站下来打招呼。

"车呢？"

"为更好地响应节能减排的号召，增加空气清新指数，不开了。"刘大禾跟赖子打哈哈。

"觉悟不低啊。"赖子一脚支地上，一脚蹬电动车上，伸着手让烟给刘大禾。刘大禾将赖子的手推挡回去，说道："从今往后，不吸烟，不喝酒，不摸车，不找妞儿，做良民了。"

"噢，玩圣徒哪？"赖子自己点上烟，猛抽一口，说，"等你'刘大喝'做成好人，我们这些小吃小喝的就都是圣人了。"

刘大禾讪讪地笑道："怎么想起走这小路了，该不是找哪个半仙儿算过，这段时间交花运？"

"哪儿啊，起晚了，饭都没吃一口，赶路要紧。"说到这儿，赖子突然话锋一转，一脸正色道，"改天，哥几个聚聚，给你压压惊，驱除些晦气？"

刘大禾"嗤"的一声苦笑，说："你小子耳朵够长的啊。"

赖子很仗义地说："哪儿的话，人家的事咱还懒得听呢。"哎，赖子伸长脖子，压低了声音，"要不要兄弟给你约上苏晓晓，你跟她倒倒憋屈，顺便也叙叙衷肠？"

刘大禾顺手给了赖子一巴掌，说："你小子，走你的吧。"

"怎么，怕侯红红拿小脚踹你家伙？"

"兄弟不怕犯美丽的错误，是怕硬穿了人家的鞋子，弄得自己脚疼。"

"等电话啊，等苏晓晓的电话啊。"赖子叼着烟的嘴巴唧唧哝哝一句，手下一使劲，车子已窜出去老远。这边，刘大禾朝赖子的背影挥出一记老拳。

刘大禾又走动起来，走出十来米。合欢路尽头，正拐角上，是家铁匠铺，老高家铁匠铺。一大早，一位中年男人就"嗨、嗨"地在沉默的砧子上捶打着一把菜刀。还真没留意过，这儿什么时候冒出一铁匠铺。也是，以前都是驱车上班，极少拐这路上来。

"吃了吗？"中年男人见刘大禾张着讶异的目光朝里看，忙热情招呼，脸膛更在塘火的辉映下红得发亮。

"吃了。刀打得不赖啊。"

"嘿嘿，赖了没人要不是。"

"忙吧，走了。"刘大禾说话间已拐上上海路。上海路是市里的一条主干道，一向很繁忙，今日也是如此。看着拥堵的车流，刘大禾突然感觉头皮一阵发麻。眼下是不用喊"计划生育"了，倒是该喊"计划生车"了。"嗬。"刘大禾一声苦笑，这在车里车外的感觉大不同啊，时位到底移人。

往日人在车里，一出门，眼睛就得盯死了前面的车屁股，生怕一不留神，两车"吻"出麻烦来。那时的目力只有前方，只有红绿灯。如今走在这人行道上沿的甬道上，才发觉还有这么多在行走的人；不时跟自己擦肩而过，赶上班的不少，晨练的也不少。晨练的多半是上了年纪的人，穿着宽松的丝绸睡衣裤，有的还带着宠物狗，手里牵着或是不牵。狗儿在脚前脚后随着主人的步调兴高采烈地滚动着。

刘大禾边走边扭脸看大妈舞剑，冷不丁地听到一声狗叫，忙回过头来，见有一只步态骄傲、气质高雅的萨摩耶犬正冲他叫嚷。他循着银白色的链子看上去，原来是一位打扮洋里洋气的女孩子在遛狗。噢，他是挡了狗的道了。

纯白的"萨摩耶"真漂亮，他不觉多看了两眼。不曾想正遭遇上"萨摩耶"那仇视的眼神，那意思是，都说我们好狗不挡道，你是人，你咋挡了我们好狗的道了？你该不会不是好人吧？刘大禾下意识地打鼻孔里"哼"了一声，抬头瞥一眼女孩，不觉又"哼"了一声。女孩子一大早就戴一黑超，被"萨摩耶"牵着，脸蛋高贵地昂扬着。这回刘大禾心下"呸"了一口，这样的女孩子是该出来见见阳光，金丝笼也罢，金屋子也罢，锦衣玉食最终会养坏人的脾气和肠胃的。

不管是"萨摩耶"牵着女孩，还是女孩牵着"萨摩耶"，这一景就这样过去了，刘大禾扭回头来继续走路。这时的他已拐上通往他们单位——市中级人民法院所在的大同路。在大同的世界里，创造大不同，这是一句挺提精神的广告语。而他们的工作，是在大不同的世界里，创造大同。单位矗立在一条叫"大同"的路上，真的有如一道警示的佛咒哪。

越走近单位，刘大禾的心越发有点往下沉了。近乡情更怯，不敢问来人，再不敢问，那也是一种美好的乡情。近单位情怯，这感情无论如何诠释，都不够美好呀。刘大禾正郁郁地低头走着，一个中年男人跟他撞了一下，彼此看了一眼，什么也没说，就这样彼此匆匆地经过了彼此。陌路人，也许无须招呼吧。刘大禾再次用鼻息"哼"地叹了一声，往前赶路。但此时，他已不觉得冷不可耐了，身上也感觉有了热气，就掏出手机，一看时间，七点半了，脚下便加快了步伐。

进到单位的大院里，刘大禾正巧碰上了李振华，私底下全院里称他"笑面虎"的李代理。他跟老黄被"拿下"，就他宣布的。"老头子"入住北京协和医院后，他副院长顺理成章地主持工作，下一步实现副转正，据说不是不可能，而是很有可能。

李振华那神色，既想躲过去，又想正常地走过来。他是已躲不过去了，除非他装着东西落车上了，再回去拿。可也不能，因为他与刘大禾彼此发现了对方的时候，几乎要头碰头了。

"怎么，小刘，走着上班了？也赶时髦加入'步族'了？"李院长跟个厚道的娘儿似的笑着抢先发话。在与人犯的较量中，这叫先发制人。一招先发，主动尽摸。李院长用得比他刘大禾更"油"。

"是这样，再不锻炼，怕这革命的本钱要吃不消了。"刘大禾笑笑，却笑得很难看，心里不痛快呗。尽管如此，他还是努力让眼神卑微下来，好让李院长的眼神不再闪烁得不自在。毕竟人家是院长，他被"拿下"那事，或许与他有关，或许压根与他无关，只是他在那个位子上，要借他的口发布出来，而已。

"小刘，没背包袱吧？要说事情也不是哪一个领导所能左右的。但既然已成定局，就不要放不下了。你的成绩全院有目共睹嘛，谁也否定不了。好好干，机会还是会有的。"李院长亲热地拍着刘大禾的肩膀，一口气从始说到终，根本不给刘大禾插话的机会。刘大禾本也不想插话，不想申辩。但他禾还是礼貌有加地说："谢谢李院长关心。"

"客气啥，咱们在一起共事又不是一年两年了，兄弟嘛，不客气。哟，忘了，一份材料忘车上了。那，小刘，你先上楼吧，我去取。"

"要不我去给李院长取了送过去？"

"不用，不用。"李院长说着挥挥手，已扭回身向他的"马自达"走去。刘大禾长长地舒出一口气，走向办公大楼。终于不用并肩走了。是两人如果这样亲密无间地走下去，到办公大楼，然后一同乘电梯上到四楼，这么长一段时间，能说些啥呢？此时非彼时，彼时为刘大禾庆功的酒宴上，那话无论咋说都自然，无论咋说都好听，无论咋说似乎都有说不完的赞许。可此时，不是快要没话说了，是真的没话说了，李院长那"好好干"，已类似会议的总结语。

他还算识趣。

办公室门开着，这个小小刘怕又是早到了，拾掇好屋子的卫生，然后为每人泡上一杯酽酽的"碧螺春"，坐下来，老老实实地读书。

小小刘叫刘尚佳，办公室里六个人，只刘大禾跟她俩人姓刘。原本周围的人喊刘大禾"老刘"，称她为"小刘"，未尝不可。但在领导和一些老资格的同志那里，刘大禾又被称作"小刘"了。为了确保无误，刘尚佳就成了别无选择的"小小刘"。小小刘也不大，别看博士都读了，人家才二十四岁。兰心蕙质呗。

要说这女孩子还真懂事，又勤快。也许是上天弄人，笑脸如花的小小刘小时候竟是个弃婴，被她现在的爹妈从大路边跟捡破烂一般捡回来的。虽然没有好吃好喝地养着，可这女孩子就是聪明，从小学开始一级没留，后来考入中南政法大学，然后读研，读博，一路绿灯。博士毕业了，本来已在武汉找到了工作，可为了照顾她的一对老爹妈，毅然回到了这个爹妈依然捡着破烂的平原县，并通过了公务员考试，被要到了这里。整天跟"张贪""李贪"的打交道，确实都是老爷们儿的事，要这样一个女孩子，纯属像给办公室置一盆花，如此而已。真实的生活哪能都跟演电影似的，凡事都要安排个艳压群芳智压须眉的女孩子掺和其中？血脉贲张的工种无须安插个漂亮妞儿抓人的眼球，无须叫座或卖座以增加票房收入，它就是真刀真枪地办案子，不必男女搭配整出跌宕起伏的情节弄得跟影视剧一般花哨。

这也是一种意义上的"潜规则"吧。而小小刘似乎明白这些，似乎又不太明白。你看她的时候，她就跟你花一样地笑笑，你不看她，这女孩子就很安静地坐那儿看书，很少主动惊扰他人。不要看她的业绩。事实上也没谁跟她要业绩。

"刘科好。"她那里在招呼，还是沿袭以前的老叫法。

"不是刘科了，叫老刘吧。"刘大禾在位子上坐下来，习惯性地端起茶杯。

就见小小刘略一迟疑，问道："刘科这次没带包啊？"别看这丫头平时不大说话，心还真细致，倒是块干刑侦的料儿。"带包干啥，是人上班，又不是包上班。"刘大禾酸笑着调侃。

"可带不带包，有时候心态是不一样的。"这就是小小刘，她有的时候，就能说出让你想半天而又不同凡响的话语来。能力。"刘科，我今天请教您一个生活问题，行吗？"

"行。"刘大禾一向很敬重这个女孩子，于是爽快地应了。

"什么叫作爱？是不是可以这样理解，爱仿佛一道菜，可以用不同的手法做出不同的风味来？就像我们中国的八大菜系，爱也可以做出不同风味的感情系？"

刘大禾迅速瞥一眼小小刘，其实压根目光没抚上小小刘的脸，脑袋就狠狠地耷下了。这丫头，刚刚夸她聪明来着，转脸她就整一场混沌不开的戏出来了。刘大禾的脸羞得红了，他一时揣不明白，这女孩子是真不懂，还是装不懂。要是装不懂，她言语背后掩着什么呢？这样想着，刘大禾的身体悄悄地便有些不安分了，一股异样的东西在下体里肆意汹涌、奔流，想要将他瞬间吞噬、消融。该死！刘大禾心下暗暗地"呸"自己，眼神再不敢直视小小刘，手下忙乱地收拾起归整的桌子来。

"刘科，您的办公桌我早已收拾过了。"

他下意识地扫了小小刘一眼，这次扫着了，这女孩子望他的眼波，清纯的，似历经 27 层过滤的纯水，像在竭力表明，就是这样一个问题啊，别的就也没别的。"噢，是吗？"他装作一时跑神了："对不起，我猛然想起有样东西不知落哪了，就把你这茬问题给忘了。"

小小刘头一歪，说："没关系啊。"

"咳。"刘大禾干咳了一声，"其实……也就是你那么个意思。"他说，"爱可以做出不同风味的情感，比如，爱护，爱心，爱好，疼爱，关爱，溺爱，钟爱，抬爱，……还有我们的孙中山先生拼尽一生追求的博爱等等。"一口气罗列了那么多的"爱"以后，他轻轻悠悠地舒出一口气，吹起口哨来，《团结就是力量》，哨音铿锵、流畅。

"原来真是这样。"小小刘很释然的样子说，"我刚处了个男朋友，他总是发信息，要我答应给他做爱。"

刘大禾心下一惊，这丫头怕读书读傻了。一曲口哨尽了，刘大禾猛灌几口"碧螺春"，让自己渐渐趋于平静。"可傻得像个天使。"他叹。由此他不觉联想起外国哪部小说中的一个女孩子来，剃光头，赤身裸体穿一口袋裙，有着令人不安的传奇般的美貌，若是哪个男人须

态
度

臾间目睹了她的风采，"须臾间"也便成了这男人万劫不复的一瞬。书里断语，这女孩子并不是属于这一世界里的人，她的天性抵制着一切常规习俗，只有最原始、最简单的爱情可以降服她，并摆脱她的危险。可最终，最原始、最简单的爱情没有出现，这样的一个俏姑娘便乘着一张床单随一阵发光的微风飞升而去。作家也许在暗示，在天使和天使一样的女孩子面前，我们的灵与肉要干净些才好。

电子钟"当、当"地报八点的时了，耗子他们陆陆续续才到，一个个还哈欠连天，样子倒不像已休整了一夜，而是再急需一夜休整。这就是他们这些人永远奔波在路上的真实写照哪。

耗子大嘴张着道："没……没睡凉地板吧？"

刘大禾说："你嫂子不是那样的人。"

耗子说："我可睡了一夜的冷沙发。"

刘大禾说："你老婆不是我老婆你嫂子那样的人。"

耗子"嗨嗨"笑了。

刘大禾郑重起来："事情有眉目了吗？他还在关心着案子的进展。"

耗子打了个哈哈道："哥哥放心，都尽力在办。"

而后几个人轻描淡写地聊了几句与案子无关的话，屁股还没暖热板凳，耗子他们就又被叫去开碰头会了。许久，刘大禾心下怅怅的，不是滋味。耗子经过刘大禾身边时，意味深长地拍了他一下，走了出去。"没事。"刘大禾高声大嗓地说道，"就是把这办公室的地板坐穿，老哥也决不会闹情绪。"其实，肠子早都"情绪"得拧劲了。

自己被"拿下"了，一切还是外甥打灯笼——照旧啊！的确，离了谁，地球都照样转动，太阳都照常升起。这样想着，刘大禾心下不免汹涌些悲凉。

城市上空的麦田

上午老黄又约了场儿，在"辣妹子"吃火锅。刘大禾忙给老婆挂个电话，说"有场儿了，别再又煎、又烹、又炸、又炒地白忙活。"

"你别多喝酒啊。"他老婆切切交代，"你这面叶子耳朵，太太的嘱托你咋老是当过耳风呢？来，再温习一遍，少喝酒，多吃菜，够不着，站起端过来。神州行，我看行。"他在电话里跟他老婆继续摆话，"侯姐姐，哥哥这厢温故知新了，你那里于街上吃点儿好的，回家歇息去吧。"

刘大禾这一通扯淡逗得老黄他们眼泪都下来了。"你们两口子还真黏糊得可以。"老黄说。"黏糊些好，不然就危机了。再说这心里憋屈，你要再不给自个穷开心，真憋死了，老婆、孩子、车子、房子，乌啦啦都易了主儿了，你这半生辛苦为谁忙啊？"刘大禾边说边随着老黄往"辣妹子"三楼的重庆厅走。

这次酒桌上多了一副新面孔，据老黄介绍，是市快报的记者老朱。老朱人长得五大三粗，却也干着报社的细腻活儿，这让刘大禾总不免联想起张飞绣花。大家一阵寒暄后，坐下来。

老黄跟刘大禾原本都是"10·12"田副市长专案组的中坚，刘大禾是组长，老黄是副组长，如今一同被从中跟剔除烂果子似的剔除出来。原本是难兄难弟，这会更难得掰不开了。两人前后脚进的法院，还都是托田丰收的关系。如果说是听到跟田副市长有交情的风声，要他们规避，可以。可平心而论，这哪一点能足以成为拿下他"正科"的充分且必要条件？再有就是人家老黄，差不多是全身而出，而他刘大禾是光腚猴撵狼，大太阳下光辉地丢了一回人。这事闹到现在，老黄肚子里大致知道原因，他刘大禾还王母娘娘看闺女，云里雾里的呢。

"为么，老哥，是不是单纯喝酒？"刘大禾坐下来，就去掏兜。老朱眼快，欠起身子，忙将一盒软包的"黄鹤楼"撕开口，捧给刘大禾。刘大禾客气一下，方抽出一根儿来，老朱再要给他上火，被他推开了，忙自个掏出打火机，点上。

"怎么，哥哥，想不单纯？那咱叫个妞儿！"老朱说着就要喊服务员。老黄那里也一个劲儿地给垫砖头，说老刘你只管放胆地扭，咱保证咬碎钢牙不给弟妹吐露半个字。刘大禾连忙制止道："别的，哥哥，咱家那妞儿虽然老了点儿，可比这里面的妞儿会扭。还有，非常时期，咱哥俩再犯不得伟大的错误了，共勉吧。哈哈。"刘大禾说完，与老黄他们一同爆笑起来。

几圈酒喝过，老朱红着脸拐弯抹角地说到田副市长的案子上来。刘大禾忙摆摆手，意思是，免谈。

"黄哥哥，刘哥哥，您看，咱们以前都被老头子的光环照耀过。这不，老头子辛辛苦苦一辈子，到头来没能实现软着陆，可惜了他不是？"刘大禾不等老朱说完，连忙让他打住，说："这会儿怕谁的话也递不进去。但有一点，人心都是肉长的，承情是承情，这个请放心，老头子在里面受不着苦。都是明白人，话可以点到为止。"于是，老朱笑着摆开手，招呼刘大禾跟老黄说："好，好，咱们吃，咱们只管吃好喝好。"

三人说说笑笑，边吃边喝，不觉刘大禾已有些过量了。见他搂酒瓶，老黄赶忙递眼色，那意思是，兄弟，罢了，把摸住，非常时期非常把摸，再山穷水尽的路途，也会有柳暗花明的拐点，是不是？刘大禾却嘴一咧醉眼迷离地说道："老哥，咱谁？咱刘大喝。放心，咱这会儿无事一身轻，脑袋空空，胃肠空空，刚刚好用来装酒。还有，老哥你不知道，靠，兄弟这次想当一回莽撞人，我就差一股子匪气了我。别拦我，让我喝！"老黄一听，急眼了，忙上来夺瓶。迟了，刘大禾一个趔身，瓶嘴儿已含进嘴巴里。刘大禾醉了，醉得顺理成章，醉得不省人事。老黄要的就是这个度，酒场散后，他将刘大禾扶回他们科室的休息间，泡壶解酒茶，给刘大禾灌下，让他睡觉。

刘大禾突然觉到了疼，头疼欲裂。他抱住头四仰八叉地躺在单位门口，准确些说是躺在他呕吐的秽物上，因为头疼难耐，还不断在翻滚。周围站满了人，有同事，有领导，还有行人，男男女女，各色人等，空气中蔓延着难闻的气味。"看啊，吐了一地一身。拉链也开了，丢人死了。"围观的人们对他指指点点，难听的议论纷纷扰扰。他喉头冒火，羞愧难当。

落雪了，盐巴似的雪霰，铜钱大的雪片，又鹅毛般大了。人一忽儿全没了，再看他，置身荒野，积雪如被，已将他覆盖。而环顾四野，皑皑的一个大白世界啊。他一下记起一句诗来：白茫茫一片真干净。他大声朗诵，忽然，有人上来踢他，猛吼一声："丢人回家丢去！"细看，是老父亲，已经离世五年的老父亲。他一个激灵，眼睛睁开，只见老黄正忙着为他扫去呕吐物。他拿手去摸拉链和周身，确定是一个梦，舒出一口腐气。"醒了？"见他醒了，老黄放下手里的家什，递茶给他。

"我没出丑吧？"

"这不，都出给我看了。"

下午下班的时候，还有些晕乎的刘大禾刚走出单位大门，一扭脸，看到老婆侯红红正冲他耍乖呢。他心下明明一热，却是佯装没看到，自顾自地往前走。

"大哥，请问搭便车吗？"他老婆一边追着，一边讪讪地请求。"大哥，我不收钱，我就图你压压车，可好？"

刘大禾竭力板住脸，眼睛直视前方，把话撂过来："请问，怎么收费？按小时还是按天？"

侯红红再也忍不住，笑得腰都要折了："大哥，俺不收费，俺就图你人五人六的好模样，可好？"

刘大禾说："不行，我这人最讲仁义道德中正廉耻了，大姐还是喊个价儿好。"

侯红红说："你这大兄弟，俺耗子偷秤砣，倒贴还不行吗？"

"这还差不离。"刘大禾说笑着，已跨上老婆的电动车。侯红红别看人瘦，手劲还挺大，载上刘大禾这一百六、七十斤重的大家伙，车把不带打晃的。嘁，刘大禾想使坏了，脑袋里刚有想法，屁股下已有了动作。再看他老婆侯红红，"嗷、嗷"地叫起来，方寸大乱。刘大禾忙作恶地笑着，趁机伸长胳膊，帮老婆把稳方向。

等车子稳稳地跑起来，侯红红脸一偏，幸福地咏叹道："还是有老公好，有老公就有坚定的方向啊！"

两天后的一个傍晚，刘大禾跟老婆进到家里，刚换好拖鞋，手机响了，键开一看，是个陌生的固定电话，他犹豫一下，键开接听键。

"老刘，是我。"耗子的声音。

"是你小子啊。"刘大禾释怀地笑起来，"你小子有神眼啊？我们两口子刚进家，你电话就威逼而来了。说吧，啥事，劳你费心玩神秘？"

耗子："案子有突破了。"

刘大禾："10·12"的？

耗子："是呀。不过不会对田老头怎么着。他的政绩市民有目共睹，耳熟能详，他年龄也快到杠了，跟他争官的也争上了，事实上没谁想将他的事查个水落石出，而后置他于死地。哥哥你也清楚这年头的鸟事，扯动西瓜带动藤，扯到鸡毛鸡骨疼，很多真相错综地纠结着，复杂得很。上边怕也是这个意思，就是查查，等风头一过，给老头子明确一个'拍巴掌'的职，他自己也心照不宣，万事就大吉了。"

但耗子一番见仁见智的摆话，却听得刘大禾心底里陡然增添许多烦，有如三月的飘絮，挥之不去。"那事呢？"

耗子："哥哥，你听了可要镇静。"

刘大禾："痛快点，别娘们儿似的磨叽。"

"老刘。"耗子那端压低了声音，"那事来龙去脉我摸清楚了。是这样，李代理跟城建局的一个'副科'，据说是你的校友，几个人喝完酒，当然都醉了，一块搓麻。那'副科'说：'你们单位的刘大喝很肿啊，当初他读本科，我读重点，他二类，我一类，我比他工作早，比他出成绩，他凭什么已是正科？还被记个二等功？'据说李代理听后，哈哈一乐，当即爽快拍板：这个容易，明天，顶多后天，我给你老兄一颗安神丸……"

这边，刘大禾早听得义愤填膺，拳头"咔吧、咔吧"直响。"知道了，忙你的去吧。"他"啪"地挂断了电话。他从没怀疑过耗子的侦破能力。可很快，他便像泄了气的皮球，四仰八叉地软瘫在床上。他猛然记起那天李代理很不磊落的眼神，这就是答案了。自己就是这样被"拿下"的，跟戏里编的似的，多么郑重的荒唐。这就是某些领导的风范吧，耍你像耍孙子。不想用你，就好比泥瓦匠手起刀落，拦腰一下，你原本好好的一块板砖，就只有乖乖地被他们当砖头使了。

刘大禾恨恨地骂了一句。手机响了，姨妈打来的，声音都抖了："大禾，乖孩子，你表妹珊珊跟一个秃顶的开发商跑了，她脑残了，脑瘫了，咋唤都唤不回。我叫她气死了。我可咋办啊！"

姨夫死得早，姨妈一个人带大了表妹，供她读完大学，刚在市工商局上了班。这丫头，真不懂事，不省事。刚挂了姨妈的手机，母亲的电话紧接着来了："儿子，你姨不容易，你可得替她管管你表妹，让她省省心。"早没听到母亲的声音了，又苍老许多，刘大禾听着听着，眼圈湿了，忙说："我刚接了姨妈的电话，我这就去看看。您老身体还好吗？是，天冷，要注意保暖。改天我回去看您。是，我们都好，您不用牵挂我们。那好吧，您老多保重，我这就去，就去。"

霉事一波一波地来，葫芦没按下，秃瓢已起来。瞬间，刘大禾觉得身心软瘫下来，胳膊腿散在床上，任一腔的烦躁翻江倒海。不知过了多久，他老婆那里叫他吃饭。先前还饿狼似的，这会儿肚子满脑袋满，任哪儿都满满的，烦得他发昏。侯红红那里又催了，刘大禾被迫踱过去，到了饭桌前，一看又是盘满碟满的肥腻腻的肉块儿肉片儿，他火"腾"地就上来了，开口骂道："熊娘们儿，你就认准老一套了？你会不会过日子？知不知道钱是挣来的，不是捡来的？"

侯红红被骂愣了，张着一双莫名其妙的眸子辩解道："你不是一直喜欢这老一套吗？"

老婆敢这样跟他顶，刘大禾听得特别刺耳，大巴掌举起落下，顿时，侯红红的左腮上暴起五个清晰的指印。侯红红左手捂住五个发烫的指头印，眼睛怒视着刘大禾，委屈的泪水瞬间汹涌而出。突然，她从椅子上跳起来，冲到门口，从衣架上取下羽绒大衣，鞋也顾不得换，甩门而去。

屋里只剩下刘大禾，孤家寡人似的，气再没处撒。其实巴掌落下的那时候他也一愣，当看到老婆的左脸登时红了，他心间也倏然"疼"了一下。可那会儿倒霉催的，想道歉来着，性子软不下来。

老婆一怒之下跑了，跑就跑吧，她咋跑的会咋回来。倒是姨妈那边，他得去看看。刘大禾再次穿戴整齐，拉开门，顺手想关灯，手放开关上，又作罢了。还是开着吧，好给老婆照着明，不至于黑咕隆咚的，她一个人害怕。

刘大禾十点钟心情抑郁地回到家，远远地看他们小区 3 号楼他家的窗口，灯光依然动心地亮着。老婆怕早回家了，只是想跟他赌气，睡下了，待会儿怕还不给他开门。女人都这样，拳头不硬，如此做些力所能及的抗议，表达一下"你惹了我后果很严重"的脆微尊严，罢了。刘大禾如此想着,下意识地摸了一下腰带,很好,钥匙带着呢。待会儿见了老婆,主动亲她一口,服个软儿,有些烦就能风流云散了。

刘大禾顺利地拧开防盗门,拧开卧室门,房内却空空如也。他连忙看客厅,又轻手轻脚查看了各个房间。这时,他才有些慌神了,老婆压根没回来过。刘大禾意识到事情严重了,忙打老婆的手机,《月亮之上》的彩铃声在房内响起来。刘大禾循声找去,老婆的手机正在餐桌上"喔吔、喔吔"地抽动着。那一巴掌怕真的重了,他是真伤了老婆的心了。刘大禾意识到这些,赶忙到门口换鞋,猛然发现老婆的靴子在鞋架旁呆立着,心下反而释然了,没有穿戴齐整的女人,是不会走远的。

侯红红果然没走远,一个人呆呆地在小区公园的僻静处坐着呢。她当初冲出小区大门上了一辆的,才意识到自己穿着棉拖,也没带包。她不想去父母家,母亲和弟弟的嘴都够碎的,他们不仅会数落她,怕还要奚落到刘大禾,奚落到他们的婚姻。数落谁她都不爱听。她想还是去看看闺女,还真想闺女了。可一摸兜,没钱,她只好跟司机师傅道个歉,下车来。

在门口的亲亲超市装着随意溜达了一阵,侯红红就回到了小区,踱进公园的深处,浮想联翩。自己错了吗?显然没有。没有错儿他却下这么重的手……哼!侯红红恨恨地"哼"了一声。"知道你堵,知道你烦,人家处处赔小心,麻将不打了,美容不做了,街都不逛了,你不领情不说,还打人了你。你个该死的,该挨刀的,你横什么呀你?"侯红红对着冰凉的黑夜如此质问的时候,心却随之软了。老公为什么呀,还不是因为烦?在他烦的时候自己干吗顶他呀?周姐不是一再叮嘱自己要处处时时让着他吗?自己那么长时间的小心都赔下来了,那一刻就不能忍了?渐渐地,侯红红的心软下来,一旦软了,再硬不起来。但她却不想马上回家,自己怎么跑出来的,可不想怎么跑回去。还有,等老公迈过这个坎儿,她要缩进他怀里,把话儿说透了,大声哭,痛快地哭,哭到他心软,哭到他心疼,哭到他羞愧难当。

别了,还是自己回家吧。既是要陪他渡难关,何苦要跟他赌气?这样想着,侯红红就再也坐不下去,站了起来。恰在这时,刘大禾找来了。看到侯红红跺着脚抱紧膀头取暖的可怜样子，他心疼了，上去强行抱住她，动情地说道："老婆，不要生我的气了，咱这对米面夫妻永远是贴心贴肺的亲哪。"

听老公这样说，侯红红眼圈红了。但她却在刘大禾怀抱里奋力挣脱起来，见挣不脱，便摸起拳头照老公胸口上就是一拳，又一拳。

"打吧，打是亲。"刘大禾涎皮拉拉死乞白赖地狡辩。

"混蛋。流氓。死鬼。"

"骂吧，骂是爱，恼了性了拿脚踹。"

月落乌啼，寒星点点，赤着臂膀的刘大禾手拿一把菜刀与手拿一把匕首的李振华在护城河尾的芦苇荡边怒目对峙。刘大禾拳头紧摸，眼露凶光。李振华开口便笑，似一副笑天下可笑之事的度量。这笑激怒了刘大禾，手起刀落，一道寒光过后，顿时，李振华脆弱的咽喉处，血流如同井喷。

"啊!"刘大禾一个激灵，"啪"地坐起来。他拼命眨巴眨巴眼睛，还好，是个梦。不过，瞬间浑身已冷汗淋漓。

"怎么了? 怎么了? 出这么多虚汗?"他老婆一把拉亮床头灯。

"一个噩梦。"刘大禾吐露无力，眼神直着，余悸未消。

"是不是偷苏晓晓，被人家老公发现了，唤狗咬你呢?"侯红红哈欠连天地开玩笑，而后下床，穿上棉拖鞋去了卫生间。

侯红红那边小解回来，刘大禾已躺下来，闭着眼睛，像原本不曾醒过。待侯红红钻进被窝，缩进他怀里，他才说："没事，睡吧。"

侯红红听话地睡下了，很快，她那里便响起无虑而均匀的鼾声。刘大禾却无论如何睡不着了，很想抽根儿烟，怕惊动老婆，只得作罢。

夜如同一张无边无垠的蛛网，他仿佛一只可怜的"飞来将"，自投也好，误撞也罢，反正粘在网的中央，一任挣扎，再飞不脱了。睡不着，就胡思乱想，就想到了小舅子常晒他的那句话："凡事总爱计算成本，最大化成本，最小化成本，核心成本，边缘成本，算来算去，人家那边黄花菜都等凉了。"他小舅子的言外之意，是晒他有妇人之心。他倒是不敢苟同。财主跟穷人同做一单生意，不计算成本的结果，就是财主输了还可以东山再起，穷人输了就很可能摔趴下再爬不起来。仕途上，毫无疑问，他算是一个政治穷人。混到现在，除了工作，他已无可输。

就算穷到赤贫，总也有尊严吧？一个有尊严的人，怎么由得他人乱捏，跟捏软柿子似的？这会儿看来，忍得他人乱捏，也需要一股超乎平常的勇气哪。刘大禾气愤填膺，他甚至能听到热血的滴答声，如同沙漏。

无论变故如何开始，重要的是用什么态度把摸结束。的确需要结束他得要个结果，哪怕就一个能公之于众的说法。人要脸，树要皮，他得要这个脸。否则，脸没了，他人皮也没法在人前披了。

这天礼拜四，吃过早饭，刘大禾穿上羽绒服，跟老婆道个别，走出家门。门都带上了，老婆切切的交代还尾巴似的蜿蜒跟着，直到楼下，他拐过单元门。

天依然阴着。阴来阴去下大雪，看来要有一场大雪下了。是该下场雪了，节气早过了大雪。街上行人大多行色匆匆的，因为冷，全都一个模样，脑袋缩进衣领里，抱紧膀头，探着身子前行。而此时那些静默在深冬里的行道树，光秃秃的枝丫仿佛做瑜伽的女子舒展而又有力道的臂指，在城市昏沉沉的天地跟楼群间，给人一种别样的震慑。

走到合欢路温馨花苑小区大门口，刘大禾一扭脸，这已成习惯了，就见早前那位跟儿子剑拔弩张的漂亮女人独自抑郁地立在那儿。与刘大禾四目相遇的一瞬，那双寡欢的好看的眼睛猛地一热，像遇到老熟人那样的一热。刘大禾本以为她要跟他招呼了，正准备着接话，没想那猛地一热的眼神迅速一转，转到旁边绿化带中一棵橡皮树的某一片肥厚的叶子上去了。

刘大禾心下一笑，自我调侃道："自作多情了，尴尬了，还真整得眼神跟影视剧里似的尴尬一番了。"刘大禾心下"哈哈"地笑着往前走，经过老高家铁匠铺时，他心底里突然一亮，很快又迟疑起来。但最终，他走了进去。"老高，买把刀。"他说。

中年男人正背着身跟老婆孩子在屋子当间吃早饭，听有人喊，忙扭脸朝外看，见是刘大禾，便碗一推，手拎半根油条"啊啊"着走了出来。他就是老高，是铺子里的当家男人。

"菜刀吧？是拿现成的，还是再……打一把？"老高嚼着油条说。这个憨厚的汉子，一激动起来，还有些结巴。

"都是有……啥样的。"刘大禾猛然意识到自己说话时有了个小小的顿挫，一看老高，老高果然愣神呢。他忙笑笑，说："有的尽管拿来，我挑挑看。"此话快捷，像所有的字一并脱口而出了。

老高"嘿嘿"一笑，一拉柜台玻璃，伸手拿出一木制的刀具盒，介绍道："这菜刀，这水……果刀，这大砍刀。"

"这刀切西瓜好使，杀人好不好使？"刘大禾拿起一把精致的水果刀兀自开起玩笑。

"大哥可真会说笑话啊。"这时，老高衣着光鲜的女人走出来接道："就大哥这风度这绵软的手，就是杀鸡，怕你也不敢睁着眼杀。"

刘大禾"嘀"地笑道："还真叫嫂子给说准了，我杀鸡就是不敢睁着眼。有一次过年杀鸡，一刀下去，我老婆那个笑啊，我说你笑啥？她说你真行，你刀砍地板上了。"

"哈哈哈。"老高女人一口米汤"哈"地喷了一地。

两分钟后，刘大禾腋下夹着一把用报纸包裹严实据老高说能削铁如泥的菜刀走出了铁匠铺。

上海路上依然是拥堵的车流人流，刘大禾看了几眼，感觉累得眼神疼，随将目光从卧满各色车辆的大马路上收回来。他这边刚刚扭回头，恰好一个中年男人跟他四目相遇了。他望了对方一眼，感觉眼熟，不觉又望了一眼，确定不认识。但此时对方正嘴角上挑跟他点头，他心上一激动，也赶忙像路遇的老熟人那样跟对方点头招呼。等两人擦肩而过，刘大禾一拍脑门，猛然记起，原来他们不过在这段路上遇见过几次而已。地上原本没有路，走的人多了也便成了路。人也是如此啊，原本都是陌路，擦肩多了就成了熟人，甚至是同路人。瞬间，肺腑上有热热的东西漫过，很受用。

不知怎的，这一天步态骄傲的萨摩耶犬和它气质高雅的女主人没有来遛弯，也许她们早早地过去了？也许还在另一条路上？刘大禾前后四外地张望，没有望到那渐渐熟悉起来的风景。其实倒不是多想见到她们，只是总在路遇，似乎已习惯彼此相向而行然后擦肩而过，突然不这样了，心里难免生些疑问，类似于关心的好奇。

"刘科。"

刚拐上大同路，就听身后有个甜美的声音在叫。刘大禾回过头看，惊了一下，小小刘正笑脸如花地望着他。"怎么，也步行上班了？"刘大禾尽量像个兄长似的笑着问。

"是呀，老古人说要见贤思齐，所以我就步行上班喽。"小小刘走在刘大禾身边，心底无私地说笑着。有几次她的肩膀擦着了刘大禾的肩膀，小手凉凉地擦着了刘大禾的手。刘大禾忍不住拿眼角的余光瞥她。她倒是无意，他心下却是极不自在。

刘大禾越走越不自在了，加之上次小小刘那个疑似暧昧的问题……不好，只一想，刘大禾下体内便又铁水奔流起来。"呸！"刘大禾私下里狠狠"呸"自己。有些路人在对他们行注目礼了，那眼光溜溜的，落他一脸一身，芒刺一样。刘大禾再次拿眼角的余光瞥小小刘，这丫头依旧一副针扎不进水泼不进的冰清样子。刘大禾感觉进退两难了，进，前面不远就是单位；退，无缘无故又怕这女孩子犯疑。突然，刘大禾站下来，掏出手机，键开来捂在耳朵上，一边跟小小刘挥手示意，那意思是不好意思，有电话，让她先走。这招果然好使，小小刘很快领会，跟刘大禾甜甜地说声"拜拜"，头前走了。

刘大禾直看着小小刘扭动着窈窕的身段远去，轻轻舒口气，方才如释重负。其实哪里有谁的电话，他是为借故支开小小刘。他如今脸皮厚得可以挡"飞毛腿"，心肠皮实得可以迎"葵花点穴手"，他倒不怕有人对他飞短流长，他是怕有人泼脏水溅到了小小刘。不趟这女孩的河，没必要脏了她的水。

刘大禾一路招呼着走进单位大门，一抬头，跟夹着包匆匆要出门的李代理迎个正着。真是路窄啊，裤兜里他拳头已摸起来了，只是摸的是手机不是砖头。但身旁甩着的右拳头正暗暗斗争呢，那把随着他有力的摆臂上下翻飞的菜刀冷光闪烁。

"还坚持以步代车呢？"李院长一说三笑抢先跟他招呼。

他有些不怎么自在地咧咧嘴道："车躺进大修厂，还没去提。"

"要不等下班了，我捎你一程？"

"谢谢李院长，不用。"

"你这是？怎么着……带把菜刀上班来了？"李院长温霭的笑容像突然被冻住了，脸膛上下顿失滔滔的生动。

"我跟前面铁匠铺的老高打个赌。这个老高，他跟我吹，说他能打军刀。我说你就吹吧，我相信草根里出能人，可还不相信你打得出军刀。他说咱赌一把，你能坚持一个月每天买我一把菜刀，一个月以后，我老高保证倾尽所能为你打一把削铁如泥的军刀。这不，这是第一把。"

"你还真有兴致啊。"李院长呵呵一笑道。

"如果李院长喜欢，我到时送给您当摆件。"

"呵呵，我不要，不要。好好，祝你好运。"李振华眼神讪着拍拍刘大禾，转身走了。

"我卸你一条胳膊我。"走过去了，刘大禾发起哑巴恨。

下午下班后，在大门口，刘大禾拎着那把菜刀跟李院长又迎个正着。"怎么，还宝贝似的拎着哪。"李院长红红的脸膛上汪汪的都是笑，美酒一般。

刘大禾谦卑地笑笑说："是啊，为了一把军刀，我得整整一个月这样拎了来拎了去。"

"坚持，坚持就是胜利。"这次李振华说着已经转身走了。

李振华这人见谁都跟笑面米勒似的，可有啥说啥，他做起事来雷厉风行，办起案来不走寻常道，却又能尽快打通案子的关节，案破人获，有如神助。这些都曾经令他刘大禾佩服得五体投地。至于他李振华跑官、养女人、大胃口那点事儿，院里有多种版本的戏语，但刘大禾很少搅和其中。他觉得，他以往对他这个顶头上司，感情上还说得过去，称不上铁，可也不憎恶。但自从知道他就是事情的作梗者，他便受不了了，像突然被冷枪击中了要害一样。他愤怒，他不想原谅，他看他像眼中钉肉中刺了，就也想动动他，想做些努力。可做什么样的努力呢？一菜刀抹了他？自己跟他犯不着。私下里把刀架他脖子上？未必唬得住他。众目睽睽下抖他的底儿？几十年跟人犯打交道，他李代理什么样的场面没见过？他刘大禾心里一时还真没谱儿。

真他妈憋屈。刘大禾深吸一口气，很重地吐出来，扩两下胸，可俩腿不行，像灌了铅，迈不动步。手机恰在这时响了，刘大禾键开来看，一条信息，耗子发的："别走了，咱兄弟找一地儿练练！"

刘大禾回："不了，你小子回家喝老婆的咪咪得了，纯天然，解渴又营养。"耗子的老婆正往市里办调动手续，趁没上班之际两口子打时间差，结果很理想，老婆生了个大胖小子，快一岁了，还没断奶。

耗子回："请你一起喝？"

刘大禾回："你喝叫增进感情，我喝叫调戏妇女，不值。"

耗子又回："青蛙和袋鼠去找乐子，袋鼠三两下完事，听见隔壁整夜'一二三嘿！一二三嘿！一二三嘿！'好生羡慕。次日早上刚一照面，袋鼠佩服地说：'青蛙，你好棒。'没想青蛙头一耷拉道：'操，老子一夜都没跳上床。'"

刘大禾看完耗子的信息，差点笑喷。无奈在大街上，他忍了，心却难忍，笑得跟皮冻似的颤了半天。之后，他忙键回手机的信息界面，翻找砸向耗子的"催泪弹"。很快，他找到了，回复："一日，部分动物凑一起喝酒，酒过三巡后，把不住话门，开始狂侃。老鼠对猫说：'将来你们猫别想再蹂躏我们耗子，我正在跟蝙蝠谈恋爱，将来孩子会飞。'猫冷笑后指着猫头鹰对耗子说：'你知道吗，它已经怀上了我的孩子。'"

耗子回："郁闷。小鸡对奶牛说：'我们动物别自相残杀了，要一致对付毫无道理的人类，他们实行计划生育，却叫我天天下蛋给他们吃，都累死我了。'奶牛更愤不过，说道：'你还委屈，全人类都喝我的奶，谁管我叫过妈呀？'"

刘大禾回："你小子，哈哈……"

耗子回："哈哈，伤口疼的时候，麻醉一下有好处。"

刘大禾回："麻醉多深都会醒啊。"

耗子回："一切在预料之中。"

耗子那潜台词刘大禾懂。懂虽然懂，可心上并没闪现那种尘埃落定的释放感。他没再跟耗子摆话，遂回复道："回吧，知道了。"回完正要将手机装兜里，电话来了，一看号码，他心一咯噔，苏晓晓的，长途。略一迟疑，他键开接听键。

"好啊？"苏晓晓简简单单问，言简而意丰。

还是老声老调老感觉，没变。刘大禾骨头酥了那么一下，调侃道："很好啊，谢谢假意关心。"一个是有夫之妇，一个是有妇之夫，确实，死灰再燃起来，照样热烈。

"怎么了嘛，有郁闷也不跟我说说了？很见外了吗？"苏晓晓撒娇。

"哪敢，只是千里之远，怕这边打包寄过去，那里反是你老公接收了，郁闷不仅不是一分为二，反而是二一添作五，得不偿失，不敢率性而为啊。"刘大禾继续扯淡。

"样儿！"苏晓晓那边情意绵绵地骂他。

"过得好吗？"刘大禾趁机问道。很久没有听到回话，拿过手机一看，没电了。他摇摇头笑了，有些苦。这是不是冥冥中有一种力量在提示他，两人不来电了，就像感情已不在服务区，不必强求？这样想着，他就也没有心急火燎地找公用电话，给苏晓晓回过去。

这天晚上，侯红红倒了刘大禾的洗脚水坐进被窝里，一看时间，十点半了。此时，刘大禾摸住遥控器，正看体育频道的《篮球公园》。

侯红红一向最不爱看体育节目，拼尽吃奶的劲儿跑呀、跳呀、打呀、抢呀、你争我夺，甚至不择手段、吞兴奋剂，到头来胜利的笑失败的哭，一点儿也不生活。侯红红就爱看很生活的电视剧，尤其是韩剧，要你哭要你笑，要你恨要你爱，让你觉得你的生活被无限填充了，丰富了，延伸了，如此有滋有味。刘大禾每当看到她跟电视里的人物一起兴奋一起流眼泪，就要骂她弱智。可她就是喜欢弱智。

屏幕上的画面在迅速切换，一个脑袋光秃秃的黑大个在一群黑光头中没命地奔跑。哎哟，他抢了人家的球，人正拍得好好的，他抢了就跑，边跑边狠狠拍，还左顾右盼的。突然，球传给一个跟他穿一样裤头背心的黑大个，又传回来了，看把他紧张的，抱着球飞起来，飞啊，在一大片光头上飞，飞到一个筐上，将球稳稳搁进去。哗，整个球场喧腾起来。几个黑光头失意地立着下，像大雨中呆立的老槐树。另几个黑光头抱在一起。一大群黑光头跑过来抱在一起，一忽儿，刚才飞起来的黑大个被高高地抛向空中，一下，又一下，再一下。狂欢。狂欢。

"他谁呀？他身材真好，笑的表情也好，唯一不好是黑得发光。"侯红红说着就往刘大禾身边凑。

"玩弱智呀？乔丹，这就是篮球界创造神话的飞人乔丹！"刘大禾也宣泄似的狠狠挥了一下老拳。

侯红红顺势往刘大禾臂弯里钻，边钻边嗲着声说："我不管他乔丹皮尔·卡丹还是茶叶蛋松花蛋，我就知道当初那个飞满烟花的夜晚，我牵上了你的手，从此就走上了你的路，痛苦着你的痛苦，幸福着你的幸福……"

"为什么，说得人皮肉直跳？"刘大禾说着低头来瞧他老婆，灯光下，侯红红的眼睛湿漉漉的，一眨一眨，眨得他心上刺刺挠挠的。他知道，老婆要表演点儿啥了。通常都是这样。果然是这样。侯红红眼神巴巴地望着刘大禾："你没生气吧，老公，我妈和我弟那些话都是无心说的，你就当耳边刮了一阵风，好不好？"

刚才，他们两口子看完闺女回来，侯红红就硬拖着他去老丈人家吃饭。他说"我不想去。"侯红红就说："我爸你老岳父电话邀请过的，他老人家可把你这姑爷当半个儿看，不，是当囫囵个的儿子看，你可不能不领情。"都说到这份儿上了，就去呗。就去了。不料饭桌上他就被岳母和小舅子奚落上了，说他年纪轻轻的却不识时务，这会儿人样子好不顶啥，工作好也不值啥，学着为自己织网铺路的才是俊杰。工作这长时间了连这都没弄明白，还想往上攀，往上爬，扯淡吧！岳母娘跟小舅子那一通抽骨扒皮的奚落，让刘大禾当即就感觉有把刀子在他的脸上"嗖"地刺穿他的尊严，然后再不厌其烦地做着穿刺运动。不过他扛住了，还一个劲儿言听计从般"嗯、嗯"着。能咋着？老岳父做过官，正县级，一老一小自以为接受过熏陶，只是想要把"熏陶"表达出来，能有啥错？老岳父一辈子都坚持下来了，他一个正在遭遇

"官灾"的小女婿，听一听，还闹情绪了？

"我吃撑了，生他们的气，为么？"刘大禾嘴上说着，心里还真翻腾。被"拿下"心窝处憋出个疙瘩，他们不给消肿不说，又生生地给插上把刀。还真堵得慌啊。

"老公，你猜我在给你洗脚的时候想起啥了？"侯红红的小脸贴上来，跟刘大禾腻歪。老婆在做化干戈为玉帛的努力呢，他再死扛着就显没劲了。况且她要知道了他跟苏晓晓通过话，说不定怎样闹呢。就这吧，见好就收。刘大禾便将郁闷的目光从乔丹那儿收回来，平心而问："想到啥了？"

侯红红即刻眉飞色舞起来，你说："那样一个时候，我咋就牵上了你的手？这一牵我还就不想放了？"

"你就放一次试试。"

"不，我不放。"侯红红跟个少女似的轻轻摇着头说："穷也好，富也好，我都死死地抓住不放，就跟那个晚上一样。"老婆提起的那个晚上，是他们阴差阳错稀里糊涂走到一起的那个初见的晚上。结婚十几年，忙得无暇想起它，这会儿被老婆一提，他刘大禾马上就感觉过回去了，回到那个笼着一层说不清道不明的神秘夜晚。

十六年前的正月十五元宵夜，新认识的女朋友娄嫣子约他到惠民路上看焰火。那时刘大禾大学毕业一年又半了，通过田丰收的关系刚进到市中级人民法院上班。田丰收就是现在的田副市长，当时任市法院院长。工作找到了一个不错的落点，可爱情却回到了原点，苏晓晓在找工作无望的情况下，执意去深圳发展，就这，他一腔沸腾的爱恋被车站上那声刺耳的火车鸣笛戛然终结了。

他在还没怎么想重新开始的时候，在耗子的婚宴上，耗子的老婆给介绍认识了娄嫣子。娄嫣子是市职院外语系的老师，到底是学外语的，整个人儿像是被洋文化深深地熏过陶过，大冬天哈出一口白气来，似乎都不白哈，你若细细品来，指不定就被某种域外文化独有的迷人味道给熏陶了。后来刘大禾跟侯红红好上后，出于礼貌，找到娄嫣子，想给个交代。没想娄嫣子朗声一笑，叽里呱啦水一样顺顺溜溜吐了一大串"伦敦音"，跟口吐莲花似的。

刘大禾还是听明白了，那意思是，不，不，你没有错，你不用道歉。咱们中国有句老话，叫强扭的瓜不甜。谢谢你的坦诚，祝福你！那一刻，刘大禾谦谦地笑着，心下却风起云涌地想到了苏晓晓。苏晓晓倒不该去深圳，她外语差。娄嫣子倒很该去，找一家外企，锻炼个一年半载，说不定会成为一个攻城略地的"白骨精"。记得末了，娄嫣子还向他莞尔一笑，美不胜收的，说真的，他的心当时还酸了那么一下下。事后，刘大禾跟耗子的老婆这样开罪，我跟她在一起，像中国乡村的柴火耗子遇上英国剑桥某教授家的学者耗子，虽然都是耗子，可文化差异，生存背景，风土民情，吃喝拉撒，不好交融啊。

"老公，我常常越想越不可思议呢，你说那晚咋就那么天意呀！"侯红红抱着刘大禾胳膊，粉面贴紧刘大禾胸大肌，眼神雾腾腾地道。

"傻瓜，是你前男友想放手了，那晚那地方热闹，人手多，你好歹牵上一个，别看他抓心挠肝痛心疾首的，他心下乐得拱手奉送呢。"刘大禾调侃的目光还在电视上。

"嗯。"侯红红又发起嗲来，"老公，人家那时身后足足有一个排的人追哪，至于那么没人要吗？"

"哎，那倒也是。"刘大禾接着忽闪，"要不是你看上我无穷的魅力，刹那间心有预谋，上来偷偷牵我手的？你说，你当时要牵上个老光棍的手，那情节发展下去会是怎样一个结果？"

侯红红恼恼地笑了，上去拧刘大禾的大嘴巴："别恶心好不好？"接着又吴侬软语似的说，"老公，你不知道我当时发现被一个陌生的男人牵着，有多害怕，眼睛盯着你，脑子一片空白。"

刘大禾："说实话，你空白的时候，我已经不空白了。"

侯红红："你以前不说你也紧张得要命，心跳都没了？"

刘大禾："我今晚坦白，以前说的假话。其实我早发现被人牵错了手，可偷眼一看，这么天仙似的妹妹，哪还舍得撒手，多牵一会儿是一会儿。"

侯红红："人家害羞地低头不语。"

刘大禾："我记得后来我就拥抱你了。"

侯红红："没这么快嘛，老公，你先问我愿意交朋友吗？"

刘大禾："是，你愿意跟我交朋友吗？"

侯红红："嗯，我愿意。"

刘大禾："是不是就这样的时候抱上的？抱着你就跟抱着面条似的……"说着，刘大禾已紧紧地将"面条"拥进怀里。

当刘大禾拿着第七把菜刀在单位出来进去的时候，他的那个打军刀的赌已经张扬得像一篇小说，情节越来越丰富生动，甚至张扬些传奇色彩了。比如老高快被说成个会"绝活"的民间艺人，深藏不露的奇人了，技艺精湛，不仅能打出军刀，还能在刀把和刀座上打出龙翔云海的花纹。他承诺到时候还要配着军刀用真皮做一精美的刀鞘。

单位里有些人信这个赌，见着刘大禾了，会问："老高祖上是不是日本人？给佐藤、小野他们打过军刀？"还有的说："老刘，坚持，不过到时候别忘了让我们赏宝。"也有一些人不信，私下里说刘大禾在玩手段，好端端地被"拿下"，谁都愤不过，泄泄私愤，可以理解。只是兴许就吓住了鬼，兴许被鬼捣了鬼。为此，有人替刘大禾捏把汗，说这是在玩火，玩不好，自焚也不是不可能。

当天晚上，耗子请刘大禾与老黄到郊区一家全羊馆吃烧烤。在不怎么敞亮的雅座间，耗子给刘大禾开了一罐"百威"，三人碰碰罐一饮而尽。此后耗子又开了一罐递给刘大禾，低声说："哥哥，你玩的是行为艺术吧？"

刘大禾眼一挑："是又怎么了？"

老黄递一根烟给刘大禾说："怕他不吃这一套。"

"嗬。"刘大禾"嗬"的一声道，"他倒是喜欢吃钱，我没有，他喜欢巴结逢迎，我不会。"

"要不咱给上边递封信？"老黄说。

"拉倒吧。"耗子说，"没听说物价局一位仁兄往市委举报箱里投了一封信，没过多久，那位仁兄被投诉的领导叫了去，你猜那领导说什么？平静地大度地望着他，脸不红心不跳地对他说，就这信，每年市委里都压着很多，尤其是到了换届选举的时候。那意思是，你的投诉有可能真，也有可能是为着泄去不被提拔甚至是某一不可告人的私愤而无中捏造。你傻眼了吧？你没劲了吧？”

刘大禾独自灌下一罐“百威”，眼神红着。

“老刘，你不是真的每天要买一把刀吧？”老黄问。

刘大禾一笑说：“我哪有那闲钱闲工夫。”

“嫂子知道吗？”耗子问。

“没给她说，女人嘴快，也怕她担心。”

不知不觉，酒又喝深了。“唉！”又一罐“百威”下肚，刘大禾重重地叹口气，而后猛地深吸两口烟，眼窝湿了。“怎么了，兄弟？”老黄忙问。刘大禾声音沙哑：“告诉你们，兄弟，我有了个新发现。”“说来听听。”耗子和老黄都一副洗耳恭听的样子。“你们说中年男人像什么？”刘大禾丢个关子，听到耗子和老黄问像什么后，才说，“像汉堡包的夹心菜！我那天看到一个小孩子吃汉堡，我当即心一咯噔。我们这些不老不嫩的中年男人，上有生命一天比一天脆弱的老人，下有让人操心的孩子，中间就是身陷危机的我们自己，事业的，社会的，家庭的，情感的，压得你喘不过气来。我轻举妄动行吗？我意气用事行吗？如果我年轻十岁，我就能拧住李振华的脖子，让他咋给我拿去的，还咋给我拿回来。”

老黄的舌头也有些僵了，他冲刘大禾点点头说：“可忍气吞声也难受。老刘，事不能让你一个人……扛，我也得弄出点儿动静。实话告诉你们，我在整‘笑面虎’的材料，不给我们说法，我就托人找个时机交上去。这世道，王法还是能……讲的。咱都是执法人员，知法犯法，罪加一等，但真理永存，不会改变！”

“说得对！”已醉意盎然的刘大禾湿着眼圈道，“咱兄弟决不能乱来，但得努力，得表达个态度。不声不响，太怂了不说，也是对罔顾法纪的纵容。”

“是，我们是执法人员，更不能容忍他人糟蹋法律。好，咱一起努力表达个态度。”

翌日七点三刻，在百合花一样的阳光里，刘大禾拎着寒光灿烂的第八把菜刀在单位大门口与李振华遭遇上了。

“噢，小刘？”看到刘大禾，李振华一怔。刘大禾心下有些乐，看我像看到幽灵似的了？我要的就是这个效果啊。"您早啊，李院长。"他笑着上去搭讪。

"早早，还坚持着哪。好，好，胜利在望了。"能够看到，李振华脸上的笑容比一开始柔和多了。刘大禾心想，你脸上玩自若吧你，说不准都肾虚了呢。"是，李院长，我听您的，坚持就是胜利。"刘大禾声音响亮，底气十足。

"好好，连我也想一睹军刀的风采了。上班，上班去吧。"李振华说完快步头前走了。刘大禾清楚，他这一招直逼他的心理防线了。不过，看领导心虚，自个心间竟会泛上些不忍。不由得，刘大禾放慢了脚步。而正咬得牙疼，手机响了，是不久前认识的市快报记者，让他自然而然地联想起张飞绣花的那个老朱。"老哥，我接到你跟一个铁匠打赌的报料了，赌一把军刀。哈，这料儿挺抓人的。你看，我们找地儿聊聊，给你渲染渲染，造造势？"

刘大禾一听，这倒是他始料未及的。他急了，随后稳一稳情绪，边跟老朱"嗯啊"地寒暄，边权衡这事的利弊。权衡来权衡去，觉得还是不抖到报纸上为好。这不同于小品的包袱，抖落了，人笑了，完事了；抖落了，人不笑，你完事了。这不是小品，这问题很严肃。玩好了怪好，就着一边倒的呼声那事解决了。玩不好呢？给捅到网上去，众网民给你来个"人肉搜索"，如今好这么着的网民海了去了，真搜索得整个城市鸡飞狗跳墙，到那时，局面怕已跟泥石流似的，他想堵都堵不住。况且打赌那事，老高压根不知情，全是他一人所为。就是说打军刀的赌根本就是他一个人的杜撰，像一个谎。这一个谎现在只他跟耗子、老黄知道，如果编到快报上，肯定会快的全市人民一下就知道了。到时各种声音"乌拉"叫起，成笑柄倒不怕，怕的是他功亏一篑，说不定搬石头砸了自己的脚，这成本也太高了。还是不张扬好。于是刘大禾忙哈哈一笑说："老哥，你们快报快报，真快得可以，这还没有风，你们已捉到了影儿。忙别的去吧，没有的事。不过，谢谢老哥深情的关注。我今天有事走不开，你回家快报嫂子去，改天我请你吃酒。"

老朱还想据理力争，刘大禾又跟一句"真没影儿的事"，他那里便也哈哈一笑，忙说："白欢喜了，那好吧，就这样。"

节气过了大雪不久，天便阴沉下来，灰扑扑的云层一往无前地压下来，铺满郁闷的长空。阴来阴去下大雪，看来真要有一场雪下了。

这天，早早醒来，侯红红缩进刘大禾胸膛里，幸福地咏叹："老公，我爱你!"刘大禾拍拍老婆的手，回说："我也爱你!"两口子赖了一会儿床，此刻，光明大团大团地穿越厚厚的窗帘，照耀了整个房间。刘大禾伸手拿过床头柜上的手机，开机一看时间，口里大嚷着"晚了，晚了"，忙穿衣下床。侯红红打后面拍拍他腰间渐凸渐厚的赘肉，装出一副老气横秋的口吻道："慌啥，其实这年头，能保住屁股不挨打就已经是好事了，庆幸吧。"

刘大禾冷丁的一愣，老婆这句话就又戳到了他的痛处。床上无论多么和谐，一旦双脚站到床下，他要面对的那一切就又都汹涌而至了，绝没有随着床上水火交融的运动而减少，也没有随着黑夜的退守而远离。

据昨晚天气预报，全国将有一次大范围的降雪。记得听完预报，他老婆还笑着唱上了："2013年的第一场雪，比2012年来得稍早了一些。"刘大禾一边套着温暖全世界的"鄂尔多斯"，一边伸手拉开窗帘。果然，夜里悄无声息地落雪了，的确是一场大雪，远远近近高高低低的楼群覆盖在厚厚的积雪下，静默着像熟睡的婴儿一般，安静的世界也如同一幅巨大的黑白照片，浑然天成，无以复制。

很快，外面有了起伏的声音，附近早起的人们推开家门被厚厚的积雪惊到的声音，一边惊讶着一边拿扫把扫雪的声音，赶生意的出租车鸣笛的声音，一夜间银装素裹的城市醒来了，揉着惺忪的睡眼喧腾起来。刘大禾站在窗前，盯着这一切，居然有些激动了，恍惚一下子回到了几十年前他们那个挤满茅草房的小村庄，他还年轻的父母亲在忙着扫雪，许多各家各户还年轻的乡亲在忙着扫雪，他们兴高采烈地打着招呼，热烈地谈论着类似"瑞雪兆丰年"的话。无忧的孩子们，跑着打雪仗啊，堆雪人儿啊……一时，刘大禾那么多的记忆活了，暖暖厚厚，褪褓似的拥裹着他。"老婆。"他忙催促侯红红穿衣服，"快，咱们上街吃早点，然后一起步行上班。"寒气透过窗子的罅隙侵入到房间里来，刘大禾却没有觉得冷不可堪。

跟老公步行上班，侯红红有些不乐意，离单位那么远，迟到了可怎么办。但看老公一脸的热情，她只好抿紧嘴唇，将不乐意给吞回去了。此时大雪停了，只有极其细碎的雪埃，纷纷扬扬，在空中"玩"一样下着，俏皮的，难以落定。

侯红红突然心血来潮，脱掉手套，伸出掌心试着去接一粒雪。"老公，你说这会儿下的雪还是六个……哎哟!"她话还没落地，就打了个趔趄。刘大禾赶忙一个转身，伸手拉住了老婆的胳膊，这才没让侯红红倒地上去。

这儿是一家日化超市门口，厚厚的积雪被扫了去，残留的雪水在隆冬的早晨很快就结了一层薄薄的冰，一不小心，还真能让你找找溜冰的感觉。"来吧。"刘大禾张开臂弯，示意他老婆，"挎紧了，老公给你当拐棍。还有，我不明白呢，你咋说这会儿下的雪是六个'哎哟'?"

侯红红一笑，之后使着劲儿照刘大禾胳膊上掐了一下。

"哎哟。"刘大禾低声叫起来，"你什么鸟嘴，啄得煞疼?"

"我啄木鸟，找害虫呢。"侯红红说完，开心地笑起来。

两口子挎着胳膊，谨慎地走在上班途中。

两人拐入上海路，正调侃，突然，侯红红拿胳膊肘轻轻碰了刘大禾一下。刘大禾一转身，正看到步态高雅的"萨摩耶"牵着同样气质高贵且戴着大宽边墨镜的女孩子从不远处走过来。

侯红红眼神里飘过一丝嫌恶。"嫉妒了?"刘大禾贴老婆耳朵上问道，"要不你也找个把情人，把你包起来，过足这样风光又闲适的日子?"

"去你的。"侯红红脸一红道，"我这辈子就赖上你了，就跟你同甘共苦、同舟共济了，怎么的吧。"

萨摩耶犬走近了，两人并排站道边，给气质高贵的"黑超"让路。不料在那女孩子走过身边的时候，侯红红出其不意地伸出胳膊，晃两下，之后又闪电似的缩回来。刘大禾猛拉了老婆一把，小声嚷道:"干什么?"

等女孩子跟她的"萨摩耶"都走过去了，侯红红晒老公一眼，踮起脚跟趴刘大禾耳朵上说："她是一个盲女孩!"

"盲女孩?"刘大禾惊诧了，目瞪口呆的，许久。的确，老婆打那两下手势，那女孩一点儿反应没有。知道女孩子是个盲人，刘大禾好一阵子没说话。但心底里原有的对"萨摩耶"和那女孩的排斥、嫌恶，有如抽去柴薪的釜底，渐凉渐无。

"义犬!"他赞道。

他老婆接："这样的狗狗要花不少钱买呢。"

刘大禾没接老婆的话茬，脑海里都是先前女孩子跟她导盲犬的镜头，跟过电影一般。自己也有走眼的时候哪。刘大禾心间反而热热的，他想起张海迪那句话来："我要能站起来吻你，该多好。"残障人员的顽强心志，总能刹那间净化一个人的心灵，乃至灵魂。

心潮激荡间，刘大禾接到了老黄的信息："信递上去了，我满怀信心地等待结果。"刘大禾回复："不错，我们懂法执法的，总是相信正义的力量。"

此时，雪又渐渐大起来，飘雪花了，足足有铜钱那么大，气势滔滔地下着，仿佛"苏辛"无比豪放的诗词。

当刘大禾一如既往地拎着第十九把菜刀在单位门口遇到李振华的时候，是一个天空洒满金色阳光的美丽早晨。刘大禾暗暗笑了，他清楚，李振华一准在躲他，甚至算着时间，不愿碰上他。可没用，他总是能在其进出大门的时候与他适时遭遇，像是有神眼，或者说已与他心有"灵犀"了。这感觉很有些令人兴奋。

李振华脚下只一迟疑，便走上来拍着刘大禾说："小刘背包袱了是不是? 别有包袱，好好干，机会总会有的，是不是?"

"哪有，没有的事。"刘大禾笑着说，"放心李院长，我没背包袱，我努力进步呢。"

"这就好，这就好，只要努力进步，机会一定会有的。不过，小刘，明天起不要这样子拎把菜刀出来进去的了，好不好? 即便是打赌，这个样子也不好，国家公务员嘛。再说这事传出去，人家咋看你? 闹情绪？不是也是了。还有咋看咱中院？我这个领导咋当的？给我留点面子，好不好，兄弟？"

刘大禾眼神"惊"的一下，说："是吗？"而后装作刚刚意识到这些似的说："对不起，李院长，这事……恐怕我想得简单了。"

"这倒不是，事情倒不复杂，只是人多嘴杂。一千个观众就会有一千个哈姆雷特嘛。不过，兄弟，你相信哥一回，我心里有数，知不知道？"李院长再次拍拍刘大禾，完了摆摆手走了。院长到底是院长，口气软下来，也软得仿佛体恤下情。刘大禾肺腑上还是荡起了涟漪。转机来了吗？他不清楚。但他等着。

当夜，月落乌啼，寒星点点，赤裸着臂膊的刘大禾手拿一把菜刀与手拿一把匕首的李振华在护城河尾的芦苇荡边怒目对峙。刘大禾拳头紧握，眼露凶光。李振华开口便笑，一副笑天下可笑之事的度量。这笑激怒了刘大禾，只是这次他没有手起刀落，也没再从噩梦中惊坐而起，甚至没有醒过来。

第二天，刘大禾神清气爽地进到单位，发现办公桌上有张纸条，要他八点半到李院长办公室。有戏要上演了？刘大禾正浮想联翩，正巧见小小刘提着暖瓶打外面进来。

"刘科，刚才李院长打电话要您去一趟。"小小刘说着拿过刘大禾的茶杯，要给他泡杯新茶。

"我来吧。"刘大禾心不在焉地拿住杯子。

"我来，刘科要留着精力全心全意为人民服务呢。"小小刘笑脸如花地说完，愉快地忙活去了，很快，一杯酽酽的"碧螺"新茶推到了刘大禾手边，清新的热气袅袅蒸腾，氤湿了刘大禾的眼睛。

八点半，刘大禾准时敲响了李院长的门。

"进来。"

刘大禾一颗心七上八下地站在院长办公室门口，又站了那么几秒钟，方推门进去。

"小刘，来来，坐下说话。"李院长正看一份材料，见刘大禾进来，忙把材料一推，招呼刘大禾坐。刘大禾坐下来，没等说话，李院长已将一杯热茶推到他面前，开门见山地说："小刘，是这样，院里要去北京带个人，任务相当严峻，极度保密。你看，有困难吗？"

刘大禾听完李振华简短的嘱托，心下却有些犯嘀咕了，这是一出什么戏？葫芦戏吗？他李院长给自己垫起一个漂亮的台阶？

不管咋说，这是信号，这信号让他看到了重新"上科"的曙光。刘大禾眼神亮着，说："请李院长放心，没有困难。"

李振华春风满面地笑着站起来，摸住刘大禾的双手说道："疑人不用，用人不疑，我相信自己的判断。那就这样小刘，你先回去准备，明天八点在咱院里集合，由你带队出发。"

悄无声息地，一场干戈就这样化为了玉帛了吗？当晚，吃过饭，刘大禾眼睛紧紧盯着电视画面，脑袋里尽是信马由缰的猜想。旁边，他老婆侯红红在为他准备着出远门的随身物品。"老公，你这次真的是出去散心的？"

"是啊。"刘大禾说，"这段时间积压了太多的烦闷，都丢出去了，才好开始工作。"

"你不一直在坚持工作，一天班都没少上过？"

"傻娘们儿，可能会态度不同啊。"

翌日一大早，刘大禾拎着行李包，胳膊上挎着老婆侯红红，一道走在出发的路上。这当口，耗子发来一条信息："李突然接受审查。但原有安排没变。努力而为。"

老黄也跟了一条："又要同舟共济。共勉。"

他正要依次回复，又一条信息，苏晓晓的："干吗总不回电话？"他扭脸望望老婆，笑笑回道："我请示你嫂子了，她很吃醋。"觉着不够严肃，又加上两个暖字："珍重！"信息刚发走，一旁的侯红红嘴一撇道，"你可真够忙的。"

"哈哈，是吗？"刘大禾朗声笑着反问老婆，脚步跨出去，更是轻松、豪迈了。

路上的行人多起来，不断有渐渐熟悉起来的面孔在快要擦肩而过时，浅浅一笑，点头招呼。"下科"这段时间，他坚持步行上班，起初的擦肩而过，渐渐就都演化成了这样温暖的路遇。刘大禾不免心间一热，突然记起两句诗来：为每一座山每一条河流起上名字；陌生的人我也祝福你。

多好。刘大禾用力拥一下老婆。这就是千头万绪的人生吧。前行中，无论是一些无意义的重，或一些有意义的轻，骤然如大兵压境，让人难以承受。而活着的魅力，恰恰是，谁把稳了风口浪尖的舵，谁就扛住了始料不及的浊浪狂风。

这就是态度吧。人生多变故，无论怎样开始，重要的是用什么样的态度迎接结束。很多时候，那些突如其来的变故，真的不取决于一个人承不承受，而是决定于这一个人接不接受如何接受的态度。任何人，任何时候，拥有了滚烫的胸怀，有理有节的态度，才可以像扇贝拿血肉磨砺一粒入侵的细沙那样，将所有难以承受的无意义的重和有意义的轻，磨砺成给未来提供可无限怀想的珍珠。

出太阳了，红红的一轮太阳在灰的楼群和白的积雪间，奋力升起。一切像涅槃了一样，金色的光芒虽然还不太彰显明媚、炽热，但打在身上，已经暖暖得富有了灼魂荡魄的温度。

正值豆蔻

正好端端地说着话，女孩子颜如朝露的脸上，不测风云似的，霎时沮丧得不行，手上的动作也随之慢下来，慢下来，眼角大颗大颗的泪水潸然而出。

床上瘫了的女人只穿一条大花裤衩，眼睛直勾勾挺着，任由床前这个十四岁还不到的女孩子每天像在搓衣板上搓洗一件布衫似的给她擦澡。

女孩子叫蔡青，瘫了的女人是她妈妈，这样没完没了形同复制的枯燥日子已快两年。

"都是你，妈，都是你！"情绪有些失控的蔡青嚷起来，两手用力推搡人事不知的瘫子。"你可就这样躺着吧你，再不问我和根子的事。你有本事好起来呀！你好起来呀！"蔡青嚷着，扬起手，要摔毛巾的样子。可没有，她将毛巾整个捂脸上了。

床头那架老态龙钟的落地扇正不遗余力地摇头晃脑，私塾老学究似的，在一群各行其是的"小辫子"面前大诵"天地君亲……上中下……左右大……小多少……"屋子当央最体面的一块地方，是张方桌，漆的颜色已无从分辨，一块块剥落的漆皮画出奇奇怪怪的形状。要吃饭了它当饭桌，午后晚间碗一推抹布一抹，它就改弦更张，体体面面充当起如今蔡家唯一的男丁八岁蔡根儿的写字台来。这会儿就是这样，长得跟萝卜头似的蔡根儿正半拉身子趴上面写作业。

外面，傍晚的剪刀胡同口畔，依然热得像个火洞，初上的路灯仿佛害喜女子的眼，幸福得无精打采。呼噜完最后一口汤，把爷碗一推，嘴一抹，早早便把一张方桌摆在了自家门口。锯响就有沫，这不，摊子刚一扎下，老街坊们就冒出来了。从各家门里，各条胡同中，出来了。看的看，场面登时热闹起来。"冬暖夏凉神仙洞啊。"一局牌推倒后，歪头陈说，腔儿摆得千折百回的。"不怕开口咬了舌，你就拽吧你，还冬暖夏凉神仙洞，把老蔡家的日月换给你小子试试？"刘大妈点了歪头陈的炮，气不顺，嘴撇着翻他白眼，手下使了劲，呼啦啦一桌子的麻将块筒条不宁。

蔡青慢慢平复下来，她刚才怕是被白天的那场始料不及的大雨刺激到了。她平复下来，继续跟妈妈兀自"说话"，像真的有来有往地说。"听听，妈，老陈叔唱上了，准是和牌了。对啊，歪头陈，就那时常坐我爸的车不给钱的歪头老陈。老陈叔就这德行，和牌了就摆腔儿，摆得跟得荆州了似的。要是手臭总点炮儿，他就火了，苦着个脸，像全世界都欠他钱要不回似的。把爷常晒他，说这也叫作风！"

"妈，要说愣子哥，也没那么愣呢，今天多亏了他，要没他帮，那么多菜准叫雨拍成菜泥了。"白天下大雨了，"哗"就下来了，像有人使坏，端了盆往身上浇。从上午十点下的，不停着点，不减势，直下到夜幕低垂。那雨真下得急，好多人没防备，一下子裹进去，衣服即刻就浇透了，连五脏六腑都给浇透了。不少人叹，几十年一遇啊！叹得那样惊疑不定。大雨里蔡青哭了，哭得肆无忌惮，旁若无人。无助呗。能怎样？各人顾各人都还来不及，把爷来不及，燕子姐来不及，政权妈妈想剜她一眼都来不及。倒是愣子，开天辟地做了回英雄。

愣子叫周光辉，留着球头，整天在菜市上闲逛，好吃懒做，愣而不够聪明，就都称他愣子了。愣子倒也不反感，叫就应，像愣得有理。不过帮蔡青那会儿他倒不愣，密密的雨帘后，他神情郑重、沉着，跟抢险似的，一把抢过蔡青手里的塑料布，三两下蒙好一车的菜，便命令蔡青坐车帮上，后顶着怒潮般的雨幕，载她回了家。第一次，蔡青正眼看愣子，叫他"愣子哥"，声音甜腻，眼神依顺。那一刻，天不怕啥不怕啥事不问陆事不睬的愣子，被蔡青一声"愣子哥"叫得足足局促老半天。

"妈，大雨里我好想一个人，狠狠想，想得心都疼了。就是我爸！我爸要在，我哪能那样惨？唉！"蔡青叹着，望望窗外。窗户大开着，可一丝风也没吹进来。外面压根没风，不仅没风，还燠热得很。雨下得多大啊，下了一天，仍不见透亮。像一个人哭了，没哭痛快，没哭透亮，郁闷难受，总要一股脑儿都哭出来才好。人有郁闷要释放，变成眼泪哭出来。天也有郁闷要释放，化成雨雪落下来吗？天是不是也要有个性儿？

床头那架落地扇依然忠心耿耿地摇头晃脑着，可费心创造的风尽是热风。不如不扇。可真关了，又不如扇着。毛巾湿漉漉的了，蔡青就拿去水盆里洗了，拧半干，抻在手上。"妈，今儿的菜赔大了，本儿都收不回。"她继续自说自话。"连耙爷都赔了。政权妈妈可是个人精，她也赔了。整个菜市上没谁不赔的。"老蔡女人突然"呐、呐"着，头一歪，嘴角流出一大泡涎水来。蔡青紧着伸手接，说："菜赔了，难受了？"蔡青边说边去将盆里的水倒了，重新调一盆温水来，再将毛巾洗了，拧半干，抻在手上，给她妈擦脸。"不高兴了？还知道不高兴？好吧，女儿就给你讲个可笑的事，燕子姐讲的，好笑死了。"说"好笑"的时候，蔡青汗津津的脸盘上，有丝丝缕缕揭秘似的笑飞掠而过。燕子姐说："有个十二岁的乡下女孩小翠，为了贴补家用来到城里一家做鬃刷的工厂中干活。一天她发现那儿长了许多黑毛，以为是被那些鬃刷传染的，就跑去问老板娘。她说：'老板娘，我被鬃刷传染了，我那儿长了好多毛。'老板娘笑了，说：'傻孩子，这是正常的。'小翠还是不相信，于是老板娘就把裤子脱下来给她看，她才半信半疑地信了。又过几个月，小翠那儿的毛越长越多，她又开始担心，就又跑去找老板娘，刚好老板娘不在，她就把这件事告诉老板。老板笑着说：'不用担心。'小翠还是不相信，老板就也将裤子脱下来给她看。这时小翠吓哭了，说：'连柄都长出来了，还说不会被传染。'嘻嘻，笑死我了，妈，小翠好傻啊，都多大了，女孩子好多好多会有的秘密都还不知晓。"

"姐姐，你笑啥？什么柄长出来了？"此刻，被惊扰到的蔡根儿探着身子，一双好奇的眼睛老大地瞪着，似俩洞开的小门，迫切期许着把这个庞大博杂的世界五行八作、五花八门、姿态万千、包罗万象的人事物事统统填进去，它好阔绰起来。

"你作业上有这样的问题吗？多事！"蔡青转过身来瞪住弟弟，饱满光洁的额头上，一缕长发粘在上面。"好好写作业，待会儿姐姐检查，错了看姐姐怎样搂你！怎样搂扁你！"蔡青拿眼睛狠狠剜弟弟，强装毒的眼神却仍掩不住原本年少的纯真。灯光柔和，水一样润着这张略显苍白的小脸，让你忍不住想走过去，抚摩她的头，或者将她额上那缕湿发甩到她脑后去，又或者将她拥进怀里，拍拍她瘦弱的肩头，在她额头上轻轻地吻她，疼她一下。蔡青再转向妈妈的时候，"扑哧"笑出声了，她忽略脑子正在开窍的弟弟了。

其实，要说蔡青脑袋瓜也没怎么开窍，燕子姐就常常点着她脑门发狠地说，榆木疙瘩，不开窍！不过有时候燕子姐也会说："你就是说不开窍它开了、说开窍了它又没怎么开的程度。"燕子喝的墨水少，小学差仨月才毕业，所以形容蔡青的情商只能含糊说成"说不开窍它开了、说开窍了它又没怎么开"。假如书读得再深些，再泛泛些，她就会表达成"适值豆蔻"或是"正值豆蔻"了。不过这不影响蔡青的心情。况且蔡青喜欢燕子姐这样说，听着很公道。就像一朵花，怒开了，她没到年龄；一点儿没开，她也没那么不懂事。

再过几天，蔡青才满十四岁，岁数不大，个子却长得高。燕子都十九岁的大姑娘了，蔡青倒比她高出半头去。跟蔡青一样，燕子也在幸福街菜市上卖菜。在蔡青突然脱离她原来的成长圈子，在她突然丢了父亲而母亲又傻掉的时候，是燕子火炉一样偎近她，大姐姐一样为她补足女儿家成长的必修课。比如蔡青将曾经那样困惑她的一个心病假托是她的同学魏潇潇害的，说给燕子听。燕子笑了，说很正常啊，人是从动物变来的，得做动物一样的事。人已经不是动物，能做动物也做不成的体面事。"那男的跟女的'这'了就要生宝宝吗？"蔡青紧跟着问。燕子不解，问'这'是啥？蔡青的小脸一下红了，扭捏着说："魏潇潇说了，就是男的跟女的那样了。"这下燕子懂了，点着蔡青的脑门说："说你不开窍还真不亏你，要男人跟女人一那样就生孩子，这

233

正值豆蔻

会儿人多得就站不下了。"燕子简简单单就能把蔡青多得多的心病说得很正常，渐渐地，蔡青心灵上淤积成的硬伤块就消肿了，就能心怀舒展地笑了，也从此跟燕子贴心贴肉地亲。

菜市上不忙的时候，耙爷、歪头陈们喜欢躲树荫下搓麻，燕子就喜欢拉蔡青缩在角落里叽叽咕咕耍。燕子常跟蔡青讲小翠那样的粗野笑话，声音压得很低，低到嘴巴咬着耳朵。蔡青爱笑，有时"咯咯"笑得花枝儿摇曳，不一定是笑话逗得，是燕子姐嘴巴吐出的热气息搔得她耳郭痒。若真的是不便入耳的笑话，燕子那里没说了，她小脸就"腾"地红了，跟乍开的桃花似的。说话听声，锣鼓听音。尽管诸多世事蔡青还显懵懂，可燕子话音里藏匿的那些意思，她也能懂一点了。

汉字里的男与女，原本没有事，扯得人多了，也就有了"事"。自打来了"那个"的那个初夏开始，像一阵风过，蔡青的小脑筋就被轻轻悄悄地吹开了，如一本刚拆封的红粉宝书，先是设计简约的扉页，继而是些许内容的一页，图文渐茂的一页……蔡青慢慢慢慢初谙"事"了。初谙"事"的她一被"事"拥住，就会觉得一只异样的巴掌在她左右脸颊上轻轻地贴，一个小感觉随一缕冰冰凉的闲风倏地钻入肺腑里，左绕右绕，末了躲进心房，能害得她好一阵儿像在一块微震的地皮上恍惚。

还在上学那会儿，蔡青她们这群刚刚蓄起花苞的女孩子，不靠父母，不靠老师，靠自家的眼睛和耳朵，像捉风捉影子那样，从外界零零星星捉到一些信息，渐次发现并认识了女儿家成长中一个又一个的变化跟秘密，自觉成长着。她们总能寻得一个又一个确保私密的角落，就跟现在的她和燕子一样，交流各自的小变化、小秘密。比如在女WC。他们学校的建设人性着呢，男女WC就像脑袋上的俩耳朵，一个校园东一个校园西，共同存在，永不相扰。女孩子于她们的WC中可以放肆地说话，不用怕男孩子听去。她们甚至特意大声说，让那些被世事边缘在外的小女孩子羡慕得直想长大。

今儿谁谁哪儿怎么了。明儿谁谁哪儿又怎么了。怎么了的将来会怎么了。怎么晚了的将来要怎么了。弄得怎么了的心里揣个兔子似的慌慌地跳；还没怎么了的心里也揣个兔子似的惶惶地跳。

她们里面总数魏潇潇怎么了第一早,她蔡青怎么了最晚。魏潇潇就总说话权威,她爱说那当然,那当然,巴巴的小嘴捍卫着她的权威,像她小解她务必亲自上 WC 那样,毋庸置疑。

蔡青在"事"上被启蒙就缘于魏潇潇的一次权威发布。那次魏潇潇说她亲眼在她的电脑里看到了男人跟女人裸着身子抱一起,女人还流了好多好多的血哟。蔡青她们几个瞪着惊兔似的眼睛说不相信,打死都不信。魏潇潇急了,一个星期天,趁她父母外出,电话约蔡青她们统统到家里。在窗帘拉得严严实实的魏潇潇的小房里,几个女孩子紧紧偎一起,诚惶诚恐地盯魏潇潇开机、放碟、推进……偎在一起的心儿"扑通、扑通",打鼓似的,就连尘埃不经意的游走,也能惊她们一跳。先是一段文字,很模糊,静静不动。她们谁也没看懂是什么,因为压根就没在意看。不久,画面跳了出来,一间逼仄的厨房,一个漂亮迷人的外国女人,金黄头发,蓝眼睛,穿宽松的白 T 恤,牛仔短裤,先是掂起奶锅,放下,又拿过刀叉,又放下,整出一阵叮叮当当的噪声,接着似很烦恼地搔搔头,挠挠脖子,总是心不在焉的样子。看看是这样的画面,七八个女孩子稍稍坐正了,"嘘"地深深呼吸。魏潇潇却神神秘秘地笑,不说话,那意思是,戏在后头,接着看。接着看画面,女人已经走出厨房,边走边脱去 T 恤,穿过客厅,进了洗澡间。"她洗澡去了,你放错了?"万露露小声问魏潇潇。魏潇潇依旧不语,很快,她朝画面上一努嘴。"妈呀!"蔡青先叫起来。画面里,一个壮实的黑男人向女人的房子走来。女孩子们紧张起来,甚至不能呼吸。她们感觉狼来了似的,虽然黑男人不是走向她们。"她在洗澡啊!"蔡青又叫。魏潇潇斜了蔡青一眼,很自若。可几个女孩子没法自若,全都打着牙战,抱紧自己,瞪大眼睛……后来的内容就是魏潇潇说的那样了,看得蔡青胃肠里翻腾,差点就吐魏潇潇家地毯上了。

"男人跟女人干吗要这样?"

"那当然要这样,生孩子啊!"

"一这样就能生孩子?"

"那当然,否则他们干吗要这样?"

"不疼吗?"

"那当然，鲜血嗳。"

"我们长大了也得跟她们一样吗？"

"那当然，我姥姥说了，男人就是种庄稼的命，女人就是长庄稼的命。"

一群偷偷摸摸窥觑了伊甸园秘密的女孩子，叫情窦捉弄了，眼仁全羞得低下去，脸庞红得像秋后经霜的苹果。但心底里却莫名其妙地振奋着，鸟儿啄了一样，兴奋，却微微疼痛。

好长好长一段时间，蔡青不愿走进她爸妈的卧室，尤其他们睡觉的时候，非要经过，也不愿朝那儿看，她怕有极其难堪的一幕被她闯见了。那一段日子，她总忍不住套她妈妈，问还生不生孩子了。老蔡女人好性儿，说话就像哄孩子。"你们想要啊，那就再生几个好了。"她说。不料蔡青的小脸一下苍白起来，她生气了，大声嚷："我不要你们再生孩子了，不要！"等明白闺女的意思，老蔡女人呵呵一笑说："我哪想再要孩子，你们两个小祖宗就够我跟你爸难为的了。"

蔡青总觉得魏潇潇那话忒狠了，轻轻一说，就让你刻骨铭心。魏潇潇说："那当然，你们的爸妈也这样！我们就是这样来的，人类就是这样来的！"蔡青当时还想笑，人类是多伟大的一个词，怎能跟"这"扯到一起说？人类很伟大，"这"很伟大吗？然而蔡青没笑出来。她想她要"噗"的一声笑出来了，她的那些女同学会狠狠讽刺死她的。就说她的爸妈吧，又没被例外出去。

"老师说过的名人也要这样吗？"

"写进书里的伟人也要这样吗？"

"那当然，他们都有孩子，有孩子就得跟他们的女人这样。有的都有好多个孩子，就得跟他们的女人这样好多次。"魏潇潇的权威绝对权威，不容置疑。

也就那一刻，蔡青就觉得心里有东西呼啦啦被推倒了，多米诺骨牌一样。就像那次课间时间紧，她不得不去了女教师的 WC，没想一眼看到露着白白屁股的她们的历史老师，她们全班统统表示 OK 的那张俏脸因为便秘红得猪肝似的。她"啊"的大叫着跑出去，从此不喜欢历史。

随后，蔡青读书也好，看电视也好，再听到说谁谁很伟大，她会情不能已，偷偷地笑。有一次她爸爸竟被她笑毛了："傻丫头，你笑啥？郑和不伟大吗？一个太监在航海条件那么落后的明朝就七次成功地下西洋，简直太伟大了！她笑出声了，嘴里的桔瓣儿喷出好远。就一阉人！男人都做不成了，还叫伟大？"她缩着头小声嘟哝，而后伸伸舌头。

　　自此，成长中的蔡青开始有困惑了，越来越多的困惑，像三月的柳绵，在她混沌的天空里，密密匝匝，纷纷扬扬，挥之不去。就说那一个星期五的下午放学后吧，马成功跟他的一群喽啰在八仙胡同口截住蔡青。他们原本勾肩搭背站成一排，等蔡青近了，他们嘻哈着兵分两列，迅速闪开。"啊！"蔡青尖声大叫，随即捂住眼睛。那是空阔处，一对偷欢的狗在兴奋地野合。"浑蛋！"蔡青捂住眼睛对马成功他们大声骂，声音都直了。此情此境，令她一下子想起在魏潇潇家看到的那一幕幕，脸烫得不行，怕心上的皮肉都烫了。狠着劲剜马成功一眼，蔡青便转身跑去，一路飞快，"啪嗒、啪嗒"，脚底板踩得生疼。就这样，她很重的一块心病生成了："文明的人类干吗要做动物一样的事情呢？"这样一块心病一经患上，就常常会莫名其妙地蹦出来闹蔡青。进入青春期的蔡青夜里会被自己梦进"这"里去，那人就是马成功，强行要跟她"这"。一个月一次，很准。醒来身子下一抹，一准来例假了。

　　成长是一件很有意思的事情，让人兴奋，也让人惶恐，隐隐地甜着，隐隐地痛着。蔡青和大多女孩子一样，在一大堆莫名其妙的问题中默默成长着。原来女儿家的变化跟秘密，不像街两边这些顶在门脸上花花绿绿极尽惹火之能事的招牌，由得人看，由得人说。秘密就是私密，只能私下里说说，私下里羞着。所以，每次当燕子将她蔡青就那么轻轻往"事"里一推的时候，她的小脸不由得就私下里红了。

　　这样的时候，蔡青会不由得想同学，吵过嘴的同学也想，除了不想马成功。只一想马成功的名字，蔡青手下不觉狠了劲。"哎哟！"蔡青"哎哟"一声，小手被母亲凸起的股骨弄得疼了。就不想马成功，想老师都不想马成功，批评过她的老师想，历史老师也想。她突然记起历史老师帮她折衣领的事来。一次上历史课，她正眼睛扎进桌肚里入神地看《我的第一次》，魏潇潇偷偷塞给她的。正看得兴起，同桌万露露不动声色拿胳膊肘捣她。她"惊"的一扭脸，见历史老师正严厉地望住她。她马上抱住小肚子，眉头皱皱着，装出疼得不堪设想的样子。历史老师慌了，忙伸过头小声问："怎么了？怎么了？"她嘴巴贴上历史老师耳朵，气息奄奄地说："来那个了。"历史老师忙关切地问："要紧吗？"她苦着脸摇摇头说："没事，能坚持。"历史老师信以为真了，轻轻拍拍她说："趴位上休息会儿吧，很快会好的。"临走时，历史老师还帮她将窝进衣服里的领子轻轻扯出来，折好。而等历史老师走后，她趴在位子上笑啊，都笑岔气了。这会儿想想，历史老师是那么好的老师呢。

蔡青想啊，想得心儿涩涩的。上学原来可以这样好，那时怎么就不觉得呢？时间能倒流该有多好，她就能跟串门一样走进过去，看看想念的同学，说点小悄悄话，做点小悄悄事。就算再被撵进教室，塞到位上，写让人头疼的字，背让人胃疼的书，做让人肚子疼的题，她也愿意。真的。

还是最想爸爸，最想走回爸爸不见的那一天。蔡青有些伤心了，五脏六腑都忍不住一咯噔。要真的能那样，她要死死拉住爸爸的手，看好他不让他出门。她跟妈妈还有弟弟，宁愿不要爸爸挣那一天的钱，只要爸爸好着。蔡青的鼻子酸酸的。

蔡青再次将毛巾浸到水盆里，摆一摆，捞起，拧半干，抻在右手上，一边撑起母亲的花裤衩，一边伸进去轻轻擦着。继而，她大声接上原来的话茬："快听，妈，刘大妈在笑呢，她这叫春风得意，叫人逢喜事精神爽，她准是和牌了。人高兴了都一样。等我爸不定哪天站在我们面前，你，我，还有根子，我们也会这样大笑，笑得眼泪哗哗地淌成河。"

老蔡女人眼睛直勾勾地躺着，像脱去魂魄的行尸走肉。

妈，我想我爸是离家出走了，到南方开出租去了。听说在南方开出租车可赚钱了，我爸是去赚大钱去了。不跟咱说呢，是怕你吵他，是怕咱扯他的后腿。等他钱赚得足足的，他一准会回来，一定会回来。

他哪里去找妈这么好的老婆？找我和弟弟这么好的儿女？妈，我不是吓你，你可赶紧好起来，等我爸有钱了，开着好车，穿着体面衣服，回来一看你是这个可怕的样子，他要不要你，我和弟弟可没法帮你。你听进去了是不是？听进去好，你好好吃药，好好长胖，我，还有根子，我们三个都好好生活，好好等着爸爸回来。

十三岁的蔡青说得自己眼睛亮亮的，满脸是泪。再看老蔡女人，早已睡着了。

屋子里两个房间大的空间，亮着一盏像害着眼病的灯泡，黄巴巴的灯影，将一应不怎么分明的物件温暖地拥在一起，像拿砖头候补上一条腿的案板，少了一只耳朵的菜筐，剥落得像眼睛或是女人家背影的墙皮，打了红色补丁的白蚊帐，原本老弱病残、千疮百孔的家什，这会儿因着温暖的拥抱，倒也有了些许要你动心的诗意来。

"根子，来帮姐姐一下。"蔡青在门外叫弟弟蔡根儿，声音哑哑的，像做着很吃力的事情。安顿好傻瓜妈睡下，蔡青还有好多的事情等她做呢，很累也不行，事情不会因为她累，就自灭了。

"总叫我。"根子刚刚写完作业，正往书包里塞书呢，听姐姐叫他，小嘴嘟起来。

"不叫你叫谁？不听话看姐姐怎样揍你！怎样揍扁你！"

蔡青的话凶狠地从门外冲进来，声贝很高。根子忙放下正在收拾的书包，跑出去。说话间，姐弟俩从门外抬进一个蛇皮大包。

"根子，走路注意点儿脚底下。"

"知道。"根子的小脸通红，吃不住劲儿的样子。

"知道，知道，你认'知道'为妈了，只会说知道？把你菜弄坏了，看姐怎样揍你！怎样揍扁你！"

"知道。"

"好了，轻着点儿放。"

"知道。"

姐弟俩把蛇皮包小心翼翼放在饭桌旁边的空地上。

"去吧，根子，收拾书包去。记得别像上次把作业落家里，末了挨老师吵。"蔡青拉个马扎坐下来。她瞥弟弟一眼："根子，把书本放齐了再装，看你整天书包里乱得像书本打架。还有，收拾妥后去帮姐姐接盆水来。别不高兴，姐姐说你是疼你，是教你长大。政权姐姐咋不说他？宁宁姐姐咋不说她？他们是人家，人家姐姐不乐意说呢。"

蔡青随手将蛇皮包解开，那是她白天卖剩下的各样菜蔬。天好了，蔡青的菜一般所剩无几。今儿个的天不好，大半天都在下雨，滴滴答答像女子哭嫁的时候少，气势汹汹像天兵打架恼了就掘了天河口的时候多。想着今天生意该好的，城市人最稀罕尝鲜，一大早她有些像赌，将把爷进的两样稀罕菜，水菇跟台蘑，各进了一份来。她原本也犹豫，可把爷是谁，是手把手启蒙她走上这条路的人。冒风险的事儿前怕狼后怕虎的也不好。"总之你不用怕，我那边一开张，你这边张就也开了。"把爷跑六奔七的人了，黢黑的老脸像挂在岁月风口的一颗经年老核桃，沟沟壑壑里满布着陈年的智慧，还有慈祥。"吃一堑，长一智，吃一挫，长一着嘛。"把爷接着启蒙。今儿个的天倒是让蔡青长了个心眼：卖菜也要看天。

清清的水在蔡根儿认真端正的瓷盆里荡啊荡的，终没荡出来。盆底儿上的莲藕娃娃捂着鲜红的小嘴吃吃地笑。蔡根儿心说："笑，笑，我又没洒出来，笑你个大头笑？"

"根子，放地上。"

蔡根儿把盆放地上。蔡青抚一下弟弟的大头，就紧着把成捆的青菜打开，挨个过遍清水，再到东墙窗台下通风的长条案上薄薄地摊开，晾晾干，等明天一早好重新扎捆。夜半能起一次给它们翻个身更好，可每次蔡青都没能起来过，一觉睡到把爷那边叫她。蔡青总是很困，连梦都没做过。

蔡根儿看姐姐将脱棵的菜叶单放一旁，小眼瞪得圆圆地嚷："姐姐，政权说他妈妈都不把瞎菜叶扔掉，裹进捆里多卖钱。"

"可每次的菜，政权妈妈剩的最多！"蔡青头也不抬地说，此后利索地分着脱落的菜叶跟菜棵。菜叶单放一旁，自家吃。完整的菜棵洗去雨水，不易坏。清清的水，白的指头，翠的菜叶，灵巧的动作，柔弱的身板，专注的神色，温暖拥着蔡青的这一应张扬些诗意的灰不溜丢的贫穷家什。可以入画了，厚重的油画，就叫《洗菜姑娘》。

"政权说他妈妈赚好多好多钱，他们家就要盖高楼了。"蔡根儿继续嚷。

小屁孩儿家懂个啥？知道吗，耙爷不叫学政权妈妈，她那叫看小钱失大利，得不偿失。

政权妈妈的菜摊儿紧挨蔡青的菜摊儿。政权妈妈长得跟富人家的耗子一般，胖胖的身材，一张多肉而显憔悴的脸。她恭恭敬敬盯着买她菜的体面人，像恭恭敬敬盯着钱票票。可看不如她的人，比如看她蔡青一家，眼睛眯眯着，就像看大街上因着丧家而低头寻食的野狗。她似乎很会把摸给予不同的人是轻蔑还是尊敬的分寸。蔡青反感她，又怕她。

蔡青给青菜们洗洗澡，一边嗔它们太娇气。说起青菜们娇气，蔡青可有话说呢。像今天这样经不得雨淋还不是最可怕的，最怕的是晴天日头毒，它打蔫。打蔫的青菜就像有了伤心事的女孩子，或者就像她蔡青一样突然掉进不幸里，不水灵，不鲜活了。不水灵不鲜活的青菜，不好看。不好看自然不好卖。很朴素的道理。

"要不买把大遮阳伞?"耙爷说。可他接着就说，"怕买不起，要好几十块哪。"

蔡青真的买不起大遮阳伞，可时日久了，她就也琢磨出妙招了。日头毒的时候，她单单给小青菜们遮把小雨伞，还备有一瓶凉井水，装雪碧饮料的那种塑料瓶儿，塑料盖用妈妈那时套被子的大针扎出许多小孔，一个简易的洒水器就成了。蔡青给它起了个很阳刚的名字，叫"护花使者"。饿出来的见识，穷出来的聪明。这话果然好使。

蔡青喜欢"护花使者"这名字，听上去特别让女孩子感动。她有时候会偷偷梦想，她要有一位"护花使者"该有多好哪！她不要他有钱，不要他有势。当然愣子那样的不行，空有一身力气，可不正干。不正干的人怎好让人依靠呢？也不能是马成功。她总觉得马成功是飘着的，像一片云彩，指不定一股风就把他吹散了，吹跑了，况且她讨厌他。要找就找强壮的，气吞山河的那种。那样，在政权妈妈欺负她的时候，他单单往那儿一站，就能震住政权妈妈。震住那只肥耗子，就是保护她了。受欺的时候，艰难的时候，蔡青就这样想，微微闭上眼睛想。若是打这样的沉思中咯噔一下醒来，她会晒自己，羞！跟晒别人似的。

蔡青做的"护花使者"可好使了，菊花菜呀，包心菜、紫菜啊，叶呀花的不等它蔫了，拿"护花使者"给它们淋些毛毛雨，那作用，立竿见影。而在给小青菜们特殊照顾的时候，不知怎的，蔡青总会不由得想起她的同学万露露。万露露就特别娇气，其中有一样，就是怕太阳晒。还记得上体育课的时候，万露露总爱跟老师请假，说太阳一晒，她头就疼，就晕。体育老师是个年轻的男老师，社会常识的短缺使他拿不准是万露露真的那样，还是女孩子家的特殊情况，每次都准她假，让她去操场边的树荫下玩去。可偏偏轮到别的女同学，即使是你女孩子家的特殊情况，像自己那次，体育老师的眼神却迟疑起来，不止一次上上下下地瞧她，瞧得她心儿发毛，脸当即就红起来。体育老师看她脸红了，反倒硬着口气说，跑步去，有情况等下课。他以为她脸红是说谎说的了。还真是，好像万露露生来就是让人爱让人护的。她蔡青就像这会儿她刚刚摸在手心的这个小土豆——蔡青即兴给它起名"土豆甲"——好像她蔡青跟小"土豆甲"一个样儿，禁得日头晒，禁得雨水淋，禁得摔打，禁得存放。凝望小小的"土豆甲"，蔡青的心情骤然就柔软了。她怜惜起小"土豆甲"来，缓缓将小"土豆甲"放进水里，好好给它洗洗干净。多光洁可人的小"土豆甲"啊！蔡青又矫情地将它放唇间亲吻，品出一个感觉了，像亲吻自己。

"姐姐，生土豆能吃吗？"

"这个死根子！"蔡青脸红了，赶紧往灯影里撒身子。"快洗脚去，洗了睡觉，睡晚了明天起不来看姐怎样揍你！怎样揍扁你！"

"又凶我，我就问问嘛，又没不听话。"蔡根儿嘟起嘴洗脚去了。

蔡青将小"土豆甲"另放一处，又洗起别的土豆来。她手下加了速度，夏天的夜深得快。

青菜是女孩子，土豆茄子萝卜样的就像男孩子。蔡青常常忍不住这样想。自己生为青菜一样的女孩子，怎么就沦为土豆一样的人了呢？蔡青也常常想到这一点。可想到这一点的时候，蔡青会莫名地感觉她的前面挡了一堵无边的墙，她的"想"总也不能破墙而过，像抓一把青菜一样抓出她想要的答案。

"姐姐，老师叫上电脑查'衣食父母'的意思。"蔡根儿一边洗脚一边瓮声瓮气地说。

"你们老师真是，人家有电脑的可以上网查，没有的怎么查？根子，你不能学上网，姐姐要听说你学上网，看姐姐怎样揍你！怎样揍扁你！"

"你那时还上呢。"蔡根儿的眼神横横的。

蔡青瞪弟弟的眼睛竖起来了，砍人的刀子一般。"那时有爸爸揍我，这会儿爸爸不在了，就该着姐姐揍你，你信不信？"

"那我不会咋办？"

"去问楼上的叔叔。"

"不在，我刚才看了。"

"那姐姐告诉你吧。说，什么词来着？衣食父母？"蔡青停下手里的活儿，认真回想的样子。蔡青很快说，"衣食父母就是给孩子买衣服穿给孩子做饭吃的父亲、母亲。"

蔡根儿不乐意，嘟起嘴。"老师说不能是自己的爸爸妈妈。"

"你们老师真是不可思议，不是自己的爸爸妈妈，难道还是人家的爸爸妈妈吗？"蔡青嘴巴一撇，"倒是说说，谁家的爸爸妈妈给你买衣服穿？给你做饭吃？"

"反正不是姐姐这样的答案。姐姐。"蔡根儿讨好地看蔡青，"我要字典，给我买字典，我会查字典。姐姐，政权的小，十一元。宁宁的大，六十元。我要小的，不要大的。"蔡根儿一副讨巧卖乖的样儿盯蔡青。

"小的还要十一元啊？"蔡青依旧低头洗菜，"妈妈两天的药钱，咱家一星期的油盐钱。不行，姐姐没钱，你查政权和宁宁的吧。"

"哼，姐姐没本事，姐姐不支持我上学。"蔡根儿撅起嘴来，"我要查政权和宁宁的字典，他们就让我放学给他们背书包。给他们当奴隶，我不干。"

蔡青想笑，弟弟还知道"奴隶"了，长进了。却没笑出来，心一下子酸掉了。弟弟说她没本事。弟弟不知道她有多难，多委屈。蔡青的眼圈红了，她没有回弟弟的话，将头深深低下去。肆意的泪，一滴一滴往下掉，掉手上，热热的。蔡青心里也悔悔的。爸爸那会儿买得起，自己怎么就不爱学习的呢？那时要买了这会儿恰好给弟弟用，会有多好。还有楼上租房子的叔叔，什么时候能不拖欠房租呢？耙爷是帮着把楼上租出去了。租房子的叔叔是个大学生，毕业后想待城里寻份工作，哪想这年头找工作一点也不像伸手到馍篮里抓馒头那么容易。那租金就有一搭没一搭地给。蔡青哪天碰到跟他要，他就说给蔡根儿当义务家教好了，家教是家教，租金一分不少，只是能容他缓一缓。说得蔡青的心再硬不起来。事实上家教总不上岗，房租也照样拖欠。又不好撵人。苦得蔡青伤着心为他祷告，老天爷，赶紧让叔叔找到工作吧，他好起来，她们家也能跟着好起来。

"姐姐，老师还叫交校服钱呢，说可以免咱的学费，不能免咱的校服钱。"

"是校服钱？不骗姐姐？根子，小孩子不说实话是要长尾巴的。"

"我才不说瞎话呢，姐姐。"

"又叫穿校服，校服死死板板，有什么好？给老师说咱不穿。"

蔡根儿盯蔡青的眼神很拗。"老师说不穿不能升国旗，不穿不能参加运动会，不穿将来还不能当少先队员。"

"那咱也不穿。"蔡青生起气来，口吻很毒。

"姐姐。"蔡根儿努力申辩。"老师说我穿上校服会很帅的。"蔡根儿要哭出来了。蔡根儿不管不顾哭出来了。

"帅，帅，不娶媳妇不当明星，帅有什么用？"蔡青瞪住弟弟对弟弟嚷。可嚷的声音渐次渐低。挨西墙置放的大床上，妈妈呼呼大睡的幸福声音一浪接一浪均匀地漾过来，蔡青的心软了，眼窝里汪满泪。

"姐姐，你哭了？"

蔡青伸手给弟弟抹去眼泪。毕竟弟弟少不更事。蔡青拿起一个大些的土豆，把玩了一会儿，又把玩了一会儿。蔡青看弟弟蔡根儿，湿漉漉的眼角逼过一丝诡谲的笑。"根子，听着。"蔡青叫。"姐姐说个歇后语，你答上来姐姐给你买校服，字典，答不上呢，别怪姐姐不客气。

听好了。"蔡青向弟弟举举大个的土豆:"土豆下山——?"

蔡根儿似乎还没等蔡青说完,就咧开嘴巴笑了,还不曾换出新牙的豁嘴巴似狗洞大开。"哈哈,姐姐,你输定了,昨天政权给我说过了,土豆下山是滚蛋!"

蔡青有些懊恼,却也忍不住笑了。"校服多少钱,说吧,说了就滚蛋。"

"六十,老师说只收咱五十。"

"五十啊?"蔡青将头耷拉到胸前去了。"五十还真的没有,不过四十是有的。"可那是她从自己牙缝里一分钱一分钱抠索出来的,用了将近大半年的时日。下个星期六,今个星期四,今个过完了,明天星期五、六、日、一、二……还有九天,就是她十四岁的生日。她跟燕子姐偷闲去北城商贸一条街看了,相上一件外套,水红色的,红上像润了雨,水灵灵的红,红得痒人的心,金叶铜扣,小翻领,一边一个的口袋上用金丝线绣着牡丹,袖口上也各有一小朵。蔡青当时只看它一眼,就走不动了。

"别再挑了,真的。"她试穿的时候老板娘一个劲儿地夸。"给你说了吧,妹儿,出了这个门,再买不到这么合适你的衣服,像单为你量身定做的呢。"老板娘的嘴"喷喷喷"响得跟讨饭的响板似的欢实。

"好看,真好看,就它了!"帮她这边扯扯那边拽拽的燕子姐也一个劲儿地嚷。

"试衣镜里的女孩是我吗?"蔡青止不住问自个。黑亮黑亮的马尾巴,饱满的额头,饱满的脸蛋,白的跟抹了粉似的,红得媚人的新衣服,整个人,灿烂得跟花一样了。

"能再配一条藏色的牛仔瘦身裤,就绝了!"老板娘发出新一轮的蛊惑。蔡青像被电着了一样,脸微微地红。无力的她只好说:"我有。"她哪还有钱买上一条裤子?她赶紧脱,小心折,像那衣服已经是她的一样爱惜。折好不舍地递给老板娘。"要就得赶紧的,我们可不能等,这是生意。最多给你留一个星期。"

蔡青的心就这会儿还留那儿一半呢,怕全被人买走了,热切的期望会受伤。这几天闲的时候,她没少想它,里面配自己哪件线衣?哪件毛衣？就配那一条轧花的牛仔裙！那双鞋子也能穿了，试过，刚刚好的。幸幸福福地想，好多遍好多遍，只等生日那天买回来送给自己呢。天快凉了，早晚就能穿了。再说她想穿得体体面面，让人家看着喜欢，就会有更多的人来买她的菜。老师说过，这叫爱屋及乌。

蔡青眼神讪讪着求弟弟："好根子，你给你们老师说让她先给咱校服，然后让她天天来姐姐这儿拿菜，拿什么拿多少随她，让她拿够五十块钱的，好不好？"

开原市像个新生的娃娃，挡马村就是一块馍馍。娃娃一圈一圈又一圈地长大，遇到馍馍，张口吞了，咱挡马村就成现在这样子喽。

"吞了怎么还有？"

"馍馍很坚硬，吞是吞了，没消化掉。因此呢人家住高楼大厦，咱挡马村还是瓦房。"

这是蔡根儿问耙爷为啥一个城里头，人家都住高楼，他们挡马村人偏偏住瓦房，耙爷的回答。挡马村是个城中村，就这样在开原市不独立而又独立地客观着。挡马村有一条不宽敞却好听的主街，叫幸福街。仿佛女人家一头青丝打正中间分开的那一道白，又细又长，往东伸进垂柳依依的护城河里，往西淹没在林立的高楼大厦间，果然一副通往现代和未来的幸福样子。幸福街最东头路北的第一条胡同，剪刀胡同，就是蔡青家所在的胡同。这条胡同过去有家叫得很响的"王家剪刀坊"，因而顺理成章被人唤作剪刀胡同。现在王家搬富康大道上谋大发展去了，作坊搬走了，剪刀胡同还照叫，不算侵权。

胡同口畔，左首是耙爷家，右首就是蔡青家。蔡家的当家人老蔡，是个很有口碑的能人。耙爷常说："看保财穿开裆裤那会儿一副肮脏邋遢的熊样儿，哪敢想他这会儿这能耐呢？"

挡马村肥沃的耕地被不断征去盖高楼大厦的时候，耙爷是支书。挡马村据说是因在"楚汉之争"的年代里，村里一位超凡武功的先人只手为汉刘邦挡住脱缰的惊马群而得名。可到了他耙爷，即便挺起胸膛，也挡不住开原这个新娃娃一圈一圈又一圈地长大。农民没地种，可得吃饭。要说还得耙爷，骏马老了，跑起步子来仍然不乱，在他五十六岁那年，他挑头在幸福街西头顽强地盘活了一个小菜市。

老蔡没去跟着早出晚归地"日弄"菜。"咱不日弄菜，琐碎还不来钱。"

"你小子不想日弄菜你日弄啥？"耙爷熊他。

"日弄车！"老蔡信心百倍，雄心勃勃。

果然老蔡早出晚归日弄起车来，先是跑摩的载客，不出两年，老蔡鸟枪换炮，开起了夏利。老蔡的家也脚跟脚地跟老蔡一起改头换面了，蹩脚的小瓦房摇身一变，成两层的大瓦房，老婆孩子更是跟着脱胎换骨了。

老蔡女人，那贤惠，老蔡是个叉，在开原大街小巷里白天黑夜叉得忙，她就是个配套的笆，将男人在外面叉得的钱角角分分紧紧笆进钱罐罐里。罐罐里的钱满了，满满的钱次第变成两层的高房子、老蔡崭新的"夏利"。其间又次第给老蔡生了一双儿女。儿女双全，看老蔡那个不亦乐乎！

乐得笑容像花一样开放的老蔡给女儿起名蔡青，不日弄菜，可打娘胎里出来偏偏就姓蔡，既是同音，说不定同运。于是老蔡给女儿起名蔡青，菜叶青青，多光鲜的名字，准没错。到儿子那会儿，他犹豫都没犹豫，叫蔡根儿，根正苗红，根壮苗壮。心情跟腰包、跟肚子以不可遏止的速率鼓胀起来的老蔡那一脸的写意啊，只有而且也只有俩字能形容得了，幸福！

吃苦耐劳的老蔡，就用他那四个顽强的橡胶轮子，带着他家的好日子，在开原大大小小的旮旯缝道里跟时间玩奔跑。时间跑多快，车轮就旋多快。就这样，老蔡家红红火火的好日月由老蔡一手创造，顺风顺水。村里不少眼红老蔡的，说看把老蔡烧得，问他北在哪儿他都得会儿才能指给你，还保不准就是北。还戏说老蔡是开着特色社会主义的夏利，直往共产主义奔去。

事情往往就这样邪乎，就在去年三月初的一天，幸福的老蔡突然连人带车不知奔到哪里的共产主义社会中去了。"福薄祸突生。唉，救命菩萨，到头来成了送命判官。"村人叹，继而猜度，老蔡可能叫人劫车了，连命也一块劫了去。案报了，丢了男人的老蔡女人哭天抹泪地去他们所属的挡马派出所报的案。人家也立案了，这事还上了互联网，老蔡各个侧面的照片，与他同甘共苦的他那辆红色"送命判官"的照片，都挂网上了，请全国各地的公安部门帮忙协查。家里把爷领众乡亲，把能想到的找的法子，试个遍。可老蔡似黄鹤一去不复返了。

钱是老蔡的方向盘，为着钱老蔡跟个陀螺似的一刻也舍不得停转。老蔡忘了，这男人还是女人跟孩子的方向盘，他没了，这蔡家的车轮转着就玄乎了。果然，新寡的老蔡女人在床上哭着哭着"妈呀"大叫一声，背过气去。俩孩子吓傻了，哭呀喊呀，声嘶力竭地。等老蔡女人慢慢活过来，却从此傻了、哑了、瘫了，还要大把大把往肚里塞大的、小的、方的、圆的、红的、绿的、糖衣的、胶囊的种种花钱才买得到的维生素。

"医生爷爷，我妈妈怎么了，我妈妈还有救吗？"蔡青眼泪扑扑簌簌地摇着医生的胳膊。望着泪人似的俩孩子，医生们实话难说。他们救得了人的病，救不了人的命。"怎么才能让我妈妈好起来，医生爷爷，您说话啊，我会做，什么都能会做，真的。"

"经常给你们妈妈按按胳膊腿，经常给她说说话，慢慢会好的。"老医生给蔡青一个希望，就像贾人在负重的驴子头上吊下的那串萝卜，看得到，吃不着。蔡青再不能背起书包上学校。蔡根儿也好似被动了根儿的一棵青菜，危情四伏。老蔡家转眼间像条搁浅的漏船，在一块不幸的漫无边际的沙滩上，进退维谷。电影里不好的镜头可以剪辑掉不播，多舛的生活却不可以掐去不过。再糟的日子也得往下过不是。往下过就得有个人站起来。老蔡女人是站不起来了。就蔡青了，她是老大，牺牲她天经地义。

"唉，富贵脾气丫头命啊！"刘大妈感叹那时的蔡青。"老蔡像宠公主一样养闺女，整个幸福街谁不知道？有的吃有的穿，有的玩还有钱大把大把地花，宠坏喽。"

"宠坏了性儿，没宠坏本质，也就她了。"把爷信蔡青。

"才十二岁？"

"这女娃儿不笨，可以了。"

于是把爷手把手教蔡青挣钱养家的能耐了，还帮着蔡青把二楼拾掇拾掇租出去。好长的一段日子里，蔡青的梦总是一个样儿，从高高的天上哭着喊着往下掉。从小公主变作灰姑娘了呗，这生活蔡青不喜欢，不耐烦，她起急。她急了就打哭弟弟，就推搡母亲，就叮叮当当摔东西。

"可怜啊。"幸福街上的老街坊看蔡青的眼神温热起来。"别任性！认命！啊，孩子？尽人事听天命，你得懂。"一度政权妈妈也这样叮嘱蔡青。

"一斤两块五，二斤的五块，这是一斤三两，三两的七毛五，五毛，七毛五，一块二毛五，三块二毛五。叔叔，你给我五块，我找你一块七毛五。"蔡青一边口齿伶俐地报着账，一边将找的零钱递给眼前一个瘦瘦的小男人，招手送人。

摊前还有一个中年男人在选菜。"小丫头脑子好快，嘴上不骗人，秤上得骗人吧？"中年男人开玩笑。

"秤上要是骗你，不要工商插手，叔叔只管折我的秤就是。"

"卖菜几年了？"

"一年。"

"一年就学得这样，真不容易。"

听人夸蔡青心里很舒服，眉眼里都是笑。生活是个好老师呢，她是跟着生活学会了许许多多书本上也学不明白的东西。蔡青甜甜地笑着帮中年男人称黄瓜。

"这么小怎么就不上学了？"男人漫不经心地问了一句。

不想这样无心的话勾动蔡青那根心酸的弦了，蔡青的小脸一下就掉下来，眼圈微微红着。

中年男人感到不对劲，忙说："对不起，对不起，称菜，称菜。"

称完菜，蔡青小心包了递过去。"叔叔以后常来呀。"她说。

中年男人付过钱，接过菜。"一定常来，好啊，好的，好好忙吧，走了。"说完走了。蔡青目送中年男人走出好远。人家好心关怀她，她没能回答人家的关怀，心里很难受，怅怅的，若有所失。

一旁的政权妈妈嘴撇得老长，小声嘟囔道："恁小就骚，等着看，准是个害人的狐狸精！"

政权妈妈的话，蔡青隐隐听到了。良言三春暖，恶语六月寒。恶语伤人，这在政权妈妈是极稀松的事。她这人是个"筒儿"，心有时也能软得像豆腐，像蔡家沦陷到不幸里那会儿。可自从蔡青摆起菜摊，跟她挨着边摆起菜摊，她嘴上就又无德了。她总以为是蔡青抢了她的好生意，风凉话说得，比三九天里的西北风还割人。要说政权妈妈的摊儿，摆在一棵大柳树下，老天多照顾她啊，送她一把好大好大的"伞"，她和她的菜们都不再受罪。蔡青的摊儿在两棵柳树之间，晒得着，雨得着。卖菜的这一年里，她特别向往一棵树，却得不到。

蔡青装作没听到，一声不吭。可心下不平，别人占一点点人和，你占那么多天时、地利，得便宜还夹枪夹棒骂人，好没道理。要说先前她会吭的，狐狸精啊臊狐狸的，太伤人。被人伤吭都不吭一声，该多难受吧。渐渐地她不吭了，吭不过政权妈妈。把爷劝过政权妈妈，劝不了，就来劝蔡青，别跟政权妈妈一般见识，那老婆子就那样。要说把爷没燕子姐说得解气。燕子说："刁老婆子，吃柳条吐筐子，出口就能编，啥事都编得理靠她一边。她总会老的，会有她刁不动的那一天。你们家就这情况，光棍不吃眼前亏，先忍着，忍不死人。"起先不会忍不能忍的蔡青就先忍着了。似乎也只能这样，再任性、再自恋、再坏脾气的孩子，无依无助的时候也会自己乖起来的。

火辣的日头恣肆地烤着地上的一切，柏油路面都现出焦渴的情态来，踩上去就是一个坑。蔡青听很多人说"秋老虎"来了，她问燕子姐啥是"秋老虎"，燕子也挠头。她始终没弄明白"秋老虎"是什么，只觉得天热，觉得口渴。这会儿头顶没树荫罩着，她只好往小花伞裁出的巴掌大的一片阴凉下缩了又缩，且不停地摇动小手朝自个脸上扇着风。燕子姐不知何事，没有出摊。蔡青偷眼瞧政权妈妈，肥耗子在倚着树身睡觉。把爷合了几个人在一处凉棚下打牌。几家发廊的音响不遗余力地聒噪，在这个本该无比寂静的时刻，似午夜的犬吠，令人心烦难安。蔡青心里不免怅然，就动手揭起塑料布，见泡沫箱里的小青菜们恹恹的，忙拿出"护花使者"给她们洒洒水。蔡青看得到叶片、花瓣上的脉络争相喝水的样子，先喝过水的即刻鲜亮起来，鲜亮动人。

"我这棵小青菜也渴了，跟我要水喝呢。"蔡青心下告诉喝饱肚皮的小青菜们，伸手探进斜挎的包里，拿出一瓶自备的凉水喂自己喝。蔡青微微闭起眼用心感觉着，清凉凉的水溶着丝丝缕缕潮甜的菜的清香在自己的脉络上流淌，彻肺彻骨。

"自己也跟小青菜们一样，鲜亮起来了吧?"

中间蔡青要回一次家，喂妈妈吃点东西，回来恰好赶下班高峰。

下了班的人们，走着的，推自行车的，开小车的，熙来攘往，小菜市上倒也能狠狠地热闹一番。菜市上热闹的时候，正是蔡青最忙的时候，蔡青要不停地给人称菜、兜菜、报账、找钱、送人。

蔡青打理她的菜，就像拾掇她们的家一样。样儿多拥挤了不是?用心归整置放，倒也整齐整洁，很显眉目。七分打扮三分相，一摊子的菜也跟个人似的，你得会打扮，勤打扮。一样的菜蔡青的就很上眼。蔡青做生意又实在。薄利能多销，暴利冷萧条，蔡青不会说会做。所以，幸福街的小菜市上，小蔡青的生意几乎是最火的。

"蔡青，蔡青!"

蔡青正给人找零钱，忽听有人叫她，一抬头，愣了，是马成功。马成功骑在一辆蓝色的山地车上，腰塌着，一脚蹬车蹬上，另一脚踏地上，瘦削的脸红红的，像赶了很远很远的路才来到这里。蔡青有些局促，脸红了，愤愤地问:"有事吗?"

"非得有事才能来看看老同学吗?"马成功帽檐下的眼睛眯起来，说话大人似的装老道。马成功倒也有那么些像大人了，唇上微微泛着青。马成功忍不住调笑蔡青:"别说，你还真有点像那么一回事儿啊。"

马成功的调笑蔡青听得很清楚。找完零钱，人家提菜走人，她傻站那儿了，胸前挂个收钱的包，手里没了东西，手足好无措。"你不会还有事吧?"搁在过去，她会毫不留情开走马成功。她那时是胜利者，胜利者有足够的骄傲。而现在她是灰姑娘，马成功是胜利者。光脚不怕穿鞋的，不假，可她踹不疼他。

"好了好了，你别难为情了。我来是告诉你，你弟弟今天给人打架，我碰到给摆平了。你也不要训他，这回不怨他。你放心好了，以后有我在那学校顶着，他就不会受人欺负。别的没事，我走了。"马成功说着挥一下手，脚下一使劲，蹬起车子前奔，一路狂飙。

他这是邀功来了。不过蔡青还是想谢谢他，可没说出来，心上终是一阵翻腾，忙低头装着整菜，瞥政权妈妈，果然看到了她叵测的白眼。恰好买菜的多，蔡青就把"马成功"晾心思边上了，整个人儿又忙活起来。

这一天来来往往的人不少，独独不见蔡根儿的班主任周老师。蔡青最是慌。倒不是弟弟跟人打架要周老师找上门，是周老师不来她蔡青的那个计划要黄了，她就要给弟弟拿出实实在在的五十块钱买校服。而让她像花儿一样灿烂的那件红上衣，就要装别人身上，让别人灿烂得像花儿一样了。

单单给周老师准备好的菜，心急火燎地在保鲜膜里，直待到蔡青收摊儿。

蔡青见天收摊儿到家，门总是敞着。蔡根儿放学早，他还算懂事，不在外面疯玩，总是先到家帮妈妈做些能做的事，然后拿个馒头边吃边写作业边等姐姐回来。

今儿都这么晚了，路灯都早早上班了，自家门上还是铁哥哥把着，蔡青有些慌了。上午马成功告诉她的那事儿她还记得，心就越发慌了。她怕弟弟再有啥闪失。她们家可再也经不得啥闪失了。只这样一想，蔡青的眼泪就汹汹地来了。

蔡青将三轮车往把爷家门前一放，交代一声，转过身发疯似的往学校跑。一路跑一路哭着寻思弟弟有可能发生的各种各样的不测。凉凉的夜风在耳畔呼呼追着蔡青。蔡青的脚板"啪嗒、啪嗒"踏在坚硬的水泥地上，夜风听到了水泥的呻吟。蔡青痛痛地哭。蔡青边跑边哭边自顾自地喊："蔡根儿，姐姐来了。蔡根儿，你可要好好的。弟弟，蔡根儿。蔡根儿，弟弟。"

车道上一辆又一辆的车呼啸而过。便道上早早吃了饭的人们三三两两地散步，或是牵了各样的狗狗一同优哉游哉地遛弯儿。心潮翻滚的蔡青旁若无人一路飞奔。蔡青跑呀跑啊，三里半的路程一气跑来。

熟悉的母校早放了晚学，自动门坚不可摧地立那儿，尽职尽责的卫士一般。蔡青呼着粗气踮起脚跟往校园深处瞧，不见走动的人影，也不见亮灯的窗口，偌大个院子里唯有三五蝙蝠舒展有力的翅膀，在属于它们的时刻，兴高采烈地狂欢。

蔡青的脑袋有些昏，一扭头，见门岗上住的亮起了灯。门岗上还是洪老师吧，退休的老教师，被返聘回来看大门兼做收发工作的，人很和善。蔡青认识。蔡青上去打门。果然还是洪老师。"我听着有动静，还真有人。人老耳朵倒还好使。"

"洪……老师好。"蔡青又累又急，咽不成声。

"哎，你这小姑娘，怎么了，来屋里喝点水，缓口气，慢慢说。"洪老师忙将蔡青往屋里让。洪老师已经记不起她了，当初上课时间为能大摇大摆从他这儿进出而没少糊弄他的那个小姑娘。"不，不喝水。洪老师，我来找我弟弟，小学部二·七班的蔡根儿。"

"是是，有个叫蔡根儿的，还是个小毛孩子，傍黑被带派出所去了。"

派出所？骤然间，蔡青觉得要不紧着捂，心就要跳出去了。派出所，那儿可是坏孩子、坏蛋、犯人才去的地方啊，八岁的弟弟怎么会被带去那儿呢？

"叫挡马的派出所，对，是挡马派出所。我隐隐听着是这样，你赶紧去那儿看看吧。"

蔡青不及问洪老师更细节的情形，撒丫子又往挡马派出所跑。"傻根子，浑根子，看姐姐逮住你怎样揍你！怎样揍扁你！你多大啊，就能耐地进派出所了。姐姐一准狠狠揍你，看你还敢不敢野了，敢不敢背着姐姐跟人打架了。爸爸不在，妈妈傻了，轮着姐姐管你了。你等着，看姐姐怎样揍你，怎样不饶你。"

蔡青依然眼泪汹汹的，却不似先前悲悲切切的了，即使派出所不是什么好地方，可说明她的蔡根儿还好好地在那地方待着。好好的就比什么都好。

蔡青气喘吁吁一头扎进挡马派出所的大门，迎头撞进一个人怀里。情急之下，蔡青一把抱住那人的胳膊。"叔叔。"她嘴巴抹蜜似的一连

正值豆蔻

声喊，"叔叔，你们从市直小带来的蔡根儿关在哪儿？那是我弟弟，他没事吧？他没犯啥罪吧？叔叔，快带我去见见他好不好？"

"是你弟弟？你家大人呢？"民警叔叔一副公事公办的无私样子。

"我爸爸丢了，幸福街剪刀胡同的蔡保财，妈妈傻了。"

"噢，原来你们家。不过你弟弟，别看他年纪小，胆儿可不小，对民警都敢又咬又骂，得好好教育教育。"派出所里一派灯火通明。民警小吴边说边将蔡青带进值班室。

挂满锦旗的值班室，明亮的灯光下桌子后面，一位女民警谦和地笑着写着什么。旁边竟然坐着马成功！蔡青一惊，他要报复她吗？他要对蔡根儿做什么啊？她眼睛急急地寻，就是不见蔡根儿。再看马成功，跟女民警有说有笑，似很熟络。蔡青恼了，蔡根儿不知在哪个小黑屋里关着哭呢，说不定被人狠狠揍着呢，他马成功在这儿又说又笑的，他安的什么心？他上午跟她说的全是谎话，他分明是幸灾乐祸，是落井下石，是要看她的笑话。好你个马成功，你这个大骗子，你要报复就报复我，为啥要伤害我弟弟？他还小，他才八岁啊。蔡青忍不住对马成功喊起来，一通哭喊。

"哪来的女孩子，撒什么野啊？不知道这什么地方吗？"女民警"啪"地撂下笔，杏目圆睁，对愤怒的蔡青义正词严地说。"陆阿姨，您别急，误会。"马成功见来的是蔡青，忙起身阻止被称为"陆阿姨"的女民警。女民警余怒未消，一指蔡青："人家成功好心好意帮你弟弟，还落你埋怨了。你这丫头真是。"

马成功的脸微微红了。蔡青不好意思低下头。"对不起。"蔡青跟马成功道歉。

"别担心，蔡根儿没事。"马成功向蔡青解释，"上午蔡根儿跟人打架，把人抓伤了，对方家长打了110，吴叔叔跟陆阿姨去调解，本想吓唬吓唬蔡根儿，谁知他连骂带咬的，拒不认错。这不，带他来这儿反反省儿。"说话间，民警小吴已将蔡根儿领进来。蔡根儿还抽抽噎噎哭呢，见了蔡青，一头扑进姐姐怀里。"姐姐，我再也不打警察叔叔了，再也……不骂警察叔叔了，也不跟人打……打架骂架了。我今后要好好学习，天天向……上。姐姐，我保证说到做……到，姐姐……呜呜

......"

"坏弟弟，吓死姐姐了，你吓死姐姐了你。"蔡青狠狠拍弟弟的屁股，拍着拍着，蔡青一把拥紧弟弟，失而复得似的，喜极而泣。

走出挡马派出所大门的那一刻，蔡青紧紧牵住弟弟的小手，深深吸一口自由的夜气，只一口，身上便有了被松绑的松爽感觉。

"走吧，送你们回家。"马成功功德无量地望着蔡青，执意送她们回家。天很晚了，到蔡青家要过两个街区，尤其幸福街的一群路灯们，有时候就那样偷工减料有一搭没一搭地亮着，造出大片大片的安全死角，似藏着凶险，要人难以坦然。不过蔡青想推却的时候，马成功已拥着蔡根儿往前走了。缤纷的夜宛如一杯勾兑了柠檬的橘子汁，酸酸甜甜，无限诱惑人的口感和心情。蔡青抿一抿嘴唇，赶上去了。

"姐姐，政权向同学吆喝姐姐是狐狸精，我不饶他，就打他了。"蔡根儿赶紧向姐姐澄清白。

"傻根子，他骂姐姐就是了吗？要骂什么成什么，指不定这世上多少狗、多少猪、多少狼、多少狐狸了呢。姐姐只能是姐姐，成不了他骂的狐狸精。知道了吗？以后再跟人打架，看姐姐怎样揍你！怎样揍扁你！姐姐挣钱供你上学，你要好好学习知不知道？好好学，考大学，找好工作，像爸爸一样，看谁还敢欺负你，欺负姐姐，欺负咱家！"

"知道。姐姐，我们周老师说不收我校服钱了。我们周老师跟学校说了，我跟李未未都是特困生，要给照顾。我们周老师还给我一本小字典先用着呢。"蔡根儿仰起画满泪道儿的小脸，得意地看姐姐。"你来派出所的时候，周老师接了家里的一个电话，刚刚走。"马成功解释，眼睛越过蔡根儿望蔡青，很有温度。

蔡青却没能迎着马成功的眼睛，她在想心事，她的眼睛湿漉漉的了，周老师什么都给根子解决了，就是说那件可心的上衣会属于她了。透过迷蒙的雾色，她仿佛看到了另一个蔡青，如花一样的灿烂。

不知有意还是无意，马成功轻轻触着了蔡青冰凉凉的手。蔡青扭过洋溢着兴奋的脸庞看马成功，恰好迎上马成功热热的眼神，不由得身子一震，心"嗵"地一下，又一下，跳得脸狠狠地烧了，如芒在背，好一阵自失。而此时的马成功，跟蔡根儿哥哥弟弟似的拥着，说笑着，大步流星地，又已走出好远。

蔡青家门口围了不少人，正热闹呢。待蔡青他们走近，政权妈妈跳着脚骂出来。"你个小杂种，你个有人下没人管的小混混，你敢对俺政权下毒手，反了你了！还有你这个小狐狸精，你咋管教你弟弟的？管不了送劳教所，别等以后杀人放火闹得左邻右舍跟着丢脸，跟着鸡犬不宁！"政权妈妈的指头就要点到蔡青脸上了，两嘴角满是愤怒声讨的白沫。

耙爷看不下去了，不耐烦地推政权妈妈要她领孩子回家。"好了好了，骂也骂了，毒气也该解了。再说俩孩子也怪可怜的，别不依不饶的了。"

"党中央三令五申要人民讲和谐，骂人打架可不符合法令法规啊。"愣子的话惹得一圈邻居哈哈笑。

籴谷供老鼠，街坊们你一言我一语，为的买静求安。

政权妈妈火气也渐次小了。"咱知道他们家难，这不处处忍着吗？忍不着躲着，还要怎样？可这王八羔子心忒毒了，你们都看看，我们政权这小脸给抓的哟！谁掉的肉谁疼，我今儿晚上筷没动一下，汤没喝一口。给你们说要是老蔡还活着，他女人还好着，我跟他们没完！"此时的政权在他妈妈身后躲躲闪闪，遮护整个鼻子的纱布块，像法庭上随时可以出示的铁的罪证。

"对不起，李婶，我打过蔡根儿了。民警叔叔也好好管教他了。我跟你赔礼了，你原谅他吧。"蔡青怯怯地跟政权妈妈赔不是。

"哼，还真是个狐狸精。"政权妈妈扭着一摇三叹的肥硕身子走了，可瞥一眼马成功，她嘴里又嚼起舌来。马成功早看不下去了，他大咧咧拦到政权妈妈跟前，不软不硬地说道："阿姨，咱们开原市公安局马局长是我爸爸，你们家还有不平的事吗？要不要我给马局长打个电话？"谁料政权妈妈被激怒了，跳将起来。"你老子是局长，吓唬谁呢你？小小年纪，就知道鼻子大了压嘴，就知道拿官压人，你够世故呀你。这人是吓着长大的吗？就算你老子是公安局长，公安局长是用来吓人的吗？公安局长不讲王法了吗？"马成功不怯场。"是呀，阿姨，我没必要吓你。公安局长不是吓人的，是保百姓平安的。我是说您要还有难平的怨气，我帮您给他通个话，让他派人来给您败败火，怎么样？"十六岁的马成功在玩成熟，那话说得软中带硬，威慑着政权妈妈的气魄。

"好了好了，你这老婆子不解话啊？"歪头陈也看不下去了，"人家孩子是说客气话。少说两句，亏不了你。"

政权妈妈连连咽着唾沫。就他这孩子太气人。载怨载怒的她，此时不情不愿地领政权回家了。围观的左邻右舍就也交头接耳地四散。

"谢谢你，马成功。"蔡青早觉着解气，早想笑了。这会儿人都走了，她才眼睛亮亮的，向马成功道谢，末了又扯扯弟弟，让他也跟马成功说谢谢。

马成功笑了说："我听某些人说'谢谢'，耳朵都听烫了，好激动啊！"一脸难掩的豪迈，让他看上去像个特别期盼成熟的小丈夫。"不邀我去你们家坐坐吗？"蔡青迟疑了，而后小声说："还是别去了。"没想蔡根儿已开了门，领马成功往门里迈了。

"我们家很乱的。"蔡青在后面小声嘀咕。突然，蔡青一把拉住马成功的衣襟往外拽他。马成功吃惊地回过头来，橘黄的路灯光下，蔡青惊恐的眼波里，尽是泪光。马成功慌了，任蔡青拽着，一步步惊讶着退回幸福街的街角上去。

街角处，蔡青头低低地耷着，立在马成功面前，像个受审的小女奴。马成功莫名其妙："不愿让我进你家，是不是？不愿让我接近你，是不是？不愿让我对蔡根儿好，是不是？"

不是这样。可这话蔡青不愿说。她的母亲有时会洒在床上，拉在床上，那样屋子里难闻的气味她要清理好长时间才行。她特别喜欢檀香的气味，就为这个。这次要是也那样了，让马成功贸然进屋，看真了她蔡青家的一切，她会丢脸面的。她不想让马成功看到当年小公主一样骄傲的蔡青如今是怎样的落魄。他们家再贫再乱再脏，她忍着，挺着。她要尊严地活着，不想被同情和怜悯。

"我真的想帮助你，没不良的意思！"马成功眼睛里的光芒真诚无限。

"我能行。"蔡青声音低低的，却是那种果敢拒人千里之外的口吻。

马成功盯着蔡青楚楚可爱的样子，忽然想做一个大胆的举动。要做就做吧。他壮自己的胆子。他要做了。他大胆地上前一步，一把将柔弱的蔡青拥进自己还不曾强壮的怀抱里。蔡青一下懵了，在马成功赢弱的胸膛里挣扎。她有些喘不出气了，被马成功拥得喘不出气了。突然魏潇潇家看到的一幕幕，就洪水猛兽般猛地压来，震着她。蔡青害怕了，害怕得拼命挣脱。马成功也有些懵了，一颗不成年的瘦心矛盾着、斗争着。然而此时的他却是不知不觉间将蔡青拥得更紧。

习习的夜风很凉地吹着。马成功将自己宽大的校服覆在蔡青硌人的脊背上，想要给颤抖的蔡青一点温暖，一些保护。

"你个臭流氓！"蔡青努力抽出一只薄薄的巴掌，狠狠扇在马成功脸上。

马成功傻了，听着自己"嗵嗵、嗵嗵"的心跳，害怕着。

蔡青也傻了，望着马成功被她抽过的脸腮，发呆着。

两人僵持一会儿，末了马成功向蔡青伸出手，又倏地缩回去，转身跑掉了，瘦瘦高高的身影很快消失在张扬暧昧的夜色中。

马成功是蔡青小学到中学的同学，从四年级开始，他就喜欢纠集一群没脸没皮的男孩子大小路上围堵蔡青。马成功自个不嚷，指使他的喽啰向蔡青嚷：

"蔡青青菜，人见人爱。蔡青蔡青，只爱成功。"

那时的蔡青听嚷头就大，像有两百只苍蝇"嗡嗡、嗡嗡"跟着她飞，心烦得要命。马成功电线杆似的，一点不显强大，却还要自命不凡。她不喜欢他，尤其不喜欢他整天像苍蝇似的想叮住她。她要报复他了。正好有一次，马成功在教室里玩篮球砸了政治老师的头，政治老师气汹汹告到班主任那儿，班主任要马成功当着全班同学检讨。马成功用一节课憋出一份检讨书，下课往抽斗里一甩又打篮球去了。蔡青装着若无其事给偷了出来，恶作剧地将马成功检讨书中的"心血来潮"改为"月经来潮"。下午班会上，马成功摇摇曳曳站讲台上，用吃奶的劲儿，装着认真和诚恳读检讨书。马成功照本宣科地念，"我当时月经来潮，在班里玩起了篮球"。台下"哗"的笑声掌声如潮，连班主任也忍俊不禁，前仰后合起来。马成功先是惊诧莫名，待回过味来，闹个大红脸，无地自容了好一阵子。后来马成功探听到是蔡青所为，又当着全班同学宣称，不是他马成功"月经来潮"，是蔡青"月经来潮"，反过来弄蔡青个无地自容。蔡青恨死马成功了，冤家对头啊，势不两立啊。可看马成功，一点不收敛不说，越发对她穷追穷打死缠烂打，不间断地给蔡青塞起诸如"九点在财富路德克士等，不见不散"的纸条来。一次蔡青毫不犹豫将条子交给班主任，当着全班同学的面再弄马成功一个"没脸没皮"。

偏偏这样的事不长腿却跑得飞快，不久不仅校园里的老师同学，就连幸福街的老街坊们也捕捉到了风影。蔡青是个不学习只会谈情说爱的坏女孩，长大准是个狐狸精，这般的认知就是在那样的时候，在政权妈妈的心底扎根，以至根深蒂固，以至而今原生态地传承给了她儿子吧？小蔡青百口难辩。为这她没少看人白眼，吃人口水。妈妈吵，看她宝贝似的爸爸还狠狠扇她嘴巴。

蔡青倔劲儿上来了，你们全看我不是个乖孩子是吧？好，好，我是个坏孩子，我就是个坏女孩，我好好地坏给你们看。成绩差不是吗？这回我让它再差些更差些！课不听了，任老师讲得天花乱坠也不听！书不翻了，任老师苦口婆心也不翻！作业不交了，任"班头"语重心长、用心良苦、披肝沥胆、威逼利诱也不交！嘴里更不断嚼口香糖了，嚼啊嚼，吹啊吹，不分课上课下、课内课外。谁个老师说她，她眼仁死水似的盯你，看不惯别教我！看不顺少理我！如少女贞洁带般的自我约束也不要了，除了马成功，谁都可以接近她请她吃冰激凌、麦当劳、德克士，上歌吧、进迪厅，大街上可以拍她的屁股、攀她的肩膀，甚至可以掐她的脸蛋、开开浑浊的玩笑。

有那么一段时间，看把个魏潇潇高兴的，因着看那样的片子蔡青疏远过她，这会儿蔡青主动走近她，又仗着蔡青的原因，连别班的男孩子也走近她们的圈子了，连天的活动轰轰烈烈。老师气呀，班主任气呀，但无可奈何，学生没那么好将她们开除，又体罚不得。忍无可忍也得忍，耐不得也得伸长脖子耐得。倒是那段时间的蔡青，跳跃的眼神永远只盯住远方的前方，决不左右顾盼。泡泡糖嘴里永远嚼着，随身听腰里永远挂着，流行歌鼻子里永远哼着，衣着随魏潇潇大胆暴露着，走动学男孩子吊儿郎当着。这样的自暴自弃、自恋自虐、自甘毁灭的情绪跟状态，一直蔓延到她爸爸突然没了的那一天。

不幸会让一个人惊醒，哪怕你还正在年少，也不得不学着悔悟跟成熟。大梦初醒的蔡青有时候会突然一阵恐惧，爸爸该不会是因为她造的孽代她受罚才没有的吧？蔡青心情酸酸的，眼窝也就涨潮了。

其实马成功也恨蔡青，恨得肠子疼，蔡青知道。就在蔡青不得不背起书包离开学校的时候，她三步一回头，除了看到老师跟同学们，看到刚刚上了一年的中学教室，还看到马成功咬牙切齿在伤感的天地间啐给她的结业留言："活该！"深仇大恨的子弹一样，射向她，不偏不倚。

这一个晚上，蔡青破天荒自己醒来，而不是耙爷叫她。她做梦了，做梦了。梦里跟马成功一起玩呢。她没再跟那时似的躲他，没再抽他骂他拒绝他，而是跟他一起头抵头开心地玩多米诺骨牌。红橙黄绿青蓝紫，七彩的多米诺骨牌长得像神龙似的，只见首不见尾。完了马成功板着她肩头，似胸有城府地说："等着吧，我将来一定要娶你！"她羞答答地说："不。不，我是个灰姑娘，你是王子，应该娶公主。"马成功反而笑了："傻丫头，童话里做了王子的老婆的，正是灰姑娘啊。你好好等着，历尽千辛万苦，我也要找到那双水晶鞋，送给你！"

梦醒了，醒在黑夜里的蔡青小脸儿火烫火烫地烧，甜蜜因着回想越加浓烈。好香。

躺在黑夜里的蔡青嘴角一咧，摇摇头，做得跟个成熟的女子那样。像眨眨眼睛的工夫，她对马成功的宿怨咋说没就都没了呢？有如阳光下的残雪，化掉了，不留痕迹。生活有时候给予年少人的心情，就是这般戏剧。

甜蜜的蔡青扭头瞧瞧窗棂，新生一样的昼就快要破晓而出了。黑天要睡了，白天要醒了。那一刻，蔡青强烈地期盼起白天来。以往的白天，每每一睁开眼睛，蔡青就觉得背上兀突突变出个死沉死沉的包

城市上空的麦田

袱来，你看不到它，就觉着它有，像小时候爸爸妈妈逗她硬说她长出的那条小尾巴那样。

当时的情形她还真切地记得呢，她在阳光下转着身儿找小尾巴的影子，反反复复照镜子找，找不见。她妈妈要她摸摸自个的屁股尖看看。她一摸还真有个小尖尖。小尾巴呢？她爸爸那边笑了，启发诱导她，说听话的孩子小尾巴退掉了，不听话马上就长出来。小蔡青好长一段岁月都很听话，爸爸认真找她的茬儿，妈妈板着脸冤枉她，她都哭了，大眼睛泪嘟嘟地盯你，可让怎样还就怎样。走路就不用说了，要多小心就有多小心，总怕自己好好地走着，会有一条长长的尾巴像动物那样"嘭"地长出来，在她身后小手似的招摇，要她羞。后来她长大了，知道了所以，余悸才慢慢消了。

时光荏苒，白天复白天，蔡青像小时候怕一条小尾巴似的怕那包袱。无形却繁重的包袱她要生生地背一天，直到夜深了妈妈睡下弟弟睡下一屋子挤挤挨挨的贫穷家什全睡下，她躺在妈妈身边也睡下的时候，才会觉着背了一天的包袱一下子就变没了，身轻如蝶。可还不及享这短促的松爽，一倒头，便就沉入一个个无梦的夜。

如今，身心犹如负重的白天蔡青不怕了，不怕。她对白天有了正值豆蔻的女孩子无可奉告的期待。黑夜也不怕了，有梦了。无梦的夜就像不知道爸爸在哪儿的心情，有梦的夜就像什么都没有了却还有妈妈和弟弟。还有梦上美好的心情。还好。

蔡青很兴奋，兴奋得仿佛肩头蠢蠢动了，要长翅膀了，长出来了，要飞了，飞起来了。蔡青紧紧闭起眼睛，双手合十，默默祈祷："带我去见一个人好吗？好吗？"

不论家里还是菜市上，蔡青爱发呆了。人恍惚，心却愉快地飘摇，夹杂些淡如云烟的烦恼。比如给小青菜洒水的时候，她的遐想会无边无际地跑：微微闭起眼睛，湛蓝湛蓝的天上，开满白白的云朵，一个头顶黄花的小青菜在白云朵间调皮又羞涩地飞，"护花使者"在后面勇敢地追。一忽儿，小青菜成了蔡青，"护花使者"成了马成功。又一忽儿，马成功成了"护花使者"，蔡青成了小青菜。

"称二斤黄瓜。"

有人来买菜了。蔡青赶紧从无边无际中醒来。醒来的蔡青会在心里哂自己：幼稚！称菜、报账、找钱、招手送人，完了，被自个骂为幼稚的蔡青就又能轻而易举回到她的无边无际里去，继续幼稚地快乐着。

他怎么不出现了呢？一巴掌就打跑了，打怕了？蔡青的心"疼"地跳一下。"死丫头，坏丫头，为什么打他？"一个蔡青拷问另一个蔡青。另一个蔡青怯怯地回答："我怕……怕……"她实在不好说，她怕在魏潇潇家看到的"这"。就是，马成功怎么不找她了呢？蔡青有了无边的心事，认真的烦恼，亦如眼前刮过的秋风，凉凉地暖着，闹她。

日子无事则长，有事则短，这不明天就是蔡青的十四岁生日了。明天的前一天，是个星期五，早饭后蔡青刚刚出好摊，正坐下来养神，冥冥中一睁眼，又见马成功。马成功看也不看蔡青，连同车子像于一条没有蔡青存在的宽敞街道上飞快地穿越。

梦吗？蔡青眨巴眨巴眼睛。不像。蔡青又傻傻地咬一下指头。真。清醒的蔡青惶惶地用眼睛的余光追马成功。菜市尽头，马成功停下来。马成功在买水煎包。买水煎包的马成功眼神却往有蔡青的地方瞟了又瞟。

蔡青感觉突然间柔软起来的心，似那会儿马成功常常拍在手下的篮球，速速地扑腾。

"蔡青！"

"啊！"

街对过错开五个摊位的燕子，将蔡青痴痴愣愣的眼神全看进眼里。她若无其事地走来，在蔡青背后大喊，霹雳似的，吓得蔡青"啊"的一声，仿佛踩着了一条蛇。

"看相好的呢，是不是？"燕子咬蔡青的耳朵。

"燕子姐瞎说。"蔡青的眼神"扑棱棱"闪个不定。

"还不说实话，看我不挠你。"燕子说挠就挠，挠蔡青的胳肢窝。

"嘻嘻嘻。"蔡青笑，笑声跟风中的银铃似的。

星期五的明天是星期六，这个星期六是一个多么晴朗朗的今天啊。

一个喜气洋洋的日子呢。

蔡青跟耙爷说，她今天不多进青菜，进的上午卖完了就好。

"闺女大了，妮子长大了啊。"耙爷连连说。说得蔡青腮颊红红的，像极了两瓣桃花。

果然上午蔡青就把小青菜卖完了，剩些土豆、倭瓜之类的，蔡青送去耙爷那里。经过燕子的菜摊，燕子跑上来，往她兜里塞了一个小红盒子，并说："小可人，生日快乐!"惹得蔡青一路欢喜着思量着回到家，急急打开，是一条精编的手链，燕子姐送她的生日礼物。她"啊"地惊呼，好喜欢啊，而后放嘴巴上吻了吻，小心戴手腕上了。明天，她要好好谢谢燕子姐。

给妈妈喂完药，再喂些吃的，蔡青便坐公交去了城北商贸一条街，这样快。一路忐忑地去，可有多么好啊，那件灿烂的女儿装还静若处子地在一处隐蔽的货架格子里苦苦等她。蔡青感动了，连着跟诚信的老板娘道谢。

拎着她的"灿烂"走在商贸一条街上，蔡青在筹划手心里的一把钱票票怎么花。这下生日礼物富足得很了，不再买了，留足明天贩菜的钱，为妈妈买件棉布汗衫吧，为弟弟买双运动鞋。蛋糕是要买的，买个小的吧，有那一样就成。那还余八块钱呢? 买些五花肉吧，弟弟的嘴早馋了，给他解解馋。穿上新鞋，吃着肥肥的肉片，根子要高兴疯的。蔡青轻轻舒口气，心旷神怡的，舒服死了。好高兴啊。待会儿就是遇见政权妈妈，也要跟她说话，说贴心的话，哪怕她待理不理，她也笑，不恼。

此后，蔡青一路浮想联翩幸福若此地到家，开了门，先轻手轻脚潜到妈妈床前，见妈妈还香香地呼噜着，愉快地伸下舌头，方走去将"灿烂"用心地压到她的枕头下，望一眼，再望一眼，赶紧拾掇屋子去了。蔡青擦呀擦，洗呀洗，摆呀摆，整个小身子都律动起来，一身的音乐。那一双灵动的小手，左速度右力度，左热情右洋溢，左豪迈右奔放，幸福在指尖上停留，是铿锵的河流，是舒缓的和风，是激越的情思。顶着头巾的蔡青，轻哼流行歌的蔡青，忙忙碌碌的蔡青，俨然一个勤劳快乐的灰姑娘。蔡青把家里的各样家什几乎动了一个遍。回头瞪着监工似的眼神，狠狠地挑剔一番。OK 吧。她跟自己打了个"OK"的手势。等屋里 OK 的时候，屋外恰是夕阳西下。蔡青再忙碌着做好半桌子的"盛宴"，盖盖好，才开始拾掇起自己来，今晚夜宴上的女主角。

调一脸盆温水，先洗头。洗好头，蔡青边拿毛巾逮着湿发，边又打一盆清水，热水勾兑到微温，她要洗澡了，好好地为自己洗个清水澡。整好水，放在那里，蔡青走去将要换穿的衣服拿出来，放好。这是一条轧花的牛仔裙，外带一双带扣的黑宽口公主皮鞋。爸爸前年买给自己的生日礼物哪。有一时蔡青愣神了。天下的爸爸似乎都不擅长给女儿买衣服。偏偏她的爸爸最爱给她买衣服。那时裙子长得像个布袋，鞋子大得像小船。妈妈笑话爸爸，不会向女儿献殷勤别献。爸爸"呵呵"傻笑，今年不行下年，下年不行后年嘛，总有管穿的时候。再说到那时爸爸没钱了，或是不在了，算那时的礼物好了。

"你个死鬼，不在了，上哪去？"当时妈妈白爸爸，嫌他乌鸦嘴。

"呵呵，多想了不是，不在了还可以是领人家女人跑了嘛。"

真有一语成谶的吗？想念爸爸。蔡青再怔了一会儿。到了这个生日，还就都能穿了。冥冥中似爸爸买给他心爱的宝贝女儿后年以至后年的生日礼物，跟预见到自己不久将真的会没有了似的。生活好难猜度。

一件圆领的白线衣，折叠整齐的水绯色内裤，另有一条镶白蕾丝边的火色文胸。打去年开始，蔡青就戴文胸了。她小小的乳房小馒头似的越发越大，不可遏止了呢。夏天的老天好爱捉弄人，好爱爆人秘料儿啊。成长中的蔡青仿佛一株长势喜人的花树，薄薄的上衣掩不住蓬勃的线条了，谨慎的双峰，峰峦上羞涩的俩巧克力豆，将衣服顶出两个生动的轮廓，掩藏的招摇和蠢蠢欲动的暧昧，惹得多少好事的目光忍无可忍地偷觑，觑得她心慌。她偷偷跑超市买了个文胸戴上，才敢昂头挺胸地走。有时候她还特意把胸脯挺得高高的，电视里的女模特那样，觉着好高贵。今年入夏的季节，她才买了这个火色的。胸围气势汹汹地增，她拿它无奈。成熟起来的感觉比成长的感觉多些甜蜜，多些骄傲，多些幸福的疼。蔡青不稀罕这样，似乎又很稀罕。

　　这儿很安全呢，除了公蚊子不再有异性。正值豆蔻的蔡青还是忍不住乜一眼窗外。看到拉严实的碎花窗帘，蔡青向自己吐吐舌头，扮个鬼脸，在安定的寂静中慢慢脱着自己。等最末褪去那条内裤，随手往地上一丢，蔡青迅速踏进浴盆里，往水里没了又没，害得无辜的清水们不情不愿地外溢。

　　此时，浸在水里的蔡青，像一条羞涩的快乐鱼。第一次，她意识里想要感受一个完完全全的自我的自觉，如此强烈。稳一稳，稳一稳。蔡青告诉自己要稳一稳心情。蔡青试着伸出手抚摩自己，抚摩这等偷着突飞猛进、日新月异的变化跟秘密们。到底有些迟疑，俨然小时候爸爸教训她不要玩火却蛊惑她去摸那样："乖，你摸摸，看烧不烧手？"她本能地知道火会烫手，手伸出了，就似现在这般迟疑。

　　十四岁的蔡青终不迟疑，伸出的手猛地摸住自己。细细的水流在上面汹涌澎湃，滑滑地软，润润地滑。这让初开情窦的蔡青，一颗萌萌动的心"惊"得猛跳。

　　蔡青终于沉静下来，眯起眼睛，抚着自己。怎么抚着像别人了呢？一忽儿，蔡青觉着自我陌生起来，陌生得像燕子姐？像魏潇潇？像万露露？随便一个别人，就是不像她蔡青。蔡青猛地睁开眼睛，死妮子，这不还是你？自己跟自己永远形影不离的，却也有难以发觉的神秘哦。自己会在不知不觉中跟蝉一样蜕变，变出新的样子，美的样子。她喜欢！谁最先想到将人生成这个样子的呢？还要分出男人跟女人？让他们都有秘密，让男人跟女人结婚……爸爸妈妈，耙爷耙奶，马成功她蔡青，每一个人，人人都是被生的人，又会是生人的人。世界好伟大，人生好奇妙。

　　女人真如魏潇潇的姥姥说的，就是长庄稼的命吗？蔡青想到了魏潇潇，想到了魏潇潇说她姥姥说过的那句话，如此想着，不觉间摸住了自己平滑的小肚子。这里面是啥样一个世界呢？那个生长孩子的世界在心肝肺上长着的吗？不会，要真那样，孩子越长越大，心肝肺该坠得疼了。它单单长一个地方的吧？它会长在哪儿呢？男人是咋种上孩子的呢？男人的血就是种子吗？种上的小孩在女人肚子里咋长大呢？

到时候又咋出来呢？解个小解那样就出来了？小孩那么大，还不疼死？

蔡青想得小脸白一阵红一阵的。大街上肚子大的女人都还笑呢。上午就有一个肚子大的女人由男人陪着来她摊子前买菜，那女的还撒娇，样子幸福得很。……好吧，等马成功真要你，你就为他生宝宝，流血不怕！疼也不怕！可要疼死了呢？疼死了妈妈和弟弟咋办？嗨。蔡青突然轻轻捆了下自己的嘴巴，瞎想什么，洗澡，洗澡。

浴盆里幸福的清水漾开来，漾得满地都是。蔡青愉快地洗着澡。用毛巾搓一遍身子。沐浴露打一遍。原水冲一遍。清水冲一遍，再冲一遍，出浴。出浴的蔡青犹如一枝洗去凡尘的新荷。

这个喜气洋洋的一天，蔡青都在隐隐地期待着什么，又隐隐地怕着什么，觉着说得清，可又无论如何说不清。

十点的夜像个神秘斑斓的梦，蛊惑着劳累了一天的人们的觉。弟弟睡下了，妈妈幸福的鼾声也早就响彻屋宇。只有蔡青，仍漂漂亮亮地瞪大眼睛，清醒着，警觉着。

不会吗？蔡青的鼻尖尖上渗出了细细密密的汗珠。会的，一定会！像有一个声音在她耳朵边轻轻悄悄地告诉她，耐心些，耐心些。

听，那个"怕"来了，来了，先是"啪嗒、啪嗒"雨点似的急，很快是蹑手蹑脚的轻。蔡青"忽"地从方凳上立起，张开耳朵。"嘭、嘭、嘭"，轻轻的，有节奏的三下。啊！蔡青"啊"的一声后，赶紧双手捂住忘乎所以的嘴巴。看看妈妈、弟弟，都还沉沉地睡着，好。她这里才一边盯着脚下，一边伸手去开门。果真是马成功，局促地站立门外，张着惊惶的眼睛，气喘吁吁。

青涩的蔡青奓着头，跨出门槛，她不敢看马成功，但知道马成功在盯她，张皇的心荡得比秋千还高。仿佛刹那间，马成功已拉起她的手飞快地跑着了。马成功脑子一片空白地拉着蔡青跑，蔡青脑子一片空白地跟着马成功跑，飞鸟辞笼、游鱼脱网一般。城市的灯张着迷离的眼睛，初秋的夜晚一派柔和。

蔡青家就近有一处傍护城河而建的小绿地花园，是周边的人们休闲谈天的好去处。一个月前，那里因为溺死一位患精神病的女人，成了人们忌讳的去所，到现在还冷冷清清的，晚上更少人去。马成功带蔡青就是一路奔向那里。他们直奔靠着河堤的假山，直奔怪石嶙峋的假山里那个人造的小山洞。他们欣欣然惶惶然躲进那个小山洞里，像一对相爱的蝙蝠终于找到了它们安全隐身的窝。小山洞里别有洞天，一条石桌，三个石凳，原本想仿水帘洞，然而至今也不见水帘，只见洞。马成功与蔡青对脸坐。马成功的寸发、额头全是汗，蔡青忍不住伸手去擦。马成功猛然捉住蔡青的手亲一下，再亲一下。

"生日快乐！"马成功柔情无限地盯蔡青，掏出一款精心包装的礼品盒。"送你的。"他说。

蔡青涩涩地："我不要礼物，只要……"

"只要我跟你好，是不是这样？"

是与不是，含羞的蔡青都不好意思争了。

"我当然跟你好。"马成功打开礼物盒，一只晶晶亮的手镯。"我选了好半天呢，镶的都是水晶钻，背面有我的名字。"马成功翻到背面，凑在皎洁的月光下，给蔡青看他的名字，然后为蔡青戴上。"这是我送你的信物，从此我只能跟你好，你也只能跟我好。"

"嗯。"蔡青蜜甜地应。

蔡青的心沸沸地，马成功的心烫烫地。抛得一星火，能燃得万重山。

"咱们对天起誓好吗？"说着马成功拉蔡青面对清清河汉中的月亮，跪下来。

"从今以后我马成功只爱蔡青！"

"从今以后我蔡青只爱马成功！"

"海枯石烂，永不变心！"

"海枯石烂，永不变心！"

他们跪在圣洁的月光里，用力拥紧对方，山盟海誓。他们亲吻，用最纯洁的唇，用最温热的舌，用最神圣的心灵。天地作证。

蔡青是马成功的女朋友了。马成功眼神滚烫到沸点，想要熔化蔡青。

马成功是蔡青的男朋友了。蔡青眼神努力坚定到虔诚，像祭坛上的羔羊。

马成功突然站起身来，将运动上衣脱下，铺展在石桌上，手伸向蔡青，带着些矜持。战栗的蔡青用力挥开大兵压境的"怕"，闭起亮亮的眼睛鼓舞自我，勇敢地躺上去……月光水一样漾满整个世界，透明的蔡青似个精灵，慢慢打开，仿佛佛前一朵圣洁的莲花。

蔡青变了，看什么都觉得新了，亮了，顺眼了。比如她家里的那些破烂家什，她那时常被它们绊住脚，碍了眼，她暗暗发誓，总有一天要换新的。可这会儿再看起来，它们像亲人了，像朋友了。再比如早上看升起的太阳，火球似的往天上滚，她会觉着新奇，好像这是她生来第一次认识太阳：火球在上面滚，下面是高楼大厦，造型和颜色跟童话书上一般，远远近近的绿化树像经了雨，绿得水水灵灵，空气也好，深吸一口，透着薄荷的味道，爽爽的，凉凉的。还有爸爸，她相信他还活着，不定哪一天，她迈进家门，就看到了爸爸，在跟妈妈说话，或是擦洗他的车，要么是叮叮当当地修理着小板凳什么的。蔡青还记起一句话来，不知是老师说的，还是在谁那儿听来的了，说不幸不可怕，不幸是磨刀石，经过磨炼的人，往往能成大事。她没想过怎样成大事，成怎样的大事，她这会儿就觉着这话让她感受到了一种柔软的力量，这力量让她不再那么害怕黑夜无梦和白天要背的包袱。

蔡青没意识到是她的心灵悄悄发生了变化，还以为是她身外的这个世界变了，万事万物都变可爱了。她喜欢生活了，尽管她也没弄明白生活的样子。她喜欢黑夜了，因为会做梦，多半是跟马成功一起玩。马成功可会玩了，花样百出，看他打球，吃麦当劳、肯德基，到公园里爬山、划船，两人躺在学校操场的草坪上看星星，头抵着头，十指紧扣……白天就会更令人期待了，因为马成功上学放学都乐意绕很远的道从她这儿过，为的是来看她，有时候说话，有时候不说话，有时候有礼物给她，吃的用的玩的，有时候没有。山地车一路响着铃，飞一样地来了，飞一样地走了，但飞到她这儿，总是戛然停下，长腿一点地，笑眯眯地盯住她："说，想要什么？想吃什么？"笑得那样自足，自得，自满。

城市上空的麦田

这一切都没逃过燕子姐的眼睛。一次马成功丢下一包吃的走了，她拿出一块，其余的包好留给弟弟，正吃着，燕子悄悄地走到她后面，猛地大声喝道："快坦白，是不是白马王子?"她差点吓丢了魂儿。当天，燕子拉她一块耍的时候，她就什么都坦白给燕子了。燕子轻轻揉着她说："你到底是富贵命，这会儿平民丫头被王子爱上，不多见。哎呀，羡慕死了。姐姐祝福你!"

倒是把爷知道了，敦促把奶奶劝阻蔡青，说你丫头小，没有爹娘交代，你可不能做傻事，跟那样的毛脚小子来往，常了没好。但这样的劝渗不进蔡青心里去，她小小的心里只有马成功，只装得下马成功。她乐得享受马成功给她的一切。而且她告诉把奶奶，马成功说了，不会让她再卖菜了，他要给她找工作，还答应帮她养妈妈和弟弟。把奶奶后来把这些话学给把爷，把爷眼一瞪："这丫头不是还没成人吗? 她说是这样说，可她种下的蒺藜你到时候就能眼睁睁看她踩上去? 再说那小子，嘴上还没长毛，说出的话就可信?"

可蔡青就信。

浸透爱恋的岁月就像顺水行船，眨眼就是一天，眨眼就是一夜。这天晚上，等蔡青拾掇好家里的一切躺下来，妈妈和弟弟早已睡熟了。她睡不着。昨天该来那个的，没有来，今天等了一天，也没来。是病了? 还是肚子里哪儿坏了? 最近她老是懒，老是想吐，还不想吃东西。明天要问问燕子姐才好。

就在刚才，马成功又约她出去了。她把身上不来那个的秘密告诉马成功，问要有宝宝了怎么办? 马成功一听笑了，说有宝宝好啊，我一直想要个弟弟，那样就有人玩了，可我妈不给生。这下好了，有跟我玩的了，我自己的宝宝! 想想，太有意思啦!

蔡青心神依然无法落定，便又问："你爸妈不同意我们好，不答应我们结婚，又要有宝宝了，怎么办?"

"私奔!"马成功用力揽紧蔡青，语调豪迈地说："我爷爷、叔叔在北京，俩姑姑在深圳，我每年暑假都去玩的，他们都很疼我。不怕，我们私奔到他们哪一家，他们都乐意收留!"蓦然，一个"私奔"的盟誓说得马成功年少的心胸坚定了许多，强大了许多，他一把将蔡青揽进怀抱里，捉住蔡青的唇，用力亲吻。蔡青心潮澎湃，原本要问马成功私奔后她妈妈和弟弟怎么办，被吻晕了，终忘了问。

马成功离去的时候已是午夜，奶白的尘埃氤氲在无边的夜色中，雾薄朦胧如烟，轻轻由橘色的灯光笼着，袅袅蒸腾，霞蔚般的。蔡青目送马成功隐进夜的薄雾，依依不舍着，怅惘了许久。

蔡青轻手轻脚走回屋里，悄无声息地缩在妈妈身边，一颗心还在"嗵嗵"跳荡。借着窗外的月光，她看看手腕上马成功送给她的手镯，迎上月光的水钻面闪烁着醉心的光芒。她信马成功，他总是有办法的。她什么都不用怕，马成功不强壮，但刚强，虽是富家子弟，但对她一往情深。她从此要好好生活，好好热爱。不抱怨。

不知过了多久，隐隐痛着、隐隐不安的幸福的蔡青，迷迷糊糊睡着了。

那不是爸爸吗，正跟妈妈在一起。"爸爸！"蔡青哭着笑着喊着扑向爸爸妈妈。"乖女儿！"爸爸也嚷。爸爸吃胖了，体面了呢。蔡青拿头狠狠顶爸爸的胸口，像小时候那样跟爸爸撒娇。

再抬起头，突然就不见爸爸跟妈妈了。"爸！妈！"蔡青哭喊，声嘶力竭的。又一抬望眼，马成功来了。她破涕为笑。刚强的马成功伸开双臂，要蔡青贴到他背上去。蓝蓝的天开满白白的云朵，幸福的蔡青任由马成功背着，在朵朵的白云间，穿越，飞翔。正飞翔间，前面一座云山，冷不丁地，一个陌生女人站出来，是一个陌生女人。不，是政权妈妈！她指住蔡青，怒目圆睁。"犯贱的丫头，生成的蒲草命，就当兰花开？休想！"蔡青害怕，苍白的脸颊紧紧往马成功的脊背上贴。

但飞着飞着，蔡青就从云端上下落，下落，仿佛一只被猎枪击中的哀鸿。

又是护城河了，是她向马成功以身相许的那个假山前沿的河堤上。此时，瘦弱的她凄凄然抱膝坐着，目不转睛盯着澄碧的水面，另一个蔡青头脸朝下，漂浮其上，有如一片轻巧无重的青青菜叶。

身陷噩梦的蔡青一个激灵，"疼"的一下醒了。她赶紧往身边抓

摸，妈妈还在。她又紧着扭头看弟弟的小床，她听到弟弟轻微如缕的
鼾声了，那样的无忧无虑。

　　是夜已央，一抹破晓的霞光利刃一般，执意要将苟延的残夜劈开
一道血口，美丽喷薄。醒来的蔡青心尖尖一震。好，多好。